W0353303

Clair de lune à Manhattan

SARAH MORGAN

Clair de lune à Manhattan

ROMAN

Traduit de l'anglais (Royaume-Uni) par
JEANNE DESCHAMP

Titre original :
MOONLIGHT OVER MANHATTAN

Ce livre est publié avec l'aimable autorisation de HARLEQUIN BOOKS S.À.

© 2017, Sarah Morgan.
© 2018, HarperCollins France pour la traduction française.

Tous droits réservés, y compris le droit de reproduction de tout ou partie de l'ouvrage, sous quelque forme que ce soit.

Toute représentation ou reproduction, par quelque procédé que ce soit, constituerait une contrefaçon sanctionnée par les articles 425 et suivants du Code pénal.

Cette œuvre est une œuvre de fiction. Les noms propres, les personnages, les lieux, les intrigues, sont soit le fruit de l'imagination de l'auteur, soit utilisés dans le cadre d'une œuvre de fiction. Toute ressemblance avec des personnes réelles, vivantes ou décédées, des entreprises, des événements ou des lieux, serait une pure coïncidence.

HARPERCOLLINS FRANCE
83-85, boulevard Vincent-Auriol, 75646 PARIS CEDEX 13.

www.harlequin.fr

ISBN 978-2-2803-9412-3 — ISSN 2271-0256

Chers lecteurs,

L'une de mes citations préférées (je l'ai d'ailleurs mise en exergue de ce roman) est empruntée à Eleanor Roosevelt et dit : « Faites chaque jour une chose qui vous effraie. »

Cette devise s'applique à la perfection à l'héroïne de ce roman. Harriet a une jumelle et a toujours été l'élément timide du duo. Son enfance a été difficile, mais sa sœur Fliss a toujours eu de la force et de l'audace pour deux. Seulement voilà : Fliss a quitté leur appartement et Harriet est forcée de se construire une nouvelle vie. Et la tâche est difficile. Elle comprend que, pour y arriver, elle doit sortir de sa zone de confort. Et c'est ainsi qu'elle prend la décision de relever chaque jour un défi nouveau.

Comme nous tous, Harriet est faite d'un mélange compliqué de force et de vulnérabilité, et j'ai aimé la voir évoluer, gagner en assurance et trouver petit à petit sa propre voie.

Comme un certain nombre d'entre vous le savent déjà, j'ai écrit quelques romances qui se passaient dans le milieu médical avant de me lancer dans des formats plus longs. Mais même si j'ai changé de style de romans, je reste toujours aussi sensible aux charmes d'un beau médecin sexy. Mon héros dans cette histoire, le Dr Ethan Black, est urgentiste (j'ai moi-même travaillé aux urgences, il y a longtemps, avant que je change de carrière et que je me mette à écrire des histoires en pyjama devant mon ordi). Ethan Black est mon type de héros préféré — fort, bienveillant, intelligent et patient. Difficile de reprocher à Harriet d'être tombée amoureuse de lui (j'espère que ce sera votre cas aussi !) Mais en fin de compte, aimer Ethan devient le challenge le plus ardu à relever de tous.

C'est d'apprendre à repousser ses limites qu'il est question dans ce roman. Tout comme il y est question de courage, d'amitié et, naturellement, de romance, le tout sur le fond étincelant de neige de la ville de New York.

J'espère que vous en apprécierez la lecture.

Sarah
xxx

À Nora, Laura, Ruth, Mary, Kat et Janeen pour le rire, l'amitié, et les merveilleux souvenirs.

« Faites chaque jour une chose qui vous effraie. »

— ELEANOR ROOSEVELT

Chapitre 1

Ce n'était pas par un numéro de cirque qu'un *date* était censé se terminer.

Si elle avait pu prévoir qu'elle finirait la soirée en se sauvant par la fenêtre des toilettes, elle aurait enfilé autre chose aux pieds que des stilettos d'une hauteur exagérée. Si seulement elle avait pris le temps de travailler son équilibre sur des échasses avant de quitter son appartement !

Elle n'avait jamais été du style à déambuler avec des talons, et c'était *précisément* pourquoi elle vacillait ce soir sur une paire de stilettos effilés. Encore un item à barrer sur la liste de « Tout Ce Que Harriet Knight Ne Ferait Pas en Temps Normal ».

La liste en question était d'une longueur embarrassante. Elle l'avait dressée un jour d'octobre après avoir réalisé que si elle passait ses soirées seule chez elle à parler à ses animaux, c'était parce qu'elle vivait en vase clos dans sa zone de confort. Si elle continuait comme ça, elle finirait par mourir seule, entourée d'une centaine de chiens, de chats et de hamsters.

Ci gît-Harriet qui en connaissait un rayon sur les boules de poils et en savait beaucoup moins sur les boules d'un autre type.

Une vie de vice aurait été plus excitante, mais elle n'avait pas choisi le bon mode d'emploi à la naissance. Enfant, déjà, elle avait appris à se cacher. À se faire toute petite, à défaut de pouvoir se rendre invisible. Et depuis, elle avait toujours choisi la Voie du Moindre Risque, qu'elle foulait sagement de ses chaussures à talons plats. Ses proches — essentiellement sa sœur jumelle et son frère — lui assuraient qu'elle avait de bonnes excuses pour être devenue aussi timorée et effacée. Mais même si son passé lui fournissait d'excellents prétextes, elle n'en vivait pas moins une vie rétrécie. Et elle était consciente que le choix de rester confinée dans un périmètre restreint lui appartenait.

Le mot P*** prenait presque toute la place dans son univers.

Pas le juron, non. Elle n'était pas le genre de fille à prononcer des gros mots. Pour elle, il n'y avait qu'un seul mot en P qui comptait et c'était le mot Peur.

La peur de l'humiliation, la peur de l'échec, la peur de ce que les autres penseraient d'elle. Et ce florilège de trouilles variées avait une origine commune : son Père — avec un P majuscule aussi.

Elle était fatiguée des mots en P.

Et refusait de vieillir seule. D'où sa décision de s'offrir pour Noël un cadeau d'une espèce nouvelle : le courage.

Pour ne pas se retourner sur elle-même dans cinquante ans et se demander à quoi aurait ressemblé sa vie si elle avait été moins froussarde, moins prudente, moins freinée dans ses faits et gestes. Elle ne voulait pas finir vieille et amère, avec ses regrets pour seule compagnie. À l'occasion d'une joyeuse fête de Thanksgiving passée avec son frère Daniel et sa future belle-sœur Molly, elle avait listé ses peurs en les regroupant par catégories, puis elle s'était fixé un défi à relever par jour.

Le Challenge Harriet.

Son Graal ? Établir une confiance en elle-même qui

lui faisait défaut. Et si elle ne la trouvait pas, il y aurait toujours moyen de feindre.

Pendant le mois qui séparait Thanksgiving de Noël, elle ferait chaque jour une chose qui l'effrayait ou qui, au minimum, la mettait mal à l'aise. Pour chaque action qu'elle se forcerait à commettre, il faudrait surmonter un réflexe de refus initial.

Pendant un mois, sa mission consisterait à prendre *systématiquement* la direction inverse de celle qu'elle aurait spontanément tendance à emprunter.

Autrement dit, elle se forçait à traverser, trente jours durant, ce qui ressemblait à sa définition personnelle de l'enfer.

Mais si tout allait bien, une nouvelle Harriet ressortirait de l'épreuve. Une version renouvelée et améliorée d'elle-même. Elle serait plus forte. Plus audacieuse. Plus confiante. Plus… tout.

En attendant ces glorieux résultats, elle se retrouvait accrochée à la fenêtre des toilettes pour femmes, soutenue moralement et physiquement par sa nouvelle grande amie Natalie. Par chance pour elle, le restaurant n'était pas au sommet d'un gratte-ciel.

— Enlève tes chaussures, lui conseilla Natalie. Je te les jetterai quand tu seras en bas.

— Si je les prends sur la tête, elles vont m'assommer ou me perforer le crâne. Il vaut peut-être mieux que je les garde aux pieds, Natalie.

Il lui arrivait de penser que son côté raisonnable la desservait plus qu'il ne lui était utile dans l'existence. Mais en la circonstance, son solide sens pratique lui apparaissait plutôt comme une garantie de survie.

— Appelle-moi Nat. Puisque je suis ta complice de fuite, on peut laisser tomber les formalités. Sérieux : si tu gardes ces escarpins aux pieds, je crains le pire pour l'atterrissage. Donne-moi aussi ton sac à main.

Harriet resserra sa prise sur la bride. On était à New York. Elle ne confierait pas plus son sac à une inconnue qu'elle n'irait déambuler nue à Central Park. C'était contraire à tous ses instincts. Elle faisait partie de ces gens qui regardaient à deux fois avant de traverser une rue, qui vérifiaient que leur porte était bien fermée avant d'aller dormir. La prise de risque était contraire à sa nature.

C'était donc une bonne raison pour en prendre un ce soir.

Faisant taire la voix qui lui commandait de plaquer son sac contre sa poitrine et de ne pas le lâcher, elle le passa à Nat.

— OK. Tu me l'enverras quand j'aurai sauté.

Elle passa une jambe par la fenêtre, sourde à la voix anxieuse qui protestait dans sa tête. *Et si Natalie refusait de le lui rendre ? Si elle s'enfuyait avec ? Utilisait ses cartes de crédit ? Usurpait son identité ?*

Si Nat voulait lui piquer son identité, elle la lui cédait très volontiers. Elle était plus que prête à devenir quelqu'un d'autre. Et tout particulièrement après la soirée qu'elle venait de passer.

Être Harriet Knight ne donnait pas toujours les meilleurs résultats.

Par la fenêtre ouverte montaient le grondement de la circulation, la cacophonie des avertisseurs sonores, les sirènes, les relents de musique mêlés à la rumeur des voix — le fond sonore caractéristique de New York. Harriet avait vécu là toute sa vie. Elle connaissait pratiquement chaque rue, chaque bâtiment. Manhattan lui était presque aussi familier que son propre appartement — toutes proportions gardées, bien sûr.

Nat lui prit son sac.

— Fais attention de ne pas déchirer ton manteau, Harriet. Il est très chouette d'ailleurs. J'adore cette couleur.

— Il est tout neuf. Je viens de l'acheter en prévision de la rencontre de ce soir, car j'avais de grands espoirs. Ce qui prouve qu'avoir une nature optimiste peut présenter de graves désavantages.

— Je trouve que c'est génial d'être optimiste. Les optimistes sont comme les éclairages de Noël. Ils donnent de l'éclat à tout ce qu'il y a autour. C'est vrai que tu as une sœur jumelle, alors ? C'est cool.

Son challenge du jour se trouvait être le suivant : « Ne pas se montrer distante avec des inconnus. » Avec les gens de son entourage, elle arrivait à se détendre. Mais il était rare qu'elle parvienne à surmonter la gêne paralysante qui accompagnait les premières étapes d'une rencontre — amicale aussi bien qu'amoureuse. Et elle était déterminée à faire que ça change.

Vu que Natalie et elle avaient fait connaissance moins d'une demi-heure plus tôt, au moment où la serveuse lui avait apporté une appétissante salade de gambas, Harriet ne pouvait que se féliciter des progrès accomplis. Elle ne s'était pas fermée comme une huître, n'avait pas répondu à coups de monosyllabes comme elle le faisait souvent avec des inconnus. Mais sa victoire majeure, c'est qu'elle n'avait pas bégayé, preuve que les problèmes d'élocution qui lui avaient si longtemps gâché l'existence étaient définitivement surmontés. Il y avait des années maintenant qu'elle ne luttait plus avec les mots rétifs qui avaient pris un malin plaisir à rester bloqués dans sa gorge. Même les situations de stress ne déclenchaient plus le phénomène. Elle n'avait donc plus aucune excuse pour se montrer aussi réservée avec des inconnus.

Sur ce plan-là, au moins, elle avait obtenu de bons

résultats. Qu'elle devait en grande partie au soutien inconditionnel de sa sœur.

— C'est vrai. Avoir une jumelle, c'est cool.

Nat poussa un petit soupir rêveur.

— C'est comme avoir sa meilleure amie avec soi tout le temps et partout. Ça doit être trop top. Je parie que vous partagez tout : vos secrets, vos amis, vos chaussures...

— Presque tout.

La vérité, c'est qu'elle s'était longtemps confiée à sa jumelle sans que la réciproque soit vraie. Protectrice et réservée, Fliss avait beaucoup de mal à parler d'elle. Mais depuis cet été, sa sœur faisait de louables efforts pour se montrer plus ouverte.

Harriet s'efforçait de changer aussi de son côté. Elle avait dit à sa jumelle qu'elle ne voulait plus être protégée. Il lui restait à présent à se prouver à elle-même qu'elle était capable de se prendre en charge.

La gémellité présentait de nombreux avantages, mais elle avait pour défaut d'induire une certaine paresse — une tendance à se reposer plus facilement sur ses lauriers. Harriet n'avait jamais eu à naviguer sur les eaux tumultueuses des amitiés adolescentes, parce que sa meilleure amie avait toujours été à ses côtés, à la maison comme à l'école. Face aux difficultés que réservait la vie — et dans leur cas, elles n'avaient pas manqué —, Fliss et elle avaient formé un duo soudé. Il existait des amitiés merveilleuses mais rien, strictement *rien*, n'était comparable à la solidarité à tout crin entre jumelles.

Question sœur, elle avait gagné le gros lot.

Nat lui prit ses chaussures des mains.

— Vous partagez un appartement, alors ?

— Plus maintenant.

Mais comment certaines personnes réussissaient-elles à parler non-stop, même dans les circonstances les plus incertaines ? Et surtout : combien de temps encore avant que l'homme qui l'attendait dans la salle du restaurant se mette à sa recherche ?

— Ma jumelle vit dans les Hamptons, maintenant.

Pas à des milliers de kilomètres, autrement dit. Mais elle se sentait aussi isolée qui si Fliss était partie à l'autre bout de la planète.

— Elle est tombée amoureuse.

— Ouah. C'est super pour elle. Mais elle doit te manquer à mort.

C'était l'euphémisme du siècle.

Le départ de Fliss avait eu un impact énorme et lui inspirait des sentiments compliqués. Elle était ravie de voir sa jumelle flotter sur un petit nuage de félicité préconjugale, mais, pour la première fois de sa vie, elle se retrouvait seule. Se réveillait dans un appartement vide. Devait trouver sa raison de vivre en elle-même.

Au début, le fait d'être séparée de Fliss lui avait paru étrange et un peu effrayant, comme la première fois, enfant, où elle s'était lancée à vélo sans ses stabilisateurs. Elle se sentait aussi plus vulnérable. Un peu comme si elle était sortie dans une tempête de neige pour s'apercevoir qu'elle avait oublié sa doudoune.

Mais telle était désormais sa réalité et elle faisait avec.

Elle se levait le matin dans un appartement silencieux au lieu d'entendre Fliss chanter faux sous la douche. L'énergie de sa sœur, sa farouche loyauté et sa fiabilité à toute épreuve lui manquaient. Elle se surprenait même à regretter de ne plus trébucher sur les chaussures que sa jumelle semait dans tout l'appartement.

Mais ce qui lui manquait plus que tout, c'était la camaraderie facile avec quelqu'un qu'elle connaissait comme sa poche. Quelqu'un en qui elle avait une confiance absolue.

Sa gorge se serra.

— Bon, allez, je me lance avant que ce type n'essaie de me pister. J'ai du mal à croire que je me sauve par la fenêtre pour échapper à un mec que j'ai rencontré il y a tout juste une demi-heure. Ce n'est pas vraiment ma façon habituelle de me comporter.

Pas plus qu'elle n'avait l'habitude des rencontres en ligne, qu'elle s'était forcée à tester pour l'occasion.

Elle en était à son troisième rendez-vous dit « amoureux », et les deux autres avaient été presque aussi désastreux que celui-ci.

Son premier *date* lui avait rappelé son père. Il avait été bruyant, intraitable et amoureux du son de sa propre voix. Débordée par le flot, elle s'était repliée dans une attitude mutique. Ce qui n'avait posé aucun problème en la circonstance, car Numéro 1 se désintéressait l'évidence de ses opinions. Numéro 2 l'avait invitée dans un restaurant très cher, puis s'était évaporé juste après le dessert en la laissant avec une addition suffisamment salée pour qu'elle ne l'oublie pas de sitôt. Quant à Numéro 3... il était assis à l'instant même à une table de ce même restaurant et attendait son retour des toilettes pour qu'elle et lui tombent amoureux pour toujours. Dans son cas, le « toujours » ne devrait pas être de trop longue durée, car contrairement à ce que proclamait son profil, Numéro 3 avait largement dépassé l'âge de la retraite.

Elle aurait proclamé la fin du *date* et serait ressortie par la porte, si elle n'avait pas eu la désagréable conviction qu'il pourrait lui emboîter le pas. Quelque chose chez cet homme la mettait mal à l'aise. Et puis c'était l'occasion ou jamais : sortir par la fenêtre des toilettes figurait incontestablement sur la liste des choses qu'Harriet Knight n'aurait jamais faites en temps normal.

Du point de vue du Challenge Harriet, la soirée pouvait être considérée comme une belle réussite.

Sur le plan sentimental, en revanche, c'était mort.

Telle qu'elle se sentait en ce moment, l'option « finir ses jours seule entourée de ses animaux de compagnie » remportait largement les suffrages.

— Allez, go, Harriet ! Sauve-toi.

Nat ouvrit la fenêtre en grand et son visage s'éclaira.

— Oh ! il neige ! On va avoir un Noël tout blanc !

De la *neige* ?

Harriet vit les premiers flocons de la saison descendre sur la ville en un silencieux tourbillon.

— Noël, ce n'est pas avant un mois.

— Mais on aura de la neige le 25 décembre, je le sens. Je ne connais pas d'endroit plus magique que New York sous les flocons. J'adore les fêtes de fin d'année, pas toi ?

Harriet ouvrit la bouche puis la referma. En temps normal, elle aurait répondu par l'affirmative. Elle aimait le côté famille associé à Noël, même si dans son cas sa famille se résumait à pas grand monde. Mais cette année, elle avait décidé qu'elle passerait les fêtes sans eux. Et de tous les défis qu'elle s'était lancés ce mois-ci, celui-ci était le plus monumental. Il lui restait presque un mois complet pour s'y préparer.

— Désolée de te fausser compagnie si vite mais il ne faut pas que je traîne, Nat.

— Tu as raison. Je ne voudrais pas qu'on retrouve ton cadavre gelé sur le trottoir. Allez, fais le grand saut. Et ne tombe pas dans la benne à ordures, surtout.

— Tomber dans la benne à ordures serait plutôt un progrès par rapport au type avec qui j'avais rendez-vous ce soir.

Harriet jeta un coup d'œil en bas pour évaluer la distance avec le trottoir. Elle ne sauterait pas d'une grande hauteur. Et au point où elle en était, elle ne pouvait pas tomber plus bas, de toute façon…

— J'aurais aussi la solution de retourner à la table et de lui dire qu'il ne correspond ni à mes attentes ni à son profil. Cela me permettrait de sortir par la voie normale et d'éviter de me retrouver avec une cheville foulée ou d'atterrir dans une poubelle avec mon manteau neuf.

Nat secoua la tête.

— Si j'étais toi, j'éviterais. Il n'est pas clair, ce mec. Je t'ai déjà dit que tu étais la troisième femme avec qui il vient dîner ici cette semaine. Et je n'ai pas aimé la façon dont il te regardait. Comme s'il se léchait mentalement les babines à l'idée de te croquer en dessert.

Harriet avait eu la même impression.

Son intuition lui avait hurlé de fuir. Mais une partie des objectifs du Challenge Harriet était d'apprendre à contrecarrer ses vieux réflexes craintifs.

— Ce n'est pas très poli, comme façon de procéder.

— Hé, on est à New York, ici. Il faut savoir être une guerrière de la jungle urbaine, dans les moments difficiles. Je vais le distraire pour te donner le temps de te sauver.

Nat jeta un coup d'œil inquiet vers la porte, comme si elle redoutait que Numéro 3 fasse soudain irruption dans les toilettes.

— Je n'y croyais pas, quand je l'ai entendu t'appeler « ma puce » au bout de cinq minutes. Juste une dernière question, parce que j'ai du mal à comprendre : pourquoi as-tu accepté de le voir ? Qu'est-ce qui t'a attirée chez lui ? Tu es la troisième femme magnifique qu'il amène ici cette semaine. Aurait-il une qualité cachée particulière pour que tu l'aies choisi, tout vieux et relou qu'il est ?

— Je ne l'ai pas choisi *lui*. J'ai choisi le mec qui correspondait à son profil — et à sa photo — en ligne. Je suppose que notre homme a un petit problème de type déni de réalité.

Elle repensa au moment où il s'était assis en face d'elle.

Il était si clairement *autre* que ce qu'indiquait son profil qu'elle lui avait souri poliment… et lui avait dit qu'elle attendait quelqu'un.

Au lieu de s'excuser et de passer son chemin, il s'était assis en face d'elle.

— Ainsi vous êtes Harriet ? La fille qui aime les chiens et la cuisine faite maison ? J'ai un faible pour les femmes affectueuses qui se sentent dans leur élément derrière les fourneaux. Je sens déjà que ça va coller entre nous.

C'était le moment précis où elle avait su qu'il lui manquait les qualités nécessaires pour gérer une rencontre Internet.

Pourquoi, mais *pourquoi*, avait-elle utilisé son vrai prénom ? Fliss, elle, aurait inventé un pseudo. Quelque chose de flashy et d'un peu provoc.

Nat paraissait fascinée.

— Et il disait quoi, son profil ?

— Homme dans la trentaine…

Elle revit la masse de cheveux blancs comme neige et le front plissé de rides. Les dents jaunies et la barbe grise. Mais le pire avait été la façon dont il l'avait dévorée des yeux.

— La trentaine ? Il doit avoir au moins le double. Ou peut-être qu'il faut compter comme pour les chiens — une année en vaut sept. Ce qui lui ferait…

Elle plissa les narines.

— … deux cent dix ans en âge humain. Rhooo, c'est vieux.

— Son âge réel est de soixante-huit ans, comme il a bien voulu l'admettre. Mais « il se sent comme s'il en avait trente ». Dans son profil, il indique qu'il est dans le conseil en placement financier. Mais quand je l'ai questionné sur son job, il a avoué que la seule somme qu'il s'occupait d'investir, c'était le montant de sa propre retraite.

Nat pouffa de rire et Harriet secoua la tête.

Elle se sentait lasse. Et stupide.

— Au bout de trois essais de rencontre, j'ai perdu mon sens de l'humour. C'est fini. J'arrête le *dating* en ligne.

Tout ce qu'elle demandait, c'était passer un moment agréable avec un être humain normalement civilisé. Était-ce à ce point excessif, comme attente ?

— Tu as envie de te donner une chance de trouver l'amour. C'est normal de vouloir rencontrer quelqu'un. Mais une fille aussi canon ne devrait pas avoir besoin de chercher très loin. C'est quoi, ton job ? Tu n'as pas un réseau via ton boulot ?

— Mon boulot, c'est de promener des chiens. Je passe ma journée avec des compagnons à quatre pattes qui ne mentent jamais ni sur leur âge ni sur ce qu'ils sont. Je dis ça, mais en ce moment, j'ai un fox-terrier convaincu d'être un rottweiler. Ce qui pose quelques problèmes par moments.

Peut-être qu'elle se cantonnerait désormais à la compagnie des chiens, tout compte fait.

Elle s'était prouvé à elle-même qu'elle osait faire des rencontres en ligne. Une case de plus à cocher sur sa liste. Même si c'était un triple fiasco, elle avait accompli sa mission.

Nat jeta un coup d'œil par la fenêtre.

— Signale-le sur le site de rencontre. Ça évitera qu'il récidive. Je ne peux pas passer mes soirées à aider ses victimes potentielles à s'évader par la fenêtre. Et vois le côté positif de l'affaire : il ne t'a pas truandée en te piratant tes économies.

Elle jeta un coup d'œil dans la rue.

— C'est bon, tu peux y aller. Il n'y a personne.

— Ça a été un vrai plaisir de faire ta connaissance, en tout cas. Merci pour tout, Nat.

— Si on ne se soutient pas entre femmes, où va-t-on ? Reviens vite me voir.

Harriet ressentit une pointe d'émotion.

L'Amitié.

Comme l'Amour, ça commençait par un « a ». Et c'était peut-être plutôt là que se situait sa vocation.

Une vague de regret la submergea à l'idée qu'elle serait incapable de remettre les pieds dans ce restaurant, car Natalie lui inspirait une réelle sympathie. Elle prit une inspiration, bloqua son souffle et se laissa choir sur le trottoir.

Sa cheville vrilla à l'atterrissage et une douleur aiguë lui remonta le long de la jambe.

— Tout va bien, Harriet ?

Nat laissa tomber ses chaussures et son sac, et Harriet fit la grimace au moment où l'ensemble vint s'écraser sur ses genoux. Ce *date*, très clairement, ne lui vaudrait que des bleus en souvenir.

— Ça n'est jamais allé mieux.

Une victoire, certes. Mais gagnée dans la douleur. Avec un dénouement qui manquait singulièrement de dignité.

La fenêtre au-dessus d'elle se referma et Harriet fit un double constat. Un : faire porter son poids sur sa cheville tordue faisait un mal de chien. Deux : à moins de rentrer chez elle en boitillant pieds nus sous la neige, elle était condamnée à remettre les stilettos qu'elle avait pris dans l'armoire de Fliss.

Avec précaution, elle glissa l'escarpin à son pied et se retint de hurler lorsque sa cheville se rappela à son souvenir.

Pour la première fois de sa vie, elle utilisa un mot en P pour exprimer autre chose que de la peur.

Encore un objectif validé dans le Challenge Harriet.

Chapitre 2

À quelque distance de là, dans le service des urgences d'un des plus prestigieux hôpitaux de New York, le Dr Ethan Black et son équipe chevronnée découpaient avec des gestes sûrs les vêtements déchirés et ensanglantés d'un patient dans le coma, afin de se faire une idée plus précise de l'étendue de ses blessures. Les lésions étaient assez nombreuses pour mettre les compétences de l'équipe à l'épreuve. Et semblaient être de nature telle que le blessé demeurerait marqué par l'accident pendant le restant de ses jours.

Aux yeux d'Ethan, la moto était une des inventions humaines les plus redoutables — et en tout cas, le pire mode de transport possible. La majorité des patients qu'il voyait passer après un accident de moto étaient de sexe masculin et polytraumatisés. L'homme qu'on venait de lui amener ne faisait pas exception. Et le port d'un casque intégral n'avait pas empêché une atteinte crânienne dont la gravité restait à établir.

— Intubez-le et posez une voie veineuse périphérique.

Tout en donnant des ordres, il s'employait à évaluer la gravité du traumatisme.

Son équipe s'activait, fonctionnant avec efficacité et cohérence là où un observateur extérieur n'aurait probablement vu qu'éparpillement et chaos. Chaque membre de l'équipe avait un rôle et tous connaissaient leur place et le moment précis correspondant à leur entrée en scène. De tous les services existant dans un grand hôpital, c'était ici, aux urgences, que le travail d'équipe était le plus intense.

— D'après ce que l'on sait, il a perdu le contrôle de son engin et a heurté une voiture qui arrivait en sens inverse.

Des cris s'élevèrent dans le couloir, bientôt suivis par un torrent d'invectives hurlées d'une voix assez aiguë pour faire éclater les vitres.

Une des internes grimaça. Ethan ne réagit pas. Par moments, il se demandait s'il n'était pas devenu complètement imperméable aux émotions des autres. En tant que médecin urgentiste, il se trouvait en contact quasi permanent avec les situations d'extrême désarroi, ce qui finissait par déformer sa vision de la réalité humaine. Ce qui était devenu sa normalité équivalait à une vision de film d'horreur pour la plupart des gens. Tôt dans sa carrière, il avait appris à ne jamais évoquer la réalité crue de son quotidien au travail avec les autres, sauf s'il s'agissait de personnes appartenant au milieu médical. Depuis quelques années, cela dit, il ne trouvait plus que rarement le temps de se montrer à des dîners, spectacles ou autres vernissages. Entre ses responsabilités cliniques en tant que médecin en chef et le temps qu'il consacrait à ses activités de chercheur, ses journées étaient plus que remplies. Le prix à payer pour l'existence professionnelle qu'il avait choisie, c'était un appartement qu'il ne voyait que pour dormir et un mariage qui s'était terminé en eau de boudin.

— Quelqu'un pourrait prendre en charge la personne dont émanent ces hurlements ?

— Ce n'est pas la patiente. Elle vient de voir son petit ami criblé de coups de couteau. Il a été pris en charge pour traumatismes graves, avec de multiples lacérations faciales.

— Que quelqu'un la conduise en salle d'attente. Et qu'on s'arrange pour la calmer.

Ethan examina de plus près la jambe de l'accidenté de la route et évalua la nature exacte des lésions tout en continuant à donner ses instructions.

— Autant éviter que le chaos s'installe au guichet.

— Le degré de gravité des blessures de son copain n'a pas encore été établi. Elle panique.

— Raison de plus pour communiquer avec elle dans le calme. Lui assurer que son compagnon est entre des mains compétentes et qu'il reçoit les meilleurs traitements.

C'était un samedi soir typique aux urgences. Il aurait probablement eu un regard plus optimiste sur le monde s'il s'était spécialisé en obstétrique..., songea-t-il en poursuivant son bilan lésionnel. Il aurait été présent pour les temps forts positifs qui illuminaient une existence humaine plutôt que le témoin des heures sombres. Il aurait accompagné la vie au lieu de lutter contre la mort. Avec ses patientes, il aurait célébré la beauté toujours renouvelée d'une naissance. Au lieu de quoi il passait invariablement ses samedis soir entouré de gens dans des états critiques. Des accidentés de la route, des victimes blessées par balles ou à coups de couteau, des drogués en manque cherchant leur *fix* — la liste était aussi interminable que diversifiée.

Et la vérité, c'est qu'il adorait son boulot.

Il aimait la diversité et il aimait les défis. En tant que responsable d'un centre de traumatologie de niveau 1, il était servi sur les deux fronts.

Leur rôle consistait à stabiliser le patient sur le plan hématodynamique de façon à permettre l'investigation par imagerie médicale. Ethan savait que tant qu'il n'aurait pas les résultats du scanner, il ne pourrait pas se prononcer sur l'importance exacte des lésions crâniennes.

Il n'était jamais possible de prédire ce qui apparaîtrait

à la tomodensitométrie. Pour certains patients dont les dommages visibles paraissaient minimes, le scanner révélait parfois des hémorragies internes massives, alors que d'autres — comme le montreraient plus tard les résultats de son patient du moment — s'en tiraient avec de faibles saignements intracrâniens.

Il avertit le neurochirurgien et prit le temps de parler quelques minutes avec la compagne du motocycliste qui était arrivée paniquée, avec un manteau enfilé à la hâte sur son pyjama et de la terreur plein le regard. Les urgences formaient une scène de théâtre où tous les drames de la vie se jouaient de façon exacerbée. Il voyait de grands costauds qui se croyaient impassibles s'effondrer en larmes et sangloter comme des petits enfants. Des gens tomber en prière alors qu'ils avaient été athées leur vie durant.

Il avait à peu près tout vu, en fait.

— Il va mourir ?

C'était une question à laquelle il se trouvait confronté plusieurs fois par jour et il était rarement en position de répondre par oui ou par non.

— Il a été pris en charge de façon optimale, c'est tout ce que je peux vous dire pour le moment. Dès que nous aurons les résultats du scanner, je serai en mesure de vous en dire plus.

Il veilla à rester calme et rassurant. Et promit que tout serait mis en œuvre pour assurer les meilleurs soins au blessé. Il était conscient de l'importance qu'accordaient les proches à la moindre parole émanant des soignants en général et du médecin en particulier. Il prit donc le temps d'expliquer quelles mesures avaient été prises et de suggérer à la jeune femme de faire venir quelqu'un pour la soutenir pendant les longues heures d'attente.

Lorsque son patient fut finalement admis en neurochirurgie, Ethan arracha ses gants et se lava les mains. Cet homme pour qui il venait de se battre pied à pied avec son équipe, il ne le reverrait probablement jamais. Pas plus que le patient dans le coma ne saurait quel rôle il avait joué dans le combat mené pour sa survie.

Plus tard, il aurait peut-être l'occasion de prendre de ses nouvelles, mais la plupart du temps, son attention était réquisitionnée presque aussitôt par de nouvelles urgences vitales et il oubliait celles qui lui étaient passées entre les mains juste avant.

Susan, médecin comme lui, le poussa de devant le lavabo pour se laver les mains à son tour.

— Ouf. On a eu une belle poussée d'adrénaline avec celui-ci. Tu n'as jamais pensé à ouvrir un cabinet en libéral ? T'installer dans une charmante petite ville de province et soigner trois générations d'une même famille ? Connaître papi et mamie, papa et maman, et voir naître les descendants ? Tu passerais le gros de tes journées à parler hygiène de vie. « Arrêtez de fumer, faites du sport, mangez équilibré... » Tu verrais les années s'écouler au lieu de voir *le sang* s'écouler.

— On a déjà donné, dans la famille. Mon père était généraliste.

Ethan n'avait jamais été tenté de marcher dans les traces paternelles. Ses choix personnels faisaient l'objet de débats passionnés chaque fois qu'il allait faire un tour dans sa famille. Son grand-père soutenait mordicus qu'il passait à côté de sa vocation en ne pratiquant pas une médecine familiale « à dimension humaine ». Ethan lui répliquait que les urgentistes sauvaient des vies là où les généralistes se contentaient de rédiger des ordonnances.

— Cela fait des mois qu'on bosse ensemble et je ne savais même pas que ton père était médecin, commenta Susan en se frottant les mains avec du désinfectant. Donc vous avez deux générations de médecins dans la famille ?

Susan et lui travaillaient en équipe depuis presque un an, mais leurs conversations avaient toujours porté sur l'ici et maintenant. C'était comme ça aux urgences. On vivait à cent pour cent dans l'instant présent.

— *Trois* générations, même. Mon grand-père aussi était médecin de famille. Mon père et lui ont exercé l'un et l'autre dans une petite ville du nord de l'État de New York.

Il se revoyait à cinq ans, assis dans la salle d'attente paternelle, à regarder les gens du coin défiler à la consultation. Se souvenait d'avoir pensé qu'une bonne façon d'attirer l'attention de son père serait de s'arranger pour tomber malade.

— Et ta mère ?

— Elle est pédiatre.

— Ah d'accord ! Tu avais omis de préciser que la médecine était inscrite dans ton ADN familial, Black.

Susan tira un essuie-main en papier avec une vigueur telle qu'elle manqua décoller le distributeur du mur.

— Ça explique tout, en fait.

— Ça explique quoi ?

— Pourquoi tu te comportes toujours comme si tu avais quelque chose à prouver.

Ethan fronça les sourcils. C'était l'idée que Susan se faisait de lui ? Il n'avait pourtant pas l'impression d'être en mal de reconnaissance sur quelque point que ce soit.

— Prouver quoi à qui, selon toi ?

Elle le considéra un instant d'un œil amical.

— Avec un idéal familial aussi fort, ce n'est pas évident de se sentir à la hauteur. Pourquoi tu n'as pas repris le cabinet de ton père ? Les Drs Black, Black et Black. Tu aurais eu ta place toute faite... Ne me dis pas que tu es tombé amoureux de l'ambiance chaleureuse et réconfortante qui règne aux urgences.

De l'autre côté de la porte, ils entendirent hurler : « Mais foutez-moi la paix, bande de connards ! » Susan et lui échangèrent un sourire ironique.

— Ça y est, j'ai compris. Ce qui te retient ici, ce sont nos patients éperdus de gratitude qui ne manquent jamais une occasion de nous exprimer leur reconnaissance.

— *Reconnaissance*, tu dis ? Mm… laisse-moi réfléchir. Je crois que j'ai dû entendre le mot « merci » au moins une fois dans ma carrière… Voyons, si mes souvenirs sont bons, c'était il y a deux ans. Peut-être trois.

Il n'avait pas le sentiment, en tout cas, d'avoir à se montrer à la hauteur d'un idéal imposé par sa famille.

Susan se trompait sur ce point. Il suivait son propre chemin pour des raisons qui lui étaient propres.

— Un « merci » ? Tu rêves ! Simple hallucination auditive, Black. C'est fréquent, les hallus dues à un manque de sommeil chronique. Tu as peut-être un faible particulier pour les patients qui t'insultent, te vomissent sur les chaussures et te disent que tu es nul à chier comme médecin et qu'ils vont te coller un procès qui te fera passer l'envie de faire le malin ? C'est ça, le charme de la profession, pour toi ?

L'humour les aidait à tenir bon pendant les heures et les heures de stress et de tension. C'était la faculté de rire et d'ironiser qui les soutenait pendant les gardes difficiles, alors qu'ils étaient témoins de drames dont la violence aurait suffi à conduire bien des gens à la dépression.

Dans l'unité de traumatologie, chacun avait sa technique pour résister à la pression.

Ils savaient ce que la plupart des gens choisissaient d'ignorer : que la vie ne tenait qu'à un fil, qu'une existence entière pouvait basculer en un instant. Que la notion d'un avenir sécurisé était une illusion.

— J'adore ces aspects du métier. Et puis, il y a le côté

cosy du travail en duo avec quelqu'un d'aussi respectueux et adorateur que toi.

— Tu veux de l'adoration ? Trouve-toi quelqu'un d'autre.

— Si seulement je pouvais.

Susan lui tapota le bras.

— Mais si, je t'adore, Black. Pas parce que tu as la chance d'être beau gosse et gaulé comme un dieu grec, mais parce que tu sais ce que tu fais et que la compétence et la réactivité, dans un service comme celui-ci, ça équivaut presque à un aphrodisiaque. Même si c'est juste un besoin de prouver à papa et à papi que tu peux faire mieux qu'eux, je flashe quand même sur tes qualités.

Il lui jeta un regard incrédule.

— Ne me dis pas que tu me fais des avances ?

— Ben quoi ? J'ai envie d'être avec un mec doué de ses mains et qui sait ce qu'il fait. Il y a un problème ?

Les yeux de Susan pétillaient et il comprit qu'elle le faisait marcher.

— On parle toujours boulot, là ?

— Évidemment. De quoi voudrais-tu qu'on parle, ici ? On est mariés à notre métier autant l'un que l'autre. Je me suis engagée à être fidèle aux urgences jusqu'à ce que la mort nous sépare. Elles et moi, nous avancerons main dans la main pour le meilleur et pour le pire, dans la maladie comme dans la santé, dans la richesse comme dans la pauvreté… Et comme nous sommes à New York, ce sera plutôt dans la pauvreté. Tu n'as rien à craindre de moi, Black — même si je voulais coucher avec toi, je serais incapable de rester consciente le temps nécessaire à la chose. Chaque fois que je sors d'ici, je tombe comme une masse en arrivant chez moi et rien ne saurait me sortir de mon coma. Même pas tes beaux yeux bleus ni tes épaules de lutteur. Mais revenons à nos moutons : si tu n'as pas choisi les urgences pour les retours positifs ni pour l'ambiance douillette, c'est que tu es *addict* aux sensations fortes.

— C'est possible.

Il devait reconnaître qu'il aimait le rythme haletant, l'imprévisibilité, la poussée d'adrénaline liée à l'impossibilité d'anticiper ce qui allait leur tomber dessus dans la minute qui suivrait. La médecine d'urgence lui faisait parfois penser à un puzzle dont les pièces se présentaient dans le plus grand désordre. Il aimait l'excitation intellectuelle qui accompagnait leur reconstitution. C'était toujours stimulant de voir un tableau d'ensemble se dessiner à partir d'éléments épars. Aider les autres faisait également partie de ses motivations, même si la relation médecin-patient avait changé depuis quelque temps. Il avait assisté à l'instauration des indices de satisfaction et autres évaluations proposées au public qui lui semblaient n'avoir que très peu de rapport avec le bon exercice de la médecine. Il y avait des jours où il devenait difficile de se souvenir pourquoi il avait fait ce choix de métier au départ.

Susan fourra l'essuie-main dans la poubelle.

— Tu sais ce que j'aime le plus ici ? Quand quelqu'un arrive emballé comme une momie et que tu te demandes ce que tu vas trouver sous le bandage. Le suspense est toujours au rendez-vous. Vais-je tomber sur une plaie du format d'une tête d'épingle ou le doigt va-t-il me rester entre les mains ?

— Tu es morbide, Parker.

— Exact. À cent pour cent. Pas toi, peut-être ?

— J'aime bien réparer les gens.

Il leva les yeux lorsqu'un des externes fit irruption dans la pièce.

— Un problème ?

— Y a-t-il jamais autre chose que des problèmes dans ce service ? Une bonne soixantaine de personnes poireautent dans les couloirs et la plupart sont ronds comme des queues de pelle. Avec ça, on a un gars qui est tombé du haut d'une table à l'occasion d'une fête de Noël organisée par sa boîte. Il hurle qu'il a mal au dos et que « personne dans ce foutu hosto ne comprend quoi que ce soit à la médecine ».

Ethan fronça les sourcils.

— Déjà les fêtes de Noël ? On n'est même pas encore en décembre.

— Tout le monde fête ça en avance. Je ne crois pas qu'une IRM s'impose, mais ce monsieur a consulté notre ami le Dr Moteur-de-recherche et en a conclu qu'il lui fallait une IRM sur l'heure. Et si je ne lui prescris pas cet examen, il compte m'intenter un procès qui me délestera de mon dernier dollar. Vous croyez que je pourrais l'apitoyer si je lui parle de l'emprunt que j'ai sur le dos pour financer mes études ?

Susan eut un geste désinvolte de la main.

— Ethan va s'en occuper, de ton gars. Il est très doué pour ramener les patients à la raison. Et si la raison ne marche pas, il jouera le flic de service.

Ethan haussa les sourcils.

— Le flic de service ? Sérieux ?

— Hé, c'est un compliment. Il n'y a pas beaucoup de patients qui réussissent à t'embobiner.

Maux de dos, de tête et de dents — autant de motifs de consultation fréquents dans le service. Et ils s'accompagnaient souvent d'une demande de prescription d'antalgiques codéinés. Ceux qui avaient un peu de bouteille dans l'équipe repéraient très vite les pathologies feintes et les douleurs surjouées. Mais pour les étudiants, c'était un vrai challenge de trouver le juste équilibre entre méfiance et compassion.

Tout en méditant sur cette étiquette de « flic de service »,

Ethan se dirigea vers la porte, mais il fut stoppé net dans sa progression par l'arrivée d'une civière. Un homme de tout juste quarante ans qui avait souffert de douleurs thoraciques sur son lieu de travail et fait un arrêt cardiaque dans l'ambulance. Une demi-heure s'écoula avant qu'il trouve le temps de voir le patient qui se plaignait de son dos — et lorsqu'il arriva en salle d'examen, l'atmosphère avait tourné à l'aigre.

— Ah ben, quand même ! Ce n'est pas trop tôt !

Le type empestait l'alcool.

— Il y a des heures qu'on me laisse croupir ici comme un chien.

L'alcool *et* la peur. C'était un mélange auquel ils avaient souvent affaire aux urgences. Et le mix était toxique.

Ethan jeta un coup d'œil à sa fiche d'admission.

— Je vois que vous avez été examiné dix minutes après votre arrivée dans le service, monsieur Rice.

— Par une infirmière ! Ça ne compte pas. Puis j'ai vu un externe boutonneux qui en savait encore moins que moi.

— L'infirmière d'accueil qui vous a reçu est tout à fait expérimentée.

— Ça se peut bien. Mais c'est vous le toubib ici, donc c'est vous que je veux voir. Le problème, c'est qu'on ne peut pas dire que vous soyez pressés de vous remuer, dans ce service.

— Nous avons eu une urgence, monsieur Rice.

— Et moi ? Je ne suis pas une urgence, peut-être ? Et j'étais là avant ! Vous expliquez ça comment que certains passent devant les autres ?

Par le fait que le patient en question était cliniquement mort à l'admission ?

— Dites-moi en quoi je puis vous aider, monsieur Rice.

Ethan restait calme en toute circonstance, conscient que dans un environnement déjà tendu par définition, il suffisait parfois d'un rien pour que tout dérape. Et s'il y avait une chose dont ils n'avaient pas besoin dans ce service, c'était bien d'un surcroît de coups et d'invectives.

— Ce que je veux, c'est une IRM, putain. Et tout de suite. Pas dans dix ans. Alors faites-moi passer cet examen immédiatement ou je porte plainte.

Le scénario n'était que trop familier. Des patients faisaient une recherche sur Internet, munis d'une liste approximative de symptômes, et arrivaient aux urgences, convaincus d'avoir posé le bon diagnostic et de savoir mieux que l'équipe médicale quel traitement s'imposait. Rien de pire que les rois de l'autodiagnostic en ligne.

Les menaces et les insultes faisaient partie des raisons pour lesquelles la prévalence du burn out était aussi élevée parmi le personnel des urgences. Il fallait apprendre à gérer l'agressivité, sous peine de se laisser éroder et de s'effriter comme la roche attaquée par l'océan.

Pendant la période toujours très agitée entre Thanksgiving et le jour de l'an, la tension et la hargne ambiantes atteignaient généralement des sommets.

Quiconque s'imaginait encore que Noël était la saison de « la paix parmi les hommes de bonne volonté » aurait dû venir passer une journée à travailler avec lui aux urgences. Ethan en avait des élancements dans la tête.

S'il avait été un de ses patients, il aurait réclamé un scanner.

— Docteur Black ?

Une des internes hésitait sur le pas de la porte. Ethan lui indiqua d'un signe de tête qu'il serait à elle dans un instant.

Il était le médecin en chef, l'urgentiste en titre, et tout le monde se tournait vers lui au moindre problème. Les externes, les aides-soignants, les infirmières, les pharmaciens, les internes et les patients : il était censé tout savoir et tout résoudre.

Tout ce qu'il savait pour le moment, c'était qu'il voulait rentrer chez lui. Sa journée de travail avait été longue et pénible et aucune amélioration ne semblait se profiler dans l'immédiat.

Il examina avec soin le patient qui se plaignait de son dos et lui expliqua calmement pourquoi passer une IRM ne servirait à rien dans son cas.

La nouvelle, comme tout le laissait prévoir, fut accueillie par une pluie d'imprécations.

Certains médecins acceptaient de prescrire les examens réclamés pour avoir la paix. Ethan, lui, s'y refusait.

Tandis que les vociférations tombaient sur lui et qu'il s'entendait reprocher son inhumanité, son incompétence et le fait qu'il déshonorait à lui seul la profession médicale tout entière, il débrancha ses récepteurs internes. Il avait une grande facilité à mettre ses émotions en mode *off*, désormais. C'était le retour au mode *on* qui devenait problématique. Son bilan désastreux en matière de relations de couple en témoignait.

Il laissa le torrent d'invectives couler sur lui mais ne se laissa pas fléchir. Il s'était juré depuis longtemps qu'il ne se laisserait pas influencer dans ses prises de décision médicales, que ce soit par les menaces ou par les scores de satisfaction décernés par les patients. Il prenait les mesures qui lui paraissaient nécessaires dans le meilleur intérêt du patient. Autrement dit, il ne les soumettait pas à des examens coûteux et inutiles, et ne leur prescrivait pas de médicaments dont l'impact serait nul, voire négatif sur leur état de santé.

— Docteur Black ?

Tony Roberts, le chef de service en pédiatrie, lui fit signe sur le pas de la porte.

— J'ai un besoin urgent de ton aide, Ethan.

Ethan donna ses instructions à l'interne qui avait pris le patient en charge et s'excusa.

— Que se passe-t-il, Tony ? Un problème ?

Tony hocha la tête. Son expression était on ne peut plus sérieuse.

— Dis-moi, tu crois au Père Noël ?

— Pardon ?

Ethan lui jeta un regard incrédule puis se mit à rire.

— Si le Père Noël existait, il me couvrirait probablement d'insultes, lui aussi. Car non seulement je lui recommanderais de perdre quelques kilos pour améliorer sa santé, mais je lui ferais remarquer que s'il tient vraiment à conduire son chariot à une altitude qui dépasse neuf mille mètres, il devrait au moins porter un casque. Ainsi qu'une tenue en cuir.

— Le Père Noël tout habillé en cuir ? Mm... Sexy, commenta Susan, en chemin pour aller parler à l'infirmière IAO qui assurait un premier tri des patients.

Tony sourit.

— C'est tout à fait le genre de réponses cyniques que j'attendais de toi, Black. Et c'est pourquoi je suis ici. Je vais t'offrir une chance que tu n'aurais jamais imaginé pouvoir saisir.

— Une année sabbatique à Hawaï avec maintien de salaire ?

— Mieux que ça. Je vais transformer ta vie.

Tony lui assena une grande tape sur l'épaule et Ethan se demanda s'il serait utile de lui faire remarquer qu'après douze heures de service aux urgences, il n'en faudrait pas beaucoup pour le mettre par terre.

— Si je ne me dépêche pas d'aller voir mon patient suivant, ma vie va être transformée, en effet : je me retrouve avec un procès sur le dos. Tu peux en venir au fait, Tony ?

— Tu sais que le Père Noël passe chaque année dans le service de pédiatrie, le 25 décembre ?

— Je l'ignorais mais maintenant je suis au courant. C'est une bonne initiative. Je suis sûr que ça fait plaisir aux gamins.

Le service pédiatrique était un monde très éloigné de celui dans lequel il évoluait.

— C'est vrai que les mômes adorent.

Tony jeta un coup d'œil autour de lui.

— Normalement, le Père Noël, c'est Rob Baxter qui le fait, confia-t-il à voix basse. Un des pédiatres du service.

— Non, sérieux ? C'est Rob ? Et moi qui croyais que c'était le vrai.

Ethan signa une ordonnance qu'un externe lui fourrait sous le nez.

— Tu viens de détruire mes dernières illusions. Je sens que je vacille et que je vais peut-être devoir m'allonger un moment.

— Oublie ce projet, Black.

Susan passait de nouveau devant eux. En sens inverse, cette fois.

— Personne ne s'allonge, dans ce service. Sauf les morts. Ils sont les seuls à avoir droit à la position horizontale. Et encore. On s'acharne impitoyablement à essayer de les réanimer d'abord.

Tony la suivit des yeux.

— Elle est toujours comme ça ?

— Toujours, oui. L'humour noir fait partie de l'ADN de l'équipe. Le rire guérit tous les maux, on ne te l'a jamais dit ? Qu'est-ce que tu voulais me demander, Tony ? Je croyais que tu avais un problème urgent à me soumettre.

— Absolument. Rob Baxter s'est rompu le tendon d'Achille en courant à Central Park. Il ne sera pas sur pied avant janvier. Non seulement c'est la merde noire pour le service, mais tout le monde est en état de crise car c'est notre Père Noël et nous n'avons pas de doublure prévue.

— Et tu me racontes ça pourquoi ? Tu veux que je jette un coup d'œil à son tendon ? Demande à Viola, plutôt. C'est une brillante chirurgienne.

— Je n'ai pas de besoin d'un chirurgien, j'ai besoin d'un Père Noël.

Ethan le regarda sans comprendre.

— Je n'ai aucun gros barbu vêtu de rouge dans mes fréquentations.

— On ne naît pas Père Noël, Black. On le devient. Tu veux être notre Père Noël, cette année ? Tu ferais ça pour nous ?

— *Moi ?*

Avait-il bien compris la question ?

— Je ne suis pas pédiatre.

Tony se pencha plus près pour murmurer :

— Au cas où tu l'ignorerais, le Père Noël ne prend aucune décision clinique. Il sourit et il tend des cadeaux.

— C'est un peu pareil par ici. Mais plutôt que des paquets, ils veulent qu'on leur tende de l'imagerie médicale et des médocs. Codéinés, de préférence. Le Vicodin en paquet cadeau est très demandé, cette année.

— Tu es cynique et blasé, jeune homme.

— Je suis juste réaliste. Autrement dit, non qualifié pour m'occuper d'innocentes créatures qui croient encore dur comme fer au bienfaiteur en rouge tiré par ses rennes.

— C'est justement la raison pour laquelle tu devrais le faire. Cela te rappellera ce qui dans le temps t'a fait choisir d'étudier la médecine. Ton cœur va fondre, docteur Désolation.

— Il n'en a pas, de cœur, marmonna Susan qui écoutait aux portes sans vergogne.

Ethan lui jeta un regard exaspéré.

— Tu n'as rien d'autre à faire, toi ? Aucune vie à sauver ?

— Je m'attarde juste le temps t'entendre ta réponse, boss. Si tu dois passer de cynique en chef à Père Noël, je tiens à en être informée. Et je veux te voir à l'œuvre, qui plus est. Je suis même prête à bosser le jour de Noël pour assister au spectacle.

— Tu bosses *déjà* le jour de Noël. Et je n'ai pas les qualités requises pour faire un Père Noël crédible. Qu'est-ce qui a pu te faire penser que j'accepterais ?

Tony posa sur lui un regard pensif.

— Pour les gamins, tu fais toute la différence. C'est un argument décisif, non ? Réfléchis à ma demande. Je te rappellerai dans une semaine. Ça ne te prendra qu'un moment et c'est une tâche facile et gratifiante.

Tony sortit du service, laissant Ethan perplexe.

— Dr Désolation, murmura Susan. Comme c'est mignon.

— J'ai l'air mignon, d'après toi ?

Tony lui avait probablement demandé ça pour le chambrer. Il n'était pas la personne indiquée pour jouer les Papas Noël débonnaires devant des mômes au cœur tendre.

Il vit qu'une externe lui tournait autour.

— Un problème ?

— Une femme qui se plaint de sa cheville. Elle est enflée et contusionnée. Je ne sais pas s'il faut faire passer une radio. Le Dr Marshall est occupé, sinon je le lui aurais demandé.

— Qu'est-ce qu'elle vient chercher réellement, cette fille ? Une ordonnance de Vicodin ?

— Je ne crois pas, non. Elle a juste l'air d'avoir mal.

Comme Ethan savait que l'étudiante n'avait pas encore l'expérience nécessaire pour distinguer entre les patients qui faisaient semblant et les autres, il lui emboîta le pas et la suivit dans le service. Le Vicodin était un antidouleur efficace. Mais il faisait aussi l'objet d'un mésusage fréquent et était devenu un stupéfiant à la mode. Il avait cessé de s'étonner de tout ce que les gens étaient prêts à faire pour obtenir une ordonnance d'opioïdes. Mais il refusait que son service prescrive des antalgiques puissants à tort et à travers. La dépendance aux antidouleurs opiacés étant devenue un véritable problème de santé publique.

La première pensée qui lui traversa l'esprit en voyant la fille, c'est qu'elle détonait au milieu du public de base des urgences un samedi soir. Elle avait des cheveux longs et d'un blond doré très clair, avec des traits fins et des lèvres roses et délicates. Un de ses pieds était chaussé d'un escarpin avec un talon si effilé qu'elle aurait pu s'en servir comme d'une lame. L'autre chaussure était dans sa main.

Sa cheville enflée bleuissait déjà.

Comment les femmes espéraient-elles ne *pas* se ravager les articulations en portant des trucs pareils ? C'était l'accident assuré, ces échasses invraisemblables qui ne méritaient même plus le nom de chaussures. Même si la fille, par ailleurs, avait l'air plutôt nature et authentique, il avait appris à ne pas se fier aux apparences. Il ne se souvenait que trop bien de l'étudiante qui était venue pour une prétendue rage de dents. Quelques jours plus tard, elle avait fait une overdose et était revenue aux urgences sur un brancard.

Ethan avait été présent pour son second passage, même s'il avait manqué le premier. C'était une leçon qu'il n'avait jamais oubliée.

— Mademoiselle Knight ? Je suis le Dr Black. Pouvez-vous me dire ce qui vous est arrivé ?

La fête avait dû être belle, songea-t-il en examinant sa cheville.

— Je l'ai tordue bêtement. Je suis désolée de vous prendre du temps alors que vous êtes tous si occupés.

Son attitude offrait un contraste rafraîchissant avec

celle des deux patients précédents qui avaient considéré ses soins comme un dû.

Il se demanda ce qu'elle faisait là, sans personne pour l'accompagner, un samedi soir. Elle portait une tenue plutôt festive, donc elle n'avait probablement pas passé sa soirée seule.

La fille devait être en fin de vingtaine. Trente ans, peut-être ? Même si elle avait un de ces visages auquel il était difficile de donner un âge. Plus lourdement fardée, elle aurait pu passer pour une femme plus âgée. Démaquillée, elle aurait probablement eu l'air d'une étudiante. Ses yeux étaient d'un joli bleu et son regard était amical et même chaleureux, ce qui le changeait agréablement.

Le chaleureux et l'amical ne figuraient que rarement au menu de ses journées de boulot.

— Et vous l'avez tordue comment ? En dansant ?

Savoir quel mouvement elle avait fait était utile pour déterminer la gravité de l'entorse et poser un diagnostic.

— Non. Pas en dansant. Je n'avais pas mes chaussures aux pieds, en fait.

Il observa, fasciné, la façon dont le rose lui montait aux joues.

Cela faisait une éternité qu'il n'avait pas vu quelqu'un rougir.

— Vous vous y êtes prise comment, alors ?

Il réalisa qu'elle devait penser qu'il lui arrachait les détails par curiosité perverse.

— Plus vous serez précise sur la façon dont l'accident s'est produit, plus vous faciliterez la pose du diagnostic.

— En fait, j'ai sauté d'une fenêtre. Pas d'une grande hauteur, mais je suis mal retombée et ma cheville a vrillé.

Elle avait sauté par une fenêtre ?

— Vous êtes du genre accro à la prise de risque ?

Elle eut un sourire amusé.

— Le summum de la prise de risque pour moi, c'est de lire dans mon bain avec ma liseuse. Donc, non, je ne me décrirais pas comme une tête brûlée.

De nouveau, les signaux d'alerte professionnels d'Ethan clignotèrent. Son premier réflexe avait été de penser addiction, puis il s'était demandé si elle se droguait aux sensations fortes. Mais maintenant, il pensait plutôt à une possible victime de violences.

— Alors pourquoi sauter par une fenêtre en plein hiver si vous n'avez pas le goût du risque ?

Il adoucit le ton de sa voix en essayant de lui montrer qu'elle pouvait avoir confiance en lui.

— Il fallait que je fausse compagnie à quelqu'un.

Elle dut voir son expression changer, car elle secoua la tête.

— Je vois à quoi vous pensez. Mais je n'étais pas menacée. C'était juste un accident stupide.

— Sauter par une fenêtre, généralement, ça n'arrive pas par accident.

Sauf si elle était en plein délire. Ou sous l'emprise de l'ivresse ou de la drogue. Mais elle ne sentait pas l'alcool et paraissait tout à fait calme et cohérente. Ce qui n'était pas le cas de la plupart de ceux qui affluaient dans le service à cette heure. Les urgences un samedi soir offraient rarement un spectacle très structuré.

— Pourquoi ne pas être sortie par la porte, si vous n'étiez pas menacée ?

Il vit son regard se dérober.

— C'est une longue histoire.

Et elle n'avait pas l'intention d'entrer dans les détails, apparemment.

Ethan médita sur les différentes options possibles. Ils voyaient très souvent des cas de violences conjugales aux urgences et c'était leur devoir de proposer un endroit sûr pour la nuit ainsi qu'un soutien psychologique aux femmes battues. Mais il avait constaté aussi que tout le monde ne souhaitait pas être aidé. Qu'il fallait parfois du temps.

— Mademoiselle Knight...

— Il n'y a pas de quoi vous alarmer, je vous assure. Si vous voulez vraiment savoir, c'était juste un premier rendez-vous qui a mal tourné. Par ma faute.

— Vous avez été obligée de sauter par la fenêtre pour échapper à l'homme avec qui vous passiez votre soirée !

Elle rougit pour la seconde fois.

— Disons qu'il ne correspondait pas du tout à la description qu'il donnait dans son profil.

— Vous n'aviez encore jamais rencontré cet individu ?

Cette fois, il pensa trafic sexuel. Peut-être s'était-il trompé sur son âge et était-elle plus proche de la vingtaine qu'il ne l'avait cru au premier regard.

Il consulta sa fiche, contrôla sa date de naissance et constata que sa première hypothèse avait été la bonne. Elle avait vingt-neuf ans.

— Je dînais avec quelqu'un avec qui j'avais eu un bon contact en ligne. Mais la rencontre ne s'est pas passée comme je l'avais escompté. C'est vraiment gênant d'avoir à raconter ça.

Elle se frotta le front avec la paume.

— Il avait triché sur son profil et je ne m'attendais vraiment pas à ça. On peut probablement en déduire que je suis stupide. Et naïve. Finalement, vous aviez peut-être raison de dire que j'étais dans la prise de risque, même si cela n'avait rien d'intentionnel. Et le risque, ce n'est pas vraiment mon truc.

Ethan avait surtout retenu ses premières paroles.

— Triché comment ?

— Sa photo de profil datait d'au moins trente ans. Et il affirmait être un tas de choses qu'il n'était pas.

Elle rejeta les épaules en arrière.

— Je ne me sentais pas à l'aise, avec cet homme. Comme j'avais un mauvais feeling, j'ai préféré disparaître en douce. Je ne voulais pas qu'il me suive jusque chez moi... Enfin, bref. Vous avez plus urgent à faire que d'écouter ce genre d'histoires.

Elle se pencha pour se frotter la cheville et ses cheveux glissèrent devant son visage.

Il se surprit à contempler un instant sa chevelure, ce rideau de soie couleur d'or pâle. Une bouffée de son parfum lui parvint aux narines. Floral. Subtil. Si subtil même qu'il se demanda si ce n'était pas simplement l'odeur de son shampoing.

Il évitait de se sentir touché par le sort de ses patients. Depuis quelques années, il avait même l'impression d'être émotionnellement détaché de tout. Mais pour une raison mal définie, il ressentit une bouffée de colère contre l'inconnu qui avait menti à cette femme.

— Et pourquoi la fenêtre ?

Il s'arracha à la contemplation de ses cheveux pour se focaliser sur sa cheville, qu'il examina avec soin.

— Vous auriez pu vous éclipser par la porte. Ou par les cuisines, plutôt.

— Depuis la table où nous étions, il aurait pu me voir. J'avoue que j'étais vraiment inquiète à l'idée qu'il me traque jusque chez moi. Et puis, honnêtement, je n'ai pas eu le temps de fomenter le plan d'évasion du siècle. Tout ce que je voulais, c'était que ça s'arrête. Le résultat est un peu pathétique. Il n'y a rien de cassé, au moins ?

— Je ne pense pas, non.

Ethan se redressa.

Son problème de cheville n'avait rien d'imaginaire. Et la douleur était réelle. Cela allait au-delà de la simple foulure, pour peu qu'il pouvait en juger.

— Je ne pense pas qu'il soit utile de procéder à un examen radiologique, mais si ça empire, il faudra revenir ou prendre rendez-vous chez votre médecin traitant.

Il se prépara à l'entendre protester qu'elle ne partirait pas de là avant d'avoir « sa radio » mais elle se contenta de hocher la tête.

— Parfait. Merci.

La réaction était tellement inhabituelle qu'il répéta pour s'assurer qu'elle avait bien entendu.

— Je vous disais qu'on pouvait se passer de faire une radio.

— Oui, oui, je comprends. Je n'aurais peut-être pas dû venir ici et gâcher votre temps, mais je ne voulais pas aggraver la situation en ne faisant pas ce qu'il faut. Je vous suis reconnaissante de m'avoir reçue et je suis soulagée qu'il n'y ait pas de fracture.

Elle acceptait son diagnostic sans broncher ?

Pas de « oui, mais... », pas de critiques, pas de menaces de procès ?

— Vous pouvez prendre du paracétamol. Ou n'importe quel antidouleur que vous avez en stock chez vous.

C'était à ce stade de la consultation qu'une large proportion de ses patients commençait à plaider pour qu'il prescrive des médicaments qui ne pouvaient être obtenus que sur ordonnance.

Ou peut-être qu'il devenait exagérément cynique ?

Aurait-il par hasard besoin de vacances ?

Les siennes approchaient, par chance. La semaine juste avant Noël, il disposerait d'un chalet de luxe dans le Vermont.

Une fois par an, il y retrouvait sa famille et ses amis. Et en ce mois de décembre difficile, il avait plus que jamais besoin de faire un break. Il adorait son boulot, mais la pression permanente finissait par se faire sentir.

— Je n'ai pas besoin de médicaments. Je voulais juste m'assurer qu'il n'y avait pas de fracture. J'ai un métier qui fait que je marche beaucoup.

Elle lui adressa un joli sourire qui lui figea un instant le cerveau.

Aux urgences, il était habitué à gérer des crises de panique et d'hystérie. À s'occuper de personnes victimes de violences ou en état de choc. Il était à l'aise dans ces contextes émotionnels. Il les comprenait, même.

Mais il était incapable de réagir de façon simple et humaine à un sourire comme celui-là.

Elle se releva tant bien que mal et il dut se faire violence pour ne pas tendre la main pour l'aider.

— C'est quoi, votre métier ?

La question avait une pertinence clinique. Rien à voir avec le fait qu'il avait envie d'en savoir plus à son sujet.

— Je dirige une société de service qui emploie des promeneurs pour chiens. Il faut que je sois mobile dans ce métier, donc je voudrais éviter que l'état de ma cheville empire.

Elle s'occupait de chiens, donc.

Il nota le discret semis de taches de rousseur sur son nez.

Il la voyait bien se balader avec des toutous. Et il n'était pas exclu qu'elle croie encore au Père Noël.

— Si vous passez vos journées à marcher, il vaudrait mieux éviter ce genre de talons dorénavant.

— Oui. C'était stupide. Un coup de folie. J'essaie de faire des trucs que je ne fais pas d'habitude, et…

Elle s'interrompit et secoua la tête.

— Mais je ne sais pas pourquoi je vous raconte tout ça. Les urgences sont surchargées et votre temps est précieux. Merci pour tout.

À elle seule, elle venait de le remercier plus souvent en

cinq minutes qu'il n'avait été remercié au cours des cinq dernières semaines par tous ses patients combinés.

Et non seulement elle le remerciait, mais elle n'avait pas remis son discernement clinique en question.

D'habitude, Ethan n'était jamais surpris par ses patients, mais pour une fois il se trouvait pris au dépourvu.

Et intrigué.

Il avait envie de lui demander pourquoi elle essayait de faire des trucs qu'elle ne faisait pas d'habitude. Et ce qui l'avait poussée à se jucher sur des stilettos. Pourquoi elle avait accepté de dîner avec un inconnu rencontré en ligne.

Au lieu de poser les questions qui le démangeaient, il resta professionnel et lui parla repos, glaçons, compression et élévation, tout en se sentant coupable d'avoir douté de sa sincérité.

Il se demanda à quel moment, au juste, il avait basculé dans cette attitude d'emblée suspicieuse envers ses patients dans leur ensemble.

Une chose était certaine, en tout cas : il avait bel et bien besoin de vacances.

Chapitre 3

— La soirée cauchemardesque du début jusqu'à la fin, autrement dit ! Il ne me reste plus qu'à l'effacer de mon disque dur pour repartir sur de nouvelles bases.

Harriet plaça sa cheville douloureuse sur le canapé tout en discutant avec sa sœur au téléphone.

— Et histoire de terminer en beauté, j'atterris aux urgences où Dr Très-hot-mais-suspicieux me voit clairement comme un individu limite animé d'intentions suspectes.

Elle revoyait l'expression méfiante de l'urgentiste quand elle lui avait parlé de son métier, comme s'il se demandait si son choix était entièrement recommandable.

Bon, certains jours où elle revenait avec de la bave de chien plein ses vêtements, il lui arrivait de se poser la même question...

— Ho ho... Il était beau, le doc ? Raconte.

— Attends, je rêve ? Je te dis que je me suis retrouvée face à face avec un mec vieux, bizarre, menteur et potentiellement harceleur, que je prends la fuite par la fenêtre et que j'atterris dans une benne à ordures et toi, tout ce qui t'intéresse, c'est de savoir si le médecin des urgences est beau gosse ou non ?

— C'est une interrogation légitime, non ? Tu lui as proposé de le revoir ?

Pour quelqu'un qui avait toujours affirmé se désintéresser de tout ce qui était romantique, sa sœur jumelle se passionnait beaucoup pour les hommes depuis quelque temps.

— *Non*, je n'ai pas glissé discrètement ma carte de visite dans la poche de sa blouse.

— Je croyais que tu te lançais de grands défis. Que tu étais déterminée à bousculer ton petit cadre de vie.

— En gardant quand même quelques principes. Draguer un médecin qui me soigne aux urgences les outrepasse.

— Tu aurais dû l'attraper par le cou et l'embrasser en lui fourrant la langue dans la bouche.

Harriet n'aurait eu aucune peine à imaginer l'expression d'horreur sur les traits de l'urgentiste suspicieux.

— Heureuse idée. Là, je serais en train de t'appeler de ma cellule après avoir été coffrée pour agression sexuelle. Non mais attends… tu ris, là ?

— Peut-être. Un peu.

Fliss s'étranglait littéralement, oui.

— La scène du saut par la fenêtre a été filmée, j'espère ? J'adorerais te voir suspendue dans le vide avec quinze centimètres de talons aux pieds.

— J'avais enlevé mes chaussures. Et je croise les doigts pour que personne n'ait eu l'idée de filmer, parce que ce n'est pas un épisode que j'ai envie de revivre.

Les élancements douloureux dans sa cheville lui suffisaient comme rappel du fiasco qu'avait été cette soirée. Sans parler de la honte — une honte ravageuse, comme un brouhaha de fond dans sa tête, qui montait en volume chaque fois qu'elle repensait à la scène de l'hôpital.

— Je suis fière de toi, en tout cas.

— Pourquoi ?

— Parce que ce n'est tellement pas toi, ce que tu as fait.

— Ça, on peut le dire. Ce n'est pas moi, en effet.

Harriet tenta de faire bouger sa cheville et se demanda quand elle commencerait à désenfler. La dernière chose dont elle avait besoin dans son métier, c'était d'une entorse qui la gênait pour marcher.

— C'est la dernière fois que je suis les conseils de Molly, en tout cas. C'est elle qui m'a dit de me mettre au *dating* en ligne.

— Le conseil est excellent. Molly est la grande spécialiste de la rencontre amoureuse. Elle a une connaissance parfaite du sujet.

Harriet repensa aux trois rendez-vous qu'elle avait endurés récemment.

— Spécialiste en théorie, peut-être. Mais ça m'étonnerait qu'elle ait vécu ce genre de truc en *live*, en tout cas.

— Elle a dompté notre frère indomptable. Ça prouve quand même quelque chose.

— Le *dating* en ligne n'est pas la méthode la plus appropriée pour quelqu'un de timide. On ne peut pas dire que je me montre spirituelle et brillante avec les inconnus.

— Tu es surtout très mal tombée. Mais si tu ne peux pas marcher, comment tu vas faire, pour le boulot ?

— J'ai délégué mes promenades pour les deux prochains jours.

— Tu veux que je passe quelques coups de fil pour toi ?

— Non, c'est bon. C'est déjà fait.

— Tu as appelé *et* les promeneurs *et* les clients ?

— Absolument. Tout est réglé.

— Tu as même téléphoné à la mère Langdon ?

Ella Langdon était la rédactrice en chef d'un grand magazine féminin de luxe, et mieux valait avoir les nerfs bien accrochés pour l'aborder. Chaque fois qu'elle devait l'appeler, Harriet était obligée de se faire un petit discours de motivation préalable.

— Même Ella Langdon. Elle a pris son ton courroucé des mauvais jours mais la conversation n'a pas viré au cauchemar total.

Et elle n'avait pas bégayé. C'était l'essentiel à ses yeux. Même si cela ne lui était plus arrivé depuis longtemps, elle vivait dans la terreur que son handicap refasse soudain surface au moment où elle s'y attendait le moins. Enfant, puis adolescente, son problème d'élocution l'avait coupée de son entourage. Sans sa jumelle, elle se demandait comment elle aurait survécu.

— Je suis impressionnée. C'est comme parler à une nouvelle Harriet. Dès que ta cheville ira mieux, tu recommenceras le *dating* ?

— Je ne crois pas, non. En tout cas, pas par Internet. Je ne vois pas comment cela pourrait coller, sérieux. Comment veux-tu que je repère quelqu'un qui me correspond juste en lisant quelques lignes sur un profil potentiellement bidouillé ? Les gens montrent juste ce qu'ils acceptent de laisser apparaître. C'est du *fake* et rien que du *fake* !

Et elle détestait cela. Quel sens cela avait-il de jouer la comédie dans ce contexte ? Si on n'était pas capable de se montrer tel qu'on était face à quelqu'un pendant deux heures, comment espérer une vie entière d'honnêteté et de partage ? Mais peut-être était-ce irréaliste de sa part de vouloir une relation à si long terme ? Serait-elle horriblement vieux jeu, avec des idées d'un autre siècle ?

Harriet avait le moral plus bas que terre. Quelques mois plus tôt, elle en aurait informé sa sœur, mais elle gardait désormais ses coups de blues pour elle. Une douleur sourde la tenaillait sous les côtes. Elle n'aurait su dire si c'était un problème digestif ou s'il s'agissait d'une grosse boule de sentiments ingérables.

— De toute façon, le problème ne se pose pas dans l'immédiat car je vais rester clouée à la maison pendant quelques jours. Comment va la vie avec Seth ? Grams est en forme ?

— Tout baigne. Grams est très occupée avec ses copines.

Tu sais comment elle est. Je ne connais personne qui ait une vie sociale aussi mouvementée qu'elle. Et Seth fait de grosses journées de boulot, mais moi presque autant. Balader des chiens sur une plage, ça reste génial, même en hiver. Et je n'arrête pas de dénicher de nouveaux contrats.

Quand il s'agissait de trouver des clients, Fliss avait le flair d'un fox-terrier.

— Sans toi, les Woof Rangers n'existeraient pas.

— Hé, c'est peut-être moi qui ai monté le truc, mais c'est toi qui as fait notre réputation. Les clients t'adorent. Les chiens te vénèrent.

Fliss laissa passer un court silence.

— Tu es sûre, sûre, sûre de ne pas vouloir venir avec nous à Noël ? Je n'ai encore jamais passé un seul Noël sans toi. Ça va me faire bizarre. Tu me manqueras trop.

— Mais non, ce sera super, Fliss.

Qui maintenant était dans le fake *et le faux-semblant ?*

— On va le fêter dans la famille de Seth, mais tu es invitée aussi. J'aimerais vraiment que tu sois là.

Harriet se visualisa en train de célébrer Noël avec des quasi-inconnus. Fliss se sentirait responsable d'elle et tenue de veiller sur elle en permanence. Ce serait une vraie torture. Et de toute façon, c'était le plus gros défi qu'elle s'était lancé : « Noël sans jumelle ». L'équivalent d'une coupure de cordon ombilical. Si elle pouvait surmonter ça, elle surmonterait tout le reste. Ce serait un magnifique coup de boost pour sa confiance en elle.

À condition qu'elle survive à l'épreuve…

— Je préfère rester en ville, plutôt. J'ai une passion pour Manhattan à Noël.

En cela au moins, elle ne mentait pas. C'était le moment de l'année qu'elle préférait pour déambuler dans son cher New York, transformé en conte de fées d'hiver. Elle ne se lassait pas des vitrines aux décors thématiques élaborés, des lumières et des décos partout, de la foule joyeuse des passants sur la Cinquième Avenue qui vacillaient sous le poids de leurs paquets.

— Ils annoncent encore de la neige. Ça va être magique ici. J'adore la neige. Même si, avec la chance qui me caractérise, je risque de glisser et de me tordre l'autre cheville.

— Ce serait l'occasion de revoir ton Dr Beau-gosse.

— Arrête. Il serait découragé de me voir débarquer de nouveau. Et il me demanderait si je compte un jour apprendre à marcher.

Elle avait beaucoup pensé à lui depuis cette soirée. Il avait eu un regard tellement… intense. Des yeux bleus fatigués. Difficile ne serait-ce que d'imaginer la force mentale nécessaire pour faire un métier tel que le sien. Affronter la salle d'attente noire de monde tout en gérant les patients prioritaires qui arrivaient entre la vie et la mort, précédés par la fanfare discordante des sirènes et le tournoiement lancinant des gyrophares.

Pendant qu'elle attendait son tour dans le couloir, elle avait eu tout le temps de le voir en action.

Elle avait noté que les autres soignants le consultaient en permanence avant de prendre des décisions. Mais elle avait remarqué aussi qu'il avait pris le temps de parler quelques instants à une vieille dame à l'air égaré.

En le regardant évoluer dans le service, elle avait eu le sentiment que cet homme était au centre de tout, le moyeu au cœur de la roue, et qu'un ballet permanent s'orchestrait autour de lui.

La dernière chose dont cet urgentiste surmené avait besoin, c'était de la voir encombrer une seconde fois son service.

Lorsqu'elle raccrocha après avoir pris congé de Fliss, il faisait déjà nuit dehors.

L'appartement paraissait plus vide et plus silencieux que jamais.

— Même petite, tu sais, je n'étais pas une grande fana des fêtes de Noël.

Elle remplit la gamelle de Teddy, le teckel à poils longs dont elle assurait la garde temporaire dans le cadre de ses activités d'accueil pour le refuge des animaux. Elle avait toujours eu un faible pour les teckels. Ils étaient espiègles, joueurs et incroyablement fidèles. Elle adorait la nature affectueuse de Teddy, ses petites crises de folie et son air guilleret quand il se planquait sous la couette. Même son refus obstiné de sortir sous la pluie avait un côté émouvant.

— Tu sais qu'il y a des gens pour qui Noël est le point culminant de l'année ? Ils attendent leur fête préférée avec tant d'impatience qu'ils commencent à mettre des décorations tout de suite après Thanksgiving. Et tout ce qui a trait aux fêtes, ils adorent. Moi, pas du tout. Je redoutais toujours le tralala de Noël quand j'étais petite. As-tu la moindre idée de ce qu'endurent, dans le cadre scolaire, les élèves incapables de parler ou de chanter sans bégayer ? Un cauchemar. J'étais habituée aux humiliations quotidiennes dans un petit groupe limité, mais avec le spectacle de Noël, ça se transformait en mortification publique géante. Le pire, ça a été l'année où j'ai dû chanter « Douce Nuit, Sainte Nuit » en solo. Je peux te garantir que ça n'a pas *du tout* été une douce nuit pour moi.

Teddy dressa les oreilles et pencha la tête en signe de compassion.

Ce qu'il y avait de génial avec les chiens, c'est qu'ils étaient toujours solidaires. Quel que soit votre problème, ils prenaient votre parti. Teddy ne comprenait peut-être pas les mots, mais elle était certaine qu'il percevait les émotions derrière. Elle s'était souvent demandé pourquoi les chiens avaient une sensibilité tellement plus développée que celle des hommes…

— Bon, il ne faut pas croire non plus qu'ils étaient tous méchants avec moi. Ma bête noire, c'était Johnny Hill. Il était passionné de foot et son second sport préféré consistait à me pourrir la vie.

Teddy fourra son museau au creux de sa paume et lui lécha la main pour la réconforter.

— Fliss lui a cassé la figure. Ça lui a valu huit points de sutures sur la tête et un renvoi temporaire de l'établissement. Elle volait à mon secours tout le temps. Ce qui était super. Mais je crois que ça m'a rendue un peu trop passive.

Teddy gémit.

— Toi, demain, tu pars dans ta famille définitive. Ta famille-pour-la-vie.

Elle caressa sa robe soyeuse en se disant que c'était ce qui pouvait arriver de mieux. Au moins pour Teddy.

— Et c'est très bien. Je suis OK avec ça. Vraiment. Tout ce que je veux, c'est que tu sois heureux. Et ça va être la fête pour toi demain, tu vas voir.

Teddy posa la tête sur ses genoux et leva vers elle son beau regard mélancolique. Il n'en aurait pas fallu beaucoup pour qu'Harriet achève de se convaincre qu'il comprenait mot pour mot tout ce qu'elle lui racontait.

— Tu seras le parfait cadeau de Noël pour eux. Ta future famille a une maison de campagne avec dix-sept hectares de terrain. Et ils y passent tous leurs week-ends. Imagine un peu la vie princière que tu vas mener, mon coco, après avoir été tassé à l'étroit ici avec moi. Tu pourras passer une vie entière à ne jamais uriner deux fois contre le même arbre. Et tu creuseras autant de trous que tu voudras — et on sait à quel point tu aimes ça. Pour moi, ça ira aussi très bien. Dans un jour ou deux, je ne remarquerai même plus que tu n'es pas là.

Voilà qu'elle mentait même aux chiens, maintenant.

Inquiétant, non ?

Teddy rivait sur elle un regard désolé et elle tomba à genoux, ce qui lui arracha une grimace de douleur lorsque sa cheville la rappela à l'ordre.

— Viens me faire un câlin, adorable créature.

Teddy se jeta contre sa poitrine et elle le serra contre elle, réconfortée par sa bonne chaleur canine. Les gens qui avaient adopté Teddy ne connaissaient pas leur chance.

— Le médecin a dit qu'il fallait que je mette des paquets de glace sur ma cheville. Ça te dit de regarder la télé sur le canapé ? *Gilmore Girls*, ça te va ?

Teddy agita la queue.

Un jour, songea-t-elle en boitillant jusqu'au sofa avec le chien dans les bras, elle se blottirait dans ces mêmes coussins avec un spécimen mâle appartenant à une espèce qui ne se déplaçait pas à quatre pattes. Un homme qui serait aussi réconfortant et empathique qu'un chien, mais qui lui ferait plus d'effet sur le plan sexuel.

Peut-être même un beau médecin au regard bleu.

Elle leva les yeux au plafond. Pourquoi pensait-elle encore à cet urgentiste ? Physiquement, il avait tout ce qu'il fallait pour séduire, impossible de dire le contraire. Mais il y avait chez lui quelque chose de lointain et d'inaccessible, comme s'il avait placé une barrière entre ses patients et lui-même.

Ce Dr Machin-chose était peut-être très excitant, mais ce n'était pas du tout son type.

Quelques jours plus tard, Ethan fut réveillé par la sonnerie de son téléphone.

Il grogna, voulut l'attraper à tâtons et le fit tomber par terre. Lâchant une série de jurons musclés appris grâce à ses patients des urgences, il le récupéra sous la table de chevet.

— Oui, c'est quoi ?

— Ethan ?

— Debra ?

Reconnaissant la voix de sa sœur, il tenta de chasser les brumes d'un sommeil comateux.

— Ça va ?

— Non. Il y a eu un accident.

— Qui ? Quoi ? Où ?

Il se dressa sur son séant, complètement désorienté après ce réveil brutal en phase de sommeil profond.

— C'est Karen, annonça sa sœur d'une voix étranglée. Elle a été heurtée par une voiture.

— *Quoi ?*

Entièrement réveillé cette fois, Ethan se leva d'un bond. Il était habitué à être le porteur de mauvaises nouvelles. Moins accoutumé à se trouver en situation de destinataire. Sa nièce, Karen, était en première année de fac, en Californie, et s'éclatait dans sa nouvelle vie d'étudiante. Il l'adorait — d'autant plus sans doute qu'il avait depuis longtemps accepté l'idée que ses chances étaient minces d'avoir lui-même un jour des enfants. Sa sœur était de dix ans son aînée et la naissance de Karen, lorsqu'il avait seize ans, avait été un grand moment pour lui. Son rôle auprès d'elle était presque autant celui d'un grand frère que d'un oncle.

— Comment est-elle ? Consciente ? Tu veux que j'appelle l'hôpital et que je demande à parler à l'équipe médicale ?

— Je les ai déjà eus au téléphone. Ils ne devraient pas la garder hospitalisée plus de quelques jours, mais elle ne pourra pas poser le pied par terre pendant deux semaines. Mark est encore en Extrême-Orient. Il va essayer de prendre un vol direct pour San Francisco mais il lui faudra bien deux jours avant d'arriver. Il faut que je parte aujourd'hui. J'ai mon avion en début d'après-midi.

Ethan vérifia l'heure.

— Je viens avec toi.

— Tu ne peux pas t'absenter de ton travail comme ça.

S'absenter des urgences n'était jamais simple, en effet.

— Tant pis. Ma famille est prioritaire. Tu peux compter sur moi. Je m'arrangerai.

Il essaya de ne pas penser au chaos que son absence engendrerait ni à ses travaux de recherche qui requéraient une partie non négligeable de son temps. Si sa sœur avait besoin de lui, elle avait besoin de lui. Et il se débrouillerait pour le reste.

— Je m'en sortirai toute seule, mais tu ne peux pas imaginer comme j'apprécie que tu me l'aies proposé.

— Debra…

— Non. Sérieux. Je vais y arriver.

— Si tu ne veux pas que je t'accompagne, y a-t-il autre chose que je puisse faire ? Il doit y avoir un moyen de t'aider.

Un court silence suivit sa déclaration.

— C'est une proposition sincère ?

— Évidemment.

Ethan décida que compte tenu de l'heure, ce n'était plus la peine d'essayer de se rendormir.

— De quoi as-tu besoin, Deb ?

— Que tu me prennes Madi pour quelques jours. Et peut-être même un peu plus. Il se pourrait qu'on ne soit pas de retour avant une bonne semaine.

— Madi ?

Il fallut un instant à Ethan pour comprendre à qui elle faisait allusion. Debra n'avait qu'un seul enfant.

— Ton chien, tu veux dire ?

— On peut dire que Madi est un chien, oui, ou plus exactement une chienne, même si nous la considérons plutôt comme un membre de la famille à part entière. Elle a des côtés incroyablement humains.

Ethan se passa les doigts dans les cheveux.

— Tu voudrais que je prenne ta chienne chez moi ? Non. Sérieux... Ça, je ne peux pas, Deb.

— Tu viens de me dire que tu es prêt à tout pour m'aider.

— Tout mais pas ça.

— Tu étais d'accord pour tout lâcher et t'envoler pour la Californie, mais tu refuses de garder ma chienne quelques jours ? C'est pourtant nettement moins contraignant.

— Pour moi si. Sur les vingt-quatre heures que dure une journée, je dois en passer en moyenne quatre à l'appartement.

— Justement. Prends Madi une semaine ou deux. Cela te donnera une bonne raison de rentrer chez toi.

Ethan soupçonnait fortement sa sœur d'espérer lui trouver tout un tas de « bonnes raisons » de rentrer chez lui le soir. Et il n'adhérait à aucune.

— Avoir un animal chez soi, c'est sympa, Deb. Mais pas quand on a une vie comme la mienne. Je n'aurai pas une seconde à consacrer à ta bestiole.

— C'est une situation d'urgence. Je ne te le demanderais pas, sinon. Je ne sais pas combien de temps je resterai sur la côte Ouest. Karen a besoin de moi...

La voix de sa sœur vacilla.

— S'il te plaît, Ethan. Je te promets que Madi ne te causera aucun souci.

Ce fut le tremblement dans la voix de Debra qui le fit flancher. Il ne se souvenait pas d'avoir jamais vu sa sœur pleurer. Même le jour où il avait introduit une grenouille dans son sac à dos.

Il sentait sa résolution faiblir. *Merde.*

— Et pourquoi tu ne la mets pas dans une crèche pour chiens ? Ou comment on appelle ça ? Un chenil ? Un hôtel pour toutous — il doit y avoir quelque chose de prévu pour les animaux domestiques, non ?

Que faisaient les gens avec leurs animaux en cas d'absence ? Il ne s'était jamais posé la question.

— On a essayé cette solution la fois où Mark a gagné son prix dont la remise s'était faite à Chicago. On en a profité pour organiser un week-end en famille sur place et on a mis Madi en pension. Mais elle s'est grattée à s'en arracher toute sa fourrure tellement elle était stressée. Maintenant, on se débrouille pour choisir des hôtels ou des lieux où on peut l'emmener. Elle serait tellement mieux en compagnie humaine.

Pas si l'humain en question, c'était *lui*.

— Ma compagnie laisse à désirer après une journée aux urgences. Je crois que j'ai ce qu'on appelle le burn out du soignant. Je suis en panne d'empathie chronique.

— Madi n'a pas besoin d'empathie. Tout ce qu'il lui faut, c'est de la nourriture, des promenades et un peu de compagnie de temps en temps. Je veux qu'elle se sente le moins déphasée possible, donc je maintiens sa promeneuse habituelle pendant mon absence.

— Sa promeneuse ?

— Je fais appel à une société spécialisée, les Woof Rangers. Ils couvrent tout l'East Side, donc le changement d'adresse ne devrait pas leur poser de problème. Tout se passera tout à fait tranquillement. Et c'est une très jolie fille.

— *Qui* est une jolie fille ?

— Harriet. Celle qui promène Madi. Quand je dis « fille », c'est une façon de parler. Elle doit approcher la trentaine.

Ethan se fichait de l'âge de la promeneuse comme de sa première trottinette.

— Donc cette fille promène le chien une heure par jour et…

— Deux. Elle va venir deux fois.

— Deux heures par jour. Et que devient le chien pendant les vingt-deux heures restantes ?

— Tu pourrais arrêter de l'appeler « le chien » ? Madi est une fille ! Elle va finir par douter de son identité sexuelle.

— Raison supplémentaire pour ne pas l'abandonner entre les mains de l'individu froid et insensible qui te sert de frère.

— Tu n'es pas insensible. Tu es médecin, je te rappelle.

— Et dépourvu d'empathie, je te le certifie. C'est un diagnostic d'expert.

— Si c'est de ton ex-femme que tu parles…

— Son nom est Alison, nous sommes restés en excellents termes et son appréciation était entièrement justifiée. Je suis insensible, c'est un fait. Et je ne connais rien aux chiens.

— Les chiens, ça n'a rien de compliqué, Ethan. Tu les nourris et tu les promènes. Si tu peux pousser l'effort jusqu'à lui parler, Madi appréciera aussi, c'est certain.

— Et que fera-t-elle le reste du temps ?

— Elle dormira comme un ange dans sa corbeille.

Ethan regarda autour de lui dans l'appartement. Un ordre impeccable y régnait, inchangé depuis le passage du service de nettoyage deux jours plus tôt. Rien de tel pour avoir un lieu de vie immaculé que d'éviter au maximum de s'en servir.

— Tu es sûre qu'elle va se tenir tranquille en mon absence ?

— Mais oui, je suis sûre. Et si tu acceptes, Karen arrêtera de s'angoisser. Madi est sa chienne.

Ayant réussi à toucher son point faible, sa sœur s'engouffra à fond dans la brèche.

— Toute la famille te sera reconnaissante.

Ethan comprit qu'il était perdu. Et son inquiétude pour sa nièce était trop forte pour qu'il ait envie de perdre du temps à batailler sur des histoires de chien.

— Briefe-moi dès que tu auras vu Karen. Et si ce qu'ils te racontent à l'hôpital ne te plaît pas, tiens-moi au courant et je passerai quelques coups de fil. Je connais deux ou trois personnes là-bas.

— Tu connais tout le monde, dans ce milieu.

— On se croise à des congrès médicaux. C'est un monde étonnamment petit. À quelle heure comptes-tu déposer ta bestiole ?

— Je m'arrêterai en chemin pour l'aéroport. Je la promènerai avant de la laisser chez toi. Et il faudra que tu voies Harriet. À quelle heure ça t'arrangerait de la rencontrer ?

Comme s'il n'avait que ça à faire.

— Ce soir ? Je vais essayer de sortir un peu plus tôt.

— Parfait. Je lui donnerai ma clé de chez toi au cas où tu serais en retard. Comme ça, elle pourra sortir Madi tout de suite. Entraîne-toi à prononcer son nom, Ethan : Madi. Pas « le chien ». Madi.

— OK. OK. Il faut que je te laisse. Il me reste deux heures pour barricader mon appart face à l'invasion canine — pardon face à l'invasion de *Madi*.

— Ce n'est pas nécessaire, je t'assure. Elle est très civilisée.

— Cela reste un animal.

— Tu t'attacheras à elle très vite. Tu verras, ça ira tout seul.

Ethan en doutait fort. L'expérience lui avait appris que les choses allaient rarement d'elles-mêmes.

Chapitre 4

— Madame Sullivan ?

Harriet s'immobilisa un instant à l'entrée de l'appartement, sa clé à la main et une collection de sacs à ses pieds. Elle avait encore des élancements douloureux dans la cheville mais moins qu'avant. Avec un peu de chance, c'était bon signe.

— C'est moi ! Harriet. Vous êtes là ? Vous n'avez pas réagi quand j'ai sonné et je ne voulais pas vous faire sursauter.

— Harriet ?

Glenys Sullivan sortit à pas lents de sa cuisine en se cramponnant à son déambulateur.

— On s'inquiétait pour toi, Harvey et moi, mon petit. Tu as mis plus de temps que d'habitude pour arriver.

— Je me déplace un peu au ralenti en ce moment.

Harriet referma la porte. Glenys était peut-être soucieuse pour elle, mais l'inquiétude était réciproque. La vieille dame avait perdu du poids depuis le décès de son mari dix mois plus tôt, et il y avait déjà un moment qu'Harriet la voyait décliner. Pour lui soutenir le moral, elle avait pris l'habitude de passer lui dire un petit bonjour chaque fois qu'elle était dans le secteur. Et même quand elle ne passait pas vraiment à côté, elle s'arrangeait pour venir faire un petit saut quand même. Elle ne revoyait pas souvent ses clients une fois que le promeneur ou la promeneuse attitrée entrait en scène. C'était donc une bonne occasion pour elle de maintenir le contact.

— Je me suis pris une jolie gamelle et j'ai été obligée de rester allongée quelques jours. Ce n'est pas très malin de ma part.

Depuis presque cinq décennies maintenant, Glenys occupait ce même appartement ensoleillé de l'Upper East Side, entourée de ses livres, ses meubles de famille et sa collection de chiens en porcelaine.

— Tu as glissé, mon petit ? Il y a du verglas sur les trottoirs ?

— Pas encore, non, mais on annonce une vague de froid. Il devrait neiger dans les jours qui viennent et j'ai les doigts gelés. Il faut que je dégotte mes gros gants au fond de mon armoire.

Sourde aux protestations de sa cheville rétive, Harriet alla porter ses sacs à la cuisine. Elle avait passé deux jours quasiment sans bouger, la jambe levée. Et avait appliqué régulièrement des poches de glace, comme le médecin le lui avait recommandé. La douleur restait cuisante, mais elle en avait assez de rester enfermée. Et elle n'avait pas voulu laisser passer trop de temps sans prendre de nouvelles de Glenys.

— Comme il va neiger, j'ai pensé que ce serait une bonne idée de remplir votre frigo. C'est la folie furieuse dans les magasins. Les gens vident les rayons alors qu'on a eu à peine quatre flocons jusqu'ici.

Elle se pencha pour faire un câlin à Harvey, un Westie plus tout jeune et blanc comme neige qu'elle promenait depuis deux ans. Elle déléguait beaucoup à son équipe désormais, mais elle gardait quelques chiens dont elle se chargeait elle-même et Harvey faisait partie de ses préférés. C'était un petit terrier futé avec un caractère très sociable. Harriet l'adorait.

Glenys tourna les yeux vers la fenêtre et contempla le ciel gris.

— Je me souviens de la tempête de 2006 où nous avons eu près de soixante-dix centimètres de neige à Central Park, mais même celle-là n'a pas été aussi terrifiante que le blizzard de 1888.

Harriet se redressa en souriant.

— Vous en parlez comme si vous y étiez !

— Moi non, mais mon arrière-grand-mère, oui. Les récits que j'ai entendus, je les tiens d'un témoin oculaire direct : les trains étaient arrêtés sur les voies, les voitures à cheval ne pouvaient plus circuler. La ville était coupée du reste du monde mais on pouvait traverser l'East River à pied entre Brooklyn et Manhattan. Tu imagines un peu ?

— Non. Avec un peu de chance, ce ne sera pas aussi violent cette fois-ci. Mais même si cela arrive, vous aurez de quoi tenir un siège.

Harriet finit de stocker les conserves dans le buffet.

— Vous avez déjeuné à midi ?

— J'ai bien mangé, oui.

— Vous me dites la vérité, Glenys ?

— Non, mais je ne veux pas que tu t'inquiètes. La vérité, c'est que je n'avais pas faim.

Harriet émit un son désapprobateur.

— Il faut vous nourrir si vous voulez garder vos forces.

— Et elles me serviraient à quoi, mes forces ? Je ne sors plus de chez moi. Mes os ne valent plus grand-chose.

— Vous avez appelé votre médecin ? Il sait que vos douleurs empirent ?

Elle sortit les produits frais de son panier et les plaça dans le réfrigérateur tout en vérifiant par automatisme les dates de péremption au passage. Elle bazarda un bout de fromage hérissé de moisissures et quelques tomates qui semblaient en voie de liquéfaction.

— Mon médecin m'a dit que si mes douleurs s'aggravent, c'est juste signe que l'arthrose gagne du terrain. Il a dit aussi qu'il faut que je me maintienne en mouvement. C'est n'importe quoi, non ? Comment veut-il que je bouge alors que mes rhumatismes me clouent sur place ? Ils ne connaissent vraiment rien à rien, ces médecins.

Harriet songea à celui qu'elle avait vu à l'œuvre aux urgences et à la façon dont le reste de l'équipe soignante s'en remettait à son avis de manière inconditionnelle.

Ce médecin-là ne lui avait pas paru pécher par manque de compétence.

Dr E. Black.

Elle se demanda de quel prénom « E » était l'initiale. Edward ? Elliot ?

Elle sortit une boîte d'œufs et un morceau de fromage, et referma la porte du réfrigérateur.

— Si votre médecin vous dit qu'il faut bouger, c'est qu'il faut bouger.

Evan ? Earl ?

— C'est plus facile à dire qu'à faire. Je n'ai plus aucune confiance en mes vieilles jambes. Si elles me lâchent et que je m'écroule sur le trottoir, la foule me piétinera avant que j'aie eu le temps de me relever.

— Donc il vaut mieux ne pas sortir seule. Tiens, si on allait marcher toutes les deux ? Vous vous sentiriez beaucoup plus sûre de vous avec un bras auquel vous raccrocher en cas de besoin.

— C'est mon chien que tu viens faire marcher. Pas moi. Tu es une promeneuse de chien, pas une promeneuse d'humains.

— Je promène quelques humains, si. Des humains d'exception, comme vous. On peut sortir Harvey ensemble.

Harriet cassa trois œufs dans un bol et les battit avec

des herbes aromatiques fraîches qu'elle faisait pousser sur son rebord de fenêtre.

— Harvey sera ravi, ajouta-t-elle. Vous l'imaginez en balade avec deux femmes ? Cela aura le meilleur effet sur son estime de lui.

— Son estime de lui n'a aucun besoin d'être améliorée. Il se considère déjà comme le roi. Qu'est-ce que tu fais ?

— Je vous prépare une délicieuse omelette. Il est hors de question que je vous emmène marcher avec le ventre vide.

Harriet versa le mélange dans une poêle et monta la température de la plaque.

— J'ajoute un peu de fromage et des épinards. C'est bon pour les os.

— Il n'y a plus grand-chose à faire pour les miens. Je ne pense pas pouvoir marcher aujourd'hui, mon petit.

— Juste une petite balade de rien du tout, plaida Harriet. Quelques pas. Un pâté de maisons.

Glenys soupira.

— Tu sais que tu es un vrai tyran, toi ?

— Je sais, oui.

Harriet frappa l'air d'un poing triomphant et réussit à faire rire Glenys.

— Tu es jeune et jolie. Tu ne devrais pas perdre ton temps avec un vieux machin délabré comme moi.

— J'aime beaucoup votre compagnie et j'adore cuisiner. Depuis que Fliss est partie, je ne cuisine plus que pour moi-même et c'est ennuyeux comme la pluie.

Harriet versa une omelette dorée et odorante sur une assiette et ajouta une tranche de pain frais.

— Et maintenant, asseyez-vous et mangez.

— Je déteste manger seule.

— Alors je vous tiens compagnie.

Harriet se coupa une tranche de pain et essaya d'oublier les inévitables répercussions sur ses cuisses. Des cuisses que personne ne voyait jamais, de toute façon. Refoulant cette pensée déprimante, elle sortit le beurrier.

— Vous voyez ? Je mange aussi.

— Et ta cheville alors ? Tu l'as montrée à un médecin, j'espère ?

— Je suis allée tout de suite aux urgences. Mais je leur ai fait perdre leur temps là-bas, les pauvres. Il n'y a pas de fracture.

Elle mordit à pleines dents dans sa tartine beurrée et prit note mentalement de préparer une fournée de cookies la prochaine fois qu'elle viendrait rendre visite à Glenys. Tout le monde aimait ses cookies. À l'origine, la recette venait de sa grand-mère mais, avec les années, elle l'avait modifiée à sa façon. Le summum de la rébellion adolescente, version Harriet.

Non, je n'incorporerai pas une seule cuillerée de vanille, j'en mets deux et prends-toi ça dans les dents.

Pitoyable.

Glenys joua avec l'omelette sur son assiette.

— Je ne vois pas en quoi tu leur aurais fait perdre leur temps. Imagine qu'elle ait été cassée, ta cheville ?

— Cela m'aurait sérieusement compliqué la vie, en tout cas.

Elle songea à la foule compacte entassée dans la salle d'attente. Les urgences étaient déjà engorgées et l'hiver n'avait même pas encore officiellement commencé.

— Je pense qu'il y aura un monde fou en décembre, là-bas, donc je vais faire attention à où je mets les pieds.

— Parle-moi du séduisant médecin qui t'a examinée.

— Je ne me souviens pas avoir dit qu'il était séduisant.

— Les médecins sont toujours attirants. Quel que soit leur aspect physique, leur fonction les rend irrésistibles. Il était brun ou blond ?

— Mangez vos œufs et je vous le dirai.

Elle attendit que Glenys avale une bouchée.

— Cheveux noirs. Yeux bleus.

— C'est la meilleure combinaison. Mon Charlie avait les yeux bleus. C'est la première chose que j'avais remarquée chez lui.

— C'est la première chose que j'ai remarquée aussi.

Ça et la lassitude dans son regard. Pas seulement le genre de lassitude qui trahissait un manque de sommeil. Plutôt la lassitude de quelqu'un qui était fatigué de la vie. Un côté sombre qui finissait peut-être par vous tomber dessus à force de naviguer dans le microcosme des urgences. Probablement un phénomène d'usure émotionnelle. Si elle avait eu à prendre soin de tant de personnes en situation de difficulté extrême, l'ampleur de la tâche l'aurait vidée de ses forces. Vidée d'elle-même.

Glenys reprit docilement une bouchée.

— C'est peut-être un signe. Le début de quelque chose entre ce médecin et toi. Qui sait si vous ne finirez pas vos jours ensemble ?

Harriet se mit à rire.

— Je ne le reverrai plus jamais, Glenys. À moins de me fracturer l'autre cheville. Et il a beau être attirant physiquement, ce n'est pas quelqu'un d'assez souriant pour moi. Je l'ai trouvé distant et intimidant, à vrai dire.

— C'est probablement son armure de soignant qui t'a paru dissuasive. Ils font face à une telle misère humaine, dans ces métiers. Sans parler de la pression permanente. Je le sais, parce que mon Darren a travaillé un temps comme ambulancier. Il fallait entendre les histoires qu'il me racontait. C'était à pleurer, parfois.

Darren était le fils aîné de Glenys et vivait en Californie depuis des années. Elle ne l'avait pas revu depuis l'enterrement de son mari.

Harriet se demandait souvent comment les familles en

arrivaient à s'éparpiller à ce point. À ses yeux, la dispersion n'était pas une bonne chose. Elle rêvait d'une grande famille dont les membres vivraient dans un périmètre suffisamment restreint pour pouvoir circuler librement chez les uns et chez les autres. Tu passes prendre un café ? Top. J'arrive. Cuisiner à l'impro pour douze personnes ? Harriet ne demandait pas mieux. Cette année, Fliss fêterait Noël à la campagne, dans la famille de Seth. Leur frère Daniel partait avec Molly rendre visite à son futur beau-père que Molly elle-même n'avait pas revu depuis des années. Quant à leur mère, voyageuse inlassable, elle parcourait le monde. Harriet serait la seule à ne pas aller quelque part.

Le 25 décembre, elle le passerait à Manhattan. En compagnie d'elle-même dans son petit appartement. À regarder les vitrines illuminées en compagnie d'elle-même. À patiner sur la glace. Toujours en compagnie d'elle-même. À avaler son repas de réveillon. Sans même un chien avec qui partager quelques amuse-bouche.

Elle regarda Glenys qui se forçait à avaler son omelette.

— Vous faites quoi, vous, le 25 ?

— Je reste là et j'attends que le Père Noël passe.

Harriet sourit.

— Ça vous dirait de venir l'attendre chez moi ? Je suis bonne cuisinière.

Glenys joua avec son omelette.

— C'est ce que je constate, en effet. Tu invites ton beau médecin ?

— Sûrement pas, non. Vu les questions qu'il m'a posées, il me prenait soit pour une travailleuse du sexe, soit pour une victime d'addiction médicamenteuse en crise de manque.

Ce qui n'avait rien de si étonnant, au fond. Après ses mésaventures de la soirée, elle avait dû avoir une mine plutôt défaite. Et les deux heures passées à attendre dans le service n'avaient rien arrangé à l'affaire. Sans parler des stilettos.

— C'est vrai qu'on voit de tout, aux urgences. Je parie que tu as été la bouffée d'oxygène qui a illuminé sa soirée. Montre-moi ta cheville.

— Je ne peux pas. Elle est enfouie sous quatre couches de laine. Il fait méchamment froid dehors.

— Mais il était beau quand même, alors, ce médecin ?

Harriet soupira.

— Oui, il l'était. Et je reconnais qu'une part de moi se lamente de ne pas rencontrer d'hommes comme lui dans la vraie vie.

— Parce que les urgences, ce n'est pas la vraie vie, d'après toi ?

— Vous voyez ce que je veux dire. Rencontrer un homme comme lui dans une situation qui pourrait déboucher sur un rendez-vous en bonne et due forme. Ce qui ne me mènerait pas loin, cela dit. Car si ça arrivait, je serais trop intimidée pour prononcer un mot. Je suis incapable de franchir le cap compliqué de la première rencontre.

— Avec moi, tu n'es pourtant pas timide.

— Mais je vous connais depuis des années. Je me sens détendue avec vous. La plupart des hommes sont trop pressés pour attendre que je me décoince.

Elle grignota le reste de sa tartine, perdue dans ses pensées.

— Il faudrait que je trouve le moyen de court-circuiter l'étape insurmontable pour moi qui consiste à « faire connaissance ».

— C'est la raison pour laquelle de nombreux mariages réussis se concluent entre amis. Entre deux êtres qui se connaissent depuis toujours. Et qui d'amis deviennent amants. C'est le thème que je préfère dans les films et les romans.

— C'est une belle théorie, mais je n'ai aucun ami d'enfance qui serait vaguement susceptible de vouloir se marier avec moi.

— Et ton frère aîné ? Il n'avait pas d'amis ?

— Ils flashaient tous sur ma sœur. Moi, j'étais la jumelle cachée. La petite souris silencieuse.

— Et alors ? Comme si c'était un défaut ! Parler peu ne signifie pas qu'on n'a rien à dire. Juste qu'il faut parfois un peu de temps pour exprimer les choses.

— C'est peut-être vrai. Mais on vit dans un monde qui va vite et la plupart des gens n'ont pas la patience d'attendre que ça sorte.

— Tu es en train de me dire que tu n'as jamais eu de petit copain ?

— Quelques-uns, si. Quand j'étais à la fac, j'ai eu deux petits amis. Deux histoires sans grand relief et franchement pas excitantes. Puis j'ai eu droit à un *date* — un rendez-vous — avec l'opticien qui s'est installé dans l'appartement du dessus.

— Et alors, il donnait quoi, cet opticien ?

— Il avait l'air de s'intéresser aux yeux de tout le monde sauf aux miens, admit Harriet d'un air sombre. Et depuis… Le gars du cours de salsa que Molly a essayé de me fourguer, il compte dans la liste ?

— Ça dépend. Tu as l'impression qu'il a sa place ?

— On a dansé deux fois ensemble. J'ai bien aimé le côté danse parce que ça m'épargnait d'avoir à soutenir une conversation… Ce n'est pas très glorieux, hein, comme palmarès ? Quand je vous disais que mes performances en matière de *dating* étaient largement en dessous de la moyenne.

Elle regarda Glenys affronter son omelette, mastiquant

chaque bouchée un peu plus lentement que la précédente. Elle savait que depuis la mort de son mari, Glenys devait se forcer pour manger. Se forcer à se lever le matin. Se forcer à s'habiller.

— Vous avez un manteau bien chaud ? Des gants ? Je vais sortir Harvey pour une courte promenade — et vous venez avec nous. Je ne veux entendre aucune protestation.

— Tu es censée t'occuper de mon chien. Ce n'est pas ton boulot de remonter le moral des vieilles dames.

— Vous me rendriez service. Ça me fait du bien de vous parler et j'ai envie de compagnie.

— Harriet Knight, tu es la fille la plus adorable que je connaisse.

Harriet fit la grimace.

— Je ne veux pas être adorable. Je veux être une badass.

Glenys se mit à rire.

— Ce mot sonne bizarrement, venant de toi.

— Comment ça ? Je jure comme un charretier, maintenant. J'ai dit un très gros mot pas plus tard que samedi dernier quand je me suis aplatie par terre en me tordant la cheville. J'ai crié « putain » en public. Je pense qu'on a dû m'entendre jusqu'à Washington Square.

— C'est choquant à souhait mais ça ne suffit pas.

Glenys reposa sa fourchette avec un sourire placide.

— Par contre, si tu avais attrapé ton médecin sexy par les pans de sa blouse et que tu lui avais roulé un patin, cela aurait pu contribuer à te qualifier en tant qu'aspirante badass.

— C'est exactement ce que m'a dit Fliss. Vous êtes de mèche, toutes les deux ? Je vais vous répondre ce que j'ai dit à ma sœur : il m'aurait fait inculper pour agression sexuelle.

En repensant à la consultation, elle songea que le Dr E. Black avait paru surpris par certaines de ses réponses.

Comme s'il s'était attendu chaque fois à des réactions autres.

Elle avait de la peine à concevoir la vie que cet homme devait mener dans un service comme celui-là. Pendant le bref laps de temps qu'elle avait passé dans la salle d'attente, elle avait entendu des gens hurler, s'insulter, partir dans des crises de délire. Certains étaient en état d'ébriété, d'autres visiblement toxicomanes. Elle avait trouvé la tension et l'agressivité difficiles à supporter. Comment ces soignants trouvaient-ils la force de traiter jour après jour tant de détresse physique, psychique et sociale ? Un des aspects de son propre métier qu'elle appréciait le plus, c'était que les chiens étaient toujours enchantés de la retrouver. Rien de tel qu'une queue en panache toute frétillante pour vous remettre le moral d'aplomb. Rien de plus motivant qu'un aboiement excité et des yeux canins brillants levés vers soi. Le Dr E. Black ne bénéficiait de rien d'aussi stimulant lorsqu'il arrivait à son travail. Il ne devait pas y avoir beaucoup d'appendices caudaux frétillants dans la vie de cet homme.

Elle attendit que Glenys ait héroïquement terminé son omelette avant de préparer Harvey pour sa promenade en lui enfilant son petit manteau rouge. Une fois la laisse du chien attachée, elle aida Glenys à trouver manteau, écharpe et gants.

Elle était bien consciente que si elle avait sorti Harvey seule, le gain de temps aurait été énorme. Mais elle ne raisonnait pas en ces termes.

Elle savait qu'il était vital pour Glenys de garder son autonomie. Et si elle ne l'aidait pas, qui s'en chargerait ? Personne.

Elles déambulèrent à tout petits pas dans la rue, admirant les décorations dans les vitrines et les lumières clignotantes. Harriet glissa son bras sous celui de la vieille dame.

— J'adore cette période de l'année. C'est effervescent comme des bulles de champagne.

Glenys faisait attention où elle posait les pieds.

— À mon âge, tu sais, il n'y a plus que des jours qui se suivent et qui se ressemblent.

— *Quoi ?* Non, Glenys, c'est lugubre ce que vous dites ! Je ne vous laisserai pas tenir un discours pareil. J'espère que vous avez écrit votre lettre au Père Noël ?

— Il apporte des hanches et des maris tout neufs ?

— Peut-être, qui sait ? Si vous ne lui écrivez pas, vous ne le saurez jamais.

— Je devrais peut-être essayer le *dating* en ligne, moi aussi.

— Ça n'a pas fonctionné pour moi mais ça ne veut pas dire que ça ne marchera pas pour vous. Lancez-vous, mais ne me demandez pas de vous aider à rédiger votre profil. Je ne suis pas assez inventive. Le plus simple a priori, c'est de vous présenter comme une strip-teaseuse de vingt ans.

Glenys se cramponna un peu plus fermement à son bras.

— La prochaine fois, c'est moi qui l'écris, ton profil. Finie, la gentille Harriet. Et tu en es où de ton parcours d'émancipation ? C'était quoi, ton challenge, aujourd'hui ?

Repousser ses propres limites une à une, telle était sa grande résolution — et bien sûr, elle en avait parlé à Glenys.

— Je me suis forcée à téléphoner à une femme qui se montre toujours puante avec moi, expliqua-t-elle en prenant bien garde à ne pas donner de noms. Normalement, c'est Fliss qui s'en charge.

— Si elle est désagréable avec toi, pourquoi la gardes-tu comme cliente ?

— Je n'ai jamais dit que c'était une cliente.

— La vie, mon petit, est trop courte pour qu'on s'encombre d'amis qui sont infects avec nous. J'en déduis donc qu'il s'agit d'une cliente.

— Elle a deux chiens et un réseau étendu de relations riches et brillantes. Fliss dit qu'on ne peut pas s'offrir le luxe de la perdre comme cliente.

Si cela n'avait tenu qu'à elle, Ella Langdon aurait déjà trouvé une autre promeneuse depuis longtemps. Harriet partageait l'avis de Glenys : la vie était bien trop courte pour s'encombrer de clients hautains à l'attitude détestable.

— Donc tu te laisses rudoyer ?

— Je n'irai pas jusqu'à dire qu'elle me rudoie. C'est plutôt qu'elle fait partie de ces gens qui croient que personne ne peut comprendre à quel point ils ont des vies à cent à l'heure, compliquées et importantes. Donc elle supporte mal que je lui fasse perdre son temps en parlant lentement. Mais j'ai peur de me mettre à bégayer si j'accélère mon débit.

Harriet se tut pendant qu'elles traversaient un carrefour.

— Je me sens toute petite avec elle. Pas petite dans le sens « toute menue et attirante ». Petite dans le sens « inférieure ». Elle me donne le sentiment d'être incompétente, même si je sais que ce n'est pas le cas. Elle me rappelle Mme Dancer, mon instit de CM1.

— J'imagine que ce n'était pas ton institutrice préférée.

— Je n'étais pas du genre à participer beaucoup en classe, alors elle avait l'habitude de me prendre pour cible. « Harriet Knight, j'imagine que tu as une voix ? Nous aimerions tous l'entendre dans cette classe. » Elle avait une façon grinçante et sarcastique de dire ça...

— Je ne vois pas en quoi le fait de ne pas passer son temps à jacasser serait un désavantage dans l'existence.

Mais Harriet n'écoutait plus. Elle avait les yeux rivés sur l'homme tassé contre le mur à côté d'une benne à ordures. Il avait les épaules crispées et se recroquevillait pour essayer de se protéger du vent, le visage marqué par une expression d'abattement.

— Billy ?

Elle s'assura que Glenys tenait seule sur ses jambes avant de se précipiter vers lui.

— Il me semblait bien que c'était vous. Qu'est-ce que vous faites ici ?

Elle s'accroupit devant lui pour lui toucher le bras.

— J'essaie de me tenir à l'abri du vent.

— Mais il fait un froid de loup ! Et ce soir, ce sera encore pire. Il y a de la place pour vous au refuge ? Ou quelque part ailleurs ?

Glissant la main dans son sac, elle en sortit deux barres de céréales maison.

— Je peux aller vous chercher quelque chose à boire ? Un chocolat chaud ? Du thé ?

Elle discuta un moment avec Billy puis alla lui prendre un thé bien brûlant à un stand proche.

Lorsqu'elle finit par rejoindre Glenys, son amie fronçait les sourcils.

— Ta maman ne t'a jamais appris à ne pas parler aux inconnus ?

— Billy n'est pas un inconnu. Je le vois chaque fois que je promène Harvey. Il était prof de fac, avant. Et puis il a eu un accident grave et il est devenu dépendant aux médicaments antidouleur. Et ça a été la déchéance.

Était-ce pour cette raison que le médecin aux urgences lui avait fait comprendre qu'il ne lui prescrirait pas d'analgésiques ? Dans son métier, il devait savoir à quel point il était facile de basculer du soulagement de la douleur à l'addiction aux opiacés.

— Il a perdu son emploi et n'a plus été en mesure de payer ses frais médicaux. Depuis il est à la rue. C'est tragique, non ?

— Comment sais-tu tout ça ?

— On a commencé à discuter un jour d'été où je promenais Valentin, le dalmatien de Molly.

— Donc tu es incapable d'avoir une conversation avec un homme qui t'invite à dîner, mais tu peux parler sans problème à un inconnu dans la rue ?

— Ce n'était pas tout à fait un inconnu, en fait. Je suis passée tous les jours à pied devant lui pendant des mois. On se disait toujours bonjour. Et j'étais frappée par son extrême courtoisie. Puis on s'est mis à discuter de choses et d'autres. J'ai fini par le connaître un peu mieux. Saviez-vous que quand il fait vraiment trop froid, il va d'une rame de métro à une autre toute la nuit, du Bronx à Brooklyn ? C'est tellement triste.

Cela lui faisait mal de penser que les sans-abri étaient obligés d'avoir recours à ces expédients pour tenir tête aux hivers glaciaux de New York.

Pour rester en vie, tout simplement.

— Tout le monde peut finir à la rue.

— Tu as dû lui parler souvent pour savoir tant de choses sur lui.

— C'est vrai qu'on a de bonnes discussions, Billy et moi. Il mène une vie très dure. D'une solitude infinie.

Elle laissa un court silence s'installer.

— Et je suppose que je me sens un peu esseulée, moi aussi. Il a fallu que j'apprenne à vivre sans Fliss.

Glenys lui tapota le bras.

— Elle te manque, ta sœur. Je te comprends, tu sais. C'est un crève-cœur aussi pour moi de devoir continuer ici-bas sans mon Charlie. Ce sont parfois les toutes petites choses, les minuscules détails du quotidien qui font le plus ressentir le vide… C'était toujours Charlie qui faisait le café le matin. Maintenant, il n'y a plus que moi pour m'y coller et je ne le réussis jamais tout à fait comme je le voudrais. Et c'était un bricoleur auquel rien ne résistait. Tout ce qui n'allait pas dans l'appartement, il trouvait le moyen de le réparer.

Harriet réalisa qu'elle devait arrêter de broyer du noir.

La perte qu'avait subie Glenys était définitive. Alors que de son côté, elle n'avait pas *perdu* sa sœur au sens strict du terme. S'il y avait désormais un éloignement physique, le lien entre elles restait intact.

— C'est vrai qu'elle me manque, mais il était inéluctable que l'une de nous deux finisse par quitter le nid, si l'on peut dire. Que serions-nous devenues, sinon ? On aurait vécu collées ensemble jusqu'à quatre-vingt-dix ans pour finir par faire dentier commun ? Cela n'aurait pas été idéal non plus. Depuis que Fliss est partie, il me manque juste quelqu'un à qui faire la cuisine.

Elle préféra ne pas confesser à Glenys que certains jours, elle confectionnait une montagne de cookies et les distribuait ensuite à quiconque voulait bien les accepter. Et elle n'était que trop consciente qu'elle le faisait autant pour elle-même que pour les gens qui étaient à la rue. Elle avait *besoin* qu'on ait besoin d'elle. Et depuis que Daniel passait tout son temps libre avec Molly et que Fliss avait quitté l'appartement, elle avait l'impression d'avoir perdu son utilité. Elle souffrait de n'avoir personne à dorloter, à nourrir, à réconforter. Il n'y avait pas grand monde autour d'elle à qui elle aurait osé l'avouer, mais avec Glenys, elle n'avait rien à cacher.

— À la différence de Fliss, je ne suis pas ambitieuse. Ce qui ne veut pas dire que je n'aime pas mon travail. Mais ce que j'apprécie, c'est le mode de vie que mon métier me permet de mener. La compagnie des chiens. Passer beaucoup de temps dehors. Gagner ma vie en faisant quelque chose que j'aime. Fliss, elle, apprécie la réussite, l'augmentation du chiffre d'affaires, les résultats nets. Nous sommes très différentes, de ce point de vue.

— Vous êtes différentes à de nombreux points de vue. Fliss, par exemple, est toujours pressée. Elle ne prend jamais le temps de discuter comme toi.

Harriet vola au secours de sa sœur.

— Parce qu'elle s'occupe de tous les aspects sérieux de notre activité. C'est grâce à elle que notre petite entreprise tient la route.

Glenys s'immobilisa et Harriet lui jeta un regard inquiet.

— Vous avez mal à la hanche ?

— Non. Là, c'est juste mon cœur qui souffre. Et c'est toi qui lui infliges une blessure. Ton problème, Harriet, c'est que tu n'as aucune conscience de tes propres qualités.

Glenys pointa un doigt accusateur vers elle.

— La réussite des Woof Rangers, c'est autant à toi que vous la devez qu'à ta sœur.

Fliss lui avait dit la même chose.

— C'est Fliss qui a eu l'idée. Et c'est elle qui se charge de recruter de nouveaux clients.

Glenys lui tapota le bras.

— Mais pourquoi crois-tu que tous ces gens ne jurent que par les Woof Rangers ? Grâce à toi ! Tous ceux qui, à Manhattan, sont pourvus d'un chien et d'une cervelle savent qu'Harriet Knight est la personne ad hoc. Le service client personnalisé. Le souci de la perfection. La façon dont tu diversifies ton approche avec chacun des animaux dont tu t'occupes. C'est pour ça que les Woof Rangers sont devenus une référence dans votre créneau. Tu es à la promenade pour chiens ce que Tiffany and Co est à la joaillerie. Tu es l'équivalent du diamant et de l'or blanc. La meilleure.

Harriet était touchée. Et se sentait ridiculement honorée par tous ces compliments.

— Que savez-vous de Tiffany and Co, Glenys ?

— J'ai été jeune, moi aussi. Et j'ai passé du temps à rêver devant ces vitrines, comme tout le monde. Et puis, j'ai rencontré Charlie et mes rêves sont devenus réalité. Pour ça, il n'a pas eu à entrer dans la bijouterie et à dépenser des fortunes. L'amour n'est pas un diamant. Aucune fortune au monde n'aurait pu acheter ce qu'il y avait entre nous. Et toi, tu veux la même chose. Ce n'est pas un crime de chercher à aimer et à être aimée, mon petit. Montre-moi quelqu'un qui dit ne pas aspirer à l'amour dans sa vie et je te montrerai un menteur.

Glenys recommença à marcher, avec Harvey trottinant à ses côtés. Harriet lui emboîta le pas.

— D'où tirez-vous toute cette sagesse ?

— L'expérience. Vieillir n'a pas que des inconvénients, fillette.

Craignant que Glenys ne s'épuise, Harriet insista pour qu'elles prennent le chemin du retour.

— Pour aujourd'hui, cela suffit. Je ne veux pas vous épuiser. Et j'ai un autre chien à promener avant de rentrer chez moi.

— Tu es sûre que c'est bon pour ta cheville ?

— Je rends service à une cliente qui s'absente en catastrophe pour une urgence familiale. Elle a laissé Madi — sa chienne — chez son frère et j'ai promis de m'en occuper... C'était sympa, cette promenade. On recommencera demain.

— Si mes articulations ne se grippent pas entre-temps. Alors qu'est-ce que tu vas faire pour les fêtes, ma belle ? Tu as pris ta décision ?

Harriet regarda droit devant elle.

— Je vous attends pour le repas de Noël, en tout cas. Je suis déjà en train de réfléchir au menu.

Glenys lui jeta un regard attentif.

— Tu ne veux pas aller rejoindre Fliss ?

— Elle m'a invitée, mais je ne connais pas bien la famille de Seth et c'est leur premier Noël tous ensemble. Fliss est un peu anxieuse…

— Raison de plus pour que tu sois à ses côtés pour la soutenir.

Harriet secoua la tête.

— Non. Elle n'a pas besoin de sa jumelle, elle a besoin de *Seth*. Elle a une nouvelle famille, maintenant.

— Ce n'est pas parce qu'on a une nouvelle famille qu'on met l'ancienne au placard. Les deux familles se fondent et s'incorporent, comme la pâte de tes fameux cookies.

— Dans certaines circonstances, oui, mais pas toujours. Et à Noël, j'aurais l'impression d'être un peu comme un intrus. Ce sera une bonne expérience pour moi, d'autre part, de passer les fêtes sans ma famille. J'ai toujours été beaucoup trop dépendante d'eux. De la façon dont je vois les choses, je vais enchaîner les films ultra-sentimentaux et me vautrer dans d'horribles excès alimentaires. J'espère que vous vous joindrez à moi pour partager ces réjouissances.

— Et ta grand-mère ? Tu ne veux pas aller passer Noël chez elle ?

— Pour cette année, j'ai décidé que je resterai ici. Comme ça, je peux continuer à promener mes chiens si les conditions météo le permettent.

Elle leva les yeux vers le ciel.

— Vous croyez que les prévisions vont se confirmer, cette fois ? On aura notre Noël blanc ?

— Peut-être, qui sait ? Mais à ton âge, les fêtes, c'est fait pour s'amuser, Harriet ! Débrouille-toi plutôt pour aller danser quelque part.

— Je trouve déjà le moyen de me faire une entorse sans danser. Imaginez les dégâts que je pourrais commettre si je décidais de valser jusqu'au bout de la nuit. Je n'ai jamais été une grande fêtarde, Glenys. Je ne suis même pas capable de déambuler avec des talons sans ressembler à la tour de Pise.

— Cela m'inquiète que tu te balades seule la nuit par ici. Les rues ne sont pas sûres.

— Tant mieux. C'est parfait. N'oubliez pas que j'essaie de me sortir de mon train-train sécurisé. Darren vient vous voir pour les fêtes ?

— Pas cette année. Ils vont du côté de la famille de sa femme, au chaud, dans l'Arizona. Ils pourront faire cuire leur dinde juste en la posant dehors au soleil pendant une demi-heure.

Elles avaient atteint le pied de l'immeuble de Glenys. Le portier sourit et ouvrit la porte. Harriet embrassa sa vieille amie.

— S'il vous plaît, Glenys, venez chez moi le 25. Je suis sûre qu'on va s'amuser toutes les deux. Et Harvey est invité aussi, cela va sans dire.

— Tu as un cœur en or, Harriet Knight. Mais ce serait quand même malheureux que tu passes Noël en tête à tête avec une vieille chouette comme moi.

— C'est pourtant avec vous que j'ai envie de fêter Noël. Et si vous ne venez pas à moi, je porterai la dinde jusque chez vous. Entre volatiles, la dinde et la chouette feront bon ménage, croyez-moi.

— Tu es une bonne pâte, voilà ce que tu es.

— Je ne crois pas, non.

Glenys lui donna un petit coup de coude.

— J'ai une meilleure idée. On pourrait glisser toutes les deux sur une plaque de verglas et passer Noël aux urgences avec ton beau médecin sexy. Il y fera chaud et on aura plein de monde autour pour nous tenir compagnie.

— Ce n'est pas *mon* beau médecin sexy et je doute

que cela l'amuserait beaucoup de me voir resurgir dans son service.

Cela dit, si le Père Noël voulait bien en glisser une copie conforme par la cheminée, elle accepterait le cadeau sans rechigner…

Chapitre 5

Et la neige tombait, tombait...

Aux urgences, Ethan était plus que jamais sollicité.

Juste avant qu'il parte pour l'hôpital, sa sœur était venue poser Madi. Il avait été surpris par le calme et le comportement civilisé de la chienne. La dernière fois qu'il l'avait vue, à l'occasion d'une réunion de famille, il l'avait trouvée intenable, mais sa sœur lui avait assuré que c'était juste un peu de surexcitation due au surcroît de monde autour d'elle.

Il fallait reconnaître que la chienne lui avait fait une meilleure impression aujourd'hui. Si elle continuait comme ça, ils auraient peut-être une chance de s'en sortir ensemble, elle et lui.

— Donc la promeneuse pour chiens, tu disais...

— Elle s'appelle Harriet, Ethan. Pourquoi as-tu tant de mal à retenir les noms ?

— Parce que les gens entrent et ressortent si vite de mon service que je n'ai pas besoin de mémoriser leur identité. Je me fiche de savoir qui ils sont ou ce qu'ils attendent de la vie. Je les rafistole comme je peux et je passe au suivant. C'est tout. Donc Harriet... — *Harriet, Harriet,* se répéta-t-il mentalement — ... va venir deux fois par jour ? Et que se passe-t-il en cas de neige ? Elle se déplace quand même ?

— En deux ans, elle ne m'a encore jamais laissée en

plan. Elle se débrouillera pour sortir Madi d'une façon ou d'une autre. Je suis passée chez elle en venant et je lui ai laissé ta clé.

— Tu as donné la clé de chez moi à une inconnue ? Sympa.

— Harriet n'est pas une inconnue. Elle sauve des vies — la tienne, en l'occurrence. Arrange-toi pour rentrer à la maison à temps pour que vous puissiez vous rencontrer et vous mettre d'accord sur les détails d'intendance.

Rassuré à l'idée que les besoins de Madi seraient satisfaits, sinon par lui, au moins par la promeneuse, Ethan oublia l'animal et se consacra à son travail. Son premier patient était un homme de quarante-cinq ans qui avait eu des douleurs thoraciques en pelletant de la neige.

Les résultats de l'électrocardiogramme numérique réalisé dans l'ambulance leur avaient déjà été transmis, précédant l'arrivée du patient. Une externe vint les lui apporter au pas de course. Au vu de l'ECG, il donna l'ordre express de prévenir le cardiologue interventionniste de service de se tenir prêt.

Quelques instants plus tard, le patient cardiaque entra sur un brancard.

— J'étais en train de déneiger l'escalier du perron et j'ai commencé à me sentir tout bizarre, expliqua-t-il à Ethan. J'avais l'impression d'avoir le torse comprimé, comme si quelqu'un appuyait dessus. Je me suis dit que j'étais une mauviette, alors j'ai continué. Et c'est là que ma femme se pointe et elle me dit : « Hé, arrête ça tout de suite, Mike ! T'es blanc comme la neige, mais en pire. » Elle a appelé le 911.

— Elle a très bien réagi. J'ai déjà vu les résultats de l'ECG. Ils montrent que vous faites un infarctus.

En voyant la lueur de panique dans le regard de l'homme allongé, Ethan lui posa une main sur l'épaule.

— Vous êtes entre de bonnes mains, Michael. Nous allons faire le nécessaire très vite et le cardiologue est déjà prévenu.

Il se tourna vers l'équipe.

— On lui fait un second ECG, pour commencer. Il nous faudra deux intraveineuses de gros calibre et on le met sous trinitrine. On va le préparer pour le laboratoire de cathétérisme.

Reportant son attention sur le patient, il lui expliqua ce qui allait se passer et le questionna sur ses antécédents.

— Je ne peux pas croire que mon cœur me lâche ! Et pour trois fois rien, en plus. Juste quelques pelletées de neige. Comment vous expliquez ça, docteur ?

— Vous sous-estimez l'effort physique que vous avez accompli. On a calculé qu'en pelletant pendant un quart d'heure, on déplace en moyenne mille kilos de neige. C'est énorme. Surtout sans échauffement préalable. Et c'est de la neige lourde qui est tombée cette nuit.

Ethan plaça le stéthoscope sur ses oreilles et écouta le cœur du patient.

— Cela peut être aussi intense qu'un sprint. À part que dégager la neige prend généralement plus de temps. Une meilleure comparaison serait peut-être une séance pour grand sportif sur tapis de course. Et le froid combiné à l'exercice physique met le cœur à lourde contribution. Vous avez probablement dû faire un pic de pression artérielle. Au moins, vous avez eu l'intelligence de vous arrêter à temps et d'appeler le numéro des urgences. Il y a plein de gens qui continuent, même en cas de malaise, pour ne pas paraître faibles. Vous avez su dire stop. C'était la bonne chose à faire.

— Vous êtes vraiment sûr que c'est un infarctus ?

Ethan lui montra l'ECG.

— On a là ce qu'on appelle un STEMI. C'est un peu

technique comme jargon, mais ce que vous voyez correspond à une surélévation de ce qu'on appelle le segment ST, signe d'un infarctus aigu du myocarde. Nous allons vous mettre sous moniteur cardiaque pour le moment et vous faire une angiographie.

Ils préparèrent le patient pour le transfert à l'unité de cathétérisme cardiaque en plaçant un moniteur portable et un réservoir d'oxygène portatif sur son lit.

Un des externes présents paraissait stupéfait.

— Faire une crise cardiaque à quarante-cinq ans, juste en déneigeant devant sa porte ? S'il était venu aux urgences sur ses deux pieds, j'aurais été chercher du côté du claquage ou de la simple douleur musculaire.

— Si quelqu'un se présente avec une plainte thoracique après avoir pelleté de la neige, il faut penser tout de suite au syndrome coronarien aigu. Dès qu'il sera dans l'unité de cathétérisme cardiaque, on lui fera une angioplastie. On vise une rapidité d'intervention de moins d'une heure et demie entre le départ du patient de son domicile et la pose du stent.

— Ethan ? Tu pourrais venir jeter un coup d'œil, s'il te plaît ?

L'infirmière d'accueil et d'orientation lui faisait signe avec impatience et Ethan alla se consacrer à son patient suivant.

Ce fut une grosse journée aux urgences. Son attention fut constamment requise par son équipe, ses patients.

Il n'eut même pas une pensée pour la chienne de sa sœur installée chez lui.

Harriet tira son bonnet en laine sur ses oreilles et vérifia l'adresse pour la seconde fois. Normalement, elle allait chercher Madi chez Debra, mais sa cliente était partie pour deux semaines sur la côte Ouest en raison d'un problème familial et elle avait confié Madi à son frère. Lequel frère vivait à West Village, un secteur qui, techniquement, était hors du périmètre couvert par les Woof Rangers, mais Harriet estimait qu'elle pouvait faire une exception. Sa philosophie était d'aller là où ses chiens allaient, et même si Madi avait été hébergée au fin fond de Lower Manhattan, elle aurait suivi le mouvement. Le changement d'itinéraire demanderait quelques ajustements de son emploi du temps car elle ne pourrait pas assurer ses promenades habituelles dans l'Upper East Side, mais ils avaient suffisamment de promeneurs dans cette zone pour qu'elle puisse intégrer ce changement de programme.

Les températures s'étaient effondrées et un vent glacial transperçait ses vêtements. La neige promise avait enfin fini par tomber. Harriet avait beau s'être équipée d'une grosse parka et d'un pantalon de sports d'hiver, elle frissonnait quand même.

Debra lui avait demandé de promener Madi deux fois par jour, dimanches compris.

« Mon frère est quelqu'un de super et je l'adore, mais il n'a pas vraiment d'affinités avec les chiens. Je lui ai promis que vous vous occuperiez des promenades de Madi et que vous feriez le nécessaire pour lui faciliter la tâche. Il est médecin et il fait de longues journées. Je veux être sûre que Madi ne sera pas un poids pour lui. »

Connaissant Madi, Harriet n'était pas vraiment persuadée que son séjour chez le frère de Debra se passerait sans douleur.

Madi n'était pas une chienne pénible en soi... mais elle avait un comportement caractéristique de sa race. C'était une épagneule, un chien de travail, intelligent et curieux. Harriet l'adorait mais ne la trouvait pas très adaptable. Et elle n'était pas convaincue que l'animal accepterait le changement de cadre avec autant de placidité que Debra semblait le penser.

C'était une bonne chose, a priori, que son frère soit médecin. Avec un métier comme le sien, il se montrerait probablement compréhensif, patient et apte à gérer une situation compliquée.

Car c'était bien de cela que Madi aurait besoin pour l'aider à trouver ses marques dans son nouvel environnement temporaire.

De nouveau, Harriet vérifia l'adresse. Le West Village formait un véritable labyrinthe de rues sinueuses où on trouvait des librairies et des bars à vin, des cafés et des bistrots tous plus tentants les uns que les autres. C'était une partie de la ville chargée d'histoire, avec des rues pavées bordées de *brownstones* et de très belles maisons de ville. C'était aussi un endroit où on pouvait se perdre facilement.

D'après Debra, son frère vivait dans un loft en duplex avec deux chambres à coucher et deux salles de bains. Lorsque Harriet trouva enfin l'immeuble, la nuit tombait déjà et elle avait perdu la sensibilité dans le bout des doigts.

Elle avait prévu une promenade d'une demi-heure pour Madi, même si elle n'avait que modérément envie de faire une marche prolongée. Non seulement sa cheville se rappelait à son bon souvenir, mais ce n'était pas idéal pour les chiens de sortir lorsqu'il avait neigé. Les trottoirs étaient boueux et l'hiver menait la vie dure aux pattes canines. Elle s'inquiétait toujours pour les chiens dont elle avait la garde, se souciait de leur bien-être et réfléchissait sans cesse aux mille et une manières de leur rendre la vie la plus joyeuse et la plus confortable possible.

Fliss disait que c'était la raison pour laquelle elles avaient autant de clients fidèles, mais Harriet ne pensait pas à son travail dans ces termes. Ce n'était pas pour les propriétaires qu'elle faisait tant d'efforts, mais pour les animaux eux-mêmes. Leur bien-être lui tenait à cœur et elle aimait les voir heureux. Si, accessoirement, leurs propriétaires y trouvaient aussi leur compte, c'était juste un avantage supplémentaire.

Neige ou pas neige, Madi avait besoin de sa dose quotidienne d'exercice. Au moment où Harriet tourna la clé que Debra lui avait donnée, elle *sentit* que quelque chose n'allait pas.

Elle avait accueilli suffisamment d'animaux dans sa vie pour renifler le désastre à distance.

À quoi ressemblait l'appartement en temps normal, elle n'en avait aucune idée, mais tout laissait à penser qu'il présentait un aspect très différent de ce qu'elle avait sous les yeux. Des coussins crevés jonchaient le sol avec la mousse de rembourrage formant des espèces de nuages autour. Du papier toilette déroulé décorait fauteuils et canapés, à la manière de rubans géants étirés un peu partout.

Découvrant ce chaos avec un mélange d'incrédulité et de consternation, Harriet poursuivit son chemin jusqu'à la cuisine où elle trouva Madi assise avec un air coupable sur une montagne de spaghettis.

— Oh, mon Dieu ! C'est toi qui as fait ça ? Toute seule ? Tu risques d'avoir des ennuis, jeune fille. De sacrés ennuis, même. Et tu as ouvert aussi un paquet de farine, je vois. On peut dire que tu n'es pas restée inactive.

Harriet considéra d'un œil découragé la poudre d'aspect neigeux qui recouvrait le sol. Elle posa son sac, se débarrassa de son manteau et de son bonnet, puis réfléchit à la meilleure marche à suivre. Sortir d'abord la chienne ? Nettoyer ?

Elle décida de donner la priorité à Madi. C'était la première fois qu'elle la voyait faire ce genre de bêtises. On pouvait donc en conclure que le changement de lieu l'avait fortement perturbée. La remise en ordre de l'appartement attendrait une demi-heure de plus.

— Pauvre Madi. Qu'est-ce qui t'est arrivé ? Tu t'ennuyais ? Tu as eu peur ? C'est un lieu que tu ne connais pas du tout. Tu as paniqué, peut-être ?

Elle s'assit pour câliner la chienne, puis elle l'attira sur ses genoux et ôta les morceaux de spaghettis pris dans sa fourrure.

— Ne t'inquiète pas, mon bébé. Je suis là. Tout va aller bien, maintenant.

— Je ne crois pas, non. En fait, je dirais que rien ne va plus *du tout*.

La voix glaciale venait de l'entrée et Harriet tourna la tête en sursaut. Elle n'avait entendu personne pénétrer dans l'appartement. Et Madi non plus de toute évidence. La chienne bondit de ses genoux et courut se mettre à l'abri en envoyant voler de la farine et des pâtes partout.

L'homme qui se tenait dans l'encadrement de la porte mesurait un bon mètre quatre-vingt-cinq. Le col de son long manteau était remonté contre le froid mordant de l'hiver et ses yeux luisaient comme de l'acier.

Des yeux bleus. D'un bleu froid de glacier, assortis au ton de sa voix.

Elle les reconnut aussitôt, ces yeux-là. Et le visage aussi. Son cœur en oublia un instant de battre et la tête lui tourna un peu. Mais il était rassurant de savoir que si elle perdait connaissance devant lui, il saurait comment procéder.

L'idée que le frère de Debra pouvait être le médecin qui l'avait soignée ne lui avait même pas traversé l'esprit.

Le Dr E. Black.

Pas Edward, mais *Ethan*.

Clairement atterré, il examinait le naufrage de son appartement d'un œil incrédule.

— Mais qu'est-ce qui s'est passé ici ?

Bonne question. Mais Harriet aurait préféré qu'il la pose de façon moins menaçante.

S'arrachant à ses rêveries, elle reprit pied dans l'inconfortable réalité présente.

— Je pense que Madi n'a pas apprécié d'être laissée seule toute la journée dans un environnement qu'elle ne connaît pas. Elle a eu peur, la pauvre.

— « La pauvre » ? Et mon *pauvre* appartement, vous y songez ?

Il entra d'un pas courroucé en faisant claquer la porte derrière lui. Si bruyamment que l'écho perdura. Terrifiée, Madi se réfugia derrière l'îlot de cuisine.

Harriet était sur le point d'aller réconforter la chienne lorsqu'on frappa à la porte. Ethan jura et revint sur ses pas pour ouvrir.

La femme qui se tenait dans le couloir devait avoir dans les soixante-dix ans et ses cheveux avaient la couleur de la farine que Madi avait répandue sur le sol et sur les murs. Elle avait une silhouette un peu courbée et arrivait à peine à l'épaule d'Ethan, mais elle lui jeta un regard sévère par-dessus le bord de ses lunettes.

— Docteur Black, nous sommes tous conscients ici que vous exercez un métier admirable et que votre contribution à la société est exemplaire. J'irais même jusqu'à dire que vous avez un statut de héros dans le quartier. Mais cela ne change rien au fait que votre chien a hurlé à la mort toute la journée. Je suis désolée, mais ce n'est pas tolérable.

— Hurlé à la mort ?

À son air stupéfait, Harriet comprit qu'il n'avait pas la moindre idée de la façon dont un chien pouvait réagir seul dans un lieu qui ne lui était pas familier.

Harriet, elle, savait.

Elle jeta un regard interrogateur à Madi, qui lui répondit en rivant sur elle de grands yeux tristes.

— Elle a hurlé et gémi, oui. Nous avons tous cru devenir fous. Comme vous le savez, les chiens bien éduqués sont acceptés dans l'immeuble mais…

La voisine s'interrompit lorsque son regard tomba sur l'appartement.

— Oh, mon Dieu… Mais que vous est-il arrivé ?

— C'est ce que je n'ai pas encore réussi à déterminer, madame Crouch. Dès que j'aurai fait la lumière là-dessus, vous serez la première informée.

— Vous avez été cambriolé ? Quelqu'un s'est introduit chez vous ? Parce que…

— Pas de cambrioleur, non. L'intrus est à quatre pattes. C'est le chien que ma sœur m'a confié. Elle a dû partir à San Francisco en catastrophe parce que ma nièce a eu un accident grave. J'ai accepté de le lui prendre pour quelques jours.

Harriet fronça les sourcils.

Il n'avait pas encore compris que Madi était une chienne et non un chien ?

Mme Crouch parut se radoucir légèrement.

— Oh ! je suis désolée de l'apprendre. Je sais à quel point vous êtes attaché à votre famille. Comment va votre nièce ?

— Je n'ai pas encore eu le temps d'appeler l'hôpital. Je m'apprêtais justement à le faire.

Il passa la main dans ses cheveux encore humides de neige.

— Je vous présente mes excuses pour les hurlements. Cela ne se reproduira pas. Je comprends votre exaspération et je la partage. Si vous voulez bien m'accorder un tout petit peu de temps et de patience, je vais tout mettre en œuvre pour régler ce fâcheux problème. Et vous avez ma parole que je trouverai une solution.

Mme Crouch fondit. Elle lui tapota le bras.

— Ne vous inquiétez surtout pas pour nous, docteur Black. Nous pouvons endurer quelques aboiements pour la bonne cause. Allez vite téléphoner à votre sœur. Vous devez être malade d'inquiétude. Je suis désolée de vous avoir dérangé alors que vous vivez des moments familiaux difficiles.

Harriet assistait à la scène, sidérée. La dame était arrivée furieuse, prête à livrer une attaque en règle. Et voilà qu'elle repartait, tout sucre, tout miel en se confondant en excuses.

Un tour de force qu'Ethan Black avait orchestré en quelques phrases.

Il devait avoir une vaste expérience de la gestion de l'agressivité aux urgences, mais elle n'en était pas moins soufflée par sa prestation. Il était resté poli, agréable et soucieux de son interlocuteur — *interlocutrice*, en l'occurrence.

C'était un gâchis que cet homme exerce la médecine : il aurait pu donner la pleine mesure de son talent en devenant négociateur pour des prises d'otages.

En tout cas, c'était un soulagement de le voir redevenu aussi courtois et civilisé, car elle avait eu un peu peur dans un premier temps.

Alors qu'il prenait congé de sa voisine, Harriet se détendit légèrement. Mais son soulagement fut de courte durée. Lorsqu'il se tourna de nouveau vers elle, la lueur inquiétante était de retour dans ses yeux.

La maîtrise de lui qu'il avait su garder avec Mme Crouch s'était évaporée. Et Harriet comprit où se situait la différence. Ce n'était pas contre sa voisine qu'était dirigée sa colère.

Sa fureur était entièrement centrée sur elle, Harriet Knight.

Pourquoi, elle n'en avait aucune idée. Elle n'avait pas crevé le sac de farine, ni déroulé le papier hygiénique dans tout son appartement.

Mais à tort ou à raison, il était furieux contre elle. Et les hommes en colère n'avaient jamais été sa tasse de thé.

Une partie d'elle-même aurait voulu suivre Madi et se planquer derrière le canapé, mais elle campa sur ses positions, en se répétant que s'il avait de bonnes raisons d'être un peu contrarié, rien ne justifiait qu'il s'emporte contre *elle*.

— Vous êtes la *dog-sitter* dont ma sœur m'a parlé ?

Sa voix était tranchante comme une lame de couteau. Elle déglutit avec peine.

— Je ne fais pas de *dog-sitting*. Je suis juste la promeneuse. Et je...

— Si vous êtes la promeneuse, pourquoi ne pas avoir sorti ce foutu chien ?

Son attitude était si hargneuse qu'elle eut du mal à ne pas perdre contenance. Il lui fallut un moment pour répondre.

— Je suis arrivée cinq minutes avant vous. J'avais l'intention de sortir Madi et de nettoyer ensuite.

— *Deux* promenades.

Il parlait entre ses dents, comme s'il avait peur de bouger les lèvres et de laisser sortir un torrent de mots cuisants comme de la lave qui les écorcheraient vifs l'un et l'autre.

— Debra a bien précisé qu'elle s'était arrangée avec vous pour que vous le sortiez *deux fois* par jour.

— C'est exact. Mais elle m'a dit de ne pas venir ce matin, car elle voulait promener Madi elle-même et la familiariser avec l'appartement avant de la laisser.

Le regard incrédule d'Ethan Black glissa une nouvelle fois sur les lieux.

— C'est réussi, en effet. Vous appelez ça être « familiarisée », vous ?

Madi gémit plaintivement.

— Vous pourriez parler un peu moins fort ? Vous l'intimidez.

Et pas seulement Madi. En essayant de faire abstraction de son cœur battant et de ses paumes toutes humides, Harriet traversa la pièce pour aller rassurer la chienne.

— Tout va bien, Madi. N'aie pas peur. Il n'y a aucune raison d'être effrayée.

Elle se parlait à elle-même autant qu'à l'animal.

— Tout est loin d'aller bien. C'est quoi votre nom, déjà ?

Elle se sentit un tout petit peu moins mal avec Madi dans ses bras. La chaleur de son bon corps de chien se communiquait au sien sous la douceur émouvante du pelage. Sous ses mains, elle sentait les battements précipités de son cœur canin. Et le sien cognait à l'avenant.

— Harriet. Harriet Knight.

— Eh bien, mademoiselle Knight, j'ai eu une journée de travail longue et éprouvante, donc il faudra me pardonner si je ne suis pas totalement ravi de rentrer chez moi pour trouver mon appartement saccagé.

— Je n'irais pas jusqu'à dire qu'il est *saccagé*.

— Ah non ?

Il porta son attention sur les spaghettis qui jonchaient le sol.

— Comment décririez-vous les choses, alors ? Et peut-on savoir ce qui est arrivé, pour commencer ?

— Je suppose qu'elle s'est intéressée au contenu du paquet et qu'elle a décidé de l'explorer d'un peu plus près. Tant qu'elle vivra avec vous, ce serait une bonne idée de placer les produits alimentaires hors de sa portée. Je m'en chargerai.

Normalement, ce n'était pas à elle de le faire, mais elle ne voulait pas qu'il s'énerve contre Madi.

— Et demain ? Ça va se passer comment ?

Il se dirigea vers elle, l'allure menaçante, l'œil courroucé.

— Et le jour suivant ? Je dois m'attendre à retrouver tous les soirs mon appartement dans cet état ?

— Je p...

Elle essaya de répondre, mais le mot refusa de sortir. Il était coincé. Bloqué. Un sentiment d'horreur la submergea. D'horreur et de honte. Était-ce possible ? Elle avait bégayé. Après des années de rémission, son symptôme était revenu, sans aucun signe avant-coureur. Elle fit une nouvelle tentative.

— Je p...

Non. *Non !*

Madi poussa un jappement de protestation et Harriet réalisa qu'elle la serrait contre elle trop fort.

Elle détendit les bras. Se força à respirer.

Pourquoi cela lui arrivait-il *maintenant* ? La réponse, elle la connaissait, bien sûr. Ethan Black lui hurlait dessus sans ménagement. Les hommes en colère lui ôtaient tous ses moyens. À moins que ce soit le stress accumulé à force de sortir de sa zone de confort en permanence ? Oui, c'était peut-être ça, tout simplement.

Par chance, le frère de Debra ne semblait pas avoir remarqué son problème d'élocution. Il ne voyait que le désordre de son appartement. Elle déglutit de nouveau en espérant que c'était juste un couac passager.

— Certains jours de la semaine, j'aurai à peine le temps de passer chez moi quelques heures. Debra m'a assuré que ce chien saurait se tenir !

— Madi a eu p-p-peur.

Pas un couac passager.

À présent que le bégaiement avait commencé, elle n'était plus capable de l'arrêter. Mortifiée, Harriet comprit qu'il ne lui restait qu'une stratégie de repli possible : se taire. Il s'agissait de sortir d'ici au plus vite. Une fois dehors, elle trouverait le moyen de se calmer. Et elle aurait la tête plus claire pour comprendre pourquoi la mécanique s'était soudain enrayée.

Elle se retrouvait de nouveau dans la peau de l'adolescente qu'elle avait été : terrifiée à l'idée qu'à tout moment, les mots pouvaient refuser de sortir. Mortifiée de devoir affronter les regards impatients ou, pire encore, compatissants.

Elle bondit, prit la laisse et le manteau de Madi, et fila vers la porte en attrapant sa parka au passage.

— Hé ! Vous allez où comme ça ?

— Marcher.

Juste un mot. En évitant les consonnes occlusives. Elle n'attendit pas sa réponse. La fuite était la seule option possible.

C'était juste le challenge de trop.

Chapitre 6

Incrédule et frustré, Ethan scruta la porte close.

Marcher ? Comment cela, elle partait marcher ? Il neigeait dehors et les températures avaient dégringolé. Sans compter qu'elle lui claquait la porte au nez au beau milieu d'une conversation portant sur le chien de sa sœur.

Oh, bon sang ! *Le chien.*

Il venait de laisser filer une parfaite inconnue avec l'animal que sa sœur considérait comme un membre à part entière de sa famille.

— Et merde.

Il se passa la main sur le visage. Et maintenant ? Que faire ?

La fille avait embarqué le chien que sa sœur lui avait confié. Un animal dont il était responsable. Et à en juger par l'expression de son visage, elle n'avait pas l'intention de revenir de sitôt. Peut-être même avait-elle l'intention de ne pas revenir *du tout* ?

Bon sang, mais pourquoi avait-elle pris la fuite comme ça ?

La culpabilité le frappa et il se repassa la conversation dans sa tête.

Il avait franchi le pas de la porte, découvert le bazar et...

Hurlé.

Ethan fit la grimace, assailli par une vigoureuse poussée de remords. Hurlé était le mot, en effet.

Et quelque chose en elle s'était figé.

Il l'avait vue se tendre. Se tenir sur la défensive. Puis elle avait bégayé.

Tandis que la scène défilait dans sa mémoire, il revit l'expression de consternation sur les traits de la fille.

Sur le moment, il n'avait pas réagi, tout à sa fureur d'avoir trouvé son appartement dévasté. Il avait perçu le trouble soudain dans son élocution, mais n'y avait pas prêté attention.

Distinctement à présent, il revoyait la lueur de panique et de mortification dans son regard, comme si quelque chose de terrible et de désespérant s'était passé.

De sa réaction effarée, il déduisit que le bégaiement l'avait prise par surprise. Du temps où il était encore interne, il était sorti quelques mois avec une orthophoniste. Il se souvenait l'avoir entendue dire qu'une situation de stress aigu déclenchait parfois des rechutes chez d'ex-bègues qui en temps normal maîtrisaient leur élocution.

Et si c'était lui qui avait créé la situation de stress ?

Harriet Knight ne bégayait peut-être jamais en temps normal. Sa sœur, en tout cas, n'avait rien mentionné à ce sujet.

Il n'aurait sans doute pas dû s'énerver comme ça, mais il avait eu une journée sérieusement compliquée et rentrer chez lui pour trouver son appartement transformé en vaste sac-poubelle avait déclenché une réaction épidermique. Cela, n'importe qui devait pouvoir le comprendre, non ?

D'ailleurs s'il avait crié, ce n'était pas à proprement parler *contre* elle. Il avait crié… en général.

Mais Ethan avait beau essayer de s'auto-disculper, le sentiment de culpabilité persistait quand même. Car cette fille n'était responsable ni de sa journée difficile ni de l'état de son appartement.

Il était sur le point de s'élancer à la suite de celle-ci et du chien lorsque son téléphone sonna. Il vit le nom de sa sœur s'afficher.

Génial.

Timing impeccable.

Son inquiétude pour sa nièce éclipsant ses soucis pour le chien, Ethan prit la communication.

Il fut soulagé d'apprendre que sa sœur était bien arrivée et que l'état de santé de Karen ne donnait lieu à aucune inquiétude.

— Bon… Parfait, oui… C'est tout à fait rassurant.

— Et toi, alors ? Comment va Madi ? Elle a été sage aujourd'hui ? Elle s'habitue chez toi ?

Ethan contempla le chaos autour de lui. Sa sœur et sa nièce avaient suffisamment de problèmes en ce moment pour qu'il évite de leur ajouter une source d'anxiété supplémentaire. Ce n'était pas le moment de confesser à Debra qu'il ne savait même pas où était passé son précieux cabot. Il ne lui restait plus qu'à espérer que la dénommée Harriet le lui ramènerait. Et si elle ne revenait pas… Il serait toujours temps de réfléchir à la question lorsque le problème se poserait.

— Elle a l'air de prendre ses marques, oui.

Et énergiquement, même…

— Et Harriet est arrivée à temps ? Oui, bien sûr, quelle question. Je ne sais pas pourquoi je te demande ça. Harriet est la fiabilité faite femme. Elle est adorable, non ?

Ethan songea à la façon dont elle l'avait rabroué pour avoir perturbé le chien.

— Charmante.

— Je savais qu'elle te plairait. Je m'étonne de ne pas y avoir pensé plus tôt, d'ailleurs, mais elle serait absolument *idéale* pour toi.

— Quoi ? Deb, s'il te plaît…

— J'essaie juste de mettre un coup de turbo à ta vie amoureuse.

— Ma vie amoureuse n'a pas besoin d'être boostée, merci.

— Ta vie sexuelle se porte peut-être très bien. Mais ta vie amoureuse est au point mort.

Ethan leva les yeux au plafond.

— Je refuse catégoriquement de parler sexe avec ma grande sœur. Et je n'ai aucun manque à combler, donc oublie-moi.

— Oui, oui, je sais… La vie conjugale, tu connais. Tu as déjà donné, gnagnagna, gnagnagna… Mais ce n'est pas parce qu'Alison et toi vous avez fini en panne sèche que tu dois rester seul à vie. Je ne connais pas Harriet si bien que ça, mais le peu que je sais d'elle, j'apprécie. Et quelque chose me dit que tu serais son type.

Ethan doutait qu'Harriet soit de cet avis.

Il n'avait encore jamais rencontré de femme aussi pressée de s'éloigner de lui.

Plus il y pensait, plus il était convaincu qu'il était la raison pour laquelle elle avait détalé comme ça.

Et le plus étrange, c'était qu'il avait l'impression de l'avoir déjà vue quelque part, mais où ? Il n'avait pas eu recours à ses services puisqu'il n'avait pas de chien. Et il n'était pas le genre d'homme à oublier les filles avec qui il sortait. Une amie d'ami, peut-être ? Quelqu'un qu'il avait rencontré au sein d'un groupe ?

Il posa encore quelques questions au sujet de sa nièce, mit fin à l'appel et se servit un whisky. Il le but cul sec mais ne réussit pas à noyer son sentiment de culpabilité pour autant.

Si son coup de gueule était légitime face à l'état de son appartement, rien ne justifiait qu'il s'en soit pris à elle.

Il n'avait pas encore l'âge de se comporter en vieillard grincheux et tyrannique.

Pour se calmer les nerfs, il attrapa deux grands sacs-poubelle et commença à nettoyer l'appartement tout en essayant de voir la situation sous un angle positif. Au moins cet animal ne semblait pas avoir de problèmes de vessie ou autre. Il n'y avait pas de dégâts humides. Pas d'odeurs suspectes. Le chien — il devait se souvenir de l'appeler Madi. *Madi.* Madi avait eu la délicatesse de retenir ses sphincters.

Mais si elle se lâchait demain ?

Qu'est-ce qui lui prouvait qu'elle n'extérioriserait pas sa contrariété en faisant ses besoins sur son canapé ? Et si elle continuait de hurler à la mort, ses voisins finiraient par faire un scandale. Il n'avait pas de temps à perdre à régler ce genre de complications. Il osait espérer qu'Harriet finirait par lui ramener le cabot. Mais même si elle resurgissait dans un délai raisonnable, ses problèmes seraient loin d'être résolus pour autant. Les jours à venir promettaient d'être cauchemardesques.

Il défoula sa contrariété en faisant le ménage et continua de briquer jusqu'à ce que l'appartement brille. Personne en arrivant chez lui n'aurait pu deviner qu'il venait d'accueillir un spécimen canin particulièrement expansif.

Il était tout juste en train de terminer lorsque le portier l'appela pour lui annoncer qu'Harriet était en bas.

Même s'il s'apprêtait à voir Calamity Toutou réinvestir les lieux, Ethan poussa un grand *ouf*.

La fille était revenue avec le chien et il n'aurait pas à expliquer à sa sœur qu'il avait trahi la confiance qu'elle avait placée en lui.

Il ouvrit la porte et Harriet passa tout droit devant lui en évitant son regard.

Ethan referma le battant avec soin, conscient que son

problème avec elle serait plus délicat à résoudre que celui qu'avait posé sa vieille voisine, Mme Crouch.

Quelle serait la meilleure approche ? Mentionner le fait qu'elle avait bégayé ? Devait-il s'excuser ou ne ferait-il que l'embarrasser davantage ? Non, il allait plutôt faire mine de n'avoir rien remarqué.

— Je suis désolé d'avoir hurlé. Ce n'est pas vraiment une excuse, je sais, mais j'ai eu une journée compliquée.

Elle accepta enfin de tourner les yeux vers lui. Son regard accusateur était noir de colère.

— Madi aussi a eu une journée difficile.

Il fit une nouvelle tentative.

— Je voulais dire que ma journée avait été difficile *avant* même que j'arrive ici. Je travaille dans un service d'urgences. J'ai perdu un patient aujourd'hui.

Avant même d'avoir fini sa phrase, il regretta de l'avoir prononcée. Pourquoi lui communiquait-il cette information ? La mort faisait partie de son métier. Il composait avec elle à sa manière. Seul. En gardant ses émotions pour lui. Qu'avait-il espéré obtenir en confiant cela à Harriet ? De la compassion ? Peut-être lui livrait-il tout simplement une explication pour son attitude agressive en espérant qu'il serait pardonné ?

— Je suis désolée de l'apprendre.

Elle détacha la laisse de Madi et lui retira son manteau. Son regard était déjà beaucoup moins féroce.

— Ça doit être difficile à vivre pour vous. J'imagine que toutes vos journées sont éprouvantes.

— N'y pensez plus. Je n'aurais pas dû vous en parler. Ce n'est en rien une excuse.

— J'imagine qu'on doit se sentir hanté par la mort d'un patient. Et je ne le vois pas comme une excuse. C'est une explication à votre attitude et je vous suis reconnaissante de me l'avoir fournie.

Elle se débarrassa de son propre manteau puis s'assit à même le sol, retira son sac à dos et entreprit de nettoyer avec soin les pattes du chien.

Ethan se sentit assailli par la culpabilité de plus belle.

— C'est très gentil de faire ça, mais ce n'est pas nécessaire. Je me découvre un talent inattendu pour le ménage, finalement.

— Je ne le fais pas pour vous mais pour elle. Le gros sel et toutes les substances utilisées contre le verglas irritent les coussinets des chiens.

Ethan qui perdait rarement pied dans une conversation se sentit dépassé.

— Ah. OK. J'ignorais tout ça.

Elle lui jeta un regard en coin.

— J'ai remarqué qu'il y avait beaucoup de choses que vous ignoriez au sujet des chiens, docteur Black.

— *Ethan*. Vous nettoyez les pattes de tous les chiens que vous promenez ?

— Si j'estime que c'est nécessaire pour eux, oui.

Elle passa à la dernière patte, procédant avec un soin méticuleux.

— Tout comme vous prenez la tension de vos patients lorsque vous jugez que leur état de santé l'impose.

Harriet Knight lui laissait clairement entendre que ses compétences n'étaient pas à prendre à la légère.

Il reçut le message cinq sur cinq.

— Alors, selon vous, qu'est-ce qui explique que ce ch… que *Madi* a essayé de tout casser chez moi ?

Il avait mis l'accent sur le nom en espérant remonter de quelques points dans l'estime d'Harriet.

— Je ne crois pas qu'elle avait l'intention de casser quoi que ce soit. J'imagine qu'elle se sentait seule, perdue et qu'elle a pris peur.

Elle finit de sécher la chienne et se leva.

— Les épagneuls sont très actifs et ils aiment plus que tout la compagnie. Ils ont besoin d'être dressés avec soin car les écarts de conduite ne sont pas rares. Si une chienne normalement calme se met à faire des bêtises, il faut essayer de comprendre ce qui a pu la perturber. Dans le cas de Madi, elle se retrouve seule, sans ses maîtres, dans un environnement qu'elle ne connaît pas. Je pense que le problème vient tout simplement de là.

Tout simplement ?

Ethan songea au chaos qu'il avait trouvé en entrant. Il ouvrit la bouche pour répondre qu'elle minimisait peut-être un peu le problème, mais il la referma aussitôt.

— Et qu'est-ce que vous préconisez, alors ?

— Elle a besoin qu'on lui témoigne beaucoup de patience et de gentillesse.

— C'est tout ? Vous êtes sûre d'être assez pointue dans votre évaluation de la situation ?

Elle lui jeta un regard noir.

— Lorsque je suis venue aux urgences, l'autre soir, je n'ai pas remis votre discernement médical en question, docteur Black. Vous m'avez dit qu'une radio était inutile dans mon cas. J'ai accepté votre diagnostic.

Lorsque je suis venue aux urgences…

C'était donc là qu'il l'avait rencontrée. Mais oui, bien sûr. La fille avec l'entorse à la cheville. Et elle avait raison. Elle n'avait pas contesté son diagnostic.

Il se sentit énergiquement remis à sa place. Et nota par la même occasion qu'elle ne bégayait plus du tout. Il n'y avait plus trace non plus de peur ou de timidité dans son attitude.

— Je me souviens, maintenant. Il me semblait bien que je vous avais croisée quelque part. Comment va votre cheville ?

— Mieux. Mais j'ai suivi vos instructions à la lettre, lui fit-elle observer d'un ton appuyé.

Il se le tint pour dit.

— OK. En votre qualité de professionnelle, donc, que me recommandez-vous de faire pour aider cette chienne à se sentir chez elle ici ? Comment dois-je prendre soin d'elle ?

— Vous ne pouvez pas prendre soin d'elle. Ce ne serait pas juste.

Ethan poussa un soupir de soulagement.

— Cela me fait plaisir que vous le reconnaissiez. Ce que ma sœur n'a pas su comprendre, c'est que j'ai un boulot épuisant avec de lourdes responsabilités et que ce n'est pas très fair-play envers moi de me coller ce chien sur…

— Je parlais de Madi, l'interrompit-elle en le regardant droit dans les yeux. Ce n'est pas juste pour elle d'être confiée aux soins de quelqu'un qui ne se soucie pas d'elle et qui ne connaît rien aux animaux. Et je ne peux pas non plus vous enseigner les bases. Vous n'avez ni l'envie ni la patience.

Son jugement sans appel le prit au dépourvu.

— Je travaille aux urgences. J'ai plus de patience — et de patients — que tout ce que vous pouvez imaginer.

— La différence, c'est que vos patients comptent pour vous. Et je ne crois pas que Madi compte. J'ai l'impression que vous avez accepté de la prendre chez vous par affection pour Debra. Mais aimer votre sœur ne suffit pas. Il aurait fallu aussi que vous aimiez Madi. La tolérer chez vous, c'est généreux, mais ça ne va pas le faire. Les chiens sentent ce qu'on éprouve pour eux et leur instinct ne les trompe pas. Soyons réalistes, docteur Black, vous n'êtes pas une personne-à-chien.

— Et ça ressemble à quoi une non-personne-à-chien ?

— Ça ressemble assez à ce que vous êtes. Ces gens

restent à distance des animaux — parfois parce qu'ils en ont peur.

— Je n'ai absolument pas peur des chiens.

Elle le prenait pour un trouillard, en plus ?

— ... et parfois, tout simplement, parce qu'ils n'ont pas d'atomes crochus avec eux, ce qui personnellement ne me pose aucun problème *(sauf que son ton disait clairement qu'elle voyait là une tare majeure)* tant qu'ils ne se mettent pas en tête de vouloir prendre un chien sous leur aile. La seule solution que j'aie à vous proposer, c'est de prendre Madi avec moi.

— De prendre Madi ? Pour l'emmener où ?

— À la maison. Je vais appeler un taxi pour transporter ses affaires et sa nourriture, et je l'installerai chez moi.

— Je ne peux pas vous laisser faire ça. Je ne vous connais même pas.

— Madi me connaît, elle.

Comme pour confirmer les propos d'Harriet, la chienne se serra contre elle et lui lécha le visage avec un air d'adoration.

Ethan fit un effort pour ne pas penser à la dissémination d'agents pathogènes en cours.

— Et vous êtes autorisée à héberger des animaux domestiques chez vous ?

— Vous croyez que je pourrais vivre dans un appartement où ils seraient interdits ? J'exerce une fonction d'accueil en partenariat avec le refuge local. Je garde souvent des chiens et des chats en attendant qu'on leur trouve une famille-pour-la-vie.

Et maintenant, elle voulait accueillir Madi. Elle lui proposait de le débarrasser de son problème.

La tentation était forte, vertigineuse même.

Mais Ethan se souvint de la promesse faite à sa sœur.

Il vit Karen, allongée dans son lit d'hôpital, tourmentée au sujet de sa chienne.

— C'est non. Je ne peux pas vous laisser partir avec Madi.

— Vous n'avez pas le choix, docteur Black. Car je ne la laisserai pas chez vous.

Debra lui avait bien dit qu'Harriet était douce et accommodante ?

Elle ne la connaissait visiblement que de loin.

Il prit une profonde inspiration.

— Bon. On reprend du début ? J'ai eu une journée difficile et en rentrant chez moi, je trouve l'appart sens dessus dessous. Il m'a fallu un petit temps d'ajustement, c'est vrai, et je reconnais aussi que mon expertise en matière animale est très relative. Mais ma sœur et ma nièce sont très attachées à Madi et je veux faire le nécessaire pour que cette chienne se sente chez elle pendant son séjour ici.

Venait-il réellement d'énoncer une affirmation pareille ?

— Je vais avoir besoin de votre aide, en revanche, car, comme vous l'avez souligné à juste titre, je ne connais rien aux chiens. Et n'allez pas en conclure que cela me rend par définition inapte à m'en occuper, car il se trouve que j'apprends vite.

— Je ne crois pas que ce soit dans le meilleur intérêt de Madi de rester ici avec vous.

Elle scruta ses traits d'un œil presque clinique, comme pour tenter d'évaluer ce qu'il pouvait valoir en tant que compagnon pour chien.

— Bon, écoutez... Vous avez mangé ?

— Pardon ?

— Avez-vous dîné ? Il est tard et j'ai faim. À midi, je n'ai rien avalé. Le boulot que je fais ne laisse pas beaucoup de temps pour les pauses techniques. Ce serait aussi simple que vous vous joigniez à moi et qu'on discute. Je dois vous convaincre que je peux offrir un bon hébergement temporaire à Madi. Mais ce n'est pas si simple de le faire alors que vous êtes assise là, couverte de neige, à me dévisager comme si vous aviez un tueur en série sous les yeux.

Pourquoi continuait-elle à le fixer du regard ainsi ? Et pourquoi cet air horrifié ?

— J'ai sérieusement besoin de manger. Pas vous ?

— Je... je ne crois pas que ce soit une b-b-b...

Elle s'interrompit, visiblement consternée.

Il fut tenté de lui dire que ce n'était pas grave. Son premier réflexe aurait été de terminer sa phrase à sa place. Mais son ex-petite amie orthophoniste lui avait martelé que ce n'était pas la chose à faire.

Il garda donc le silence et attendit. À l'écoute.

Autant il avait explosé vite en trouvant son appartement dévasté par un chien, autant, dans des situations telles que celle-ci, il pouvait être d'une patience infinie.

Un silence tendu s'installa.

Il attendit quand même. Vit le mouvement de la gorge d'Harriet lorsqu'elle déglutit. Nota qu'elle reprenait son souffle et mobilisait ses forces, comme un nageur sur le point de replonger dans les eaux profondes où il a déjà, une première fois, manqué perdre la vie.

— ... raisonnable.

Elle avait choisi un mot différent et l'avait prononcé sans heurt. Mais il ne vit aucun soulagement dans ses yeux. Juste une gêne paralysante.

Il hésita entre le tact et la franchise brutale, et finit par opter pour la franchise.

— Je vous ai déstabilisée en hurlant comme je l'ai fait. Vous avez bégayé et je crois comprendre que c'est à cause de moi.

Devant ses joues enflammées, il sut qu'il avait vu juste.

— La plupart du temps, vous contrôlez vos problèmes d'élocution. Et puis j'ai débarqué ici en gueulant comme une brute. Vous avez fait une rechute à laquelle vous ne vous attendiez pas.

Toujours le silence. L'espace d'un instant, il crut qu'elle refuserait de répondre.

— O-oui... Oui, c'est ça.

Réaliser qu'il avait bel et bien été responsable de son bégaiement le mit presque aussi mal à l'aise qu'elle.

— Pourquoi ? Qu'est-ce qui, chez moi, a déclenché ça ?

— Vous étiez en colère. Je ne p-p-p...

Elle se tut, les yeux noirs de révolte et de désarroi.

Il percevait sa détresse comme si c'était la sienne. Il voyait des gens souffrir tous les jours, mais ce n'était pas la même chose d'être le témoin que d'être la cause. Cette fois, il était partie prenante et l'expérience était inconfortable. Très inconfortable, même. Apparemment, il était moins robotisé qu'il n'avait cru l'être. La compulsion à soigner était présente en lui, comme toujours. Mais cette fois, il n'était pas confronté à du sang et des os fracturés. Il avait infligé des dommages qui ne se réparaient pas à coup d'attelles, de pansements ou de bandes.

Elle se força à respirer profondément et fit une nouvelle tentative.

— Les gens en colère me perturbent.

Elle se baissa pour prendre son sac à dos et fourrer de nouveau ses affaires à l'intérieur.

— Ce n'est pas grave, dit-elle.

— Si, c'est grave. Et pas seulement parce que vous allez m'aider à m'occuper de Madi. Je propose que nous essayions de résoudre ce problème ensemble.

— Je ne p-p-p...

Elle ferma brièvement les yeux.

— Je ne peux pas travailler avec vous.

Une bouffée d'inquiétude le saisit.

Si Harriet refusait de l'aider, il aurait du mal à se tirer d'affaire tout seul.

— Je me suis comporté comme un con avec vous. J'en suis désolé et j'aimerais repartir de zéro. Vous ne vous êtes pas mise en colère contre Madi lorsqu'elle s'est déchaînée dans mon appartement. Vous avez tout de suite compris ce qu'il y avait derrière son comportement et vous avez saisi l'inquiétude sous-jacente.

Sur une impulsion, il s'accroupit et tendit la main vers Madi.

— Viens là, fifille.

La chienne le considéra d'un œil méfiant. Il devait reconnaître que le contraire eût été surprenant.

Décidant à l'évidence que sa contrition était sincère, Madi trottina vers lui.

Il lui passa la main sur la tête et éprouva un plaisir inattendu à sentir la fourrure soyeuse sous sa paume.

— Tu es une bonne fille. Une belle fille. La chienne la plus sympa du monde.

Madi s'assit et garda les yeux rivés sur lui. Il tourna la tête vers Harriet.

— Si elle est prête à me donner une seconde chance, qu'est-ce qui vous empêche de m'en accorder une aussi ?

Harriet se redressa et glissa la bride du sac sur son épaule.

— C'est une basse manœuvre, ça, docteur…

— *Ethan*, rectifia-t-il doucement. Je m'appelle Ethan. Et ce n'est pas une manœuvre. Restez dîner ici. Un dîner et une conversation. C'est tout ce que je vous demande.

Chapitre 7

Un dîner ?

Elle avait dû faire appel à toute sa force de volonté pour ramener Madi chez Ethan Black après la promenade. Si elle avait eu le choix, elle aurait filé tout droit chez elle avec la chienne. Puis elle aurait appelé Debra pour lui expliquer avec tact que son frère, tout brillant médecin qu'il était, ne serait pas la personne la plus appropriée pour s'occuper de Madi.

Mais elle savait au fond d'elle-même que si elle avait agi ainsi, elle l'aurait fait plus par lâcheté personnelle que pour préserver la chienne.

Elle avait bégayé. Et pas seulement. Au lieu de faire face et de recourir aux stratégies qu'elle avait apprises enfant, elle avait pris la fuite. Sa réaction irréfléchie la déprimait presque autant que sa rechute. Elle avait fait marche arrière au lieu d'avancer.

Ethan Black attendait toujours sa réponse.

— Je comprends votre dilemme. Je suis la cause de votre bégaiement, alors pourquoi feriez-vous l'effort de rester ? Mais, Harriet, je suis seul responsable. C'est moi qui ai un problème ici, pas vous.

Il ne comprenait pas. Et pourquoi comprendrait-il, d'ailleurs ? Pour elle, c'était quelque chose de monumental, ce retour au bégaiement. Une horreur absolue.

Comme si elle avait régressé de quinze années d'un

coup. S'agissait-il d'une rechute ponctuelle ? Ou avait-elle replongé durablement ? Recommencerait-elle à trembler chaque fois qu'elle ouvrirait la bouche, en se demandant si les mots sortiraient ou non ? L'idée même lui donnait envie de hurler. Elle se voyait retomber dans un mutisme quasi systématique, comme au temps de sa scolarité où elle ne parlait que si elle y était contrainte.

Harriet n'avait qu'une hâte : appeler sa jumelle et en discuter avec elle. Mais ce n'était pas possible. Elle ne pouvait pas dire à sa sœur qu'elle voulait son indépendance un jour et l'appeler en pleine crise d'hystérie le lendemain.

Il fallait qu'elle trouve une solution par elle-même. Mais *comment,* alors qu'un nœud de panique se formait dans sa poitrine, menaçant d'éclater à tout instant ?

Elle comprit dans un élan de lucidité que les défis qu'elle s'était lancés jusque-là n'avaient eu de challenge que le nom. Quel héroïsme y avait-il à déambuler sur des talons hauts ? Et qui se souciait d'ailleurs de ce genre de performance ?

Son vrai challenge, il était là : rester où elle était alors que tout la poussait à détaler comme un lapin.

Dire oui à ce dîner alors que ses lèvres ne demandaient qu'à articuler un non définitif.

— Je p-p-p...

Les joues brûlantes d'humiliation, elle faillit se détourner et renoncer. Mais un fond de volonté la maintint rivée sur place.

Elle affronta le regard d'Ethan, se préparant à y trouver de la compassion ou, pire, de la pitié. Mais elle ne vit ni l'un ni l'autre.

— Les problèmes d'élocution n'entrent pas dans mon domaine d'expertise. Si vous vous coupez avec un couteau ou que vous tombez par la fenêtre, je suis votre homme.

Mais j'admets que là je suis dépassé, en l'occurrence. Dites-moi comment je peux vous aider.

Il lui demandait comment il pouvait l'aider.

Personne n'avait encore jamais fait cela.

Normalement, on terminait ses phrases à sa place. On se chargeait de deviner ce qu'elle avait voulu dire. On parlait d'elle comme si elle avait été absente. La plupart des gens renonçaient à attendre qu'elle s'exprime par elle-même.

Rien de tel dans l'attitude d'Ethan.

— Vous p-p-p...

Elle en aurait hurlé de frustration mais Ethan attendit calmement. Avec la plus grande patience.

La seule réaction qu'elle n'associait jamais à ses problèmes de bégaiement, c'était la patience. Ni la sienne ni celle des autres. Mais Ethan restait à l'écoute. Elle n'avait pas le sentiment qu'il rongeait son frein, pressé de passer enfin à autre chose. Il gardait une attitude de calme expectative à laquelle personne encore ne l'avait habituée jusqu'à présent.

Mieux que cela, même : il n'avait pas l'air de la juger inapte ou déficiente, alors que la plupart des gens n'acceptaient aucun écart par rapport à leur conception étroite de la « normalité ». Très tôt déjà dans l'enfance, elle avait découvert qu'être différent, c'était forcément se détacher du reste du groupe. Sortir de la norme commune. Et tout ce qui « dépassait » faisait de vous une cible. Dans la jungle de la cour de récréation, les différences étaient vues comme des faiblesses et les faiblesses suscitaient agressivité, fuite ou rejet. On disait souvent d'elle qu'elle était gentille, mais elle savait que la description était inexacte. Elle n'était pas particulièrement « gentille », sauf peut-être avec les animaux. Elle était juste tolérante. Elle acceptait que les autres soient différents. Et apparemment, malgré la colère qu'il avait laissée éclater en arrivant, Ethan Black partageait ses dispositions. En prendre conscience l'aida à dissiper au moins en partie la tension qui la paralysait.

— Vous ne pouvez pas m'aider.

Cette fois les mots sortirent librement.

Il parut réfléchir un instant.

— Vous vous souvenez des techniques que vous appliquiez, dans le temps, pour améliorer votre élocution ?

La respiration. La relaxation. Taper du pied en rythme avec chaque syllabe. Elle avait même tenté l'hypnose. Mais elle n'avait pas l'intention de lui détailler les stratégies acquises. Elle se contenta de respirer, de se détendre dans la mesure du possible, et de se donner l'ordre de rester. Si elle tournait les talons pour fuir, elle perdrait tout respect d'elle-même.

Elle se forcerait à faire face. À lui parler. Ce serait son Challenge Harriet du jour.

Le défi le plus costaud — et de loin — qu'elle s'était imposé jusqu'ici.

Ethan Black sortit une bouteille de vin blanc du réfrigérateur et choisit deux verres à pied dans une vitrine.

Il leur versa à boire et lui tendit un verre.

— Merci.

Le mot était sorti sans encombre. Le soulagement lui liquéfia les jambes.

Peut-être que tout ne se passerait pas si mal, au fond. Le désastre entrevu n'aurait pas forcément lieu.

Ethan s'adossa au plan de travail. L'éclairage indirect créait une ambiance trompeusement intime. Tout l'appartement baignait dans une lumière atténuée et douce qui flirtait avec le romanesque.

Ou peut-être était-ce juste la façon déformée dont elle voyait les choses ?

Ethan Black aurait probablement été horrifié s'il avait pu lire dans ses pensées.

Elle n'était pas idiote. S'il la retenait à dîner ce soir, ce n'était pas pour ses beaux yeux. Il se sentait coupable d'avoir déclenché son bégaiement. Comme elle travaillait pour Debra, il ne voulait probablement pas prendre le risque de créer une situation conflictuelle. Et il avait surtout besoin de son aide pour Madi. Après le coup de la disparition qu'elle venait de lui faire, il devait frémir à l'idée qu'elle pouvait tourner les talons et ne plus jamais revenir.

Une inquiétude qu'il n'aurait pas eue s'il l'avait connue un peu mieux. Jamais elle n'abandonnerait un animal dans une situation qu'elle considérait comme menaçante pour lui. Or même si elle ne doutait pas des qualités humaines et professionnelles d'Ethan, elle n'était pas convaincue de ses aptitudes à prendre soin de Madi.

Par rapport à son bégaiement en revanche, elle ne le considérait pas comme responsable. Ce n'était pas sa faute si elle était mal à l'aise avec des inconnus.

Ce problème-là était entièrement le sien. Et il lui appartenait de le résoudre.

Elle essaya de détendre son ventre noué. Et de se dire qu'il n'était pas à proprement parler un inconnu. Non seulement il avait soigné sa cheville, mais il était le frère de Debra, qu'elle connaissait depuis des années. Il n'avait pas hurlé contre elle par rage. Il avait hurlé parce qu'il était en guerre avec lui-même. Accablé de s'être battu pour la survie d'un patient et d'avoir perdu son combat.

Comment concevoir les gouffres amers dans lesquels ce genre de défaite pouvait vous plonger ? Mais il ne lui laissa pas l'occasion de le questionner. Son attention était entièrement centrée sur elle.

— Depuis combien de temps cela ne vous était plus arrivé ?

Elle prit une profonde inspiration, soutint son regard et se risqua de nouveau à parler.

— Quelques années.

Les mots sortirent sans être freinés. Aucune barrière.

— Des années ? Dans ce cas, je suis doublement confus.

— Pourquoi ?

— Parce que j'ai redéclenché quelque chose que vous aviez réussi à surmonter.

— Le problème vient de moi. Vous n'y êtes pour rien.

— Vous savez aussi bien que moi que c'est faux. J'ai été brutal, verbalement, ce qui est inexcusable. J'ai réveillé votre anxiété.

— J'ai toujours eu beaucoup de mal avec les gens que je ne connais pas. J'ai une nature assez timide...

Elle détestait avoir à dire cela. Chaque fois, elle était tentée de préciser que « timide » ne voulait pas forcément dire « faible ».

— D'ailleurs, je ne sais pas pourquoi je vous confie tout ça. Ce n'est pas du tout dans mes habitudes de divulguer des informations personnelles à des inconnus.

— Je suis médecin. C'est différent.

Ce serait donc cela, l'explication ? Peut-être.

Il prit une des chaises autour de l'îlot de cuisine et lui fit signe de suivre son exemple.

— Vous avez vu un orthophoniste ?

— Pendant quelque temps, oui. Je devrais peut-être recommencer à faire quelques séances.

— Je ne crois pas que ce soit nécessaire. Tout ce dont vous avez besoin, c'est de vous détendre. Et d'éviter les mecs comme moi.

Elle entendit l'autodérision dans sa voix.

— Vous n'êtes pas seule, vous savez. Aristote bégayait. Et Charles Darwin de même.

— Ainsi que le roi George VI.

— Et Marilyn Monroe.

Elle haussa les sourcils.

— Sérieux ? Je ne savais pas.

— Elle l'a mentionné dans une de ses interviews... Mais dites-moi, comment vous faites dans votre travail ? Vous n'êtes pas constamment amenée à vous entretenir avec des inconnus ?

— Si. Mais ma sœur se charge de tous les aspects du métier que je déteste. C'est elle qui démarche les clients, prend les réservations, règle ce qui doit être réglé par téléphone.

Elle prit la chaise à côté de la sienne, les doigts crispés sur son verre. Douter de sa capacité à former normalement ses mots était terrifiant. Elle se demandait si l'alcool faciliterait les choses ou si au contraire il aggraverait son problème.

— Je me tiens bien au chaud dans ma petite zone de confort.

— Ce n'est pas l'impression que vous m'avez donnée quand je vous ai vue aux urgences l'autre fois.

— Vous avez eu devant vous la version de moi qui cherche à sortir de sa coquille. Vous avez vu le résultat.

Oh et puis zut, on verra bien. Elle but une grande gorgée de vin et sentit une chaleur plaisante se propager en elle. Les mots coulaient de nouveau librement. Elle pouvait presque faire comme si rien ne s'était passé. *Presque*, mais pas tout à fait. Car elle avait bel et bien bégayé. Et cela pouvait revenir à tout moment. Peut-être qu'une part d'elle-même en avait toujours été consciente, mais elle avait fini par baisser sa garde. Ce qui au fond était plutôt une bonne chose. La tension et l'anxiété ne faisaient qu'aggraver les problèmes d'élocution comme le sien.

— Disons que je suis un chantier en cours.

— Mais vous avez accepté un rendez-vous avec un parfait inconnu. Et vous n'avez pas bégayé ?

Elle reposa son verre.

— Aucun risque, il ne m'a pas laissé placer un mot. Enfin… J'exagère. J'ai dû prononcer trois ou quatre courtes phrases. Ce qui était déjà un progrès par rapport à mon *date* précédent.

Une lueur amusée brilla dans les yeux d'Ethan et il se pencha pour lui resservir à boire.

— Vous avez fait une série de rencontres passionnantes, on dirait ?

— Toutes plus stimulantes les unes que les autres.

Elle se surprit à sourire aussi. Se surprit également à penser qu'il ne lui aurait pas déplu qu'un de ces hommes ressemble à Ethan. Une pensée d'autant plus absurde que moins d'une demi-heure plus tôt, elle avait quitté l'appartement en trombe, préférant braver la neige que de passer une seconde supplémentaire dans le même espace que lui.

— J'ai fait une croix sur le *dating*.

— Déjà ? Vous n'êtes pas un peu jeune pour renoncer à l'amour ?

Comment se faisait-il qu'il lui posait tant de questions ? En quelques minutes, il lui avait témoigné plus d'intérêt que ses trois *dates* réunis.

— Je ne renonce pas à l'amour. Je renonce aux rencontres en ligne.

Elle n'avait pas réfléchi sur le moment, mais elle réalisait en le disant que sa résolution était ferme et définitive. Après sa troisième tentative avec le « trentenaire » de soixante-huit ans, elle ne croirait plus jamais un mot de ce que racontaient les gens sur leur profil Internet. Avant d'accepter l'invitation à dîner d'un homme, elle voulait d'abord pouvoir le regarder dans les yeux pour juger s'il était sincère ou non.

— Mais je reconnais que renoncer au *dating* en ligne équivaut presque à renoncer au *dating* tout court. Ce n'est pas facile de connaître du monde en passant par d'autres circuits.

— C'est vrai.

Le fait qu'il ne la contredise pas la prit par surprise.

— Vous devez être en contact avec des quantités de gens via l'hôpital.

— Pas tant que ça. Je ne drague pas mes patientes, par définition. Dans l'équipe, ils sont tous aussi débordés que moi et ont renoncé depuis longtemps à toute prétention d'avoir une vie sociale. Sans compter que ce n'est pas toujours simple de nouer des relations extraprofessionnelles avec des gens que l'on voit tous les jours au boulot.

Elle avait toujours cru que, pour les autres, les rencontres ne posaient aucun problème et qu'elle était la seule à batailler avec des complications insurmontables.

Harriet se demanda en passant si Ethan la considérait toujours comme sa « patiente ». Puis s'interrogea dans un second temps sur le fait qu'elle se posait la question.

En le voyant à l'hôpital, elle l'avait imaginé marié et père comblé de deux charmants bambins. L'idée ne lui avait même pas traversé l'esprit qu'il pouvait être célibataire.

Qu'un homme comme lui soit resté seul disait clairement que le monde ne tournait pas rond.

Troublée par ces pensées vagabondes, elle passa sur un mode plus enjoué :

— Peut-être que *vous*, vous devriez essayer les applis de *dating*. Précisez que vous êtes médecin et vous serez probablement inondé de propositions. Surtout quand les femmes découvriront que vous exercez bien ce métier pour de vrai.

— Aucune femme n'a envie de nouer une relation avec un homme comme moi, Harriet.

Elle-même n'aurait pas été contre, pourtant.

D'où sortait cette pensée, encore ? Troublée, elle replongea le nez dans son verre et reprit une gorgée. Il s'agissait de garder à l'esprit qu'Ethan Black ne portait pas les animaux dans son cœur. Jamais elle ne pourrait être avec un homme indifférent aux chiens, même s'il savait écouter comme personne et que ses yeux étaient bleus comme la mer et l'été.

— Vous portez un jugement trop sévère sur vous-même. Même Shrek serait une rencontre de rêve par rapport aux trois individus sur lesquels je suis tombée.

— Aïe. C'est la première fois de ma vie qu'une femme me compare à Shrek. Il me faudra bien quelques années de thérapie pour m'en remettre.

Il avait le sens de l'humour, au moins.

— Vous m'avez dit tout à l'heure que vous aviez perdu un patient. Comment faites-vous pour gérer vos émotions, quand ça se produit ?

Le pire qu'elle avait à affronter dans son métier, c'était des chiens désobéissants et des conditions climatiques défavorables.

— Ce soir, je les ai gérées en vous hurlant dessus.

Son ton était chargé d'autodérision.

— Et en temps normal ?

— En temps normal, j'essaie de me souvenir que la mort fait partie de mon métier. Ce n'est pas quelque chose dont je parle d'habitude. Je ne comprends toujours pas pourquoi je vous en ai fait part, tout à l'heure. J'imagine que ça a été une pathétique tentative de ma part de susciter un réflexe de pitié qui aurait pu conduire au pardon pour la faute commise.

Elle appréciait sa sincérité. Son respect pour lui augmenta d'un cran.

— En général, on attend des médecins qu'ils ne montrent

pas leur désarroi. Pas simple pour vous de trouver la bonne attitude. Vous êtes censés être empathiques mais détachés en même temps. Comment on fait pour réussir ce mix-là ?

— Parfois on n'y arrive pas. Mais en règle générale, c'est un peu plus facile aux urgences qu'ailleurs. Je ne vois que des inconnus ou presque. La relation au patient est plus anonyme, plus distante que dans d'autres spécialités où la prise en charge s'inscrit dans la durée. Mon père est généraliste et il soigne certains patients depuis trente ans. Lorsqu'il en perd un, il vit le deuil presque au même titre que la famille. En tant qu'urgentiste, j'ai vite appris à gérer le sentiment de vide qui suit le décès d'un patient. Tous les médecins le font ou presque. On s'habitue à déployer des stratégies défensives.

— Mais le fait d'ériger des barricades émotionnelles ne signifie pas que vous ne ressentez rien, si ? Lorsque vous avez poussé la porte, tout à l'heure, vous étiez sur les nerfs. Exaspéré et hors de vous. C'est pour ça que vous vous êtes emporté pour rien.

— Je suis prêt à reconnaître que la façon dont j'ai réagi n'était pas défendable. Mais je n'irai pas jusqu'à dire que l'état dans lequel j'ai trouvé mon appartement, c'était « rien ».

Harriet termina son vin.

— Je suis assise ici parce que vous m'avez confié que vous venez de perdre un patient. Si vous me dites que ce décès vous a laissé froid comme un hareng, je sors d'ici et j'embarque Madi.

— Ma sœur n'a vraiment rien compris à votre caractère. Elle m'a dit que vous étiez « douce et accommodante ». Elle n'a pas prononcé un mot sur votre caractère inflexible et votre propension à recourir au chantage.

Il voulut lui resservir du vin mais elle secoua la tête en posant la main sur son verre.

— Non, merci. Pas une goutte de plus. Il gèle à pierre fendre dehors. Je n'ai pas envie de glisser et de me cogner la tête en sortant. Et encore moins d'atterrir aux urgences.

Il reposa la bouteille.

— Parce que vous savez que j'y officie ?

— Non, parce que vous n'êtes pas de garde ce soir.

Elle avait parlé sans réfléchir et vit une expression de surprise marquer brièvement les traits d'Ethan. Une surprise qu'elle partageait. *Bon, OK. Fini le vin, Harriet.*

— Si je dis ça, c'est parce que vous êtes à l'évidence un bon médecin. Et je ne suis « inflexible » que lorsqu'il s'agit de protéger des animaux.

Il la regarda quelques instants en silence puis se leva.

— Je commande le dîner. Vous ne suivez pas de régime alimentaire particulier ?

— Aucun, non. Mais si vous me dites ce que vous avez dans votre frigo, je pourrai peut-être en faire quelque chose. Je suis assez bonne cuisinière.

— Dans ce cas, il faudra que vous cuisiniez pour moi un jour mais ce soir, je pensais plutôt à quelque chose de plus simple.

Il ouvrit un tiroir et posa une sélection de flyers devant elle.

— Il y a un restaurant thaï juste à l'angle de la rue où ils mitonnent une cuisine si savoureuse que ça donne envie d'aller finir ses jours sur une île du pays du sourire. Mais si vous préférez une pizza…

— Le thaï est tentant mais leur menu me paraît un peu… hermétique.

Et les prix étaient élevés, jugea Harriet. Leur activité se portait bien mais elles avaient passé tant d'années à se battre pour joindre les deux bouts qu'elle rechignait encore par réflexe à dépenser des dollars durement gagnés pour des plats qu'elle pouvait cuisiner elle-même.

— Si vous n'avez pas d'allergies alimentaires, je me charge de choisir pour vous.

Il prit son téléphone et passa sa commande d'une traite et sans consulter le menu. Ethan Black était visiblement un client plus que régulier de l'établissement.

Elle se souvint de l'avoir vu à l'œuvre à l'hôpital et d'avoir perçu en lui un homme habitué à donner des ordres. Un homme qui gérait l'urgence avec des responsabilités de vie et de mort sur les épaules.

— Toutes les journées ne sont-elles pas de mauvaises journées dans un service comme le vôtre ?

— Il y en a de pires que d'autres. Aujourd'hui était particulièrement difficile et il y a eu certaines circonstances qui n'ont rien arrangé.

— Vous voyez passer toutes sortes de cas de figure, je suppose.

Des cas de figure qu'elle n'était probablement même pas capable d'imaginer. Et encore moins d'affronter au jour le jour.

— La plupart des personnes qui arrivent chez nous souffrent à des degrés divers et sont terrifiées de sentir leur corps les trahir. La crainte du diagnostic crée un stress aigu qui peut parfois se traduire par de l'agressivité. Les malades veulent des réponses, des solutions. Immédiates de préférence. Et lorsqu'ils ne les obtiennent pas, ils ne sont pas très contents

Pas très contents.

— C'est l'euphémisme du siècle, non ?

Il sourit à demi.

— On peut le dire, oui. L'ordre de passage, d'autre part, se fait en fonction de l'urgence médicale et pas de l'heure d'arrivée. C'est ce que les usagers ont toujours beaucoup de mal à comprendre.

Elle hocha la tête.

— Ils sont obnubilés par leur propre souffrance et ne conçoivent pas que le patient dont vous vous occupez puisse être dans une situation d'urgence vitale... Le problème, c'est que vous devez vous faire insulter à longueur de journée.

— Il est vrai que le personnel soignant forme une cible toute désignée à la vindicte des usagers.

Il sortit des couverts d'un tiroir.

— Je me fais fort en temps normal d'être assez compétent pour faire retomber l'agressivité d'un patient. Toute la journée, je déploie des stratégies pour gérer le stress des autres. Et il semble qu'en passant la porte de chez moi ce soir, j'aie oublié de maîtriser le mien.

— Trouver le souk en rentrant a dû être la fameuse goutte...

Il referma le tiroir.

— OK. Parlons franc : est-ce l'état dans lequel je vais trouver les lieux chaque soir ? Je compte sur vous pour m'annoncer la mauvaise nouvelle en douceur.

Harriet jeta un coup d'œil à Madi qui mâchonnait sagement son jouet, sans paraître se rendre compte du drame qu'elle avait provoqué.

— Elle a l'air apaisée, maintenant. Avec un peu de chance, cela continuera. Vous partez travailler à quelle heure, demain ?

Jusque-là, elle n'avait encore pris aucune décision quant à la suite des opérations, mais elle avait appris beaucoup de choses au sujet d'Ethan durant leur courte conversation.

Même s'il s'était emporté une heure plus tôt, elle était convaincue qu'il en fallait beaucoup pour qu'Ethan perde le contrôle de lui-même. C'était le genre d'homme à garder la tête froide même sous pression. Elle se demanda ce qui s'était passé avec le patient qu'il n'avait pas réussi à sauver. Qu'est-ce qui l'avait mis à ce point en colère contre lui-même pour qu'il craque ainsi ? Qu'y avait-il eu de différent dans la journée qu'il venait de passer ?

— Demain ? Je pars d'ici à 6 heures.

— Ce serait bien que vous descendiez avec Madi juste avant. Ce n'est pas la peine de la promener. Il suffira qu'elle vide sa vessie. Puis je viendrai à 9 heures pour la sortir plus longuement, lui faire faire de l'exercice, jouer un peu avec elle.

Harriet mit un rappel sur son téléphone.

— Et l'après-midi ? Vous revenez ici à quelle heure ?

Il consulta son emploi du temps sur son téléphone.

— C'est difficile à dire. En théorie, à 17 heures. Mais ça peut être n'importe quand, en fait. Est-il vraiment utile que je la sorte le matin si vous arrivez ici dès 9 heures ?

— Si vous n'avez pas envie qu'elle vous inonde votre parquet en chêne, je vous le recommande, oui. J'aimerais faire en sorte de ne pas laisser Madi seule plus de quelques heures d'affilée. Donc je viendrai plutôt à 9 h 30, avec un deuxième passage à 14 h 30. Normalement, ça devrait le faire.

Il ouvrit les mains en signe de reddition.

— Si vous le dites… C'est vous l'experte.

Elle se demanda s'il la taquinait, mais son expression était tout à fait sérieuse.

— On ira dehors un moment pour qu'elle prenne l'air et qu'elle fasse de l'exercice — à condition bien sûr que le degré d'enneigement reste gérable. Puis je passerai du temps avec elle à l'intérieur pour l'aider à se familiariser avec le lieu.

— Vous aurez le temps de faire tout ça ? Combien d'autres chiens promenez-vous par jour ?

— Ça varie. Demain, j'ai une assez grosse journée mais je peux me faire remplacer sur deux de mes promenades. Donc on va faire comme ça. Madi restera ma priorité jusqu'à ce qu'elle ait pris ses habitudes chez vous. Je peux apporter de la paperasse en retard et m'en occuper ici. Si cela ne vous pose pas de problème que je me mette sur un coin de table.

— Tout ce que vous voulez faire ici, vous le faites. Vous avez toute ma gratitude. Merci.

— Je ne le f…

Ethan eut un sourire ironique.

— Oui, je sais, vous ne le faites pas pour moi, vous le faites pour le chien.

— *Madi*. Je le fais pour Madi.

— Vous êtes aussi pointilleuse que ma sœur. C'est bien un chien, non ? Enfin, une chienne… En quoi est-ce désobligeant de l'appeler ainsi ?

— Si on vous appelait « l'humain », ce ne serait pas très amical, si ?

Le repas fut livré à la porte. Ethan disposa les plats sur l'îlot de cuisine et lui tendit une assiette.

— Prenez tout ce qui vous fait plaisir. Et parlez-moi de votre travail.

— Pourquoi ?

— Parce que ça m'intéresse.

— Qu'aimeriez-vous savoir ? Nous proposons des promenades pour chiens sur tout l'East Side de Manhattan.

Et elle était fière de couvrir un aussi vaste territoire. Fière de ce qu'elles avaient accompli en partant de rien.

— Vous ne vous chargez pas de tous ces chiens à vous seule, bien sûr. Vous avez parlé d'une sœur ?

— Fliss. Nous sommes jumelles. Nous avons monté l'activité ensemble.

— Et vous dispatchez une équipe de promeneurs ? demanda-t-il en lui proposant une soupe d'où s'élevaient de riches parfums de citronnelle et de coriandre. Comment ça fonctionne ?

— Ce sont souvent des étudiants. Parfois des retraités. Peu nous importe leur bagage. Tout ce qui compte, c'est qu'ils soient fiables et qu'ils aiment les chiens. Ce qui a fait notre réussite, c'est que nous offrons un service de qualité et que les gens peuvent compter sur nous qu'il pleuve ou qu'il vente.

— Et combien de chiens prenez-vous à la fois ?

— On les promène presque toujours en solo, en fait. Il s'agit d'un service individuel. C'est plus facile comme ça de nous adapter aux besoins particuliers de chaque chien.

— Vous les emmenez s'ébattre au parc ?

— Ça dépend.

Elle enroula ses nouilles autour de sa fourchette.

— Le parc ne convient pas forcément à toutes les personnalités canines. Parfois, il est plus judicieux de leur faire faire plutôt un tour dans leur quartier.

— Pour en revenir à Madi, demain : il faudra que je la nettoie après l'avoir sortie le matin ? Que je lui essuie les pattes ? Je n'ai aucune idée de la façon dont on procède.

Il passait ses journées à gérer des situations de crise, à prendre sur le fil du rasoir des décisions dont une vie pouvait dépendre. Mais la perspective d'avoir à s'occuper de ce petit bout de chienne semblait l'effarer.

— Contentez-vous de la sécher rapidement avec une serviette si elle est mouillée. Je m'occuperai du reste en arrivant demain matin.

— Et vous viendrez quoi qu'il arrive ? Vous ne me laisserez pas en plan pour me punir d'avoir été infect avec vous ?

— Ma conscience m'interdit d'abandonner Madi à son sort.

Il fit la grimace.

— Donc vous le faites uniquement parce que vous répugnez à la laisser entre les mains d'un individu de mon espèce. Je vous ai hurlé dessus, donc vous considérez que je suis un cas désespéré en tant que gardien de chien. Et peut-être même un cas désespéré en tant qu'humain tout court. Vous pensez pouvoir me pardonner un jour ?

Elle essaya de ne pas sourire.

— Je ne sais pas, docteur Black. Je n'ai pas encore pris ma décision à ce sujet. Je vous le ferai savoir dès que j'aurai tranché.

Chapitre 8

Harriet prit le métro pour rentrer chez elle puis termina le trajet à pied dans la nuit glaciale. Elle brûlait d'envie de sortir son téléphone et de faire une recherche Internet sur « Rechute de bégaiement ». Mais elle garda les mains au chaud dans ses poches et se contenta d'accélérer le pas. Des engelures aux doigts seraient un tribut trop lourd à payer. Elle attendrait d'être à la maison pour allumer son ordinateur.

Elle était si pressée de s'installer devant son écran qu'elle réprima un mouvement de contrariété en trouvant Daniel qui faisait les cent pas devant sa porte.

En temps normal, elle aurait sauté de joie en voyant son frère… mais il faisait aussi partie des rares personnes capables de voir plus loin que son sourire factice et de lui demander ce qui la chagrinait.

Une chose était certaine, en tout cas : elle garderait le silence sur sa rechute.

C'était un problème qu'elle voulait résoudre seule, de préférence sur son canapé, avec son ordinateur portable sur les genoux, en écumant les forums et les sites. Il lui fallait de toute urgence des réponses.

Pourquoi le bégaiement était-il revenu après tant d'années de rémission complète ? Était-il permis d'espérer que ça s'arrêterait là, ou devait-elle s'attendre à revivre de nouveaux épisodes semblables ?

Et si rechutes il devait y avoir, dans quelles circonstances se produiraient-elles ?

Même si la soirée s'était bien terminée, elle l'avait vécue comme un cuisant revers.

Car si elle avait bégayé ce soir, qu'est-ce qui lui prouvait qu'elle ne bégayerait pas à d'autres moments ? Une éventualité qu'elle croyait avoir laissée derrière elle depuis longtemps.

Devait-elle prendre rendez-vous chez un orthophoniste ? Ethan n'avait pas l'air de penser qu'une consultation s'imposait. Mais il lui avait aussi dit que le bégaiement n'était pas son domaine d'expertise…

Des dizaines de questions lui tournaient dans la tête, mais elle savait que si elle en parlait à son frère, Daniel passerait en mode surprotecteur. Elle mit donc résolument ses interrogations de côté, même si elles la taraudaient jusqu'à lui couper les jambes et le souffle.

— Il n'est pas un peu tard pour venir me rendre visite ? D'habitude, tu passes plutôt à l'heure des repas quand tu n'as rien à te mettre sous la dent.

Ce qui n'arrivait quasiment plus jamais depuis que son frère vivait avec Molly. Avant cette rencontre, Harriet avait cru dur comme fer que Daniel n'était marié qu'à une seule chose : son célibat. Et elle trouvait très encourageant de voir que même un grand cynique comme lui pouvait tomber fou amoureux.

S'il avait pu rencontrer quelqu'un dans le patchwork humain qui peuplait Manhattan, il y avait peut-être encore aussi de l'espoir pour elle, après tout ?

— On était sortis promener les chiens avec Molly et on s'est dit qu'on allait faire un saut chez toi pour voir ce que tu deviens. Ça fait un moment que tu ne donnes plus de nouvelles.

Parce qu'elle s'efforçait d'aller vers plus d'indépendance.

— Rien de neuf à signaler ici. Un peu à la bourre, c'est tout.

Elle poussa la porte de son appartement.

— Qu'est-ce que tu as fait de Molly ? Et des chiens ?

— Molly est redescendue dans la rue pour passer un coup de fil. Elle a pris Valentin et Brutus avec elle. Comment ça se fait que tu te balades toute seule dans Manhattan à une heure pareille ?

Harriet suspendit son manteau dans l'entrée.

— Il est tout juste 21 heures, Dan.

— Tu as encore fait une tentative de *dating* ?

Harriet songea à la soirée qu'elle venait de passer.

— Ce n'était pas un *date*, non.

— Fliss m'a dit que ta dernière aventure romantique ne s'était pas très bien passée. Ça ne m'enchante pas que tu prennes le risque de tomber sur toutes sortes de tarés. Pourquoi tu ne m'as pas appelé ? Je serais venu à ton secours.

C'était justement la raison pour laquelle elle n'avait pas fait appel à lui : parce qu'elle avait décidé de trouver ses propres solutions en temps de crise.

Quel que soit le problème dans lequel elle trouvait moyen de s'embringuer, elle voulait puiser dans ses propres ressources pour s'en sortir.

— Je me suis débrouillée.

— Depuis quand promènes-tu tes chiens à une heure aussi tardive ?

Harriet soupira. Elle n'avait peut-être pas de père pour se soucier d'elle, mais son frère compensait largement ce manque de sollicitude parentale.

— Depuis qu'une de mes clientes est partie en catastrophe, laissant derrière elle une chienne qui semble avoir du mal à trouver ses marques dans son nouveau foyer temporaire.

Daniel se dirigea tout droit vers la cuisine et ouvrit le réfrigérateur, aussi à l'aise chez elle qu'il l'aurait été chez lui.

— Je suis surpris que tu n'aies pas rapatrié illico la chienne en question ici. Quand on était gamins, tu ne pouvais pas t'empêcher de ramener toutes sortes d'animaux à la maison. Tu te souviens du petit chat que j'ai caché une semaine sous mon lit ?

— Oui, je me souviens.

Elle avait trouvé le chaton dans une ruelle, blessé et abandonné par sa mère. Il ne devait avoir que quelques semaines et elle l'avait introduit chez eux en douce, sous son pull. Puis elle l'avait installé bien au chaud dans un carton et Dan, Fliss et elle avaient réussi à le garder caché jusqu'à ce qu'il reprenne des forces. Son rêve aurait été de le garder pour toujours et elle avait espéré que son grand frère trouverait une astuce pour que ce souhait impossible se réalise. C'était l'art consommé avec lequel Daniel avait toujours contourné les interdits paternels et bricolé des solutions qui faisait aujourd'hui de lui un avocat de génie.

— Tu as exigé qu'on aille ensemble à pied chez le véto pour lui demander conseil. C'est à ce moment-là que j'ai compris que pour un animal, tu étais prête à prendre tous les risques, même celui de déclencher une de ces colères terrifiantes dont notre cher père était coutumier.

Daniel s'octroya une cannette de bière qu'il examina d'un œil satisfait.

— En voilà une qui n'attendait que moi.

Harriet leva les yeux au plafond, posa son sac et ferma les stores.

Daniel avait raison, d'ailleurs. Si leur père avait su pour le chaton, il l'aurait tuée.

Elle n'avait jamais pris les menaces paternelles à la légère, mais le chat avait été plus important que sa propre sécurité. Elle s'était identifiée à la vulnérabilité de l'animal et avait résolu de devenir sa protectrice, tout comme son frère et sa sœur l'avaient toujours protégée, elle.

Elle entendit une cavalcade sur le palier et des aboiements joyeux. Molly franchit la porte au pas de course, tractée par les deux grands chiens bondissants qu'elle tenait en laisse.

— Je vais leur acheter une luge-traîneau pour qu'ils me transportent d'un bout à l'autre de Manhattan, annonça-t-elle, hors d'haleine. Ça devrait calmer un peu leur ardeur. Avec une bonne couche de neige, ce serait une façon révolutionnaire de se déplacer en ville.

Daniel décapsula sa bière et en sortit une seconde du frigo.

— Ce ne serait pas révolutionnaire pour un rond si tu vivais au Groenland. Là-bas, c'est un mode de vie.

— Tu veux bien arrêter de faire ton avocat cinq minutes ?

Tout en buvant une gorgée de sa bière, Daniel tendit la seconde à Molly.

— Ça n'a rien à voir avec le droit, c'est de la culture générale.

— Il faut toujours que tu exposes les faits en long et en large !

— Justement. Je faisais d'autant moins « mon avocat », que dans la profession, nous sommes connus pour n'exposer les faits que de façon tout à fait sélective.

Sans se soucier des chiens, il passa les bras autour de Molly et chercha ses lèvres. Elle s'amollit dans son étreinte et, pendant quelques instants, ils parurent comme fondus l'un en l'autre, indifférents au reste du monde.

Harriet sentit une zone douloureuse se former côté cœur.

Super.

De grandes bouffées d'amour semblaient émaner d'eux, flottant en tourbillons serrés autour d'elle. Elle était submergée d'amour à ne plus pouvoir respirer.

Il était hors de question de se sentir envieuse, bien sûr. Elle aimait Daniel. Elle aimait Molly. Sa joie pour eux était sincère.

Et sa jalousie l'était tout autant.

Car jalousie il y avait. Par rapport à son frère et par rapport à sa jumelle.

Qu'est-ce que cela disait d'elle ?

Irritée de ressembler si peu à la personne qu'elle aurait voulu être, Harriet tomba à genoux pour câliner Valentin, le dalmatien de Molly.

— Comment va le plus beau chien du monde ?

Valentin répondit à sa question par un mouvement de queue enthousiaste. Brutus, le berger allemand de Daniel, se précipita pour réclamer sa part d'attention. Sous l'impact, Harriet perdit l'équilibre et se retrouva assise sur les fesses. Elle n'était pas la seule dans cette pièce à avoir des tendances envieuses, apparemment.

— Mais oui, toi aussi, tu es très beau. Un peu brute, mais charmant.

Molly se dégagea des bras de Daniel.

— Charmant, c'est un bien grand mot.

Elle se débarrassa de son sac à dos et ôta son manteau sans lâcher sa bière pour autant.

— Il a fallu qu'il se roule dans la neige et il est trempé comme une souche. Assieds-toi, Brutus. Et toi, Harriet, raconte-moi comment ça s'est passé avec le dernier mec que tu devais rencontrer. Il avait l'air vraiment top, celui-là. Vous allez vous revoir ? Comment le *date* s'est-il terminé ?

Par une fuite acrobatique suivie d'une cheville foulée.

Harriet décida de faire l'impasse sur les détails. Cet épisode gagnait à rester tu. Molly était psychologue, avec une tendance marquée à vouloir tout analyser. Et Harriet n'avait pas envie qu'elle se lance dans des interprétations sur son cas. Pas ce soir, en tout cas.

— Finalement, ça n'a pas collé avec le Numéro 3.

— Ah, dommage. Il avait l'air bien, pourtant.

Molly tira une serviette de son sac à dos et entreprit de sécher Brutus.

— Alors ? À quand le suivant ? Quoi de neuf à l'horizon ?

Il y avait de neuf qu'elle avait bégayé. Après des années d'une élocution sans nuage, elle avait renoué avec les blocages et les balbutiements.

Diverses émotions bouillonnaient en elle, un mélange toxique de déception et de panique.

Le *dating* avait toujours été un défi pour elle. Mais ce soir, c'était comme si elle venait de rouler tout en bas de la montagne dont elle avait cru approcher le sommet. Et ce n'était pas rien, cette dégringolade. Comme si elle traversait une crise majeure dont elle n'avait pas encore pris toute la mesure. Quelles chances avait-elle d'apprendre à connaître un homme si elle n'était pas capable de passer le cap de la première rencontre ?

Molly aurait été pile la bonne personne avec qui aborder ces questions. Sa future belle-sœur avait sûrement des réponses pertinentes à lui apporter. Mais Harriet n'était pas encore en état de mettre des mots sur ce qu'elle traversait. Elle avait d'abord besoin de comprendre et de se ressaisir.

— Je fais une pause dans les rencontres.

Pour dévier la conversation, elle s'intéressa au costume de son frère.

— Tu étais au tribunal ?

— Une audience, oui. Pour un droit de garde.

— C'est horrible que tu aies tant de clients.

Daniel haussa les sourcils.

— Merci. C'est quand même grâce à eux que je gagne ma vie.

— Je sais. Mais chaque fois que tu énumères tes cas de divorce, j'ai l'impression qu'il n'y a pas un couple dans tout New York qui échappe aux déchirements suivis d'une séparation plus que sordide.

Molly sourit en nettoyant les pattes de Valentin.

— Il ne faut pas écouter Daniel. L'entendre parler de son boulot, c'est un peu comme regarder le journal télévisé. Tu sors de là avec l'impression que la fin du monde est pour demain. Dis-toi que c'est une vision biaisée de la réalité. Car concrètement, chaque jour, partout dans le monde, des milliards de personnes agissent de façon généreuse et désintéressée et font des choses magnifiques. Même si ces petits actes du quotidien ne sont pas recensés publiquement, ils pèsent dans la balance.

Daniel vida sa bière.

— Ta foi en la nature humaine frise la caricature, Molly. Je me demande parfois ce qu'on fait ensemble, tous les deux.

— On est ensemble parce que tu ne serais pas capable de gérer ton chien sans mon aide.

Harriet se pencha pour caresser Brutus. Elle l'avait eu quelque temps chez elle avant que Daniel l'adopte définitivement.

— Ne commencez pas à vous lancer des trucs à la figure, vous deux. Ou je vais m'inquiéter aussi pour l'avenir de votre couple.

Molly se leva pour embrasser Daniel.

— Aucune crainte à avoir en ce qui nous concerne. C'est toi qui lui annonces, Dan, ou c'est moi ?

— Lui annoncer quoi ?

Molly se renfrogna et Valentin bondit aussitôt sur ses pattes.

— Tu vois ? Mon chien le sent tout de suite quand tu me rends malheureuse. Tu ferais mieux de faire gaffe, toi le bourreau des cœurs, car tu vas finir avec des marques de morsure partout.

— Encore des fausses promesses, je parie.

Consciente qu'ils pouvaient continuer à s'asticoter pendant des heures, Harriet coupa le flot des chamailleries.

— C'est quoi, alors, votre nouvelle ?

Molly jeta un regard rayonnant à Daniel.

— La date du mariage est fixée. Ce sera en mai et à Central Park, lieu de nos premières rencontres. Il y aura des cerisiers en fleurs et le ciel sera bleu azur.

— ... et toi, tu seras en tenue de course à pied avec ta queue-de-cheval haute, compléta Daniel avec un large sourire. J'adore te voir comme ça. C'est hyper sexy.

— Pas question. Je me marie en robe longue et blanche.

— Dans le parc ?

Daniel eut une moue sceptique.

— On laisse les chiens à la maison, donc ?

— Ah non. Je ne me marie pas sans Valentin et Brutus.

— Alors j'éviterais la robe blanche à traîne, à ta place.

Harriet les interrompit de nouveau.

— Mes félicitations, en tout cas. Je suis vraiment très heureuse pour vous.

Et elle l'était. En toute sincérité. Ils étaient tellement complémentaires que c'était un bonheur de les voir ensemble. Et la même chose valait pour Fliss et Seth, d'ailleurs. Deux par deux. Tout le monde marchait par paire.

Sauf elle.

Elle, elle marchait à l'unité.

Seule.

Molly l'embrassa.

— Vous voulez bien être nos témoins, Fliss et toi ?

— Avec plaisir, oui, pour ma part. Merci.

Affalé sur le canapé, Daniel l'observait d'un œil attentif.

— C'est calme ici sans Fliss.

Plus que calme, même.

— J'ai trop de boulot pour avoir le temps de m'en

apercevoir. Avec tous les animaux que j'accueille, c'est animé à souhait.

Daniel regarda autour de lui.

— Je ne vois aucune bestiole.

Rien n'échappait jamais à l'attention de Daniel.

— J'avais Teddy il y a encore quelques jours. Il vient de partir dans sa famille d'adoption définitive.

Valentin s'affala par terre et Brutus suivit son exemple. Molly et Daniel s'étaient rencontrés en promenant leurs chiens respectifs, et le berger allemand et le dalmatien ne se quittaient plus depuis.

— Tu bosses sur un dossier intéressant en ce moment ?

Daniel haussa les épaules.

— Juste mes éternelles histoires de couples toxiques. Pourquoi les gens se marient encore, je n'en ai aucune idée. Tout ce que je sais, c'est que leur croyance béate en des lendemains qui chantent est mon gagne-pain, alors qui suis-je pour remettre leur optimisme en question ?

Molly lui jeta un regard en coin.

— Je te signale que tu te prépares à m'épouser. Donc tu n'as rien à remettre en question *du tout*.

— Tu es ma Blanche-Neige.

— Je déteste les pommes.

— Ma Cendrillon, alors ?

— C'est la reine du balai-brosse et je suis mauvaise ménagère.

— Raiponce, alors ? Non, tu n'as pas la bonne couleur de cheveux. La Belle ? Surtout pas, car cela ferait de moi la Bête.

— Cela ne t'irait pas si mal.

Daniel regarda sa montre.

— Bon, en attendant, la Bête crève de faim. On pensait commander une pizza, ce soir. Ça te dirait, Harriet ?

Une pizza ? Elle songea à la montagne de spécialités thaïes qu'elle avait dégustées avec Ethan.

Et à toutes les questions dans sa tête qui attendaient de trouver une réponse.

— J'ai déjà mangé, mais commandez pour vous deux.

En fait, c'était sympa de voir son frère. Et cela lui faisait du bien d'avoir son appartement rempli de bruits, de rires — et de chiens.

Parlant de chiens, il était peut-être temps qu'elle s'autorise enfin à en avoir un à elle.

Ce n'était pas la première fois qu'elle pensait à franchir le pas, mais jusqu'à présent, elle avait voulu garder la place libre pour les animaux qu'elle accueillait. Mais à présent que Fliss était partie, la situation n'était plus la même.

— Tu avais concocté quoi comme petit plat, ce soir ? S'il y a des restes au frigo, je suis preneur. Je préfère ta cuisine à celle du pizzaïolo du coin.

Harriet marqua un temps de silence.

— Je n'ai pas dit que j'avais dîné ici, j'ai juste dit que j'avais déjà mangé.

— Donc tu étais bel et bien en compagnie masculine ce soir !

La curiosité de Molly était visiblement éveillée.

— C'était un rendez-vous purement professionnel. Au sujet d'une chienne qui a du mal à trouver ses marques. Comme il se faisait tard, il m'a proposé de manger un bout avec lui. Il sortait d'une grosse journée de boulot et il était affamé. Et fatigué. Rien de romantique.

— *Il ?* C'est un avocat ?

— Un médecin.

Molly frappa du plat de la main sur l'accoudoir du canapé — si énergiquement que les chiens sursautèrent.

— Génial ! J'ai toujours dit qu'un médecin t'irait comme un gant. Intelligent, attentionné…

— Il ne s'agit pas d'une relation d'ordre privé, Molly.

— Ah oui ? D'habitude, tu ne vois quasiment jamais tes clients, si ?

— C'est exact. Mais il s'agit d'un cas un peu particulier. Il a un peu de mal avec la chienne dont il assure la garde provisoire.

Molly sourit.

— Et toi, bien sûr, tu l'aides. C'est idéal comme base de départ.

— Molly…

Daniel lui adressa un clin d'œil.

— Ce n'est même pas la peine d'essayer de la contredire. Molly crée des couples comme elle respire. Elle serait capable de marier une boîte de mouchoirs avec une bougie si elle ne trouvait rien d'autre à se mettre sous la main. C'est plus fort qu'elle. C'est un réflexe, chez elle.

Harriet sourit.

— C'est dans son ADN, tu veux dire ?

— Je ne sais pas si c'est génétique ou acquis. Tout ce que je peux dire, c'est que ça ne sert à rien d'essayer d'argumenter. Il faut s'incliner, c'est tout.

Molly haussa un sourcil.

— S'incliner sans chercher à argumenter ? C'est ta spécialité, ça, peut-être, Daniel Knight ?

Harriet renonça.

— Vous êtes mignons, tous les deux, mais je me lève aux aurores demain et je tombe de sommeil.

Daniel se leva.

— Tu promènes encore le chien de ce type demain ?

— Deux fois. Matin et après-midi, pour ne pas la laisser seule trop longtemps. Et j'ai encore trois autres promenades à assurer en plus de celles de Madi.

— C'est qui ce médecin, alors ? Donne-moi son nom

que je fasse une petite recherche sur lui, proposa Daniel, faussement désinvolte.

Harriet le poussa dehors.

— Non, tu ne feras pas de recherche sur lui. Moi je ne débarque pas au tribunal pour te mettre la honte, si ? Alors ne viens pas fourrer ton nez dans ma vie professionnelle.

— Je veux juste m'assurer que c'est quelqu'un de sûr et que tu ne cours aucun risque avec lui.

Ce n'était pas étonnant qu'elle ait tant de mal à sortir de sa zone de confort ! Son frère et sa sœur la tenaient littéralement enfermée à double tour à l'intérieur.

— C'est un client, Daniel. La seule façon dont il pourrait me nuire, ce serait en refusant de payer sa facture. Alors arrête de me couver.

— Et comment tu vas faire si la chienne refuse de se tenir ?

— Ne t'inquiète pas pour ça. Tout se passera bien. Je suis sûre que Madi est tout à fait tranquille maintenant.

Chapitre 9

Non seulement Madi ne se tint pas tranquille mais elle passa la nuit entière à hurler.

La sérénade commença dès l'instant où il éteignit les lumières. Ivre de fatigue, Ethan s'extirpa de son lit pour essayer de lui parler, mais cela ne servit qu'à la faire couiner davantage.

Il s'enorgueillissait de ses capacités à calmer les humains en cas de crise, mais avec les chiens, apparemment, il lui manquait le plus élémentaire savoir-faire.

À demi comateux, il la laissa sortir de sa cage pour essayer de cerner la nature exacte du problème. Sitôt libérée, la chienne fila comme une flèche dans l'escalier et courut en droite ligne jusqu'à sa chambre.

— Hé, c'est une plaisanterie ou quoi ?

En remontant à son tour, il la trouva roulée en boule au milieu de son lit comme si c'était sa place attitrée.

— Oh non, jeune fille. Même pas dans tes rêves. Si tu crois que ça va marcher comme ça avec moi…

Il la tira par son collier, mais la chienne résista en s'enfonçant dans le matelas, refusant mordicus de se laisser déloger. Ethan finit par la soulever dans ses bras et la porter de nouveau dans sa cage.

— C'est *ici* que tu dors, OK ?

Comment les gens pouvaient-ils être assez fous pour adopter un animal ? Comme si la vie n'était pas déjà assez lourde et compliquée sans qu'on s'encombre en plus d'une source d'emmerdements supplémentaire.

Il n'arrivait même pas à concevoir qu'on puisse prendre plaisir à la compagnie d'un chien.

Sa sœur aurait rétorqué que l'anormalité se situait plutôt de son côté à lui.

« Personne ne peut vivre que par et pour son travail, Ethan. C'est inhumain. »

Et son ex-femme aurait abondé dans ce sens — c'était aussi la raison pour laquelle ils étaient maintenant divorcés.

En voyant Madi se coucher sagement dans sa cage, il connut un court moment de soulagement. Bon. Tout compte fait, ce n'était pas si compliqué que cela de gérer un chien. Il suffisait d'être ferme avec ces petites bêtes et de leur montrer qui était le maître.

Son sentiment de triomphe dura jusqu'au moment où il éteignit de nouveau.

Madi se remit à aboyer. Mais aux jappements se mêlèrent cette fois des petits gémissements d'intense détresse.

Avec une pensée pour ses voisins, Ethan jura haut et fort. Quel recours lui restait-il ? S'il la laissait hululer et gémir tout son soûl, il aurait bientôt l'immeuble entier sur le dos. Mais il ne pouvait pas passer la nuit entière à se lever toutes les cinq minutes ! Il lui fallait quelques heures de sommeil décent s'il voulait faire son boulot correctement le lendemain. Sa responsabilité envers ses patients ne lui permettait pas d'arriver aux urgences avec de la purée de pois à la place du cerveau.

Repoussant les couvertures, il redescendit, furieux, et tenta de faire preuve d'autorité en lui parlant sèchement. Cette fois, il ne la sortit pas de sa cage.

Les aboiements de Madi montèrent en volume et se teintèrent de panique.

Prêt à passer par les plus viles concessions pour éviter

le défilé nocturne de voisins exaspérés tambourinant à sa porte, il la libéra de sa prison.

La chienne se précipita de nouveau dans sa chambre.

Ethan suivit le mouvement et secoua la tête lorsqu'il la retrouva roulée en boule au même endroit que la première fois : pile au milieu de son lit.

Avait-il seulement le choix ?

— OK. D'accord. Pour cette nuit, je t'autorise à rester.

Il en croyait à peine ses propres oreilles de s'entendre céder aussi piteusement.

— Demain, je demanderai conseil à Harriet sur la façon dont je dois m'y prendre pour que tu dormes dans ton truc en bas. Sache que je ne garde pas souvent mes invitées pour la nuit, donc il ne faut pas compter en faire une habitude. C'est clair ?

Madi souleva une paupière, le museau posé sur les pattes — l'image même du bien-être béat.

— Bon. Qui ne dit mot consent.

Ethan la poussa pour se faire une place et se glissa sous sa couette.

— Je te préviens que tu n'as pas intérêt à ronfler. J'ai besoin d'un minimum syndical de six heures de sommeil pour faire mon boulot correctement.

Il parlait pour lui-même.

Madi dormait déjà.

Il lui fallut nettement plus de temps pour s'assoupir enfin à son tour.

Lorsque la sonnerie stridente du réveil vint le tirer d'un sommeil de plomb, il se leva, assommé par la fatigue, avec le sentiment de ne pas s'être reposé du tout.

Madi, elle, dormait toujours du sommeil du juste à côté de lui.

Incroyable. Hagard, il s'habilla avec des gestes d'automate.

Dehors, il faisait encore noir, ce qui n'avait rien d'inhabituel pour lui. Tout l'hiver, ou presque, il partait et rentrait chez lui de nuit. Il restait bouclé la journée entière à l'hôpital, la seule lumière qu'il voyait était artificielle. Ce qui était inhabituel, en revanche, c'était de commencer la journée dans un état de fatigue plus avancé que celui dans lequel il s'était couché la veille.

Il sortit la chienne conformément aux instructions reçues et faillit geler sur place lorsqu'une bouffée d'air arctique s'insinua à travers ses vêtements alors qu'il se risquait à faire trois pas sur le trottoir.

Harriet passerait toute sa journée dehors à promener ses chiens par ce froid ? Comment faisait-elle pour endurer des températures pareilles ?

Elle était clairement plus résistante qu'elle n'en avait l'air.

Il remonta chez lui, passa rapidement une vieille serviette sur le pelage mouillé de la chienne et se prépara pour partir à l'hôpital.

Au moment de quitter l'appartement, il se tourna vers Madi.

— Tu attends ici bien sagement. Harriet arrive bientôt.

Madi le suivit jusqu'à la porte en se collant à ses jambes.

— Non, toi tu restes et moi je vais travailler. Tu comprends ?

Madi agita la queue.

— J'imagine que ça veut dire « oui » en langage chien ?

Avec l'espoir qu'elle saurait se tenir durant la journée à présent qu'elle avait bénéficié d'une bonne nuit, il partit le cœur tranquille — enfin, presque.

Pour trouver une situation de grand chaos à l'hôpital. Un incendie s'était déclaré dans un entrepôt proche pendant la nuit et le service était plein à craquer. Entre les brûlures cutanées sévères et les intoxications à la fumée, les brancards défilaient, les soignants couraient dans tous les sens et l'affolement était général.

Aussitôt absorbé, Ethan oublia Madi, Harriet, sa sœur et même sa nièce.

Il n'eut de pensées que pour ses patients, travailla d'arrache-pied et tomba des nues en trouvant Harriet chez lui, lorsqu'il rentra enfin en début de soirée.

Il regarda autour de lui et ne vit rien d'anormal dans l'appartement. Pas d'explosion de pâtes ni d'avalanche de farine ni aucun autre signe visible indiquant que les choses avaient mal tourné. Madi était allongée sur le sol et mâchonnait son jouet en forme d'os. Seul indice indiquant que tout n'était pas aussi idéal qu'il paraissait : la présence d'Harriet et la gravité qui marquait ses traits.

— Quoi ?

Il retira son manteau, envoyant voler une pluie de neige sur le sol. Elle avait prévu de repartir bien avant l'heure de son retour, donc il avait dû se passer quelque chose.

— Bon, on peut se tutoyer, Harriet ? Vas-y franco, énonce-moi le problème. Les mauvaises nouvelles, je préfère les avaler comme la tequila : cul sec et non diluées.

— Madi n'était pas très bien, aujourd'hui.

— Vu ta tendance à arrondir les angles, j'en conclus que ça se passe carrément très mal, c'est ça ?

Harriet soupira.

— Elle ne supporte pas qu'on la laisse seule, en fait. Quand je l'ai emmenée en balade ce matin, elle semblait plutôt calme, mais quand je suis revenue cet après-midi, j'ai appris qu'elle avait pleuré, hurlé et aboyé pendant tout le temps où elle est restée seule. Elle souffre d'une angoisse de séparation.

— Comment as-tu appris qu'elle avait pleuré pendant ton absence ?

— Parce que je suis tombée sur Judy sur le palier.

— Qui est Judy ?

Harriet parut étonnée.

— Elle est venue te voir hier soir. Tu as discuté un moment avec elle.

— Ah, tu veux parler de Mme Crouch !

Il habitait là depuis six ans et ignorait qu'elle se prénommait Judy. Et même s'il l'avait su, il ne se serait pas risqué à l'appeler autrement que « Madame ». Ce n'était pas le genre de personne avec qui il se serait permis la moindre familiarité. Mais Harriet, elle, semblait être passée au stade des prénoms sans aucune difficulté.

— Elle s'est plainte de Madi ?

— *Plainte* n'est pas vraiment le mot. Mais nous sommes parvenues ensemble à la conclusion que cela ne pouvait plus durer. Elle est entrée et je lui ai fait du thé. J'espère que cela ne t'ennuie pas.

Ethan essaya d'imaginer l'austère Mme Crouch installée sur son canapé à siroter son Earl Grey.

— Tu es une femme surprenante, Harriet Knight. Mme Crouch n'est pas spécialement connue dans l'immeuble pour sa tolérance ni sa propension à vouloir communiquer.

Une particularité qu'il appréciait grandement chez sa voisine. Il était rarement d'humeur à converser lorsqu'il la croisait dans l'ascenseur.

— Je crois que sa réserve cache surtout une grande timidité. C'est quelque chose que je connais bien. Et depuis la mort de son mari, elle a une vie très solitaire, ce qui n'aide pas, sur le plan de la sociabilité. Je pense qu'on perd une partie de sa confiance en soi lorsqu'on se retrouve seule à un âge déjà avancé. J'ai vu le phénomène chez Glenys.

— Glenys ?

— Une de mes clientes. Je promène Harvey pour elle.

— Qui est Harvey ?

— Peu importe. Tout ce que j'essaie de dire, c'est que Judy souffre probablement de son isolement, de la même manière que Glenys. Et le plus dur pour elle, je pense, c'est de voir si peu Margaret.

— Stop. Qui est Margaret ?

— Sa fille. Elle vit à Austin, au Texas. Elle est partie s'installer là-bas il y a huit ans, deux ans avant la mort de Bill. Margaret venait juste d'avoir son bébé.

Ethan devait se concentrer pour la suivre. Apparemment, Mme Crouch qu'il n'imaginait pas autrement que veuve et solitaire était pourvue d'une famille.

— Bill était son mari ?

— Voilà. Et on peut comprendre que ce soit difficile pour Judy de ne jamais voir Charlene.

— Charlene ? Et c'est qui encore, celle-ci ?

— Sa première petite-fille.

— Je n'y crois pas !

— Pourquoi ? Ma grand-mère m'a dit un jour qu'avoir des petits-enfants avait été une des plus grandes joies de son existence. Alors que la responsabilité d'être parent peut parfois être lourde, elle a adoré la liberté, le plaisir et la légèreté de la relation grands-parents/petits-enfants.

— Ce n'est pas ça que j'ai du mal à croire. Ce qui me surprend, c'est qu'elle t'ait confié tout ça.

— Tu crois que je lui ai arraché ces éléments biographiques sous la torture ?

— Je la connais depuis six ans et je ne l'ai jamais trouvée très portée sur les confidences.

— Tu as déjà essayé de nouer une vraie conversation avec elle ?

— Eh bien, je...

Bonne question, en effet. Ethan se passa la main sur la nuque.

— Honnêtement, non. Nous échangeons juste quelques monosyllabes polies les rares fois où nous nous croisons dans l'ascenseur. Généralement, quand je tombe sur elle, je suis soit à la bourre pour partir à l'hôpital, soit crevé et en mode pilotage automatique pour rentrer chez moi.

Il ne savait pas qu'elle avait perdu son mari, ni qu'elle avait une fille au Texas.

Et il était à peu près certain que son ex-femme était également passée à côté de Mme Crouch sans vraiment s'aviser de son existence.

Ce n'était pas le cas d'Harriet.

— Ma politique, lorsqu'un problème se pose, c'est de commencer par en discuter. Et une bonne conversation, ça se déroule toujours mieux au chaud qu'au milieu des courants d'air dans un couloir. C'est pour que ça que je me suis permis de lui proposer d'entrer boire un thé.

— Je croyais que le contact avec les inconnus n'était pas ton fort ?

— C'est vrai. Mais dans ce cas particulier, notre inquiétude commune pour Madi a été un bon liant. Tu savais que Judy avait un shih tzu ?

— Un *quoi* ?

Une maladie rare dont il n'aurait jamais entendu parler ? Un manuel de philosophie taoïste ?

— C'est un chien du Tibet.

— Je n'ai pas souvenir de l'avoir jamais vue avec un chien, qu'il soit du Tibet ou d'ailleurs.

Ethan jeta son manteau sur le fauteuil le plus proche.

— C'est fou ce qu'on en apprend avec toi, Harriet. Tu es un phénomène, dans ton genre.

— Elle m'a expliqué qu'elle avait du mal à le promener seule, donc j'ai promis de le lui prendre, puisque je viens de toute façon pour Madi.

— Bon. Et à part le fait que tu es devenue la grande copine de Mme Crouch et que tu as fait affaire par la même occasion, tu en es où ?

Harriet hésita.

— Judy n'était pas vraiment enchantée d'avoir eu à subir les gémissements de Madi en continu.

— Si tu crois que je suis enchanté de mon côté…

Ethan tourna vers la chienne un regard sévère que celle-ci soutint sans broncher. S'il y avait bien une chose qu'il avait découverte au sujet des chiens depuis la veille, c'était que leur tête était d'une expressivité surprenante.

— Elle a pleuré aussi toute la nuit.

Harriet parut atterrée.

— Oh non ! La pauvre !

Ethan s'adossa au comptoir, son humeur oscillant entre l'amusement et l'exaspération.

— Et moi ? Je n'ai même pas droit à une minuscule pointe de compassion ?

— Tu étais en proie à la peur ? Tu t'es senti seul, triste et perdu ?

Il soutint son regard.

— J'étais terrifié. J'ai pleuré toute la nuit. Tremblé et sangloté comme un nourrisson privé de sa mère.

Elle lui jeta un regard en coin.

— Je ne sais pas pourquoi, mais j'ai du mal à te visualiser dans cet état de grand désarroi.

— Disons que je n'ai peut-être pas *sangloté* à proprement parler. Sangloter aurait requis une énergie dont je ne disposais plus. J'étais abruti de sommeil et tétanisé par un besoin impérieux de dormir. Lequel besoin a été contrarié toute la nuit par un chien qui me hululait dans les oreilles. Et j'ai la faiblesse de penser que j'ai droit à quelques mots de sympathie, moi aussi.

Harriet s'agenouilla pour serrer Madi dans ses bras.

— Etais-tu dans un lieu inconnu ? Miné par l'inconfort ?

— L'inconfort ? Elle a dormi comme un loir, pile au milieu d'un lit king size. Ce serait bien que quelqu'un prenne la peine de lui apprendre à partager son espace, d'ailleurs.

— Pendant les cours de dressage, on enseigne rarement aux chiens où ils doivent se positionner dans un lit double.

Harriet se leva.

— Tu n'aurais pas dû la laisser dormir dans ton lit. Ce n'est pas bon.

— Pas bon pour qui ?

— Tu lui donnes de mauvaises habitudes.

— Ses habitudes, elle les avait déjà avant d'arriver ici.

— Elle aurait dû dormir dans sa cage.

Ethan croisa les bras sur sa poitrine.

— Si tu as quelques tuyaux efficaces pour la persuader de se tenir tranquille là-dedans, je suis tout ouïe.

— Tu as essayé de l'apaiser en lui parlant ?

— J'ai absolument *tout* essayé, sauf lui donner un biberon de whisky en lui chantant une berceuse.

Harriet lui jeta un regard exaspéré.

— Comment a-t-elle atterri dans ton lit ?

— J'ai ouvert sa cage et elle est montée tout droit. Elle doit avoir un radar incorporé car elle a visé direct l'endroit le plus confortable de la maison.

— Pourquoi ne lui as-tu pas parlé fermement avant de la ramener dans sa cage ?

— C'est ce que j'ai fait. À plusieurs reprises, même. Mais chaque fois, elle a recommencé à hurler à la mort. Avoir à déménager pour fuir la vindicte de mes voisins m'a paru être un prix élevé à payer pour rendre service à ma sœur quelques jours. Comme je ne pouvais pas passer la nuit entière assis à son chevet à lui parler, j'ai fini par la laisser où elle était.

— Au milieu du lit, autrement dit.

Il jeta un regard noir à Madi.

— Toi, il va falloir que tu revoies tes façons de faire nocturnes.

Madi agita la queue.

— Oh !

Harriet porta une main à son cœur et il fronça les sourcils.

— Qu'est-ce qui t'arrive ? Une douleur digestive ? Thoracique ?

Elle laissa retomber sa main.

— Non, c'est *toi*. Tu la taquines.

— Je ne la taquine pas, je l'admoneste.

— Pas du tout. Tu l'as taquinée. Et Madi l'a senti car elle remue la queue.

— Si elle manifeste sa joie, c'est qu'elle ne comprend rien aux subtilités du langage des bipèdes.

— Tu as un petit faible pour elle.

Ethan préféra ne pas relever.

— Tu as passé tout l'après-midi ici ?

— Avoue qu'elle t'a séduit.

Il soupira.

— J'admets qu'elle n'est pas totalement haïssable. Et même plutôt mignonne par rapport à certains humains que j'ai croisés. Et maintenant, réponds à ma question.

— Je suis là depuis plus de quatre heures. Je n'ai pas voulu la laisser. Cela n'aurait pas été juste.

— Merci.

Il leva la main.

— Ne dis rien, je sais : tu parles pour la chienne et pas pour moi. OK. Et tu as raison : rien de tout ceci n'est juste. La vie l'est d'ailleurs rarement et en attendant qu'elle le devienne, il faut que nous trouvions une solution qui marche pour tout le monde, car nous ne pouvons pas laisser cette situation s'éterniser. Elle est mignonne, c'est vrai, mais elle est en train de foutre ma vie en l'air. J'ai un travail qui exige que j'aie la tête claire. D'autres vies que la mienne en dépendent. Alors si tu as des suggestions, je t'écoute.

L'ironie de la situation ne lui échappait pas. Il était habitué à prendre des décisions ultrarapides dans un environnement tendu, avec des enjeux qui pouvaient être énormes. Mais il restait désemparé face à ce petit bouleversement canin qui faisait sortir sa vie de ses rails.

Allait-il devoir partager son lit avec la chienne jusqu'au retour de sa sœur ?

— Je suppose que tu n'envisagerais pas un mi-temps à l'hôpital pendant quelques jours, en attendant qu'elle s'habitue ?

La façon dont elle posait la question laissait entendre qu'elle ne se faisait aucune illusion quant à sa réponse.

Et elle avait raison, d'ailleurs.

Ethan eut une pensée pour les urgences blindées de monde et ses confrères déjà surchargés.

— Ce n'est pas envisageable, non. Tu pourrais venir ici plus souvent ?

— Tu aimerais que j'assure trois promenades par jour ? Pour ce qui est de mon planning, ce serait à la rigueur jouable. Mais je ne suis pas persuadée que cela suffise. Elle sera toujours aussi seule dans les intervalles et risque d'aboyer quand même.

— Tu ne pourrais pas la mettre dans un sac sur ton dos et la transporter avec toi pendant que tu promènes tes autres toutous ?

Elle écarquilla les yeux.

— Il s'agit d'un être vivant, Ethan. Pas d'un sandwich qu'on trimballe.

— J'ai vu des gens transporter des chiens dans des sacs à main.

Harriet tourna la tête vers Madi.

— Elle n'est pas grosse, d'accord. Mais elle ne tiendrait dans aucun de mes sacs. Non, ce n'est vraiment pas envisageable non plus.

Elle marqua une hésitation.

— Je sais que l'idée ne te plaît pas, mais je pourrais la prendre chez moi.

— Non.

Conscient que son refus pouvait être blessant, il secoua la tête.

— Ne le prends pas mal. Ce n'est pas l'envie de te la confier qui me manque. Je pense comme toi que ce serait de loin la meilleure solution. Mais Debra m'a demandé de prendre soin de sa chienne et je ne peux pas me soustraire à l'engagement que j'ai pris envers elle. J'ai dit que j'offrirais un foyer à Madi et je veux tenir ma promesse. Il faut que nous trouvions un autre moyen. D'ailleurs le fait de la prendre chez toi ne changera rien, si c'est effectivement une angoisse de séparation.

Non seulement elle ne se vexa pas, mais son regard s'adoucit.

— Je ne le prends pas mal. Je suis impressionnée par ta loyauté, au contraire. Tu te sens tenu par la parole donnée. Ce qui est loin d'être le cas de tout le monde.

Elle jeta un coup d'œil à Madi.

— Je suppose qu'il ne nous reste plus qu'à tenter la solution des trois promenades par jour pour voir ce que ça donne. Mais il faudra d'abord que je demande le feu vert à Debra, car le coût de la prestation…

— Le coût n'a pas importance. Je paierai. J'aimerais autant qu'on évite d'importuner Debra avec ce genre de détails. Et je précise tout de suite que ce n'est pas uniquement parce que je ne veux pas qu'elle apprenne que je m'y prends comme un manche dans mon rôle de *dog keeper*.

J'aimerais qu'elle puisse se consacrer à ma nièce sans avoir à s'inquiéter pour Madi. Mais tu m'as dit que les trois promenades par jour ne suffiront vraisemblablement pas à calmer ses hurlements. Et si tu en effectues quatre, cela vaudra à peine le coup de retourner chez toi dans les intervalles.

Il s'interrompit net en se demandant pourquoi il n'avait pas songé à cette solution plus tôt.

— Hé, mais voilà ! On va faire comme ça !

— Comme ça, comment ?

— Ce serait de la folie pour toi de faire tous ces allers et retours. Reste donc tout simplement ici. Et tu me factureras une semaine de *dog-sitting*. J'ai une chambre d'amis confortable avec une salle de bains privée. Tu feras ici comme chez toi.

— Hé, doucement ! Ce n'est pas si simple !

Il vit briller dans son regard quelque chose qui ressemblait à de la panique.

— Les Woof Rangers ne proposent pas de service de *dog-sitting*.

— Il neige. Et il va neiger encore. Que se passe-t-il si la météo empire et qu'on recommande aux habitants de rester chez eux ? Si tu te retrouves bloquée chez toi et que Madi reste seule ici, je perdrai à la fois mon emploi et mon appartement. Où irions-nous vivre, Madi et moi, si nous nous retrouvons sans toit et sans ressources ?

— Tu essaies de me culpabiliser ?

— Tous les moyens sont bons.

— Tu me demandes *sérieusement* de rester ici chez toi ?

Elle posa la question en articulant chaque syllabe, comme si elle avait de la peine à y croire.

Il n'en revenait pas vraiment non plus.

— Oui, je te le demande sérieusement. Crois-moi, ce n'est pas le genre de proposition que je fais à la légère.

Il avait plaisanté pour la faire rire, mais il n'eut même pas droit à un sourire. Elle paraissait anxieuse et indécise.

— Je ne p-p-p...

Peux pas.

Et merde. Il l'avait stressée. Une fois de plus.

Elle secoua la tête, avec une expression d'intense frustration.

— Non.

Il nota qu'elle avait choisi un mot différent pour exprimer son refus. C'était une stratégie couramment employée en cas de bégaiement. Si un mot coince, ne pas insister, mais en trouver un autre.

— L'idée de t'installer chez un inconnu te met mal à l'aise. Surtout dans la mesure où l'inconnu en question est lui-même présent. Je comprends tout à fait. Mais il s'agit d'une situation d'urgence. Tu as devant toi un homme aux abois, Harriet. Je ne peux pas être fiable en tant que médecin si je passe des nuits blanches avec un chien hurlant. Et je ne suis plus tout à fait un étranger pour toi. C'est notre troisième rencontre. Je connais beaucoup de gens qui considéreraient qu'à ce stade, nous entretenons une relation de longue durée.

Il fut soulagé de la voir sourire.

— Pour l'amour de mon canapé, de ma santé psychique et surtout de Madi, accepte, s'il te plaît, de t'installer chez moi quelques jours. Tu pourras apporter tout ce dont tu auras besoin pour diriger ton activité à partir d'ici.

— Je répète : c'est non.

— Harriet, je t'en supplie.

Sur une impulsion, il se baissa et souleva Madi, attentif

à ne pas la lâcher alors qu'elle se tortillait comme un ver pour essayer de lui lécher le visage.

— Que moi je te supplie, ça ne compte pas pour grand-chose, mais Madi t'en conjure, elle aussi. Fais-le pour elle si ce n'est pas pour moi.

— C'est de la manipulation pure et simple !

— Juste la vérité toute nue. Je peux compter sur toi, alors ?

Chapitre 10

Tous ces mois de solitude sans Fliss avaient dû lui déranger l'esprit, songea Harriet, effarée, en tassant ses affaires dans une grosse valise le lendemain matin.

Elle aurait pu rester blottie dans le confort douillet de son appartement. C'était tout ce à quoi elle aspirait. Noël approchait et elle n'avait qu'une envie : faire son nid. Soigner sa déco et accrocher des guirlandes de lumières. Composer des bouquets de branchages, mettre des ellébores et des bougies. Tisser son cocon, en somme. Ouater et calfeutrer son petit monde pour maintenir le froid au-dehors. Et pas seulement le froid de l'hiver à l'extérieur mais aussi le froid psychologique lié à ce premier Noël solitaire.

Aller s'exiler dans l'appartement d'un inconnu était tout sauf une tentation pour elle.

Et c'était précisément la raison pour laquelle elle avait accepté.

Passer tout ce temps avec Ethan Black serait le challenge d'entre les challenges. C'était pourquoi elle avait commencé par glisser trois de ses romans préférés au fond de sa valise. Elle pressentait qu'elle aurait besoin d'une dose massive de réconfort.

Résistant à la tentation de l'appeler pour lui dire qu'elle avait changé d'avis, elle ajouta des pulls, des pantalons, quelques chemises. Et commença à retirer une robe d'un cintre avant de suspendre son geste.

Quand aurait-elle besoin d'une robe ?

Elle allait promener des chiens. Faire ce qu'elle faisait d'habitude.

Le téléphone sonna au moment où elle replaçait le vêtement sur le cintre.

C'était Fliss.

Coinçant le téléphone entre l'oreille et l'épaule, Harriet fourra de nouveau la robe dans son armoire trop remplie.

— C'est toi, Fliss ? Tout va bien ?

— Impeccable. Et toi ? J'ai vu que vous aviez de la neige !

— Pour en avoir, on en a, oui.

Jetant un regard par la fenêtre, elle sortit deux paires supplémentaires de grosses chaussettes en laine.

— Tu n'as pas trop de mal à te déplacer ? Pas d'annulations ?

— Pas jusqu'à présent, par chance. Pour l'instant, tout baigne.

Elle prit sa paire de bottines préférée et une grosse écharpe de rechange.

— À propos, je vais transférer ma base opérationnelle un peu plus au sud. J'ai promis de faire quelques jours de *dog-sitting*.

— De *quoi* ? Dois-je comprendre que tu vas passer tes nuits ailleurs que chez toi ? Tu as toujours refusé de le faire. Cela fait des mois que j'essaie de te persuader qu'on devrait proposer un service de *dog-sitting* et tu me dis tout le temps que tu détesterais ça. Qui te l'a demandé ? Il faut que ce soit un de nos très bons clients pour que tu aies accepté.

— C'est Debra.

Debra, après tout, serait la bénéficiaire finale, donc il ne s'agissait pas à proprement parler d'un mensonge.

— Les circonstances sont tout à fait exceptionnelles.

Sa fille a eu un accident et elle est partie ventre à terre en Californie.

— Tu m'en as parlé, oui. Et c'est le frère de Debra qui garde Madi. Tu t'es engagée à la promener deux fois par jour. J'ai l'emploi du temps sous les yeux, là. Alors pourquoi rester la nuit si le frère est présent ?

— Madi a des problèmes d'adaptation.

— Quel genre de problèmes ?

Harriet glissa ses chaussures de course à pied dans un sac en tissu et les casa dans la valise.

— Elle met un bazar monstre dans l'appart dès qu'on la laisse seule.

— Les chiens sont des animaux sociables.

— Je sais. Mais le fait de le savoir ne résout pas le problème. Et ce n'est pas tout : elle hurle, couine, aboie et fait un vacarme de tous les diables. Le frère de Debra est en train de se mettre tous ses voisins à dos.

Harriet passa le téléphone sur l'autre épaule et entreprit de glisser de la lingerie dans les coins libres de la valise.

— Même la nuit quand il est là, elle pleure.

— Donc tu vas t'installer là-bas. Avec un inconnu.

— Ce n'est pas un inconnu au sens strict du terme. C'est le frère de Debra, ce qui est quand même déjà une caution morale en soi. Et il est médecin.

— Parce qu'il y a inconnu et inconnu, selon toi ?

— Ce n'est pas comme si je ne l'avais jamais rencontré. On a déjà eu l'occasion de discuter une fois ou deux.

Harriet décida de passer sous silence le repas thaï partagé avec Ethan.

— Ce n'est pas parce qu'il exerce la médecine que c'est forcément un saint. Le Dr Jekyll était un médecin brillant. Ça n'a pas empêché Mr Hyde…

— Ce personnage n'a jamais existé que dans l'imagination de son auteur.

— Certaines théories veulent que Jack l'Eventreur ait été chirurgien.

Harriet plaça un pyjama sur le haut de la valise.

— Je t'adore, Fliss. C'est un vrai réconfort de parler avec toi au téléphone. Je suis relativement convaincue que le frère de Debra n'est pas un tueur en série.

— Les tueurs aussi ont des familles, tu sais.

— Ethan Black est quelqu'un de tout à fait fréquentable. Je l'ai croisé à plusieurs reprises. Tu te souviens quand je suis allée aux urgences, le soir où je me suis foulé la cheville ?

— Nooon… Tu es en train de me dire que le frère de Debra n'est autre que ton Dr Hot ?

— C'est toi qui l'appelles Dr Hot, pas moi.

— Mais pourquoi tu ne me l'as pas dit tout de suite, andouille ? Maintenant, j'approuve pleinement. Mes félicitations, Harriet Knight. Je n'aurais jamais pensé te voir emménager au bout de trois rencontres chez un mec que tu connais à peine. Tu es officiellement candidate au titre de badass.

Harriet leva les yeux au ciel. Son GPS interne ne la conduisait jamais vers des destinations aussi libérées côté sexe.

— Badass, tu parles. Je le verrai à peine. Il passe quasiment sa vie à l'hôpital. C'est d'ailleurs de là que vient le problème. Comme il n'est jamais là, Madi trouve le temps long. Donc je vais prendre mes quartiers là-bas pour voir si je peux l'aider à s'habituer en douceur.

— Tu vas cohabiter jour et nuit avec un mec jeune, beau et célibataire pour t'occuper d'une chienne ?

— Voilà. En gros, c'est ça.

— C'est tout ? Il n'y a rien de plus là-dessous ?

— Que voudrais-tu qu'il y ait de plus ?

— Je te verrais bien avec un doc. Genre sauveur des corps et des âmes. Je suis sûre que ce mec est fait pour toi.

Harriet se redressa.

— C'est absurde d'affirmer ça alors que tu ne le connais pas. Comme si « les médecins » formaient une catégorie homogène ! Ce sont juste des individus comme les autres. Et cet individu en particulier a l'air très attaché à son célibat, si tu veux tout savoir.

— Tu as prévu quoi pour dormir là-bas ? Surtout, ne mets pas ton vieux T-shirt informe avec « I love dogs » marqué dessus.

— C'est mon T-shirt préféré et il se trouve que j'adore les chiens. Ça s'appelle se montrer telle que l'on est.

— Peut-être. Mais rien ne t'oblige à porter ce slogan comme des armoiries. Il y a de meilleures façons de mettre tes seins en valeur quand tu passes la nuit avec un mec attirant.

— Je n'ai jamais dit qu'il était attirant.

— Il l'est ou il ne l'est pas ?

Harriet revit Ethan attendre avec une immense patience pendant qu'elle bataillait pour essayer de sortir ses mots. Pas une seule fois, il n'avait terminé sa phrase à sa place. D'accord, il avait hurlé. Mais une fois seulement. Et même l'avocate des chiens qu'elle était devait admettre que son exaspération avait été justifiée. Qui plus est, il s'était excusé par la suite. Elle ne connaissait pas beaucoup de gens capables de vivre à une hauteur morale suffisante pour admettre ainsi leurs torts.

Il avait laissé Madi dormir dans son lit alors que la chienne était en état de détresse.

Et la façon dont il l'avait soulevée dans ses bras…

Elle soupira.

— Il est attirant, oui.

— Ouah. C'est la première fois que je t'entends dire

ça d'un mec. Qu'est-ce que tu aimes le plus chez lui ? Ses épaules ? Ses abdos ? Son regard ?

— Il sait écouter.

— Je te parle sexitude, là.

— Moi aussi. C'est ce qui le rend attirant pour moi. J'ai aimé chez lui le fait qu'il ne m'a jamais coupé la parole. Il n'a pas essayé de...

Harriet se tut juste à temps. Elle n'était pas encore prête à confier à Fliss que le bégaiement avait fait son retour. Pour l'instant, elle avait besoin de garder ça pour elle.

— Il n'a pas essayé de monopoliser la conversation comme certains mecs le font.

— J'en conclus qu'il a un physique peu enthousiasmant mais que c'est quelqu'un de bien, moralement ?

Harriet se mit à rire.

— Non, je ne dis pas ça non plus. Mais le physique ne compte pas tant que ça, si ? Le premier gars que j'ai rencontré par Internet a passé toute la soirée à admirer son reflet sur son écran de mobile.

— Charmant...

— Comme tu dis. Et l'aspect physique d'Ethan n'aura aucune incidence sur notre relation, car ce n'est pas une histoire d'amour qui commence mais un bref arrangement professionnel qui prendra fin dans quelques jours. Je le fais pour Madi et pour Debra. Et pour Ethan, accessoirement, car il ne peut pas sauver des vies correctement en dormant trois heures par nuit.

— Depuis le temps que j'essaie de te convaincre de faire du *dog-sitting*. C'est génial, en tout cas.

— C'est juste pour cette fois. Ne va pas te faire des idées, surtout.

Elle voyait d'ici Fliss en train de griffonner des notes et commencer à échafauder un *business plan*. La prochaine étape consisterait à lui envoyer un mail avec des suggestions d'extension d'activité… Ce qui n'était pas du tout ce qu'Harriet voulait.

— Je n'en reviens pas que tu aies accepté de faire ça.

Harriet pesa de tout son poids sur la valise remplie à craquer et réussit à la fermer.

— Je n'en reviens pas non plus. Mais je ne peux pas laisser Madi comme ça. Je le fais pour elle et pour Debra.

Et pour aucune autre raison.

Chapitre 11

— La vie serait tellement plus simple si j'étais capable de me comporter normalement avec les gens.

Harriet ralentit son allure pour que Glenys puisse tenir le rythme. Les fortes baisses de température ne semblaient pas avoir retenu les gens chez eux et les rues étaient plus animées que jamais. On sentait dans l'air une effervescence, une excitation qui montaient à mesure que les fêtes de fin d'année approchaient.

D'un bout à l'autre de Manhattan, boutiques de prestige et grands magasins dévoilaient leurs thèmes décoratifs retenus pour l'occasion, et nombreux étaient les passants qui se pressaient sur les trottoirs dans le seul but d'admirer la créativité des compositions en vitrine.

Harriet aimait attendre la tombée de la nuit avant de se balader sur Madison, Lexington et la Cinquième Avenue.

Lorsqu'elles étaient petites, leur mère les emmenait, Fliss et elle, pour regarder les lumières, les sapins, les vitrines spectaculaires. Harriet se souvenait de l'ambiance particulière propre à ces sorties, de l'exaltation qu'elles éprouvaient à être juste toutes les trois. En dehors de la présence de son père, elle n'était plus aussi terrassée par la peur d'ouvrir la bouche.

Glenys lui tapota le bras de sa main gantée.

— Qu'est-ce que tu racontes ? Tu te comportes parfaitement en compagnie des autres.

— Pas vraiment, non. Même si je suis un peu moins inhibée dans les relations en face à face qu'en groupe. Je rêverais d'être le genre de femme qui débarque comme une fleur dans une salle pleine de monde, navigue en souriant parmi les gens, parle à tous avec aisance. Ça doit être extraordinaire d'avoir une personnalité rayonnante et de baigner dans la confiance en soi.

Elle s'interrompit un instant pour regarder Harvey s'ébattre dans la neige.

— Moi, je suis juste lâche.

Glenys secoua la tête.

— Ah non, ma belle ! Je ne peux pas te laisser dire une chose pareille. Tu es très courageuse, au contraire.

Harriet songea au nombre de fois depuis la veille où elle avait failli appeler Ethan Black pour annuler sa venue.

— Pas du tout, hélas. Je suis une trouillarde à la puissance dix.

Glenys agita un index ganté dans sa direction.

— Est-ce que c'est un effort terrible pour Fliss de débarquer dans une soirée et de discuter avec tout le monde ?

— Non. Elle le fait comme elle respire.

C'était une faculté qu'elle avait toujours enviée à sa sœur. Elle se souvenait d'avoir passé toute son adolescence et même au-delà à se morfondre dans son coin en regrettant de ressembler si peu à sa jumelle.

— Si elle le fait spontanément, elle n'a pas besoin de courage. Elle est dans le plaisir, c'est tout. Le courage, c'est de rentrer dans cette même salle quand c'est la dernière chose au monde que tu te sens capable de faire. Le courage, c'est de sortir de chez toi lorsque tu as juste envie de rester blottie avec un livre dans un fauteuil. Le courage, c'est de t'installer quelques jours chez un individu que tu ne connais ni d'Ève ni d'Adam pour prendre soin d'une petite chienne innocente.

— Vous allez finir par me terroriser tout à fait, Glenys. À vous entendre, on dirait que je prends des risques majeurs !

— Mais non, mais non, ça va bien se passer, lui assura la vieille dame — mais d'une voix qui manquait un peu de conviction. Tu es courageuse comme une lionne, mon petit.

Harriet ne se sentait ni lionne, ni fauve, ni même vaguement féline alors qu'elle tirait sa grosse valise à travers la ville pour rejoindre l'appartement d'Ethan dans West Village.

Presque partout ailleurs à Manhattan, les rues se recoupaient selon un quadrillage simple, précis et logique. Mais ici, elles s'incurvaient, sinuaient et mettaient votre sens de l'orientation à rude épreuve. D'autant plus qu'Harriet n'était pas familière du quartier. Elle passa devant une boulangerie bio, un magasin d'artisanat et une petite galerie de peinture artistiquement décorée pour les fêtes. Avec les pavés disparaissant sous la neige, elle avait l'impression d'être entrée de plain-pied dans les pages d'un roman de Dickens.

Parvenue sans encombre devant l'immeuble d'Ethan, elle prit l'ascenseur jusqu'au dernier étage. Il était déjà parti pour l'hôpital depuis quelques heures et elle s'attendait à trouver une Madi gémissante devant la porte. Mais pas de chienne en vue dans l'appartement. Inquiète, Harriet abandonna sa valise dans le salon et courut à l'étage du duplex. Madi était confortablement étalée au beau milieu du lit et n'ouvrit même pas un œil à son entrée. Désapprobatrice, Harriet secoua la tête.

— Tu sais que tu es une vilaine fille, toi ?

Madi ouvrit les yeux, bondit au pied du lit et lui prodigua un accueil extatique.

— Tu n'as pas le droit de dormir dans le lit d'Ethan. Tu m'écoutes, au moins ?

Madi agita la queue.

— Tu dois obéir et tu le sais. Je ne tolérerai pas que tu fasses n'importe quoi, nous sommes bien d'accord ? Allez, on descend maintenant.

Harriet décida de se familiariser avec les lieux en commençant par une visite approfondie, chose qu'elle ne s'était pas encore risquée à faire jusque-là. Le salon inondé de soleil était haut de plafond, avec des murs en briques apparentes. La pièce comportait une grande cheminée moderne et trois immenses fenêtres à l'ouest offraient une vue lumineuse sur l'immensité bleue de l'Hudson.

Pouvoir contempler ainsi les calmes étendues du fleuve était à la fois impressionnant et apaisant. Harriet s'avança jusqu'à la vitre. De chez elle, la vue se limitait aux immeubles les plus proches. Ses horizons étaient bornés par des façades arrière d'immeubles en brique avec leurs escaliers de secours. En se perchant sur une chaise et en se dévissant le cou, elle apercevait le sommet de quelques arbres de Central Park. Rien d'aussi ample et spectaculaire que ce qu'elle avait sous les yeux chez Ethan.

Elle se perdit un instant dans une rêverie contemplative avant de se tourner pour examiner la pièce.

Un grand canapé en cuir était placé face à la cheminée, elle-même flanquée de deux énormes bibliothèques qui montaient jusqu'au plafond. Pour Harriet, impossible de passer devant une telle richesse sans aller y regarder de plus près. Incapable de résister à la curiosité, elle s'approcha pour déchiffrer les tranches. Dickens et Dostoïevski cohabitaient avec des auteurs contemporains comme Philip Roth et Stephen King. Les ouvrages de médecine occupaient quelques rayons, mais livres d'art, traités de musique et ouvrages de philosophie figuraient aussi en bonne place. Quelles conclusions pouvait-on tirer sur le possesseur de cette bibliothèque, si on se mettait en tête de faire une étude de caractère à partir de ses choix de lecture ?

Mm… Pas simple.

Ce que ses livres disaient de lui, en fait, c'était qu'Ethan Black lisait ce qu'il avait envie de lire. Les volumes qu'elle découvrait sur ces étagères n'avaient pas été placés là pour en jeter plein la vue. Ils étaient juste indicatifs d'une belle ouverture d'esprit, d'une curiosité éclectique et d'une impressionnante diversité d'intérêts.

Deux grands fauteuils confortables lui tendaient les bras de chaque côté de la cheminée. Sur la table basse traînaient d'autres livres ainsi que des revues médicales. Un livre d'art avec des photos de Prague, la biographie d'un homme politique du moment et un ouvrage sur la motivation écrit par un skieur de compétition médaillé du nom de Tyler O'Neil.

Plusieurs photographies encadrées étaient posées sur une étagère. Harriet alla les examiner de plus près. Elle reconnut Debra avec une fille plus jeune qui devait être la nièce d'Ethan. Sur une autre photo, on voyait quatre beaux mecs en tenue de ski en haut d'une pente qui lui parut vertigineusement raide. Elle identifia Ethan et s'interrogea sur le lien qu'il avait avec les trois autres. Ses frères ? Des amis ? Elle porta son attention sur une photo de groupe où une douzaine de personnes d'âges variés riaient ensemble.

Ethan Black semblait avoir une famille unie et plutôt gaie. Et des quantités d'amis en prime.

Elle ressentit une petite pointe d'envie. Il ne faisait aucun doute que dans la famille Black, Noël se passerait dans la gaieté. Il y aurait des rires à n'en plus finir et l'*eggnog* — le traditionnel lait de poule — coulerait à flots. Elle n'avait jamais été une grande fana de l'*eggnog*, cela dit. Mais elle aurait aimé vivre un Noël familial dans une grande maison vibrante de vie et d'affection — une maison où il y aurait des rires, de la musique et de joyeux cris d'enfants.

Harriet poussa un petit soupir et résista à la tentation de se laisser tomber dans un des grands fauteuils pour s'abîmer dans un roman. Les livres avaient toujours été un refuge pour elle. Plus que cela, même. À certains moments, sa capacité à se noyer dans une lecture frisait l'addiction.

Chaque fois que l'ambiance chez ses parents avait tourné à l'aigre, sa parade avait consisté à se retirer en elle-même et à disparaître. Elle avait choisi d'être invisible. Parfois physiquement, en se cachant sous la table. Mais d'autres fois psychiquement, en s'abritant dans un monde de fiction, à des années-lumière de sa propre existence apeurée.

Enfant, elle avait adoré s'absorber dans les pages d'un livre et y rester plongée des heures durant. Lorsqu'elle lisait, elle ne se détachait pas seulement de son propre univers. Elle entrait aussi de plain-pied dans celui de quelqu'un d'autre. Les yeux rivés sur les pages, elle lisait sans s'interrompre, sans voir le temps passer, sans même se rendre compte que la nuit tombait. Lorsqu'il faisait trop noir et qu'elle ne discernait plus les lettres, elle allumait sa lampe de poche et continuait de lire, cachée sous les couvertures pour ne pas gêner sa sœur qui dormait dans le lit d'à côté. À l'école, elle promenait son bouquin partout avec elle. Chaque fois que la solitude pesait un peu trop, le poids du livre dans son sac apportait sa touche de réconfort. Le simple fait de savoir que son bouquin l'attendait était déjà un soutien moral en soi. Plusieurs fois par jour, elle le tapotait du bout des doigts en secret pour s'assurer de sa présence. C'était un peu comme si elle avait eu un ami caché qui lui aurait chuchoté tout bas : « Ne t'inquiète pas. Je suis là. On se retrouvera plus tard. »

Dix bonnes années s'étaient écoulées depuis qu'elle était partie de chez elle. Mais même si la menace paternelle avait cessé de peser sur elle, le réflexe de chercher refuge dans les bouquins avait perduré. Chacun se réconfortait à sa façon en cas de petit coup dur. Pour certains, c'était la tablette de chocolat, d'autres ouvraient une bouteille de bon vin, sortaient prendre un café avec un ami ou allaient courir une heure au parc.

Pour Harriet, le meilleur anxiolytique restait la lecture. Et la tentation d'y recourir était forte, alors qu'elle se sentait déstabilisée dans un lieu où elle n'avait pas ses marques.

Sur une étagère, tout près, elle repéra une édition illustrée ancienne. *Un chant de Noël* de Charles Dickens. C'était un de ses contes préférés, surtout en cette période de l'année. Elle adorait le récit de la transformation de Scrooge. L'histoire du vieil avare dont le cœur finissait par s'ouvrir à Noël gardait la vertu magique de la mettre de bonne humeur.

Elle tendit la main pour prendre le volume sur l'étagère puis suspendit son geste.

Si elle se plongeait dans ce livre maintenant, elle ne pourrait probablement plus s'arrêter. Alors qu'elle avait du pain sur la planche aujourd'hui. Et des chiens à promener.

Elle s'arracha à la bibliothèque à regret, couvant une dernière fois l'alignement de livres des yeux, comme d'autres auraient salivé devant une boîte de chocolats.

Fliss n'avait jamais pu comprendre comment la simple perspective d'une soirée de lecture suffisait à lui remonter le moral. Voire à la plonger dans un état jubilatoire.

Stoïque, elle tourna le dos à la bibliothèque, prit sa valise et la tira jusqu'à l'escalier.

Le charme particulier propre aux duplex était de donner l'illusion d'une vraie maison. C'était très différent, en tout cas, de l'impression qu'elle avait chez elle entre quatre murs. En tendant l'oreille, elle percevait un faible écho des bruits de la rue, mais l'endroit était étonnamment calme pour Manhattan.

Alors même que cette pensée lui passait par la tête, Madi aboya. Harriet posa un doigt sur ses lèvres.

— Non, dit-elle fermement. Tu te tais.

Elle savait que patience et cohérence étaient les deux clés de l'éducation canine. Madi leva les yeux vers elle et agita la queue. Mais sans japper, cette fois. Harriet reprit sa valise et finit de gravir l'escalier. La porte de la chambre d'Ethan était restée ouverte et elle vit que le grand dressing attenant avait été converti en mini-salle de fitness. Elle repéra des porte-haltères suspendus avec tout un assortiment de poids, un banc de musculation et quelques équipements supplémentaires.

Donc même si ses habitudes alimentaires laissaient à désirer, il prenait au moins le temps de faire de la muscu dans ses moments creux.

S'arrachant à la contemplation du grand lit, Harriet quitta la pièce et se mit en quête de son futur domaine temporaire.

La chambre d'amis lui plut au premier regard. Quelques touches vert mousse, un grand tapis kilim tissé dont la bigarrure réchauffait les larges lattes en chêne du parquet. Sur le lit, sous un arc-en-ciel de coussins, un douillet jeté en velours donnait envie de s'y blottir et de ne plus en bouger. Cette seconde chambre, plus petite que celle d'Ethan, n'en comblerait pas moins largement ses besoins. Le bureau placé devant la fenêtre lui permettrait de travailler. Et elle disposait d'une petite salle de bains privée. Dans cette chambre aussi, un pan de mur entier était tapissé de livres.

Qu'Ethan soit un grand lecteur le faisait monter d'un cran supplémentaire dans son estime.

Elle posa sa valise, sortit son ordinateur portable de son sac à dos et le plaça sur le bureau près de la fenêtre.

Avant même d'avoir fini de s'installer, Harriet était tombée amoureuse de cet appartement. Il n'était pas aussi grand et tape-à-l'œil que celui de son frère Daniel, sur la Cinquième Avenue, mais c'était un logement élégant et confortable, riche en lumière et en caractère. Et riche en livres, surtout. Il y en avait absolument partout. Par endroits, ils étaient même disposés en piles sur le sol, faute de place sur les étagères.

Qui ne serait pas heureux de vivre dans cet appartement, dans ce quartier un peu bohème avec ses rues pavées ?

Madi l'observait sagement depuis le seuil de la chambre. Harriet sourit à la chienne.

— C'est quand même plutôt sympa pour toi d'être hébergée dans un lieu pareil, non ? Et tu as été parfaite, ce matin. Que dirais-tu d'une petite balade ? On pourrait en profiter pour faire quelques courses pour le dîner.

L'idée de se mettre aux fourneaux dans la grande cuisine fonctionnelle et parfaitement équipée d'Ethan l'excitait presque autant que la perspective d'avoir quelqu'un pour qui cuisiner. Depuis cinq mois, maintenant, elle ne faisait plus à manger qu'en version solo.

Et si le *dog-sitting* avait du bon, tout compte fait ?

D'humeur pessimiste, Ethan prit l'ascenseur en bas de chez lui. Il était crevé. La seule chose dont il avait envie ce soir, c'était de prendre une douche, se verser un verre de vin et se plonger dans un bon bouquin au coin du feu.

S'il n'avait pas eu de la visite chez lui — un chien comptait-il en tant que « visiteur » ? —, il aurait pu se poser, décompresser et oublier le reste du monde.

Soignant de jour, il avait l'habitude lorsqu'il rentrait à la maison le soir de s'accorder une pleine et entière priorité. « Égoïste et opiniâtre », telle était la description que son ex-femme avait donnée de lui. Par chance, elle était plus ou moins formatée comme lui, si bien qu'ils avaient pu se séparer de façon à peu près civilisée. Alison était mariée à son métier autant qu'il l'était au sien. Et leurs tentatives de concilier leurs engagements professionnels et privés s'étaient soldées par un joli fiasco.

En ouvrant sa porte, il se prépara mentalement à ce qu'il risquait de trouver. Des voisins au bord de la crise de nerfs ? Un canapé éventré ? Son placard à provisions vidé ?

Prêt à affronter le pire, il fit un pas dans l'entrée puis s'immobilisa de nouveau.

Les accents soft d'une musique de jazz flottaient dans l'appartement, mêlés à des effluves de cuisine à faire saliver n'importe quel actif affamé revenant d'une journée de travail éreintante.

Il entendit un rire joyeux, puis le son animé de la voix d'Harriet. Sa première pensée fut qu'elle avait invité quelqu'un d'autre, et son irritation monta d'un cran. Il n'était vraiment pas d'humeur à supporter des visiteurs supplémentaires. Mais en poussant jusqu'à la cuisine, il vit qu'Harriet s'adressait... à la chienne. Elle parlait avec animation et assurance, sans l'ombre d'un début de bégaiement, en touillant dans une casserole à l'aide d'une cuillère en bois.

— Donc il faut que je fasse les comptes, mais je n'arrête pas de différer.

Elle ajouta une cuillerée de quelque chose dans la préparation qu'elle faisait mitonner. Puis une pincée d'épices ou d'aromates.

— C'est un de mes plus gros défauts. Je procrastine

à tout va dès que je n'aime pas faire quelque chose. Ça t'arrive, à toi, des fois ?

Ethan ouvrit la bouche pour répondre puis se souvint qu'elle ne s'adressait pas à lui. C'était la chienne qui avait droit aux égards de sa conversation. Elle était d'ailleurs bien plus sympa et enjouée avec Madi qu'avec lui.

Il ne percevait plus trace dans sa voix de la réserve prudente qui caractérisait normalement son attitude.

— C'est toujours Fliss qui fait les comptes, et c'est justement pour cette raison que j'ai proposé de m'en charger. Quand tu laisses les autres faire les choses à ta place, tu finis par ne plus rien oser tenter par toi-même.

C'était à peine si Ethan reconnaissait sa propre cuisine. Il l'avait quittée au matin dans son état habituel : un espace stérile avec un air plus ou moins inhabité. Et il la retrouvait ce soir investie, colorée, vivante. Il repéra du coin de l'œil un pain cuit maison à l'air croustillant qui refroidissait sur le plan de travail.

C'était un spectacle auquel rien ne l'avait habitué.

Pendant toute la durée de ses études de médecine, il n'avait connu que les fast-foods et les sandwichs ingurgités à la va-vite. Plus tard, pendant sa brève parenthèse de vie de couple, ils avaient alterné les plats à emporter et les repas pris au restaurant. Dans les premiers temps, Alison s'était essayée timidement à la cuisine. Mais un des repas qu'elle avait concoctés avait fini dans le vide-ordures parce que de son côté il avait été retenu la moitié de la nuit aux urgences. Après cela, elle avait renoncé. Debra, qui n'avait pas sa langue dans sa poche, lui avait fait remarquer un jour que sa relation avec Alison avait été la recette même du désastre.

Il avait répondu en plaisantant que ni Alison ni lui n'avait la moindre idée de ce que le mot « recette » signifiait.

Une chose était certaine : la vie domestique n'avait pas été leur truc.

Un vague signal d'alarme s'alluma alors qu'il regardait Harriet s'activer gaiement.

La première fois, à l'hôpital, elle lui avait dit qu'elle était célibataire et qu'elle enchaînait les rencontres par Internet.

Était-ce une mise en scène soignée qu'il avait sous les yeux, ce soir ? Jouait-elle à la dînette ? À papa, maman et bébé Madi ? Et si c'était le cas, quel rôle lui avait-elle attribué dans ce gentil scénario bien cosy ?

Il ressentit un soupçon de malaise. Et si elle avait mal interprété la façon dont il l'avait suppliée d'emménager chez lui la veille ? Elle était peut-être venue ici pour lui, plus encore que pour Madi ?

Il repensa à quelque chose que Susan lui avait dit.

« Tu es jeune, célibataire et bon médecin, Black. Il n'en faut pas plus pour faire de toi l'homme que les femmes s'arrachent. »

Ethan savait ce qu'il en était réellement. Malgré, ou peut-être *à cause* des qualités qui faisaient de lui un excellent médecin, il était tout sauf un cadeau en couple.

Mais Harriet, elle, ne le savait pas forcément.

Et si par malheur elle s'était imaginé qu'il était l'homme qu'il lui fallait ?

Elle baissa le feu sous sa casserole et se tourna vers lui en souriant.

— Bonsoir. Tu as passé une bonne journée ?

Comment s'est passée ta journée, mon chéri ?

Alison et lui n'avaient jamais communiqué sur leurs journées de boulot respectives. En partie parce qu'ils n'occupaient jamais le même espace assez longtemps pour se parler vraiment. Mais aussi parce que pendant les rares heures où ils échappaient à leurs métiers prenants, ils avaient envie de passer à autre chose.

Il regretta de ne pas avoir été plus explicite lorsqu'il avait demandé à Harriet de venir poser ses valises chez lui quelque temps.

— Ma journée a été chargée.

Il jeta son manteau sur le dos d'une chaise tout en réfléchissant à toute vitesse à la meilleure conduite à suivre.

— Je vois que tu as pu t'installer.

Madi leva le museau, bâilla et se leva pour venir le saluer. Il revenait du travail pour trouver une femme aux fourneaux et un toutou fidèle qui l'accueillait en lui faisant la fête.

La dernière fois qu'il s'était retrouvé dans un contexte aussi ostensiblement « familial » remontait à la visite qu'il avait faite à ses parents, il y avait déjà quelque temps.

— Elle a été sympa aujourd'hui mais elle ne me lâche pas d'une semelle.

Harriet souleva le couvercle de la casserole bleue pour examiner le contenu d'un œil satisfait.

Ethan perdit un instant le fil de ses pensées. Il ne savait pas ce qu'elle remuait comme ça, mais les fumets lui mettaient l'eau à la bouche. Son estomac lui rappela qu'il n'avait rien avalé depuis le sandwich ingurgité à la hâte en guise de repas de midi.

— Je n'attendais pas de toi que tu me fasses aussi la cuisine. Ce n'était pas nécessaire, Harriet.

Elle se retourna pour lui jeter un regard surpris.

— Pardon ?

Il décida d'être sincère.

— Écoute, j'apprécie le côté « *home sweet home* » de ce retour au foyer, mais cela ne fait pas partie de notre arrangement. Ton boulot, c'est de t'occuper de la chienne. Pas de moi. Je ne suis pas compris dans le deal.

— Le deal ?

— Tu as juste à nourrir la chienne. J'aurais tout aussi

bien pu rentrer de l'hôpital à 10 heures du soir et ton bon repas aurait été fichu.

Il vit le moment exact dans ses yeux où elle saisit le message. Son visage se ferma.

Une brève lueur de colère flamba dans le regard d'Harriet. La même colère qu'elle avait manifestée lorsqu'il avait crié contre Madi.

— Parce que tu crois que je cuisine pour *toi* ?

— Ce n'est pas le cas ?

Il y eut un bref silence et il lui sembla noter qu'elle choisissait ses mots avec soin.

— Je cuisine parce que, crois-le ou non, j'ai besoin de m'alimenter. Promener des chiens toute la journée, c'est très physique, surtout par temps froid. J'ai besoin de carburant. Et quand je dis carburant, c'est carburant. Pas le genre de malbouffe dépourvue de nutriments et bourrée de sucres, de sel et de glutamate avec laquelle tu t'empoisonnes au quotidien !

Elle lui tourna le dos et posa sa cuillère en bois sur une petite assiette — lentement et avec soin, comme si elle menait un âpre combat contre elle-même pour ne pas la lui balancer à la figure.

— Et quand nous avons conclu notre « arrangement », je n'ai pas imaginé un instant que tu m'interdirais l'usage de ta cuisine. Je ne suis pas coutumière du *dog-sitting*, mais j'avais cru comprendre que je pourrais fonctionner ici comme chez moi pendant la durée de ma mission.

Réalisant qu'il avait commis une monumentale erreur, Ethan leva les mains d'un geste qui se voulait conciliant. Mais elle ne le regardait pas.

— Il va de soi que tu peux utiliser la cuisine ! Ce n'est pas ce que…

— Ce n'est pas ce que *quoi* ?

Elle se retourna d'un mouvement vif.

— Ce n'est pas ce que tu voulais dire ? Alors tu pensais à quoi ? Où est le problème ?

Le problème, c'est qu'il aurait mieux fait de fermer sa grande gueule. Une fois de plus.

— J'ai peut-être fait une lecture erronée de la situation.

— *Peut-être ?* Clarifions les choses, veux-tu ? Tu as pensé que je profitais de ma présence ici pour mettre en scène une soirée romantique où tu aurais droit au rôle-titre, c'est ça ?

Il aurait décidément mieux fait de se taire.

— Tu m'as confié l'autre jour que tu cherchais à faire des rencontres. Alors, j'ai pensé que...

Conscient qu'il ne faisait que s'enfoncer davantage, il se tut abruptement. Elle haussa un sourcil.

— Et tu en as conclu quoi ? Que j'étais en mode chasse à l'homme à fond, c'est ça ? Et que tu remplis par nature tous les critères requis ? Que tu fais forcément saliver toute femme à la recherche d'un partenaire de vie ?

En entrant chez lui, il s'était cru en position délicate, mais ce n'était rien à côté du merdier dans lequel il venait de se fourrer maintenant.

Il commençait à comprendre pourquoi elle était si douée pour le domptage canin. Rien que la façon dont elle levait les sourcils lui donnait envie de se réfugier dans la cage de Madi.

— Harriet...

— Tu as dit ce que tu avais à me dire. À mon tour maintenant.

Elle coupa le feu sous la casserole et sortit une assiette.

— Si tu interprètes comme une manœuvre de séduction le fait que je me fasse à manger dans ton appart, tu es sérieusement à côté de la plaque.

C'était très clair, en effet.

— Laisse-moi peut-être te...

— De une : l'appli de *dating*, ce n'est pas parce que je suis à ce point à la rue et qu'il me faut à tout prix un mec. Cela fait juste partie de mon Challenge Harriet. Je t'ai déjà expliqué que je me lançais tout un tas de défis. Le *dating* est quelque chose que je trouve difficile donc je m'y colle. C'est une histoire entre moi et moi, et ça ne veut pas dire que je suis prête à me jeter sur le premier mec venu.

Elle remplit son assiette avec la viande mitonnée et les légumes qu'elle avait cuisinés. Puis se coupa du pain en manipulant le couteau avec une telle vigueur que s'il n'avait pas déjà réalisé qu'elle était furieuse, il l'aurait compris avec certitude en la regardant procéder.

Il avait bien fait de rester à distance prudente pour lui parler, en tout cas.

— Si nous pouvions…

— De deux : qu'est-ce qui t'a fait décider d'emblée que ce repas était cuisiné pour *toi* ? Les femmes se font à manger, dans la vraie vie, tu sais. Tu crois que lorsque nous sommes seules, nous nous contentons de sangloter dans notre petit bol de céréales solitaire ? Aussi surprenant que cela puisse paraître, nous cuisinons aussi bien et avec autant de plaisir lorsqu'il n'y a pas d'hommes dans le secteur.

Elle trouva des couverts dans un tiroir de cuisine et disposa bruyamment le tout sur un plateau.

De mémoire d'urgentiste, c'était le plus appétissant plateau-repas qu'Ethan ait jamais vu passer sous son nez.

Il dut se faire violence pour ne pas le lui arracher des mains.

Elle se versa un verre d'eau en le foudroyant du regard.

— Dernière précision : *même* si je n'en avais pas terminé avec le *dating*, *même* si j'avais toujours envie de rencontrer quelqu'un, tu serais le dernier homme vers qui je serais tentée de me tourner.

— Pourquoi ? ne put-il s'empêcher de demander, comme un idiot.

— Pourquoi quoi ?

— Pourquoi suis-je le dernier homme vers qui tu te tournerais ? On dit que les médecins ont la cote sur les sites de rencontre.

Elle lui jeta un regard qui disait clairement qu'elle n'était pas amatrice.

— Si je suis malade, je cherche un médecin, oui. Mais si j'ai envie de rencontrer quelqu'un, il me faut un homme qui m'intéresse. Et ce n'est pas ton cas.

Oups.

— Ce n'est pas parce que je suis médecin que je suis forcément inintéressant pour autant. Et cela ne me dit toujours pas pourquoi je me situe si bas sur ta liste d'individus mâles dignes d'être rencontrés.

— C'est quand même toi, avec tes hurlements, qui as réussi à me faire bégayer pour la première fois depuis des années. Je pensais avoir complètement maîtrisé le symptôme, donc tu peux te vanter d'avoir frappé un grand coup en provoquant cette rechute. Tu vas me répondre que chacun est responsable de ses réactions. Je suis d'accord. Ma future belle-sœur est psychologue donc j'en connais un rayon sur la question. Mais pour que les réactions se produisent, il faut des éléments déclencheurs, et tu as fait fort de ce côté-là. Passer une soirée dite « romantique » avec toi ? Merci bien. C'est l'idée même que je me fais de la torture !

— Ton élocution ne laisse en rien à désirer en ce moment.

— Parce que je suis en colère. Je ne bégaie pas quand je suis furieuse. Je bégaie quand on hurle contre moi.

— Donc toi tu as le droit d'être furieuse mais moi non. Tu trouves ça juste ?

— La vie est rarement juste, docteur Black. J'ose croire que ce n'est pas la première fois que quelqu'un attire ton attention sur ce triste constat.

Sans attendre sa réponse, elle se dirigea vers l'escalier.

Lorsqu'elle passa devant lui, de délicieux arômes lui titillèrent les narines. Là, à l'instant, il aurait payé un mois de salaire pour pouvoir s'attabler avec ce plateau.

— Tu vas où comme ça ?

— Étant donné que cela semble poser problème que je me nourrisse chez toi, je monte m'alimenter dans ma chambre.

— Rien ne t'oblige à t'exiler là-haut. La table est à ta disposition. Et le chien apprécie de t'avoir dans son champ de vision.

— Pour le moment, je préfère ma propre compagnie. Et si tu t'avises d'appeler encore une seule fois Madi « le chien », je repars en l'emmenant chez moi.

Elle poursuivit son chemin sans un regard en arrière, le laissant avec le ventre vide et le choix entre ramper ou commander une pizza.

Chapitre 12

Harriet posa son plateau sur le bureau devant la fenêtre mais ne toucha pas à son repas.

Elle était trop énervée pour manger.

Énervée contre Ethan et furieuse contre elle-même, parce que la supposition qu'il avait faite n'était pas si éloignée de la vérité.

En prévoyant puis en cuisinant son repas, elle avait bel et bien admis comme une évidence qu'il se joindrait à elle. Pas parce qu'elle avait des visées romantiques sur lui, bien sûr, mais parce que cela lui avait paru naturel de faire à manger pour deux dans la mesure où elle vivait chez lui. Elle s'était vue en train de lui servir une assiette bien remplie et avait imaginé son plaisir à savourer enfin une bonne cuisine maison à la place de la nourriture trafiquée qu'il ingurgitait d'ordinaire. Elle avait soigné son repas dans l'idée de faire plaisir à Ethan, et avait même fait une rapide recherche dans ses placards pour voir si elle ne trouvait pas des bougies à placer sur la table.

Des bougies…

Harriet gémit d'embarras en appuyant son front contre la vitre.

Comment avait-elle pu être stupide à ce point ?

Voilà ce qui arrivait lorsqu'on sortait de sa zone de confort, hors du cercle familier de ses proches.

Créer une atmosphère accueillante, elle le faisait par

automatisme. Partout où elle allait, elle s'appliquait à introduire la douceur, le réconfort d'un foyer. Daniel et Fliss la taquinaient en permanence à ce sujet. Ils retiraient les coussins du canapé, oubliaient d'utiliser les serviettes en tissu qu'elle disposait sur la table…

Avant l'arrivée de Molly, et lorsqu'elle partageait encore son appartement avec Fliss, Daniel venait régulièrement prendre son petit déjeuner chez elles. Elle en était venue à aimer tout particulièrement les dimanches, quand elle leur servait des bols de muesli maison et des piles de crêpes, les bourrant de tout un assortiment de délices jusqu'à ce qu'ils crient l'un et l'autre à l'indigestion.

C'était devenu presque une obsession chez elle, d'organiser des retrouvailles familiales détendues autour d'un bon repas — alors qu'elle avait grandi dans une maison où chaque moment passé à table avait été une abomination. Leur père avait tellement empoisonné par sa présence toutes les occasions dites conviviales que, pendant des années, elle avait refusé de s'asseoir pour avaler quoi que ce soit et n'avait pu manger que debout.

Puis un jour, elle avait trouvé la solution : créer une nouvelle tradition autour de la table, aussi différente que possible de ce qu'elle avait connu, enfant. Elle aimait les gestes liés à la cuisine, mais l'importance qu'elle accordait aux repas allait beaucoup plus loin qu'un simple intérêt pour les recettes et les bons produits.

Pour elle, l'art de la table symbolisait quelque chose de très important. C'était sa façon d'exprimer son affection, de prendre soin de son entourage. Sa façon à elle de créer du partage. Nul besoin d'être psychologue clinicienne pour comprendre que ce besoin de cocooner et de dorloter était une façon de compenser les manques dont elle avait souffert dans l'enfance.

L'ambiance n'avait jamais été ni confortable ni détendue,

à la maison, quand elle était petite. S'asseoir à table en famille avait été une épreuve qu'on endurait, faute de choix, dans une atmosphère électrique et menaçante, avec la tornade paternelle toujours prête à se déchaîner. Un contexte dans lequel personne ne se souciait du contenu de son assiette.

Elle avait été petite mangeuse, à l'époque. Enfant, son poids avait toujours frôlé le bas de la courbe — pas parce qu'elle souffrait d'anorexie, mais simplement parce que la nourriture avait du mal à franchir les nœuds de tension dans sa gorge et sa poitrine. Elle n'attendait qu'une chose : que le repas se termine pour qu'elle puisse se réfugier dans sa chambre. Quand les crises devenaient trop violentes, elle se recroquevillait sous la table, les mains sur les oreilles, pendant qu'au-dessus de sa tête la tempête faisait rage.

Aujourd'hui, elle avait appris à réécrire son quotidien selon son propre scénario. Pour effacer les cris et les imprécations de son enfance, elle voulait des mets raffinés et des conversations enjouées. Elle voulait le tintement des verres, l'éclat des rires. Avec des convives concentrés sur les plaisirs du palais, et non pas les yeux rivés sur la pendule à essayer de calculer le moment où quitter la table serait enfin possible.

Adolescente, elle avait découvert aussi que la lumière des bougies exerçait sur elle une action antistress. Depuis, elle avait le réflexe d'en placer sur la table à chaque repas.

Son frère Daniel l'avait charriée sur ses obsessions romantiques et elle avait fini par lui expliquer que c'était tout à fait autre chose. Que les bougies étaient devenues une sorte de rituel qui l'aidait à trouver une paix intérieure dans une situation qui avait longtemps été génératrice de stress.

Et si elle était tombée sur un lot de bougies dans la cuisine d'Ethan ? Elle se serait probablement empressée de les allumer. Si bien qu'en rentrant chez lui, il aurait trouvé *en plus* un repas aux chandelles qui l'attendait. Elle n'osait imaginer sa réaction s'il avait été confronté à ce charmant tableau.

Le plus simple aurait sans doute été de lui expliquer que c'était la façon dont elle fonctionnait au quotidien. Lorsqu'elle avait pris un appartement avec Fliss, elle s'était immédiatement appliquée à créer une atmosphère rassurante et familière en accumulant les plantes, les coussins, les tapis. Des deux, c'était elle qui avait ressenti le besoin de faire de leur appartement un lieu accueillant et hyper cosy. Même si Fliss la chambrait sur ses penchants domestiques et que sa sœur n'aurait jamais pensé à arroser la moindre plante verte, Harriet savait que sa jumelle avait apprécié de vivre dans le cadre qu'elle leur avait créé.

Pendant des années, Fliss et elle avaient partagé un lieu de vie, un travail, des repas et pas mal de confidences, même si sa sœur était plus secrète qu'elle.

Et la gaieté de leur vie à deux lui manquait. Parce qu'un « chez-soi », c'était tellement plus que quatre murs, de jolis coussins et quelques belles plantes. Un « chez-soi », c'était lié aux gens qui y vivaient. À l'atmosphère humaine.

Et en ce moment, son appartement était beaucoup trop silencieux à son goût. C'était triste de revenir chaque soir dans un lieu inoccupé. De n'avoir jamais personne qui l'attendait.

Ce sentiment d'isolement avait-il joué un rôle dans sa décision d'accepter la proposition d'Ethan ? Avait-elle éprouvé le besoin de s'éloigner de la solitude de son propre appartement ? Ou pire que cela, même, avait-elle secrètement espéré que quelque chose pourrait se passer entre Ethan et elle ?

Si c'est le cas, tu es vraiment pathétique, ma pauvre.

Avec un haussement d'épaules, elle approcha une chaise du bureau pour consommer son repas solitaire.

Finalement, c'était le sens même du Challenge Harriet : puisque sa vie actuelle lui paraissait un peu trop rétrécie, elle devait chercher des solutions pour en construire une autre, différente. Et se consumer de nostalgie pour l'ancienne ne figurait pas au programme.

Elle se sentait seule, d'accord. La réponse logique à ce problème, c'était de s'entourer de gens nouveaux. Construire son existence entière autour de sa fratrie aurait été malsain, de toute façon. Elle devait laisser Fliss vivre sa vie et élargir ses propres horizons de son côté. Peut-être commencer par appeler Molly et lui proposer qu'elles se retrouvent pour un brunch ? Ou faire un saut chez son amie Matilda. Le problème, c'était que Matilda passait presque tout son temps dans les Hamptons depuis qu'elle était maman.

Il était grand temps qu'elle se fasse de nouveaux amis. Qu'elle devienne indépendante et aventureuse.

En s'inscrivant à un voyage de groupe, par exemple. Partir une semaine faire de la randonnée quelque part. Respirer de l'air pur. Un nouveau cadre pour une nouvelle Harriet.

Elle réfléchissait à la mise en œuvre de ce projet lorsqu'on frappa à sa porte.

Harriet reposa ses couverts, consciente qu'elle ne pourrait pas faire l'économie de la discussion qui s'annonçait.

Ethan poussa le battant mais resta sur le palier.

— Si je mets un pied dans cette chambre, je me prends une assiette dans la figure ?

— Je ne sais pas encore. Ça dépend de ce que tu as à me dire.

Il lui adressa un sourire en coin.

— Des excuses, ça marcherait ? J'ai l'impression que

je passe mon temps à t'en faire. Tu auras sans doute du mal à le croire mais normalement, je ne suis pas aussi désastreux que ça dans mes interactions avec les autres.

— Dois-je en conclure que je fais ressortir ta part d'ombre ?

— Ça ne vient pas tant de toi que des circonstances.

Ethan baissa les yeux sur Madi qui essayait de se frayer un passage en poussant son museau contre sa jambe.

— Depuis deux jours, c'est un changement de vie majeur pour moi. Je crois que je n'ai pas encore surmonté le choc.

Il s'accroupit pour caresser la tête de Madi.

— Là, Madi... Adorable et jolie Madi...

— Tu m'as déjà fait ce coup-là. Mais ça ne marchera pas deux fois.

Il faisait au moins l'effort de venir hisser le drapeau blanc, en tout cas. Elle se radoucit.

— Ce n'est pas facile de s'adapter aux besoins d'un animal lorsqu'on n'a pas l'habitude.

— Ce n'est pas seulement Madi. Il y a déjà quelques années que je vis seul. Je suis accoutumé à disposer de mon espace, à faire ce que je veux quand je veux. L'idéal, quoi.

Il parlait de sa vie en solo comme d'une bénédiction. Elle aussi était désormais en position de faire ce qu'elle voulait quand et comme elle le voulait. Mais jusqu'à présent, elle le vivait plus comme une punition que comme un privilège.

— Ça a l'air de t'enchanter de vivre seul.

Il lui jeta un regard pensif.

— Assez, oui. C'est pratique. Je n'ai pas besoin de composer avec les envies et les besoins de quelqu'un d'autre. Je suis le premier à reconnaître que je n'ai pas le compromis facile. Je ne suis pas non plus habitué à passer le pas de la porte pour baigner soudain dans d'envoûtantes odeurs de cuisine. La surprise aidant, j'en ai tiré des conclusions erronées. Et j'en suis désolé.

Ses excuses simples et sincères la désarmèrent. Elle songea à son expérience du *dating* et à tous les mensonges que certains inventaient pour se présenter sous un jour avantageux. Comment pouvait-on imaginer nouer une relation avec quelqu'un s'il n'y avait pas un minimum de franchise à la base ? À quoi cela servait-il de prétendre aimer la lecture si on n'avait jamais ouvert un livre de sa vie ? Pourquoi mentir sur sa profession, sur ses revenus ou sur son âge ? Si on avançait masqué vers la personne que l'on souhaitait séduire, comment espérer aboutir à une relation qui ressemblait à quelque chose ?

Avec cette pensée en tête, elle joua franc-jeu à son tour.

— En fait, tu ne t'étais pas trompé tant que cela. Je pensais effectivement te proposer de partager mon repas. C'était idiot.

— Pas idiot du tout, non. C'était logique de penser que je rentrerais affamé. Tu as eu un réflexe sympa. C'était généreux de ta part et je me suis comporté comme un con.

Son regard se posa sur le plateau.

— C'est quoi alors, ce plat aux divins fumets ?

— Du bœuf braisé à l'italienne. Une de mes recettes fétiches.

— Ça a l'air excellent.

Se découvrant soudain un penchant sadique dont elle ignorait l'existence, Harriet prit une bouchée qu'elle savoura ostensiblement.

— Non seulement ça a l'air, mais *c'est* excellent. Ce plat réchauffe agréablement après une froide journée d'hiver.

Il se mit à rire.

— Je ne t'imaginais pas ce penchant cruel.

— J'avais l'intention de partager, je te le rappelle. Et tu

m'as fait comprendre que j'avais outrepassé mes fonctions. En quoi cela me rend-il cruelle ?

— Dois-je m'excuser une fois encore ? Ramper à tes pieds ?

Harriet reprit une bouchée et réfléchit.

— Oui, dit-elle lentement. Je crois que cela s'impose.

— S'il te plaît, Harriet, puis-je avoir une portion de ton bœuf à la je-ne-sais-plus-quoi ?

Elle termina son assiette.

— Je ne crois pas, non.

— Il n'en reste pas assez ?

— Plus qu'assez, si. Mais cela pourrait être dangereux de te faire consommer la nourriture que je cuisine.

Elle plaça assiette et couverts utilisés sur le plateau et se leva.

— Je suis redoutablement douée aux fourneaux. Si le chemin qui mène au cœur d'un homme passe par son estomac, tu risquerais de tomber amoureux de moi. Ce qui serait ennuyeux puisque tu es le dernier homme avec qui j'accepterais de me lancer dans la redoutable aventure du *dating*.

Harriet se demandait ce qui la prenait de le chambrer comme ça. Ou était-ce un genre de flirt auquel elle se livrait ? Cela y ressemblait, en tout cas, même si elle était la première étonnée d'être capable de jouer à ce jeu-là.

La façon dont il lui rendit son sourire lui indiqua qu'Ethan savait tout ce qu'il y avait à savoir sur l'art du flirt.

— Tu es peut-être douée aux fourneaux, mais tu t'adresses à un grand spécialiste de l'anatomie. Je sais que le cœur ne s'atteint pas par la voie stomacale. Donc il ne peut rien nous arriver de fâcheux.

Il sortit de la chambre et elle le suivit. Dans la cuisine, elle posa son assiette vide sur le plan de travail et le vit se servir généreusement de son bœuf braisé à l'italienne.

Qu'était-elle censée faire maintenant ? Remonter dans sa chambre ? Rester là à le regarder manger ?

Il versa du vin dans un verre et le lui tendit, si bien qu'elle n'eut d'autre choix que de s'asseoir avec lui.

Et maintenant, elle regrettait d'avoir monté son plateau dans sa chambre car elle se sentait un peu empruntée, assise là, sans rien faire, pendant qu'il dînait avec un appétit concentré.

Pour distraire ses pensées, elle fixa son attention sur le salon derrière lui.

Non seulement il était trois fois plus grand que le sien, mais les plafonds hauts et les grandes fenêtres accentuaient encore l'impression d'espace. Si elle en avait eu les moyens, ça aurait été exactement le genre d'appartement qu'elle aurait choisi.

Ou alors une jolie maison au bord de l'eau, dans les Hamptons ? Quelque part dans un village où elle saluerait chaque passant par son nom en allant promener ses chiens. Et il y aurait toujours un moment entre deux portes où Fliss et elle se retrouveraient pour boire un petit café ou pour…

Stop. Harriet redirigea d'une main de fer le cours de ses pensées indociles.

Il ne s'agissait pas de courir se réfugier auprès de Fliss mais de se construire une nouvelle vie. Une vie à elle.

Fliss resterait toujours sa sœur, sa jumelle. Mais penser que rien n'avait changé dans leur relation aurait été un leurre. Tout avait *déjà* changé.

Et puis elle se serait ennuyée à mourir dans les Hamptons. New York était sa ville de cœur.

Elle prit une gorgée de vin et Ethan tourna les yeux dans sa direction.

— Tu es bien silencieuse.

— Pas plus que toi.

— Je suis trop occupé à savourer pour dire un mot.

Il contempla son assiette vide d'un air de regret.

— Tu as raison. Tu as un redoutable talent pour la cuisine. Aurais-tu vraiment préparé un plat aussi élaboré pour toi toute seule ?

— Bien sûr. Je ne vois pas pourquoi je m'obligerais à ingurgiter une nourriture sinistre sous prétexte que je ne vis pas avec quelqu'un. D'ailleurs, pour être tout à fait sincère, je n'ai pas encore complètement intégré mon nouveau statut de femme seule. Je continue par automatisme à cuisiner pour deux et la plupart du temps j'ai des tonnes de restes. Mon congélo déborde.

— Tu sors d'une rupture ?

— Pas une rupture à proprement parler, non.

Même si elle pouvait comprendre, en repensant aux paroles qu'elle venait de prononcer, qu'il les ait interprétées de cette façon.

— Ma sœur jumelle a quitté New York cet été. Avant, on était colocs.

— Depuis longtemps ?

Harriet savoura une nouvelle gorgée de vin.

— Fliss et moi, on a cohabité toute notre vie, en fait. Avec juste quelques années de séparation lorsque nous sommes parties étudier chacune de notre côté.

Ethan reposa son verre.

— Donc, ta jumelle et toi, vous étiez inséparables depuis toujours et tout à coup, tu te retrouves seule... Ça doit faire bizarre.

— Ça fait un tas de choses, en fait. « Bizarre » doit être quelque part sur la liste.

— Elle est partie loin ?

— Dans les Hamptons. Pour ré-épouser quelqu'un après une parenthèse de dix ans.

Ethan se renversa contre son dossier.

— Tu veux dire qu'ils ont déjà été mariés ?

— Brièvement. Quand Fliss avait dix-huit ans. Ça n'a pas duré.

— Et ils récidivent ? Je croyais qu'on était censés tirer les leçons de ses erreurs passées ?

Harriet sourit.

— Leur erreur passée a été de se séparer, justement.

— Donc ils ont raison de rempiler, d'après toi ?

— C'est leur décision, bien sûr, pas la mienne. Mais je crois qu'ils font le bon choix. Ils sont super, ensemble. Et ils l'ont toujours été. Leur rupture a été... compliquée.

— Les relations homme/femme sont rarement simples, commenta Ethan en l'observant. Mais parle-moi du Challenge Harriet, maintenant. Tu as dit que faire des rencontres en ligne, c'était plus ou moins un défi, pour toi. Tu voulais dire quoi par là ?

— Rien.

Pourquoi l'avait-elle mentionné ? C'était un aspect beaucoup trop personnel de sa vie pour qu'elle souhaite en débattre avec quelqu'un qu'elle connaissait à peine.

— Ces hommes, tu les voyais juste pour te mettre à l'épreuve ? Pas parce que tu as envie d'aller plus loin ?

— Je n'ai rien contre le fait de rencontrer quelqu'un. Mais je le fais surtout dans l'idée de m'obliger à affronter mes peurs. J'ai rencontré trois hommes en tout.

— Et avec le dernier, ça s'est terminé par une fuite précipitée via la fenêtre des toilettes pour dames.

Une lueur amusée dansa dans les yeux d'Ethan.

— Pour un challenge, ça a dû être un sacré challenge, en effet. Et des trois mecs que tu as rencontrés, aucun n'était un tant soit peu intéressant ?

— Je suis sûre qu'ils doivent l'être, si. Mais aux yeux d'autres femmes que moi.

Peut-être que le problème venait d'elle, au fond. Le

dating, ce n'était vraiment pas fait pour elle. Surtout à l'occasion d'un premier rendez-vous. C'était à peine si elle était capable d'ouvrir la bouche tellement les inconnus la stressaient. Si seulement elle était parvenue à surmonter sa timidité à l'occasion d'une première rencontre, elle aurait peut-être pu passer à une deuxième et même à une troisième, qui sait ?

— Mais tu les as revus quand même ?

— Non. Aucun des trois. Je m'en suis tenue à une seule tentative désastreuse par personne.

— Trois soirées de ta vie irrémédiablement perdues. Mais tu t'es obligée à le faire. Tu es toujours aussi dure avec toi-même ?

— C'est une pratique très courante, les rencontres en ligne. Dans le monde d'aujourd'hui, c'est même quasiment un passage obligé. Et une façon aussi valable qu'une autre de trouver quelqu'un.

— Peut-être. Mais tu as dû te faire violence pour aller rencontrer ces mecs. Donc je me demande pourquoi tu n'as pas essayé une autre méthode.

— C'est justement parce que c'est difficile pour moi que je l'ai fait. En temps normal, je reste dans ma zone de confort.

— Comme à peu près tout le monde passé vingt-cinq ans, non ? Quel mal y a-t-il à fonctionner là où on se sait à l'aise ?

— Si on ne se fait pas violence de temps en temps pour aller voir du côté de nos peurs, comment savoir si la vie est oui ou non plus vaste et plus passionnante que la petite existence étriquée que nous menons ?

Elle sentit ses joues s'empourprer. La conversation prenait un tour plus philosophique que prévu. Elle n'était pas censée en dire autant à un parfait inconnu. Se confier à des gens qu'elle ne connaissait pas, ce n'était pas du tout dans ses habitudes.

La seule personne avec qui elle avait parlé longuement du Challenge Harriet, c'était Glenys.

Il lui jeta un regard pensif.

— C'est un bon raisonnement. Du coup, je me demande si je ne devrais pas repenser ma vie.

— Tu te moques de moi.

— Pas du tout.

Scrutant ses traits, elle n'y décela aucune trace d'ironie.

— Dans leur écrasante majorité, les gens se réveillent le matin pour faire chaque jour ce qu'ils ont fait la veille et ce qu'ils feront de nouveau le lendemain. Nous suivons tous nos habitudes immuables — et moi le premier, d'ailleurs. Les gens ne se résignent à bouger que s'ils ne peuvent pas faire autrement. Au fond de lui-même, l'être humain déteste le changement. Alors que toi, tu y adhères pleinement.

Harriet haussa les épaules.

— « Adhérer » n'est pas le mot. Adhérer voudrait dire : s'élancer vers le changement avec enthousiasme. Moi, j'y vais à reculons. Je râle, je grogne, je me lamente, je cherche mille excuses pour renoncer en chemin. Je me force tout le long, en fait.

— Mais tu y vas quand même.

Il remplit de nouveau son verre à moitié vide puis se resservit à son tour.

— Agir à l'encontre de soi-même requiert une grande discipline intérieure. Je suis impressionné.

Lui était impressionné ?

— Tu es médecin. Tu sauves des vies tous les jours.

— ... ou pas. Et je croyais que tu tenais les médecins en piètre estime !

— Je n'ai absolument pas dit cela ! Tout ce que j'affirme,

c'est que le titre de médecin n'accroît en rien ta désirabilité en tant que *date* potentiel.

— OK, d'accord. Tu casses mes plus belles illusions. Si j'avais pu croire un instant que mon métier me conférait des atouts supplémentaires sur le marché de la rencontre en ligne, je sais maintenant que c'est mort.

Il n'avait pas l'air très désespéré pour autant.

— C'est bien toi qui me suggérais de charger une appli de *dating* ? reprit-il. Et en même temps tu me dis que mon profil en ligne ne serait pas *liké* par grand monde. Je perds toute confiance en moi.

L'assurance d'Ethan concernant ses propres capacités de séduction ne lui paraissait pas le moins du monde entamée.

— Les gens qui ont perdu toute confiance en eux-mêmes ne sourient pas comme tu souris. Je parie que tu t'es toujours senti très sûr de toi.

— C'est ce que tu crois. Quel genre d'homme aurait tes faveurs, alors, en tant que *date* potentiel ?

— Un mec qui s'intéresserait à autre chose qu'à lui-même, pour commencer.

Ce qui, il fallait le reconnaître, était précisément le cas d'Ethan.

Depuis qu'il s'était assis à cette table, il n'avait cessé de lui poser des questions — à la différence des trois hommes qu'elle avait rencontrés en ligne. Et il ne s'était pas contenté de la questionner. Il avait même eu l'air de s'intéresser à ses réponses.

Elle devait se remettre en tête constamment que sa relation avec lui était professionnelle et rien que professionnelle. Comble de l'ironie : aucun des *dates* qu'elle avait décrochés n'avait été aussi intéressant que ce non-*date*. Pas un de ces hommes avec qui elle avait dîné en tête à tête n'avait éveillé son attention comme Ethan Black. Pas un des trois ne lui avait procuré cette fiévreuse accélération du pouls. Ni ces frissons légers le long des terminaisons nerveuses.

Madi se leva, s'étira et vint frotter son museau contre sa jambe avec un gémissement bref.

Soulagée d'avoir une excuse pour échapper à ses pensées baladeuses, Harriet se leva.

— Il est temps pour elle de sortir. Je vais l'emmener faire une promenade.

— Maintenant ?

Il regarda l'heure sur son téléphone.

— Il est tard. Je viens avec toi.

— Non, non, ce n'est pas la peine.

Elle avait déjà enfilé son manteau à Madi et attrapait son sac à dos.

— Je ne te laisse pas te balader seule dans les rues enneigées de Manhattan à une heure pareille.

Il récupéra son manteau sur le dossier d'une chaise. Ses mouvements étaient aussi mesurés que lorsqu'elle l'avait vu à l'œuvre aux urgences. On sentait que pour lui, parvenir rapidement à un résultat était affaire de stratégie bien pensée. Jamais de hâte désordonnée.

Il lui était impossible d'imaginer Ethan cédant à la panique. Impossible également de concevoir cet homme en train de mentir sur qui il était ou sur ce qu'il faisait. Ou passant une soirée entière à disserter sur sa propre personne. Ce n'était pas non plus le genre d'Ethan de remplir le silence en alignant les platitudes et les clichés.

Il était du genre à prendre en charge la chienne de sa sœur même si l'arrivée de Madi mettait sa vie sens dessus dessous.

Et c'était précisément cet aspect de lui qui mettait sens dessus dessous son cœur à elle.

C'était cet aspect de lui qui le rendait dangereux.

— Il n'est pas si tard que ça. Et je passe ma vie à

sillonner Manhattan avec un chien en laisse. C'est mon gagne-pain.

— Ma compagnie ne te fait pas envie ?

Sa compagnie lui faisait beaucoup trop envie, justement. Là était le problème.

— Si tu viens avec moi, tu pourrais aussi bien promener Madi toi-même. Tu n'as pas besoin de moi.

— *J'ai* besoin de toi, au contraire.

Il retint son regard. Et pendant un fol instant, elle fut submergée par un trouble encore inconnu.

Ethan Black avait besoin d'elle.

Elle se reprit aussitôt. S'il avait besoin de ses compétences, ce n'était que dans le domaine canin. Et pour nulle autre chose.

— Mais non, tu n'as pas besoin de moi.

Il jeta un regard à Madi.

— Il suffit de la voir aussi calme et disciplinée pour comprendre à quel point tu es nécessaire ici. Côté chien, c'est toi la *team leader*.

— *Team leader*, carrément ?

— Aux urgences, nous avons un *trauma leader*. Quelqu'un qui va diriger la procédure de réanimation. Le *trauma leader* fixe les priorités et décide de l'ordre dans lequel les gestes médicaux seront pratiqués afin que chacun sache clairement ce qu'il a à faire. En principe, le *trauma leader* n'exécute pas lui-même de gestes techniques de soin. Son boulot, c'est de garder du recul et de répartir les tâches entre les différents membres de l'équipe.

— Et c'est toi qui tiens ce rôle de chef d'orchestre ?

— C'est mon domaine d'expertise, oui. Qui ne s'étend pas aux chiens.

Elle n'avait aucun problème à se représenter Ethan aux commandes de ses troupes. Son autorité tranquille devait se traduire par un afflux de calme dans une atmosphère électrifiée par le stress et l'urgence. Sa présence forte — qu'elle-même trouvait un peu intimidante — devait rassurer tant les malades que les équipes soignantes en alerte et sur-sollicitées.

Harriet attacha la laisse de la chienne. Elle ne pouvait s'empêcher de souhaiter qu'il puisse avoir besoin d'elle pour autre chose que sa capacité à apaiser Madi.

— Ça va chercher un peu loin, non, de comparer tes fonctions d'urgentiste avec mon modeste talent pour le toutou-*training* ?

— Une compétence est une compétence. Autrement dit un savoir-faire. Qui s'acquiert en général en deux temps : la formation et la pratique. Un médecin, ce n'est ni plus ni moins que cela : quelqu'un qui apprend et qui met ses connaissances en pratique. Ça n'a rien de magique.

Elle était sûre et certaine qu'il en fallait plus pour faire un bon médecin qu'emmagasiner un savoir pour l'appliquer ensuite. Mais ce n'était pas le moment d'entrer dans le débat. Madi levait vers elle un regard anxieux et elle connaissait bien cette expression.

— Il faut qu'on la sorte tout de suite ou elle va avoir un accident. Et ton parquet n'aimerait pas ça du tout.

Elle s'accroupit pour cueillir le museau de Madi entre ses mains.

— On va prendre l'ascenseur et tu vas être très sage. Si on rencontre Judy, tu t'assois et tu n'aboies *surtout* pas. On est d'accord ?

Madi bougea la queue en signe d'assentiment.

Harriet voulut prendre son propre manteau mais Ethan l'avait déjà entre les mains.

Il l'aida à l'enfiler et elle frissonna au contact de ses mains qui effleuraient ses épaules. Elle le remercia d'un sourire lorsqu'il lui tint la porte pour sortir.

Elle savait que, pour certains, ces marques de galanterie

classiques étaient considérées comme sexistes. Mais Harriet ne se sentait par rabaissée par son geste. Respectée, plutôt. Et elle y voyait surtout la marque d'une excellente éducation.

Laquelle éducation avait tristement fait défaut aux trois hommes qu'elle avait rencontrés récemment.

Ceux-là ne s'étaient distingués ni par leur délicatesse ni par l'éclat de leur conversation.

Dès l'instant où les portes de l'ascenseur se refermèrent sur leur trio, Harriet prit conscience du caractère confiné de leur environnement. Son bras effleura celui d'Ethan par mégarde et une légère onde de choc se répandit en elle. Troublée, elle recula d'un pas en murmurant des excuses. La méprise d'Ethan et la dispute qui s'était ensuivie avaient ajouté un certain degré de tension. Et une vague impression de danger alourdissait l'atmosphère. En l'accusant d'avoir voulu le séduire, il lui avait mis en tête des pensées qui n'avaient pas été présentes jusque-là. Ou peut-être que si, ces pensées avaient déjà bouillonné sous la surface sans qu'elle les identifie clairement ? Une chose était sûre : si le simple fait de cuisiner pour quelqu'un pouvait être interprété comme une manœuvre de séduction, tout a priori devenait suspect et pouvait être retourné contre elle. Et si Ethan s'était mis en tête qu'elle lui avait effleuré le bras exprès, par exemple ? C'était une bonne chose que le Dr Black ne sache pas lire dans les pensées, car les siennes vagabondaient dans toutes sortes de directions où il n'était pas convié à les suivre.

Ce contact physique éphémère laissait en elle la sensation d'une musculature développée, perceptible même à travers la manche en laine de son manteau. Harriet toussota. Ses extrémités nerveuses picotaient et elle gardait les yeux rivés droit devant elle en se demandant pourquoi les trajets en ascenseur suscitaient une sensation de gêne qui la torturait à ce point. À cause d'une fausse impression d'intimité, décida-t-elle. Quelques personnes qui ne se connaissaient pas ou à peine — deux personnes, en l'occurrence —, contraintes par le manque d'espace à subir une proximité excessive. Où était-on censé poser le regard dans ce genre de situation ? Fixer le sol lui donnerait un air de contrition et elle n'avait rien à se reprocher. Maintenir un contact visuel serait embarrassant. Sans compter qu'un contact visuel pouvait être aussi facilement mal interprété qu'un repas cuisiné pour deux.

Harriet finit par garder son attention rivée sur les portes, même si rien en elles ne justifiait un examen soutenu.

Son malaise s'accentua lorsque l'ascenseur s'immobilisa à l'étage en dessous et qu'un couple entra, main dans la main. Ils riaient, complices, savourant à l'évidence un moment d'humour partagé. Harriet ressentit une pointe d'envie. Il suffisait de voir le plaisir qu'ils avaient à être ensemble pour constater qu'il ne s'agissait pas d'un couple tout rassis et usé par l'habitude. Pour leur faire de la place, elle recula d'un pas et se prit les pieds dans la laisse de Madi, qui s'était enroulée autour de ses chevilles sans qu'elle y prenne garde.

Elle tomba contre Ethan avec un bruit sourd et un cri d'excuse étouffé.

Il la rattrapa par les épaules et la tint fermement, le temps qu'elle reprenne pied et libère ses jambes de la laisse traîtresse.

Une main en appui contre le torse solide d'Ethan pour garder son équilibre, elle se pencha pour désentortiller la laisse et surprit le regard de Madi posé sur elle.

Elle aurait été prête à jurer soudain que la chienne l'avait fait exprès.

Madi la Marieuse.

Il ne lui fallut que quelques secondes pour se dégager,

mais dans ce bref laps de temps, elle apprit deux choses. Un : la force d'Ethan ne venait pas que de son caractère. Deux : elle était capable d'éprouver toutes sortes de sensations qu'elle n'avait encore jamais expérimentées auparavant. Son cœur avait la capacité de battre beaucoup plus vite et plus fort qu'elle ne l'avait cru. Et son ventre de devenir le théâtre de toutes sortes de frémissements, sans qu'elle puisse décrire et encore moins nommer le phénomène avec précision.

Elle se demanda ce que pensait Ethan.

Il devait se dire qu'elle était d'une maladresse catastrophique. Et que pour quelqu'un qui était censé s'occuper de chiens au quotidien, il était surprenant de se prendre ainsi les pieds dans une laisse comme la première des débutantes venues.

Ou peut-être qu'il ne pensait pas à elle du tout.

Il sortait simplement le chien de sa sœur.

C'était elle qui décortiquait chaque élément de la situation et l'analysait jusqu'à en avoir mal au crâne.

C'était de son côté que se situait le problème.

Chapitre 13

Ethan suivit Harriet sur le trottoir, appréciant pour une fois la bise glaciale qui soufflait dans la rue.

Il avait cru étouffer dans la cabine d'ascenseur surchauffée. À moins que la chaleur ne soit venue de lui ? Il n'était pas très sûr. Tout ce qu'il savait, c'est que de par sa haute taille, il avait bénéficié d'une vue plongeante sur les cheveux d'Harriet. Une longue chevelure claire et solaire à la fois qui lui avait rappelé les champs de blé de son enfance et ces longues journées d'été où sa priorité avait été l'inaction la plus totale.

Tel qu'il se sentait en ce moment, il aurait été ravi de passer quelques heures à ne rien faire avec Harriet.

La pensée le surprit. Pas seulement à cause de cette soudaine aspiration à l'inactivité qui, en elle-même déjà, en aurait étonné plus d'un dans son entourage. Mais surtout parce que Harriet aurait été sa compagne d'élection.

Ce fut le moment qu'elle choisit pour lever les yeux vers lui.

— Qu'est-ce qu'il y a ? Pourquoi ces sourcils froncés ?

— Je n'imaginais pas qu'il ferait aussi froid.

Il lui avait sorti le premier truc qui lui était venu à l'esprit. Le *second*, en fait. Car il avait pensé à elle d'abord. Aux discrètes fossettes qui se dessinaient sur ses joues quand elle souriait. À sa chevelure couleur de beurre et d'or qui lui avait parue si lumineuse sous l'éclairage de la cabine d'ascenseur. À la façon dont elle l'avait foudroyé du regard lorsqu'elle lui avait dit ses quatre vérités tout à l'heure. À la patience dont elle faisait preuve avec Madi. Au plat italien mitonné dont les saveurs lui avaient enchanté le palais.

— C'est hallucinant, ce froid de canard, non ?

Il releva le col de son manteau pour souligner son affirmation. Les températures étaient bel et bien glaciales, d'ailleurs. Ce n'était pas comme si elle venait de le surprendre à raconter n'importe quoi.

— Il ne faisait pas déjà aussi froid tout à l'heure, quand tu es rentré de l'hôpital ?

Elle trouvait son comportement étrange, à l'évidence.

Et il partageait cette impression.

Par ailleurs, il la sentait encore un peu mal à l'aise avec lui.

Et il était conscient que c'était entièrement sa faute.

Quant à la pointe d'attirance physique qu'elle suscitait en lui, il avait décidé de n'en rien laisser paraître. Alison et lui avaient partagé beaucoup de caractéristiques communes. Ce qui leur avait permis de surfer sur les eaux troubles du mariage sans boire trop gravement la tasse. Le fait que leur séparation les ait laissés indemnes l'un et l'autre disait assez à quel point leur engagement avait été superficiel des deux côtés.

Mais Harriet était différente. Plus fragile. Plus susceptible de récolter des bleus dans ce genre d'aventure. Autant dire qu'il n'avait pas intérêt à la toucher.

Ils marchaient côte à côte dans la ville enneigée et leurs souffles faisaient des petits nuages de vapeur dans l'air glacé. Il y avait quelque chose d'intime, de secret dans ce quartier si particulier de Manhattan. Les minuscules flocons blancs qui tombaient en silence sur les pavés faisaient penser à des confettis gelés. Le manteau blanc se déposait partout, étouffait les bruits. Ils s'engagèrent dans une des rues où les arbres s'inclinaient de chaque côté pour marier leurs branches et former une voûte végétale sous laquelle la lumière des lampadaires baignait la neige alentour d'un éclat mystérieux.

Avec son jean dans ses bottes de neige, Harriet avançait d'un pas sûr et confiant. Il décida qu'il la préférait de loin dans cette tenue qu'avec ses talons aiguilles aux pieds. Pas parce qu'il accordait une quelconque importance à ce qu'elle avait sur le dos, mais parce qu'il la sentait bien dans sa peau dans ses atours de marcheuse. Avec sa parka, son jean et ses bottes, elle semblait dans son élément. Et mille fois plus à l'aise que le soir où il l'avait vue pour la première fois aux urgences.

— On se croirait dans une carte postale de Noël.

Harriet s'immobilisa sous un lampadaire pour faire une photo. Puis elle tourna son objectif vers Madi et immortalisa la petite chienne en balade nocturne sous les flocons.

— Je vais l'envoyer à Debra.

— Tu lui envoies une photo de sa *chienne* ?

— Bien sûr ! Ça te surprend ?

Concentrée sur ses manipulations, elle tapotait sur l'écran de son téléphone.

— Tous nos clients aiment se faire une idée de ce que deviennent leurs chiens lorsqu'ils ne sont pas avec eux. Et une photo en dit tellement plus long que des mots.

— Cette photo en dira tellement long que Debra comprendra que je ne suis pas foutu de m'occuper de sa chienne.

Elle glissa le téléphone dans sa poche et tourna les yeux vers lui.

— Cette photo est signe que tu en prends le meilleur soin, au contraire.

— Le fait que tu te balades ici à 10 heures du soir avec Madi lui prouvera surtout que je n'ai pas su gérer le truc.

— Ma présence à cette heure tardive indiquera à Debra que tu te soucies suffisamment du bien-être de Madi pour faire appel à mon aide. Elle sera impressionnée.

Ethan n'était pas convaincu. Sa sœur lui paraissait plutôt susceptible de lever les yeux au ciel en marmonnant qu'il était capable de sauver des vies, mais même pas foutu de s'occuper d'un toutou.

Et ce n'était pas là le pire. Il pressentait qu'une fois que Debra aurait découvert que Harriet logeait chez lui, il aurait droit à de nouvelles manœuvres à visée matrimoniale. Sa sœur n'était peut-être pas une « matcheuse » aussi frénétique qu'une appli de *dating*… mais avec Debra, impossible d'appuyer sur la touche « Effacer ».

Sentant que le froid lui engourdissait les doigts, il enfonça les mains dans les poches.

— Tu es toujours aussi positive, dans la vie ?

— Tu trouves que c'est faire du « positivisme » de tenir ce genre de raisonnement ? Pour moi, c'est juste factuel… Aux urgences, ton boulot consiste à poser un diagnostic pour déterminer dans quel service ton patient devra être dirigé, c'est ça ? S'il présente une lésion cérébrale, tu ne le traites pas toi-même, tu l'adresses à un neurologue ou à quelque autre expert dont c'est la spécialité ?

— C'est plus ou moins comme ça que ça se passe, oui.

Harriet s'immobilisa un instant pour laisser Madi renifler une trace invisible sous la neige.

— Là, c'est pareil. Tu as fait appel à l'experte de service. Et j'avoue que je préfère être experte en canidés qu'en neurochirurgie.

Elle frissonna.

— J'imagine que tu dois voir passer des choses franchement pas ragoûtantes dans ton boulot.

Il la regarda ramasser avec un sac les déjections canines de Madi.

— « Pas ragoûtant », c'est très subjectif, non ? Ce que tu fais là ne me paraît pas forcément alléchant non plus.

— Avoir un chien implique certaines responsabilités, c'est sûr... Cela t'est déjà arrivé de ne pas te sentir la force d'affronter une situation aux urgences ?

— Mon boulot consiste à gérer ce qui se présente. Tout comme c'est ton job, je suppose, de te dépatouiller avec n'importe quel chien, y compris les sujets les plus insupportables.

— Mais ce ne sont pas les mêmes enjeux. Si tu te retrouves face à un jeune enfant dans un état désespéré, par exemple...

— Les enfants sont généralement dirigés vers les urgences pédiatriques. Mais face à un patient, quel qu'il soit, j'essaie de rester détaché pour garder les idées claires. Qu'il s'agisse d'un enfant ou d'un adulte, ses proches comptent sur moi pour prendre la décision optimale. Et je ne peux pas le faire si j'entre à fond dans l'empathie et que je partage leur désarroi. Ça dessert tout le monde, au bout du compte.

— En théorie, c'est très cohérent, mais dans les faits, ce n'est pas trop difficile à mettre en application ?

— Au début, si. Et puis, avec le temps et l'expérience, on apprend. Je ne sais pas si c'est une compétence qu'on acquiert ou une sensibilité que l'on perd, à vrai dire. Je suis peut-être devenu un peu trop doué pour me déconnecter et me mettre émotionnellement au point mort.

— Tu veux dire que tu es devenu un bloc de glace à l'intérieur ?

— Pas à ce point, non.

Il se tut un instant pour réfléchir.

— Ce n'est pas qu'on ne ressent pas l'émotion. C'est

plutôt qu'on apprend à la réprimer. Ou plutôt à la mettre entre parenthèses et à la garder de côté jusqu'au moment où on pourra la « traiter », chacun à sa façon.

Mais il avait découvert qu'à force de réprimer émotion sur émotion, elles finissaient par s'évanouir sans plus trop laisser de traces.

— Et tu la « traites » par quelle méthode ?

— Le karaté. Je suis ceinture noire.

Il vit ses yeux s'écarquiller.

— Donc pour te calmer, tu mets les gens en bouillie et tu les envoies aux urgences dont tu sors ?

— Pas vraiment, non. Si je blesse mon adversaire par mégarde, ce qui est rare, j'essaie de le soigner directement.

Ils déambulaient toujours dans les rues calmes, évitant le bruit, la circulation et la foule sur la West Highway.

Il frissonna, fouetté au visage par une bourrasque de vent.

— Tu n'as pas froid, toi ?

Harriet secoua la tête.

— Non. Je passe toutes mes journées dehors. Et je suis habillée pour. Tu n'imagines même pas le nombre de couches de vêtements que j'ai sur le dos.

Elle renversa son visage vers le ciel.

— Oh ! regarde ! Il recommence à neiger.

— Tu annonces ça comme si c'était une bonne nouvelle et non pas une calamité naturelle qui va compliquer la vie des pauvres gens.

Toute chute de neige entraînait mécaniquement une augmentation du nombre des accidents et les urgences satureraient encore un peu plus qu'à l'ordinaire.

— Je sais que la neige crée toutes sortes de complications, mais quand même… ça reste un peu magique, non ?

Elle tendit la main et attrapa un flocon qu'elle examina

un instant comme une autre femme aurait regardé un diamant.

Ethan fut charmé, ce qui le laissa un instant sous le choc. Ces derniers temps, il en fallait beaucoup pour le charmer.

Cynique, fatigué, désillusionné, oui. Tout le temps.

Émerveillé ? Séduit ? Enchanté ? Quasiment plus jamais.

— Magique, tu trouves ?

— Le simple fait de voir la neige tomber me rend euphorique. J'ai envie de chanter, de danser, de crier que le monde est beau.

— J'aime la neige en montagne, quand je skie. À New York, elle est juste synonyme de surcroît de boulot.

— Je suis surprise que tu skies malgré tes connaissances poussées en traumatologie.

Elle haussa les épaules.

— Je dis ça, mais si tu te casses quelque chose, tu dois savoir faire ce qu'il faut pour te remettre en état toi-même.

Sa remarque le fit rire.

— Ce n'est pas tout à fait aussi simple. Par chance, je n'ai pas l'intention de me casser quelque chose cette année.

— Tu skies souvent ?

— J'y vais la semaine qui précède Noël. Ma marraine se marie et toute ma famille devrait être présente pour la cérémonie — en espérant du moins que Karen sera suffisamment remise pour monter dans un avion.

— Une marraine qui se marie ? Avec des skis aux pieds ?

Il sourit.

— Elizabeth O'Neil est une grande amie de ma mère. Elles se sont connues à Paris, à un stage de cuisine. Et elles sont restées très liées depuis. Enfant, je passais presque toutes mes vacances chez elle. On y allait même souvent deux fois par an, en été et en hiver. La famille O'Neil est à la tête d'une petite station de ski familiale au bord d'un lac, dans le Vermont.

— C'est poétique.

— Les paysages, oui. Même si tout n'a pas toujours été rose pour eux. Snow Crystal appartient à la famille depuis trois générations, mais elle n'est pas passée loin de la faillite. Michael, le premier mari d'Elizabeth, n'avait pas vraiment vocation à prendre les rênes de la station. Il est mort il y a quelques années et Jackson, son fils aîné, a pris la relève. Il s'est lancé dans de gros investissements pour en faire une destination de prestige, mais il a dû batailler ferme pour redresser la barre. Tout se passe en famille, chez les O'Neil, et son frère Tyler l'aide à diriger la station. Sean, le troisième frère, est chirurgien, donc un peu moins impliqué, mais présent quand même.

— J'ai aperçu une photo où tu figures avec trois autres skieurs en haut d'une piste raide. Je pensais qu'il s'agissait peut-être de tes frères.

— Dans un sens, ils le sont. On était inséparables avec les trois O'Neil, à l'adolescence. Maintenant encore, on continue de se voir plusieurs fois par an. Jackson vient de temps en temps à Manhattan pour affaires. Et moi je vais skier chez eux dans le Vermont. Il y a quelques années, on a fait une partie d'un itinéraire de grande randonnée, le sentier des Appalaches. Une belle expérience.

Harriet hocha la tête.

— Et maintenant leur mère se remarie. Quel âge a-t-elle ?

— La soixantaine, je suppose. Deviner les âges, ce n'est pas trop ma spécialité. Tu as déjà eu l'occasion de te rendre compte à quel point je peux manquer de tact, par moments. Alors ne me pose pas trop de questions délicates de ce genre.

— C'est chouette qu'elle soit retombée amoureuse à son âge ! Donc vous allez tous à son mariage ?

Il lui avait parlé ski, il lui avait parlé randonnée, il avait évoqué les problèmes de la station. Mais ce qui retenait l'intérêt d'Harriet, c'était le remariage d'Elizabeth.

— On y va presque toujours à cette période de l'année, en fait. Je pense que c'est même pour cette raison qu'Elizabeth a fixé cette date pour officialiser son union avec Tom. C'est avant les vacances de Noël, donc il n'y a pas encore trop de monde et l'enneigement est généralement bon. On a réservé quelques chalets.

— Des chalets ?

— Les logements à Snow Crystal consistent pour la plupart en bungalows de luxe disposés autour du lac.

— Ça doit être assez extraordinaire. Un mariage d'hiver en montagne dans une forêt enneigée… Ce serait mon rêve.

Le fait qu'elle rêvait de mariage aurait dû le faire détaler en courant pour regagner son appartement. Mais bizarrement, il ne ressentit pas le besoin de prendre la fuite.

— Et toi, tu skies ?

Elle eut un sourire en coin.

— Quand je glisse sur la neige, ce n'est jamais exprès, non. Tout ce que je pratique, c'est le dérapage incontrôlé sur verglas. Ce qui m'arrive assez souvent à cette époque de l'année.

Ils avaient atteint la partie incurvée de Morton Street et ils firent demi-tour, revenant sur leurs pas dans le dédale des rues sinueuses.

— Donc le fait d'être spécialisé en traumatologie ne t'empêche pas de pratiquer des sports à haut risque ?

— Non. Mais il y a tout de même certains risques que je refuse de prendre.

— Lesquels, par exemple ?

— Il ne faut pas me demander de monter sur une moto.

Elle lui jeta un bref regard entendu.

— J'imagine que ce que tu vois passer dans ton service

ne doit pas t'y encourager. Tu as toujours voulu être médecin ?

— Depuis tout petit, oui.

Ils étaient arrivés au bas de son immeuble et il s'effaça pour la laisser entrer.

— C'est une tradition familliale, chez nous. Mon grand-père et mon père étaient généralistes dans le Connecticut.

— Et tu n'as pas eu envie de t'associer avec eux ? De prendre la relève ?

— La médecine familiale, ce n'est pas trop mon truc, non. Il me fallait un peu plus d'adrénaline. Un tempo professionnel plus soutenu.

— Tu es servi, au moins… Je suppose que ta décision a mis ton père dans une fureur noire ?

Sa question le surprit.

— Une fureur noire ? Carrément ! Pourquoi cette idée ?

— Parce que…

Elle fronça les sourcils.

— Je pensais qu'il avait peut-être espéré que tu marcherais dans ses traces. Et qu'il avait pu vivre ton choix comme un affront.

— Mon père m'a toujours encouragé à faire ce que j'estime être bon pour moi.

Il la laissa passer devant lui dans la cabine d'ascenseur.

— Et toi ? dit-il. C'était ton rêve depuis le départ de monter un business ?

Elle dénoua sa grosse écharpe en laine.

— Pas du tout, non. Au contraire. C'est la dernière chose à laquelle j'aurais pensé spontanément. La communication n'est pas mon fort et je n'aime pas trop les chiffres non plus.

— Pourtant, d'après Debra, les Woof Rangers sont devenus une référence dans le domaine de la promenade canine et vous n'arrêtez pas d'accroître votre activité.

— C'est vrai qu'on bosse bien. Essentiellement grâce

à ma sœur. De nous deux, c'est Fliss qui est branchée business.

Il l'observa pendant qu'elle s'employait à calmer Madi.

La chienne se comportait de façon si exemplaire depuis qu'il était rentré qu'il avait de la peine à croire que c'était bien le même animal hurlant et agité qui l'avait empêché de dormir la première nuit.

— Et Fliss a les mêmes talents de dompteuse que toi ?

Elle se redressa.

— De dompteuse ? Tu ne crois pas que tu exagères un peu mes compétences ?

— J'ai vu ce que donne cette chienne dès que tu as le dos tourné.

— Le terme de dompteur est généralement réservé à des personnes qui travaillent avec des fauves dangereux dans des cirques.

— Et ce n'était pas le cirque dans mon appartement quand je suis rentré chez moi l'autre soir, peut-être ? Quant au danger… Tout est affaire de point de vue. Tu as métamorphosé un tourbillon de poils et de dents en un charmant toutou aux manières irréprochables. Elle te cherche du regard tout le temps, quémande ton approbation, se soucie de tes compliments. Dans la rue, elle marche toujours à côté de toi et attend tes instructions. Si ça n'est pas du domptage, je ne sais pas ce que c'est.

— C'est un amour de chienne, cette Madi.

Il remarqua qu'aussitôt entrée chez lui, Harriet commença par retirer le manteau de Madi avant d'enlever le sien. Le bien-être du chien était sa priorité constante.

— Tu aimes ton boulot, observa-t-il.

— C'est une passion plus qu'un boulot, oui. Et toi ?

Aimait-il toujours son métier ? Ethan fronça les sourcils. Il y avait longtemps qu'il ne s'était pas posé la question.

— Aimer n'est peut-être pas le bon mot. Mais il est

gratifiant sur certains plans. Et j'apprécie le défi constant qu'il représente... Donc ta sœur travaille à partir du bord de mer, maintenant. Tu n'as pas été tentée de la rejoindre ?

— Non. Je suis une fille de Manhattan. Je trouve les Hamptons magnifiques, mais je ne voudrais pas y vivre. Et puis j'ai mes clients, à New York. Je connais certains d'entre eux depuis huit ans. Ils sont un peu comme une seconde famille. Je me sens chez moi ici.

Elle conduisit Madi jusqu'à sa cage et la chienne s'installa sans émettre l'ombre d'une protestation.

— Et ta vraie famille ? Tes parents vivent encore ?

Elle caressa la tête de Madi.

— Ils sont divorcés. Depuis quelques années, ma mère a attrapé le virus du voyage et elle est toujours aux quatre coins du monde. Je la vois très peu.

— Et ton père ?

Au moment même où il formula la question, il comprit qu'il aurait dû s'abstenir. Le sourire d'Harriet se ternit puis s'éteignit, à la manière d'un de ces éclairages à intensité variable.

— Je ne le vois pas non plus. Bonne nuit, Ethan.

Elle se leva et se dirigea vers l'escalier sans se retourner, le laissant avec la certitude inconfortable qu'il avait mis le doigt sur un sujet sensible.

Chapitre 14

Harriet prit une douche brûlante et se glissa directement dans son lit, tout en sachant qu'elle ne fermerait pas l'œil de la nuit. Ses pensées étaient brassées à l'intérieur de son crâne comme dans un tambour de lave-linge à vitesse d'essorage maximale.

Ethan lui avait juste posé une question. Une question simple, basique. Machinale.

Et elle ? Que faisait-elle ? Passait-elle tranquillement à un autre sujet pour ramener la conversation sur des rives plus confortables ? Penses-tu. Elle détalait comme Madi courant après un bâton dans le parc.

Ethan n'avait peut-être pas eu l'intention de poser une question personnelle, mais elle l'avait prise comme telle. Et sa maigre confiance en elle avait fondu comme neige au soleil. Elle s'était ratatinée de honte.

Furieuse contre elle-même, Harriet récupéra le roman qu'elle avait fourré sous son oreiller.

Pourquoi était-elle aussi peu douée pour le dialogue ?

Et pourquoi ses niveaux de stress montaient-ils en flèche dès qu'il s'agissait de dire deux mots au sujet de ses parents ?

Il y avait des millions de personnes au monde dont les parents étaient divorcés et qui s'en portaient très bien. « Ils sont divorcés. » C'était tout ce qu'on lui demandait de préciser. Sans entrer dans des détails qui n'intéressaient personne. Ethan n'attendait d'elle ni précisions, ni explications, ni justifications. Tout ce qu'il voulait, c'était échanger quelques mots. Faire la conversation. Point.

Et elle, comme une cruche, elle prenait ses jambes à son cou.

Son livre toujours à la main, elle roula sur le dos et fixa le plafond.

Cela faisait plus de dix ans maintenant qu'elle était partie de chez ses parents.

Le simple fait d'évoquer son père n'aurait plus dû la mettre dans des états pareils. Elle n'avait aucune raison objective de se sentir gênée d'en parler.

Pourquoi vivre comme une catastrophe le fait que son père et elle étaient brouillés à vie ? Et pourquoi avait-elle tant de mal à aborder la question ?

La réponse, elle la connaissait, en fait. Au fond d'elle-même, elle croyait en la famille. Elle avait toujours eu le sentiment qu'il fallait préserver les liens coûte que coûte et que rien — aucune circonstance même la plus sombre — ne justifiait qu'une famille vole en éclats. La leur s'était pourtant déchirée de façon irrémédiable et définitive. Et elle avait beau savoir que cette rupture était entièrement la faute de son père, elle ne se sentait pas en paix avec elle-même pour autant. D'une certaine façon, c'était encore pire — comme si le fait d'être rejetée par son propre père faisait d'elle une paria, lui retirait de sa valeur en tant qu'être humain.

La simple vérité, c'était que son père ne l'aimait pas. Une réalité à laquelle elle avait essayé toute sa vie de s'adapter. Mais comment s'adapter à quelque chose qui était à ce point contre-nature ? Dans sa tête de petite fille, un parent, ça aimait son enfant. Pour le meilleur et pour le pire. Un parent, c'était juste de l'amour en barre.

Elle savait qu'elle n'était pas la seule à souffrir du désintérêt paternel à leur endroit.

Fliss avait passé sa vie à se battre pour surmonter l'opinion négative que leur père avait d'elles. Comme si le dédain qu'il leur avait témoigné avait jeté un manteau de plomb sur ses épaules.

Un manteau de plomb qui pesait aussi sur les siennes.

Harriet avait beau se dire et se redire que l'éloignement venait de lui et non pas d'elle, le fait que son père avait rompu tout contact continuait de la bouleverser quand même.

D'une façon ou d'une autre, elle détestait avoir à expliquer sa situation familiale aux gens. Comme si le constat « Mon père ne veut plus me voir » équivalait à admettre son corollaire immédiat : « Donc je ne suis pas quelqu'un de valable. »

C'était idiot, bien sûr. Et ne correspondait pas à l'opinion qu'elle avait d'elle-même. Et pourtant, chaque fois qu'elle parlait de sa situation familiale, elle la ressentait comme une humiliation. Comme un échec personnel.

Incapable de lire et encore moins de dormir, elle resta les yeux grands ouverts dans son lit, triste et le regard tourné vers le plafond.

Au premier gémissement de Madi, elle se leva d'un bond, dans l'espoir de la calmer avant qu'elle ne réveille Ethan.

À l'étage en dessous, elle trouva la petite épagneule toute perdue et malheureuse qui couinait doucement dans sa cage.

— Hé, mais qu'est-ce qui t'arrive, ma belle ?

Elle s'agenouilla près de la cage et vit un des jouets de Madi gisant un peu plus loin sur le sol.

— Tu as perdu ton joujou, c'est ça ? Tu sais que tu devrais dormir à une heure pareille ?

Elle lui restitua le jouet et s'attarda un moment pour laisser à Madi le temps de s'apaiser.

— Debra te manque, c'est ça ? C'est difficile quand ta famille s'en va et te laisse sur le carreau. Je sais ce que c'est. On est un peu dans le même panier, toi et moi. Ce n'est pas toujours facile de s'adapter en terrain inconnu.

— Y a-t-il quelque chose que je puisse faire pour faciliter l'adaptation ?

Au son de la voix d'Ethan derrière elle, Harriet se releva en sursaut, consternée à l'idée qu'elle s'était précipitée en bas sans même prendre le temps d'enfiler un peignoir. Comble de l'humiliation : elle portait son pyjama à motifs papillons.

Fliss serait horrifiée de l'apprendre.

— Je suis désolée qu'elle t'ait réveillé.

— Je ne dormais pas. J'écrivais un article pour une revue médicale.

— À minuit ?

— Pour moi, c'est la meilleure heure pour le travail intellectuel. Elle t'a arrachée ton sommeil ?

— Non. Je ne pouvais pas dormir.

— Par ma faute.

Il parlait à voix basse, probablement pour éviter d'agiter Madi.

— J'ai manqué de tact en te posant toutes ces questions. Je suis désolé.

Il émit un rire sans joie.

— Je crois que je me suis excusé plus souvent avec toi en quarante-huit heures que durant tout le reste de ma vie jusqu'à présent.

— Tu n'as absolument pas à t'excuser de quoi que ce soit.

Elle se demanda dans un sursaut d'anxiété si son pyjama était transparent à la lumière. Pourvu que non.

Après le coup du dîner, il y verrait encore quelque sombre manœuvre de séduction calculée.

— Ce n'est pas ta faute si mon père est un sujet sensible pour moi. C'est à moi de gérer ça. Le problème est de mon côté, pas du tien. En fait, la relation entre mon père et moi n'est pas très bonne.

C'était l'euphémisme du siècle.

— Concrètement, on n'a plus de relation du tout. Nous sommes brouillés et je trouve ça nul d'avoir une famille éclatée comme ça.

Ethan resta un instant à la regarder en silence.

— Un chocolat chaud, ça te dit ? Ma nièce m'assure que celui que je concocte est top — le meilleur de toute la planète.

Ce n'était pas la réaction à laquelle elle s'attendait. Était-ce sa façon à lui de clore le sujet ? Ou faisait-il preuve de tact et d'empathie parce qu'il sentait que de son côté elle répugnait à s'exprimer sur la question ?

Si seulement son cerveau torturé pouvait cesser de multiplier les hypothèses et les suppositions !

Elle se força à sourire.

— Et toi, cartésien et scientifique que tu es, tu as rétorqué à ta nièce qu'elle ne peut pas se prononcer sur la question car elle n'a pas goûté tous les chocolats chauds du monde. C'est ça ?

Il se dirigea vers le côté cuisine.

— Crois-moi si tu veux, mais avec ma nièce, je suis très soft. Avec quelques efforts, j'arrive à me comporter autrement qu'en vieux con péremptoire. Tu devrais accepter mon offre. Non seulement je fais un chocolat chaud « cinq étoiles trop classe » mais il a plein de propriétés positives. Il pourrait même t'aider à t'endormir.

Ethan portait un jean noir et un pull fin en cachemire près du corps qui dessinait les muscles de ses bras.

Elle se demanda si ce serait une bonne idée de sprinter jusqu'à sa chambre pour enfiler un peignoir…

Qu'aurait fait Fliss à sa place ?

Elle se serait installée sans hésiter dans sa cuisine en pyj' et aurait siroté son chocolat chaud tout en discutant avec lui de tous les sujets possibles et imaginables. Voilà comment aurait réagi Fliss.

Pour sa part, elle n'irait sans doute pas loin côté conversation. Mais elle pouvait bien s'asseoir dans une cuisine et boire un chocolat chaud comme tout le monde, non ?

— Comment va Karen ? Tu as eu Debra au téléphone aujourd'hui ?

— Deux fois. Ce matin, entre deux patients, j'ai pris quelques minutes pour l'appeler. Et je l'ai eue aussi au téléphone il y a une heure. Karen est bien soignée et se remet du choc de l'accident. Elle sort de l'hôpital demain. Mais il faudra attendre encore quelques jours avant qu'elle puisse prendre l'avion.

Il sortit le lait du réfrigérateur, aussi détendu qu'elle était crispée.

— J'ai même eu ma nièce au bout du fil. Elle rigolait, c'est plutôt bon signe.

Il n'avait pas eu le temps de manger à midi, mais il s'était arrangé pour appeler sa sœur et sa nièce. Deux fois dans la journée.

Le cœur d'Harriet se mit à battre un peu plus vite.

— Karen en a pour longtemps avant de recouvrer l'usage de sa jambe ?

— Elle doit garder son plâtre quelques semaines. Je lui ai pris un rendez-vous avec un confrère orthopédiste de l'hôpital, comme ça elle pourra rentrer de Californie plus vite. Elle sera mieux ici chez ses parents tant que sa mobilité restera réduite. Et comme ça, on pourra l'embarquer avec nous dans le Vermont. Même si côté ski, c'est cuit pour elle cette saison.

Harriet se glissa sur une chaise en songeant qu'au moins, la moitié inférieure de son corps serait dissimulée derrière le comptoir de cuisine. Elle n'était pas habituée à s'afficher devant des inconnus en vêtements de nuit.

— Quel effet ça fait de travailler le jour de Noël ?

— Aux urgences, c'est un jour qui a tendance à ressembler à tous les autres. J'imagine que ça doit être différent dans les autres services où l'équipe soignante connaît un peu mieux les patients. En pédiatrie, les enfants reçoivent même la visite du Père Noël.

Il se mit à rire et elle lui jeta un regard interrogateur.

— Tu trouves ça drôle ?

— Pas vraiment, non. Mais apparemment, le Père Noël a des soucis d'emploi du temps cette année et on m'a demandé de le remplacer.

— On t'a choisi pour faire le Père Noël ?

Il secoua la tête.

— Oui, je sais. C'est absurde.

Elle l'imagina, barbu blanc en tenue rouge, avec cette profonde gentillesse dans ses yeux bleus qui réchaufferait les cœurs lorsqu'il tendrait un paquet à un enfant alité.

— Pourquoi absurde ? C'est magnifique, au contraire. Ça doit être affreux de rester cloué dans un lit d'hôpital pour les fêtes. Tous les enfants adorent Noël. L'atmosphère, le sapin, les cadeaux... C'est horriblement cruel pour eux d'être privés d'un moment qu'ils attendent depuis des mois. Ils sont loin de chez eux, malades, anxieux. Ils pensent à leurs parents, à leurs frères et sœurs qui leur manquent, et...

Juste au moment où ses yeux se remplirent de larmes, elle vit qu'Ethan l'observait.

— Tu pleures ?

— Pas du tout !

Elle cligna rapidement des paupières.

— C'est juste pas drôle pour un enfant d'être à l'hôpital à Noël.

Il sourit. Un drôle de sourire en coin qui, par quelque inexplicable phénomène, le rendit encore mille fois plus attirant qu'il l'était déjà.

— Je pensais qu'avec ta passion pour les animaux, tu aurais pu devenir vétérinaire, mais tu n'aurais pas supporté. Tu as un cœur de guimauve, Harriet.

Elle s'éclaircit la voix.

— C'est vrai. Je ne suis pas bonne à grand-chose.

— Je ne dirais pas ça.

Harriet regretta de ne pas avoir une meilleure capacité à déchiffrer les expressions, car la façon dont il la regardait semblait contenir un message. Mais lequel ?

Peut-être se demandait-il comment une faiblarde sentimentale de son espèce avait réussi à survivre dans la jungle impitoyable de New York sans se faire dévorer toute crue ?

— Je comprends que tu aies besoin de laisser tes émotions au vestiaire pendant tes heures de service, mais comment peux-tu rester indifférent à ces enfants malades ?

— Tu voudrais que je me mette à pleurer aussi ?

— Non. J'essaie de te faire comprendre qu'il faut que tu acceptes d'être le Père Noël. Cette visite sera peut-être le seul point lumineux de la journée de ces gamins. Ce serait cool pour toi, non ? Être le rayon de soleil dans la journée de quelqu'un ?

Elle tourna les yeux vers lui.

— Pourquoi tu secoues la tête comme ça ?

— Je me demandais si j'avais connu une période, plus jeune, où je regardais encore la vie comme tu la regardes toi. Pas sûr. Et je ne sais pas si je dois te communiquer une triste nouvelle.

Il versa du lait dans une casserole et elle le regarda procéder, son attention soudain distraite par le pouvoir hypnotisant de ses gestes. Elle avait déjà éprouvé la même fascination aux urgences en le voyant à l'œuvre. La première chose qu'elle avait remarquée chez Ethan, c'était ses yeux. Puis elle avait vu ses mains. Des mains adroites. Pas le genre de mains à tâtonner ou à hésiter. Ses gestes, elle le savait, seraient sûrs et rassurants en n'importe quelle circonstance.

Penser à ce que recouvrait ce « n'importe quelle circonstance » provoqua une sorte de flash. Son esprit fut bombardé par un foisonnement d'images brûlantes qui lui embrasèrent les joues. Un peu comme lorsqu'on cliquait sur un lien par mégarde et qu'on se retrouvait avec un écran grouillant de corps nus en mouvement. Il lui fallut un moment pour se rendre compte qu'Ethan l'observait.

— Tout va bien ? Tu as pris des couleurs, tout à coup. J'espère que tu ne couves pas une grippe. On a pas mal de cas en ce moment.

S'il y avait une contamination contre laquelle elle luttait à cet instant, ce n'était pas celle de la grippe. Le seul virus qui la menaçait, c'était lui.

— Je ne suis pas malade. J'ai juste un peu chaud, c'est tout. Tu disais que tu avais une nouvelle à m'apprendre.

Il prit deux mugs sur une étagère.

— OK, tiens-toi bien : le Père Noël n'existe pas, Harriet.

Son expression était calme. Et sa voix si chaleureuse qu'elle décida que s'il fallait qu'elle apprenne une mauvaise nouvelle un jour, elle aurait envie que ce soit par sa bouche.

— Je ne crois pas au Père Noël. Ce que je crois, en revanche, c'est que les êtres humains ont une immense capacité à faire le bien autour d'eux, de mille et une petites manières. De même qu'une seule personne peut te pourrir la vie, une seule personne peut aussi illuminer ta journée. Les petits gestes comptent. Le petit effort supplémentaire. Le sourire en plus. Comme je t'ai vu faire, l'autre soir, aux urgences.

Oh non... Pourquoi avait-elle dit ça ? Il savait maintenant qu'elle l'avait observé de près. Après le coup du dîner romantique, n'en conclurait-il pas que sa présence chez lui était une obscure machination ourdie avec la complicité de Debra ?

Il fronça les sourcils.

— Quel soir ?

— Quand je suis venue faire soigner ma cheville. Il y avait une femme qui sanglotait dans la salle d'attente et tu t'es arrêté un instant pour lui parler. Tu ne t'en souviens probablement même plus, mais je suis sûre qu'*elle* n'a pas oublié. Elle était visiblement au bout du rouleau et quand rien ne va plus dans la vie, quelques mots, un instant d'attention accordés par un inconnu, ça suffit parfois à passer un cap.

Elle rougit.

— Oublie ce que je viens de dire. Je parle trop.

— Tu ne parles pas trop. J'aime autant que les gens s'expriment. Ça aide à comprendre ce qu'ils ont dans la tête.

Il incorpora au fouet un mélange dans le lait chaud. Elle se demanda pourquoi il voulait comprendre ce qu'elle avait dans la tête — et si elle avait envie d'être déchiffrée de cette façon.

— Elle a l'air très élaborée, ta technique de fabrication de chocolat chaud. C'est ta nièce qui t'a appris à le faire ?

— La première fois que j'ai essayé ce genre de recette avec Karen, elle m'a annoncé que j'étais viré.

— Pourquoi ? Il était trop froid ? Trop épais ? Trop liquide ?

— Un peu tout ça à la fois et pire encore. Il n'y avait pas assez de cacao et le lait que j'utilisais ne convenait pas. Et il y en avait toute une liste comme ça. La chirurgie cardiaque, à côté, c'est un jeu d'enfant.

Il posa le mug fumant devant elle.

— Le mélange est réalisé en fonction des critères de Karen, bien sûr. Le résultat pourrait ne pas te plaire.

Elle prit une gorgée prudente et ferma les yeux de plaisir.

— Comment ne pas aimer ? Ce chocolat chaud est une caresse pour le palais, un *hug*… Un *hug* dans un mug… Comme un baiser de velours sur la langue…

— Un « *hug* dans un mug » ? Pas mal. Tu devrais peut-être arrêter de promener des chiens et te lancer dans le slogan publicitaire.

Il se percha sur le siège en face du sien. Les manches de son pull étaient remontées, dévoilant la discrète pilosité de ses avant-bras aux muscles longilignes. Il avait de beaux bras, songea-t-elle. Le genre de bras que l'on aimerait sentir autour de soi en cas de crise. Même si ce n'était probablement pas par des enlacements qu'il réglait les crises innombrables qu'il traitait chaque jour dans son service. Il avait les cheveux en bataille, le regard fatigué, et il n'en restait pas moins le mec le plus sexy que la terre ait jamais porté.

Un grand silence régnait dans l'appartement. On n'entendait que le bourdonnement discret, à peine audible, du réfrigérateur et le son régulier de la respiration endormie de Madi.

Par-delà les fenêtres, la neige tombait toujours, tirant un voile sur le reste du monde, floutant jusqu'aux immeubles proches.

— Et ton prochain *date* est prévu pour quand, alors ?

La question frisait d'un peu trop près le cours trouble

de ses pensées. Elle plongea le nez dans le mug et but une nouvelle gorgée.

— Je te l'ai déjà dit : fini les *dates*, pour moi. J'ai atteint le score que je m'étais fixé.

— Ton score au bout de seulement trois *dates* ? Trois est censé être un chiffre porte-bonheur, peut-être ?

— Trois, c'est l'objectif minimum que je m'étais donné. Je m'étais mis en tête d'aller jusqu'à trois rendez-vous avant de m'autoriser à laisser tomber.

— Et si le Date Number 4 devait être le bon ?

Elle reposa son mug.

— Tu veux que je te dise franchement ? À aucun moment, je ne me suis attendue à rencontrer « le bon ». Le but, c'était plutôt d'essayer de m'améliorer pour progresser dans la pratique du *dating*. Je ne me suis pas lancée dans les rencontres en ligne parce que je tiens à trouver un homme coûte que coûte, Ethan. J'ai tenté l'expérience parce qu'elle me demande de gros efforts. Et comme tu le sais, j'attaque mes peurs de front.

— Je n'avais jamais réalisé que le *dating* requérait tant d'entraînement et de compétences.

Sa remarque lui confirma ce qu'elle savait déjà. Qu'une pratique qui, dans son cas particulier, exigeait un véritable dépassement d'elle-même apparaissait comme simple et élémentaire à l'immense majorité de ses contemporains.

— Je ne sais jamais très bien quoi dire aux gens que je ne connais pas. Et le pire, je trouve, c'est de dîner avec quelqu'un en tête à tête. Les gens disent « Hé, on va manger un morceau quelque part ? », comme si c'était cool, sympa et évident. Pour moi, c'est affreusement compliqué, au contraire.

— Dîner est difficile ? À cause de quoi ? De l'ambiance ? De la pression des enjeux romantiques ?

— Il me faut du temps pour me sentir à l'aise avec

quelqu'un. La durée d'un *date* ne suffit pas pour que je parvienne à me décrisper, à discuter tranquillement.

Elle marqua un silence, hésitant à aller plus loin dans la confidence.

— Quand je vivais encore chez mes parents, les repas se déroulaient systématiquement dans une ambiance horrible. Je crois que je garde encore la trace de cette atmosphère en moi. Donc si un premier *date* est déjà un cauchemar en soi, un premier *date* avec dîner devient un *double* cauchemar.

Cela, elle ne l'avait encore jamais confié à personne, pas même à Fliss. Quelque chose chez Ethan faisait qu'elle pouvait lui dire facilement ce qu'elle avait tant de mal à exprimer devant d'autres. À cause de la qualité de son écoute ? Parce qu'il lui accordait sa pleine et entière attention, comme si ce qu'elle lui racontait était éminemment digne d'intérêt ?

C'était le cas maintenant, par exemple. Elle parlait et le regard d'Ethan ne quittait pas son visage.

— Et pourquoi le moment des repas, spécifiquement ?

— Parce que ma famille ne se réunissait que pour manger. À première vue, ça paraît super, non ? La famille au complet se retrouve autour de la table de la salle à manger pour un moment convivial. Mais je peux t'assurer que c'était juste une forme de torture à répétition.

— Tout le monde y mettait du sien pour empoisonner l'atmosphère ?

— Oh non, pas tout le monde. Juste mon père. Le reste du temps, je l'évitais dans la mesure du possible, mais pendant les repas, pas moyen de lui échapper. Je crois que le fait de nous réunir une fois par jour autour d'un repas donnait à ma mère une illusion de normalité. Comme si nous formions une famille ordinaire. Personne n'était dupe, pourtant.

— Je croyais que tes parents avaient divorcé ?

— Seulement après notre départ de la maison. Cela aurait été mieux pour toutes les parties concernées s'ils s'étaient quittés plus tôt.

— Ton père était violent ?

Le ton d'Ethan s'était durci presque imperceptiblement.

— En paroles, seulement. Mais il avait un rare talent pour manier le verbe. Avec lui, les mots se transformaient en armes de précision. Il n'avait pas besoin de lever la main ou de défaire sa ceinture. Ouvrir la bouche lui suffisait pour nous blesser.

Elle serra son mug entre ses paumes, laissant la chaleur réconfortante se diffuser en elle.

— Mon bredouillage laborieux était d'autant plus intolérable à mon père que lui-même s'exprimait avec une remarquable aisance. Plus il s'énervait, plus je bégayais, évidemment. Trouver la patience d'attendre que les mots sortent de ma bouche était au-dessus de ses forces. Alors il terminait les phrases à ma place et finissait généralement par se tenir une conversation à lui-même. Du coup, je ne pipais plus mot, et ça, il le supportait encore moins. Lorsqu'il s'acharnait sur moi, Fliss et Daniel contre-attaquaient pour détourner sa colère sur d'autres cibles. Cela te donne une idée du calme qui pouvait régner à table chez nous. Le reste du temps, mon père pouvait oublier qu'il avait mis au monde une fille bègue, mais pendant les repas, il était obligé de se souvenir de ma regrettable existence.

Elle se tut, les joues soudain en feu.

— Je parle trop. Ce qui ne manque pas d'ironie, il faut le dire.

Son gros problème, normalement, c'était de ne pas réussir à enchaîner deux phrases de suite. Mais avec Ethan, cette difficulté semblait levée comme par miracle.

Il avait peut-être mis une pincée de drogue dans son chocolat chaud ?

— Tu ne parles pas trop, Harriet, lui assura-t-il doucement. Ton père était aussi cinglant et dur avec ta mère ? C'était un problème de couple ? Il n'était pas amoureux d'elle ?

— Il l'aimait, si. Trop et mal, certes. Mais il l'aimait.

C'était un soulagement d'aborder le sujet avec quelqu'un qui écoutait avec une grande neutralité émotionnelle. Quelqu'un qui essayait de comprendre sans porter de jugement.

— Il n'y a pas si longtemps que nous sommes au courant, Fliss et moi. Notre mère se mettait toujours en quatre pour essayer d'arrondir les angles. Son attitude envers lui était si soumise et souriante qu'on a toujours cru que c'était elle qui l'aimait et lui qui la tenait à distance. Ça a été un choc de découvrir que c'était tout le contraire. Lui était fou amoureux d'elle et ça n'a jamais été réciproque.

— Ton père était sans doute rongé par l'amertume. Mais je suis certain qu'au fond de lui, il t'aimait.

— Tiens, tiens... Qui de nous deux croit aux contes de fées, maintenant ?

Elle comprenait sa réaction, cependant. Elle-même avait pensé la même chose pendant des années avant de s'incliner enfin devant l'évidence.

— Désolée d'avoir à détruire tes illusions sur les familles heureuses, mais mon père ne m'aimait pas, non.

Elle vit le choc et l'incrédulité dans son regard.

— Tu crois que je parle par dépit, mais ce n'est pas le cas. J'ai longtemps refusé de le croire, moi aussi. Pendant des années, je me suis dit que c'était ma faute s'il s'acharnait ainsi contre moi. Je n'étais pas capable de parler comme les autres, donc c'était normal que je le rende fou furieux. Mon bégaiement, me disais-je, devait être choquant pour quelqu'un d'aussi sûr de lui que mon père. Partout où nous allions, il dominait son auditoire. Il avait une stature plus imposante que l'Empire State Building. Je pensais que si je faisais plus d'efforts pour m'améliorer et corriger ma diction, il finirait par se prendre d'affection pour moi. Mais ça n'a jamais été le cas. Plus il hurlait et tempêtait, plus je m'empêtrais dans mes syllabes. Je m'attribuais l'entière responsabilité du manque d'amour dont je faisais l'objet, convaincue que je n'avais pas les attributs nécessaires pour être aimée. J'ai essayé de me rendre aimable de toutes les manières possibles et imaginables, mais ça n'a jamais donné aucun résultat.

Elle ne mentionna pas l'incident décisif qui s'était produit lorsqu'elle avait onze ans.

— Ton père vit toujours ?

— Il est affaibli par une grosse pathologie cardiaque, mais il est toujours en vie, oui.

Même hospitalisé, même amoindri et intubé, au moment où il avait fait son infarctus, il avait refusé de la voir. Tout rongé par la maladie qu'il était, il n'avait jamais manifesté le moindre regret. Et encore moins donné de signe d'affection. Elle avait compris alors qu'il ne suffisait pas de vouloir très fort que quelqu'un vous aime pour que l'amour advienne. « Si on ne t'aime pas telle que tu es, on ne t'aimera pas plus si tu t'escrimes à être quelqu'un d'autre que toi-même », avait-elle écrit dans un de ses cahiers.

— Tu ne le vois plus du tout, alors ?

— La dernière visite que je lui ai faite remonte à cet été. Mais je n'y retournerai pas.

Ça aussi, c'était un challenge. Celui de préférer la réalité à l'espoir. D'accepter que la désillusion vienne prendre la place de l'illusion une fois pour toutes.

— Avec lui, je n'ai pas arrêté d'essayer. Pendant des

années. Je pensais bien faire en me battant pour établir un lien père/fille envers et contre tout. Mais il n'a pas envie de me voir et je sortais de chaque visite dévastée. Donc je laisse tomber. Et je suis en paix avec ma décision.

Dire qu'elle se sentait en paix était un peu exagéré. Mais elle en avait déjà tant dit à Ethan. Elle lui avait parlé comme elle n'avait jamais parlé à personne. Et maintenant, il était temps de passer à autre chose. Elle ne voulait pas abuser de sa patience.

— OK. À toi de me parler de tes parents, maintenant. À en juger par les photos que je vois partout dans l'appartement, ta famille a l'air merveilleusement normale.

— Je ne suis pas sûr qu'il existe quelque chose comme une « famille normale », mais je reconnais que j'ai plutôt de la chance avec la mienne. Mes parents sont médecins l'un et l'autre. Pareil pour mon grand-père. Les conversations médicales à table peuvent être assez « dégueurelou », d'après ma nièce. Et c'est souvent animé. Mais les engueulades restent amicales.

— Tu as toujours voulu être médecin, alors ? Même tout petit ?

— Oui, enfin officiellement. En fait, je me sentais aussi une vocation cachée pour devenir champion de ski de descente, comme mon pote Tyler.

Elle rit.

— Et tu as renoncé ?

— J'ai grandi dans le Connecticut et si j'arrivais à skier deux fois par an, c'était le bout du monde. Alors que Tyler est né les skis aux pieds. Il a fallu que je recadre un peu mes projets d'avenir.

Il se pencha par-dessus la table en serrant son chocolat chaud entre ses mains.

— En fait, j'ai grandi dans l'idée que devenir médecin était plus ou moins le sort commun. Je me souviens d'avoir demandé un jour à ma mère s'il existait d'autres professions que la médecine. Quasiment tous les gens qu'on voyait étaient dans cette branche.

— Sauf Debra. C'est la seule de la famille ?

— Ma sœur est allée à l'encontre de la tradition. Mais je l'ai souvent entendue dire qu'elle a été tellement abreuvée de savoir médical depuis l'enfance qu'elle serait capable de diriger le service des urgences à elle toute seule.

Il reporta son attention sur elle.

— Pour en revenir à notre conversation initiale, tu ne crois pas que tu es un peu jeune pour renoncer au *dating* ?

— Au *dating*, je ne sais pas, mais je ne veux plus passer par les rencontres en ligne. Si je tombe par hasard sur un mec génial en promenant mes chiens et que je découvre qu'il y a moyen de lui parler sans bégayer, là, pourquoi pas ?

— Tu crois que ça arrive dans la vraie vie, ce genre d'heureux hasard ?

— Normalement, non. Mais c'est quand même comme ça que mon frère Daniel a connu Molly.

Elle sourit.

— En fait, ce n'est pas tout à fait un hasard s'ils ont fait connaissance. Daniel avait repéré Molly qui courait au parc avec son dalmatien et il avait envie d'en savoir plus sur cette fille. Alors il est venu nous voir pour nous emprunter un de nos chiens d'accueil. Ils se sont donc croisés « incidemment » en promenant leurs chiens respectifs — à part que le chien de Daniel avait été enrôlé pour la bonne cause. Ce n'était pas vraiment le sien.

L'histoire parut amuser Ethan.

— Je crois qu'il me plaît bien, ton frère.

— Je l'aime beaucoup, même si les trois quarts du temps j'ai envie de l'étrangler. En tout cas, il est nettement moins cynique qu'il ne cherche à s'en donner l'air car il a fini par adopter le chien d'emprunt pour de bon. Et tomber amoureux de Molly lui a fait un bien fou. Donc je lui pardonne d'être parfois un peu manipulateur.

— Un joli happy end, donc ?

— Oui. L'histoire du chien emprunté se termine par un mariage en bonne et due forme. Et ma sœur Fliss se marie aussi sous peu.

Elle ne s'était pas encore complètement faite à cette idée. Chaque fois qu'ils se retrouveraient pour des vacances ou des fêtes, tout le monde serait en couple sauf elle. Et bientôt, son frère et sa sœur deviendraient parents. Elle serait « tatie Harriet ».

La jalousie était décidément un sentiment très inconfortable. Il révélait des aspects de sa personnalité qu'elle avait du mal à regarder en face. Elle détestait être une femme envieuse des êtres qu'elle aimait le plus.

— Ça te fait un drôle d'effet qu'ils se marient ?

— Je suis ravie pour eux. Je ne veux que leur bonheur.

Les yeux rivés sur ses traits, il l'observait calmement.

— Évidemment que tu as envie qu'ils soient heureux. Mais on peut se réjouir pour quelqu'un tout en étant triste pour soi-même. Et c'est difficile de se dépêtrer de ses sentiments conflictuels, alors qu'on se voudrait uniquement généreux et désintéressé.

Elle soupira en terminant son chocolat.

— Comment fais-tu pour savoir tant de choses ?

— Je passe mes journées avec des gens en souffrance, Harriet... Tu traverses une transition douloureuse. S'éloigner d'un jumeau, c'est un changement majeur, dans une vie. Et tu n'es pas heureuse.

Ça se voyait donc à ce point ?

— Je n'ai aucune raison de ne pas être heureuse. Ce n'est pas comme si j'avais perdu mon boulot ou subi une vraie rupture.

— Une rupture peut-être pas, mais ce que tu vis n'en

reste pas moins de l'ordre de la perte. Tu es séparée de ta jumelle avec qui tu as vécu toute ton existence, sachant que son départ signe la fin d'un mode de vie auquel tu adhérais. C'est une perte de sécurité aussi, dans la mesure où tu te lances défi sur défi. Tu te soumets volontairement à des situations de stress à répétition. À force de t'arracher à ta zone de confort, tu finis par être tout le temps sur la brèche. Ce qui est psychiquement épuisant.

— L'ironie, là-dedans, c'est que de nous trois, j'étais la seule avec des rêves plan-plan de mariage et de famille. Il faut croire que la vie ne nous amène pas toujours là où on pensait aller… Je me sens pathétique. Parce qu'on ne peut vraiment pas dire que j'ai *perdu* ma sœur. On se téléphone régulièrement.

— Peut-être. Mais ce n'est pas la même chose.

Il n'avait pas bougé. Ne l'avait pas touchée. Mais sa voix l'enveloppait d'un cocon de réconfort, comme s'il avait instauré une connexion physique entre eux. Elle n'aurait jamais imaginé que l'homme qui avait hurlé contre elle le premier soir saurait faire preuve d'une telle sensibilité.

— C'est vrai, ce n'est pas la même chose, admit-elle d'une voix qui s'étranglait. On était tellement soudées. De toutes les personnes au monde, j'étais la plus proche, pour Fliss. Maintenant, ce n'est plus moi, c'est Seth. Je me sens…

Elle déglutit avec peine.

— … remplacée. Voilà. C'est comme si j'avais été *remplacée*.

— Même si tu sais que ce n'est pas vrai.

— Même en sachant cela, oui.

Elle avait une conscience aiguë de la présence d'Ethan de l'autre côté de la table. Une présence solide, consolante. Il était assis sans bouger et écoutait, les bras reposant sur le granit de l'îlot. Ses yeux étaient fatigués et ses joues sérieusement obscurcies par un début de barbe, mais elle n'avait jamais croisé d'homme d'une sexitude aussi absolue. Une part d'elle-même restée inconnue s'éveillait, sortant d'une longue torpeur. C'était une éclosion presque sauvage de sensations, de sentiments, de désirs et d'élans. Une éclosion qui n'avait pas sa place en la circonstance, car Ethan n'était pas son *date*.

Il la fixa et elle ressentit un choc alchimique aigu. Le souffle de la déflagration lui fit courir des frissons sur la peau et une boule de sensations se concentra quelque part au milieu de sa poitrine.

C'était une chance qu'Ethan soit en train de parler car elle doutait d'être capable de retrouver la voix.

— Une situation positive pour toi a pris fin, sans que ce changement relève de ton choix. Ce n'est pas une marque de faiblesse de te sentir endeuillée par le départ de ta sœur. C'est une réaction normale, au contraire. Tout changement, a fortiori subi, exige un temps d'adaptation. Ce que je ne comprends pas, c'est pourquoi tu corses encore un peu plus l'épreuve en t'infligeant ton Challenge Harriet ? Pourquoi ne pas attendre un peu, le temps que la vie redevienne plus facile ?

— J'ai passé mon temps à vouloir que la vie devienne facile. Mais ça n'arrivera jamais. Si j'obéis à mes penchants naturels, je reste chez moi dans un fauteuil et je regarde des épisodes de *Gilmore Girls* en boucle. Me laisser aller à mes tendances de base, ça veut dire sortir promener mes chiens puis vite rentrer le soir chez moi et me cloîtrer. Ma vie sociale s'est résumée à Fliss depuis l'enfance. Tous mes amis sont liés à ma famille. J'adore Molly, mais maintenant elle vit avec Daniel. Mon amie Matilda vient d'avoir un bébé et ne vient presque plus à New York. Si je veux vivre une vie digne de ce nom, il faudrait que je sorte de chez moi, que je bouge, que j'élargisse mon cercle. Mais le monde n'est pas fait pour les timides.

— Être timide présente des avantages, pourtant.

Elle tourna un bref regard vers lui.

— Cite-m'en un.

— Les timides ont souvent des capacités d'observation plus développées que la moyenne. Ils regardent et ils écoutent avec plus d'attention, ce qui fait qu'ils ont une analyse plus fine, plus subtile des comportements.

— Ça mène à quoi, d'analyser finement les comportements de quelqu'un à qui tu n'oses même pas adresser la parole ? Il y a des jours où je rêve de fracasser les portes et de magnétiser l'assistance.

— Pauvres portes !

Les yeux d'Ethan scintillèrent d'humour.

— Fasciner une assistance apporte des satisfactions narcissiques de courte durée, mais ne suffit pas à nous combler. Ce ne sont pas les gens qui parlent beaucoup qui ont forcément le plus de choses à dire.

— À t'entendre, ça paraît formidable, mais chaque fois que je me suis retrouvée face à un *date*, je n'ai quasiment pas prononcé un mot. Ils étaient seuls à s'exprimer à chaque fois.

— Pour parler d'eux-mêmes, je suppose ?

— Pour l'essentiel, oui.

— Parce qu'ils n'avaient aucune confiance en eux, tes trois zigues. Ils en ont fait des tonnes pour essayer de te convaincre qu'ils étaient formidables. Je pense d'autre part que tu te juges avec beaucoup de sévérité. Face à un monologueur intarissable, qui pourrait placer un mot ? D'après ta description, la soirée tout entière ressemblait à l'équivalent de... comment je pourrais appeler ça ? De la masturbation conversationnelle ?

Elle éclata de rire.

— Glenys, elle, dit que c'est l'équivalent d'un selfie de deux heures de long. C'est une façon un peu plus soft de dire la même chose.

— Qui est Glenys, déjà ?

— Une amie. Enfin, une cliente, en fait. Mais je la vois plus comme une amie. En parlant de Glenys, si cela ne te dérange pas, je ferai usage de ta cuisine demain pour lui préparer quelques repas. Et il faudra que je te laisse Madi environ deux heures pour aller les lui apporter. En temps normal, je l'aurais prise avec moi, mais je veux être sûre de pouvoir emmener Glenys en promenade. Et son rythme et celui de Madi ne sont pas compatibles.

— Parce que tu promènes aussi tes clientes ? Pas seulement leurs chiens ?

L'idée la fit sourire.

— On lui a posé une prothèse de la hanche cet été et elle est censée maintenir une activité physique. Mais ça l'effraie de marcher seule dans la neige et sur le verglas. Donc je la prends avec moi et on se cramponne l'une à l'autre.

— Eh bien. C'est…

Il se tut, comme s'il cherchait ses mots.

— C'est gentil de ta part. Et tu cuisines aussi pour elle. Apparemment, tu es un peu plus qu'une promeneuse pour chiens, Harriet Knight.

— Les suppléments, c'est juste pour Glenys, donc évite d'en faire la publicité, s'il te plaît. Elle vit seule depuis le décès de son mari et elle perd du poids. J'aime bien lui apporter un plat chaud à l'occasion.

— Et qui cuisine pour toi ?

— Personne. Mais grâce à mes *dates*, je suis allée au restaurant trois fois en quinze jours. Et l'avantage de la masturbation conversationnelle, c'est que ça laisse le temps de se concentrer sur le contenu de son assiette. Je garde un souvenir impérissable du risotto avec le premier type, d'un dessert au chocolat divin avec le second — j'ai d'ailleurs demandé la recette. Et en compagnie du troisième, j'ai beaucoup apprécié la salade de crevettes.

— Celui avec lequel tu t'es éclipsée par la fenêtre ?

— Celui-là même.

Il récupéra leurs mugs vides sur la table et se leva.

— Ma sœur revient lundi et je travaille tout le week-end, ce qui veut dire que vendredi est la dernière soirée qu'il nous reste à passer ensemble.

Il en parlait comme si le fait qu'elle soit hébergée chez lui n'était pas juste un arrangement pratique lié à Madi.

— Ah, OK.

Harriet chercha une explication logique à la déception massive qui obscurcissait son humeur. Elle n'en trouva aucune. Elle avait de bonnes raisons de se réjouir, au contraire, puisqu'elle allait bientôt retrouver le cours normal de sa vie.

— Donc ta nièce sera en état de voyager ? C'est une bonne nouvelle.

— Vendredi soir, je t'emmène au resto.

Au resto ? Son cœur s'emballa. Rêvait-elle ou avait-elle bien entendu ce qu'elle avait cru entendre ? Non. Ce n'était pas une hallucination auditive. Il lui proposait une sortie.

Elle n'était donc pas seule à ressentir quelque chose. Lui aussi était attiré.

C'était incroyable. Inespéré. Inouï. *Ethan Black voulait dîner en tête à tête avec elle.* Il lui proposait un *date*. Un vrai.

Elle venait de décrocher un rencard toute seule, comme une grande, sans passer par les algorithmes de *matching* d'une application de rencontre quelconque.

Un homme qu'elle appréciait, qui l'appréciait en retour

et qui avait envie qu'ils se consacrent mutuellement un peu de temps.

Un *date* avec Ethan, ce serait autre chose que ce qu'elle avait connu ces deux dernières semaines. Elle ne passerait pas la soirée à serrer les dents, avec un faux sourire plaqué sur les lèvres, en faisant mine de s'intéresser au monologue en cours tout en s'exhortant à tenir jusqu'au bout.

Ethan avait une écoute magnifique. Et elle serait détendue en sa compagnie.

La soirée promettait d'être belle. Ce serait peut-être le meilleur premier *date* de sa vie.

— Volontiers, acquiesça-t-elle d'une voix étranglée. Cela me ferait très plaisir.

Il sourit.

— C'est le moins que je puisse faire pour la *dog-sitter* d'exception qui a accepté de voler à mon secours en emménageant ici.

Elle passa de l'exaltation à la déconvenue en moins de temps qu'il n'en fallait à Madi pour avaler une de ses friandises. Rien à voir avec un *date*, donc.

Juste une façon de dire merci.

Pourquoi était-elle aussi ridiculement optimiste par moments ? Elle aurait dû enfermer son stupide espoir dans un placard au lieu de le laisser se déployer librement dans la stratosphère.

En attendant, le seul espoir qu'elle se permettait encore d'entretenir, c'est que son accès d'enthousiasme n'ait pas été trop lisible sur son visage.

— Tu me paies déjà pour ça. Et grassement, même.

— Mais ce n'est pas juste une question d'argent et tu le sais aussi.

Il glissa les mugs dans le lave-vaisselle.

— On va se trouver un resto sympa et toi tu vas te

détendre, parler et améliorer ta confiance en toi. Et si tu bégaies, on s'en fout.

Elle, elle ne s'en foutrait pas, non. Pas du tout, même.

— Tu me proposes un genre de master class en *dating*, c'est ça ?

Même pas un merci, tout compte fait. Juste une séance de coaching généreusement offerte. Top. Elle avait de plus en plus de mal à garder son sourire scotché sur ses lèvres.

— Tu peux appeler ça comme tu voudras. Tu m'as aidé dans un moment de crise et j'ai envie de t'aider en retour.

Son dernier petit reste d'espoir se racornit et rendit son dernier soupir. Probablement pour ne plus jamais se relever de ses cendres.

La chimie qu'elle avait cru déceler entre eux n'avait été présente que d'un côté : le sien. La voir assise dans sa cuisine en pyjama à motifs papillons ne l'avait pas rendu fou de désir, de toute évidence. Il n'était pas tenté de le lui arracher pour l'entraîner dans des jeux sexuels effrénés sur toutes les surfaces planes disponibles. Elle n'était pas le genre de femme à susciter des déchaînements de libido. Tout ce qu'elle inspirait à un homme, c'était le réflexe de la secourir.

Ethan était médecin dans l'âme. Son instinct de base le conduisait à soigner. À réparer.

Sa confiance en elle-même se dégonfla comme une baudruche percée.

— Je n'ai plus besoin d'être coachée. J'arrête le *dating*.

— On ne peut jamais prévoir le moment où on aura besoin de ce type de compétences. Et j'ai envie de t'offrir un dîner. En remerciement.

En remerciement. Elle aurait préféré qu'il lui envoie une petite carte, avec quelques mots sympas.

— Je n'ai pas besoin de remerciements.

— Demain, je travaille. Donc ce sera forcément vendredi.

— Nous ne pouvons pas laisser Madi toute seule.

— Il y a un très bon restaurant italien tout près d'ici. On ne s'absentera que deux heures. Trois heures maxi.

Trois heures. Trois heures à passer assise en face d'Ethan en sachant qu'il l'invitait dans un but purement humanitaire.

La perspective sentait méchamment le cauchemar.

Chapitre 15

— Alors, ça se passe comment, ce tête-à-tête à domicile ?

— Bien, bien.

Harriet coinça le téléphone contre son épaule pour tirer sur la laisse de Madi alors que la petite chienne fouillait du museau dans une congère. Depuis une semaine, elles faisaient la même promenade tous les jours et connaissaient l'une et l'autre chaque coin et recoin de leur itinéraire.

— Madi a pris ses habitudes et ne pose plus aucun problème de comportement. Elle ne se sentait pas en sécurité, c'est tout.

Ce qu'elle n'avait aucun mal à comprendre.

Le rire de Fliss résonna à l'autre bout du fil.

— Je ne te demandais pas des nouvelles de la chienne. Je te posais la question par rapport à ton logeur humain du moment.

— Mon logeur humain ? Qu'a-t-il à voir là-dedans ? Je suis ici pour faire du *dog-sitting*.

— Oui, mais le propriétaire de l'appart est présent. C'est une occasion unique et j'espère que tu as su la saisir.

— Il n'y a que la chienne qui m'intéresse, en l'occurrence.

— C'est un peu ce que je craignais, te connaissant. Qu'est-ce qu'il donne à l'usage, ton Dr Canon-mais-réprobateur ?

Harriet réfléchit aux conversations qu'elle avait eues avec Ethan. À la façon dont il l'avait écoutée et comprise.

— Il n'est pas vraiment réprobateur.

— Ah ! Il est juste canon alors. Intéressant.

Harriet secoua la tête d'exaspération mais elle souriait quand même. Elle réalisait à quel point les conversations quotidiennes avec sa sœur lui manquaient. Pas seulement pour aborder les grands sujets importants. Mais aussi les petits détails, les impressions du quotidien. Elle avait envie de parler avec Fliss de la beauté de Manhattan sous la neige. De Madi qui avait appris à rester assise sans bouger pendant qu'elle préparait le dîner. Du super cadeau de Noël qu'elle avait dégotté pour Daniel...

Compiler toutes ces minuscules informations dans une conversation téléphonique n'offrait pas les mêmes satisfactions que de les partager sur le moment.

— Je le vois à peine, ton médecin canon. Il passe sa vie à l'hôpital.

— Je veux bien qu'il fasse beaucoup d'heures, mais il doit quand même bien rentrer chez lui pour manger et pour dormir, non ?

— Oui, forcément. Mais on se croise, c'est tout.

Si on faisait abstraction des trois heures qu'ils avaient passées à discuter en dînant la veille et des deux heures de la nuit précédente. Fliss avait-elle remarqué son changement de voix ? Probablement, oui. Elle n'avait jamais eu le moindre talent pour mentir. Il lui faudrait une séance d'entraînement au mensonge en plus de sa séance de préparation au *dating*.

Son « *date* d'entraînement » avec Ethan était prévu dans moins de deux heures. Après cela, ils ne se reverraient probablement plus jamais. À moins qu'elle se jette de nouveau par une fenêtre et qu'elle se foule encore une cheville. Ou qu'elle opte pour un relooking de fond et se métamorphose en une femme qui inspirait le désir et non plus la compassion. Le genre de femme qui pouvait mettre un homme à genoux d'un simple battement de cils.

Tu veux qu'on dîne ensemble ? OK. Attends-moi juste un instant que j'enfile ma petite robe noire et mes talons.

Elle mourait d'envie de demander à Fliss quel genre de tenue elle choisirait pour aller à un *date* qui ne serait pas un *date*. Mais si elle succombait à la tentation, elle ne tiendrait pas le choc très longtemps face aux questions de sa sœur. Et de quoi aurait-elle l'air, sérieux ? C'était plus qu'humiliant qu'Ethan l'invite au restaurant dans le seul but de lui rendre service. À trente ans ou presque, elle n'aurait pas dû avoir besoin de cours de rattrapage pour apprendre à passer une soirée avec un homme. Pourquoi ne pouvait-il pas l'inviter comme une femme normale ?

S'il voulait vraiment l'aider à prendre confiance en elle, cela aurait été de loin la meilleure formule.

Quelle que soit l'intention derrière l'invitation, elle comptait regagner l'appartement séance tenante et passer l'heure qui venait à faire d'intenses efforts de toilette pour donner l'impression qu'elle n'en avait fait aucun.

Fliss continuait à papoter au téléphone.

— Donc il n'a pas encore posé ses mains de guérisseur sur toi ? Quel dommage. Tu l'as vu nu ?

— Tu es vraiment sûre que nous sommes jumelles ? Ce n'est pas possible qu'on soit différentes à ce point.

Elle n'avait jamais vu Ethan nu, non, mais elle se surprenait à le visualiser déshabillé chaque fois qu'il passait dans son champ de vision. Et ça lui faisait un drôle d'effet. Plus elle passait du temps avec lui, plus elle regrettait que leur sortie prévue ne soit pas un *date* en bonne et due forme.

Pourquoi ne pouvait-elle pas rencontrer quelqu'un comme Ethan dans des circonstances de *dating* classiques ?

— Et si tu te mettais dans ma peau, pour voir ?

Dépouille-toi de la part timide de toi-même comme d'une mue et traîne-le de force dans ton lit. Éclate-toi !

Harriet se demanda comment Ethan réagirait s'il la voyait déambuler dans sa chambre avec le pyjama à papillons… en moins.

Non. Ce n'était même pas la peine d'y penser car elle en serait incapable. Même si elle franchissait le pas, ça ne marcherait pas. Il ne suffisait pas de s'imaginer l'acte. Il fallait aussi avoir la personnalité qui allait avec. Et elle n'avait jamais été le genre de fille à se dénuder devant un homme s'il n'émettait pas d'abord des signes clairs allant dans ce sens.

— Laisse tomber.

— Harriet, c'est pile le mec qu'il te faut. Je le sais.

— C'est ça, bien sûr. Tu ne le connais ni d'Ève ni d'Adam. Et je ne t'ai donné aucune information à son sujet.

— Justement. Le fait que tu ne m'aies pas parlé de lui veut tout dire. S'il n'y avait rien à raconter, tu m'aurais déjà fait un récit circonstancié.

— N'importe quoi.

Elle avait du mal à se reconnaître dans cette attitude désormais secrète qu'elle gardait vis-à-vis de sa sœur. Avant, quand elles habitaient encore ensemble, elle lui aurait sûrement livré jusqu'au moindre détail de sa rencontre avec Ethan. Mais leur relation n'était plus la même. Et pas seulement parce qu'elles ne vivaient plus sous le même toit. Harriet se pencha pour extirper le museau de Madi d'une nouvelle congère et se dit qu'elle était capable de prendre une décision sans sa jumelle. S'ils devaient aller à pied au restaurant qui était situé tout près, elle mettrait un jean et des boots. Casual. Comme ça, il n'aurait pas l'impression qu'elle attendait quoi que ce soit de son invitation.

— Pour répondre à ta question, c'est non et non. Non,

il n'a pas posé ses mains de guérisseur sur moi et non, je ne l'ai pas vu nu.

Elle se redressa — et se trouva nez à nez avec Ethan.

Oh non.

Depuis combien de temps était-il planté là ?

Elle rougit si fort qu'elle s'attendit à voir la neige sur le trottoir fondre d'un coup et s'écouler en rugissant comme un torrent. D'où sortait-il, comme ça ? L'avait-il entendue ? Si c'était le cas, elle n'avait plus qu'à disparaître sous terre.

— Il faut que je te laisse, Fliss.

— Pourquoi ? Ça fait à peine cinq minutes qu'on parle. Ne raccroche pas si vite. Je te promets d'arrêter de te chambrer. Si tu n'as pas envie de me parler de ton Dr Hot, on passe à autre chose.

Encore une chance qu'elle n'ait pas mis son téléphone sur haut-parleur.

— Je suis frigorifiée. Faut que je rentre. Je te rappellerai plus tard, OK ?

Elle fourra le téléphone dans sa poche et se força à sourire crânement tout en évitant de croiser le regard d'Ethan.

— Ah tiens, tu es déjà là ? Tu rentres tôt, aujourd'hui.

Et voilà qu'elle lui parlait comme si elle était sa femme, maintenant. *Tu as passé une bonne soirée, mon chéri ? Tu veux que j'aille te chercher tes pantoufles ?*

— Je veux dire : il n'y a pas eu trop d'accidents aujourd'hui ? Tout le monde à New York est heureux et en bonne santé ?

— Je n'irais pas jusqu'à dire ça.

Il lui prit la laisse de Madi.

— C'est ta sœur que tu avais au téléphone ?

— Oui. On s'appelle de temps en temps pour des briefings.

Avait-il entendu ? Forcément, oui. Comment en aurait-il été autrement ? Devait-elle lui présenter ses excuses ou faire comme si de rien n'était ? La seconde option paraissait moins inconfortable.

— Cela fait des semaines que je ne l'ai pas vue. On échange pas mal par mail, mais c'est parfois plus simple de parler boulot de vive voix.

Et de parler sexe, aussi. Un sujet qui, avec Fliss, revenait régulièrement sur le tapis.

Ethan lui passa la main dans les cheveux pour en retirer de la neige. Un geste empreint d'une douceur qui l'étonna.

— Vous n'auriez pas pu trouver un endroit moins glacial pour parler boulot ?

Non. Mais elles auraient pu trouver un endroit plus confidentiel.

— Je suis bien emmitouflée.

Pas de lingerie en soie pour elle. Lorsqu'elle déambulait dans New York en hiver, elle empilait assez de vêtements thermiques pour affronter un trek dans l'Arctique.

— Je ne pensais pas que tu rentrerais à la maison si tôt.

Arrête de la jouer bobonne, Harriet. Il allait finir par croire qu'elle avait passé l'après-midi à sa fenêtre, à le guetter. Ethan ne rentrait pas « à la maison », il rentrait chez lui. Un *chez-lui* qui n'était pas *chez elle*, même si en ce moment elle se sentait mieux dans l'appartement d'Ethan que dans le sien.

— Quand je dis à la maison, je veux parler de ton appart, bien sûr.

Elle se risqua enfin à jeter un coup d'œil sur son visage et nota aussitôt sa pâleur inhabituelle.

— Tout va bien ?

— Oui, ça va. Juste un coup de barre.

Il vacilla un peu, comme si tenir debout mobilisait toute son énergie.

— Je rentre me reposer une demi-heure et on y va.

— Si tu es fatigué, on peut toujours commander un repas à domicile.

Une part d'elle-même se disait que ce serait plus simple s'ils restaient à la maison.

— Je suis si intimidant que ça ? On a mangé tous les soirs ensemble cette semaine. En quoi est-ce différent aujourd'hui ?

C'était différent parce qu'ils sortaient. En tête à tête. Et qu'aller dîner dans un restaurant était intentionnel. Pas fortuit.

Et puis ce ne serait pas un *date*.

Comment lui faire comprendre — sans trop se trahir — que la perspective de cette soirée la déprimait ? Elle était à peu près certaine qu'elle bégaierait tout le long du repas. Mais elle préférait encore lui dire oui que de se lancer dans des explications alambiquées. Comme ça au moins, ce serait fait. Ethan disparaîtrait ensuite tout le week-end. Et lundi, elle quittait l'appartement. Passer une soirée ratée ne serait pas si dramatique dans la mesure où ils ne seraient pas appelés à se revoir.

Puisque dîner il y aurait, elle en ferait son Challenge Harriet du jour.

Ils regagnèrent l'appartement et Harriet commença par s'occuper de Madi avant d'aller prendre sa douche.

À l'abri des regards dans sa salle de bains, elle changea trois fois de pull. Le noir ? Non. Le blanc, alors ? Sûrement pas. Elle serait capable de s'inonder de sauce tomate. Elle finit par opter pour un pull fin en cachemire gris qu'une de ses clientes propriétaire d'une boutique lui avait offert en cadeau de pré-Noël. Elle fit un essai avec les cheveux relevés mais décida que ça faisait trop « fille qui s'est préparée pour un *date* ». De toute façon, elle n'avait pas un physique à tirer ses cheveux en arrière.

Peu importait son apparence, d'ailleurs. Ce n'était pas

un vrai *date*. Juste un *date* d'entraînement. Autrement dit : rien à voir.

Harriet prit quelques inspirations profondes et sortit de sa chambre.

Madi mâchonnait gaiement son jouet mais Ethan n'était pas encore redescendu.

Elle sélectionna un roman contemporain sur les rayonnages et s'installa confortablement avec son livre sur les genoux. Mais pas moyen de s'absorber dans sa lecture. Elle avait l'impression d'être dans la salle d'attente d'un chirurgien pour une consultation angoissante.

Dix minutes passèrent ainsi. Puis vingt.

De l'étage au-dessus ne lui parvenait aucun son. Pas un signe de présence humaine.

Au bout d'une demi-heure, elle reposa son livre. Si Ethan avait changé d'avis, il l'aurait avertie, quand même ?

Regrettant son manque de maîtrise de l'étiquette du non-*dating*, elle monta à l'étage et s'immobilisa devant la porte. Comme elle n'entendait rien, elle frappa doucement.

— Ethan ?

Pas de réponse. Elle entrebâilla la porte et le vit affalé sur son lit tout habillé. Il n'avait même pas pris le temps de retirer son manteau.

Il reposait, les yeux fermés, les joues légèrement rougies par le sommeil.

Harriet ressentit une pointe d'inquiétude. Était-il épuisé à ce point ?

Un peu plus tôt déjà, elle lui avait trouvé mauvaise mine. Il lui avait parlé d'un coup de barre. Mais elle se demandait maintenant si ce n'était pas un peu plus que de la fatigue. Et s'il couvait quelque chose ?

Le laissant dormir, elle s'éloigna sans bruit et redescendit l'attendre dans le séjour.

Dehors, la neige tombait à présent à gros flocons et

elle songea que ce n'était au fond pas si mal qu'ils ne soient pas sortis dîner. La plupart du temps, elle adorait la neige, mais ce soir, le ciel était bas, les chutes épaisses et la visibilité quasi inexistante.

Et pourtant, après tout le stress des préparatifs, elle se surprit à regretter que leur unique sortie soit tombée à l'eau.

Elle se pelotonna sur le canapé et réussit à s'absorber dans sa lecture pendant une heure, avec Madi endormie à ses pieds.

Ce fut la faim qui la tira des pages de son livre. La faim ainsi qu'une vague nervosité dont elle avait du mal à déterminer l'origine.

Elle passa dans la cuisine où elle lava, éplucha et débita des légumes de saison pour préparer une soupe. Cela ferait un repas tout indiqué pour Ethan lorsqu'il se réveillerait affamé.

C'était sa grand-mère qui l'avait initiée aux fourneaux, et cuisiner était resté synonyme de réconfort depuis. Chaque fois qu'elle était occupée avec ses casseroles, elle se revoyait debout devant la cuisinière avec sa grand-mère, dans sa petite maison dans les Hamptons. Une pincée d'herbes aromatiques par-ci, une pointe d'épices par-là. Remuer, goûter puis remuer encore. Sa grand-mère cuisinait à l'instinct. Le sien était excellent et elle le lui avait transmis. Elle lui avait appris à reconnaître au premier coup d'œil la qualité d'une viande et la fraîcheur d'un poisson, lui avait montré que les tiges des asperges devaient être cassantes, les carottes d'une couleur égale et les tomates un peu irrégulières, avec une peau pas trop fine.

Les étés passés dans la maison de bord de mer de sa grand-mère avaient été les seuls moments de l'année où elle avait pu s'alimenter correctement. Les repas se déroulaient dans une ambiance détendue au milieu des plaisanteries et des éclats de rire. De vrais rituels de célébration de la nourriture que sa grand-mère et elle préparaient avec tant de soin et d'amour.

Elle prit tout son temps pour mitonner son dîner et, une heure plus tard, son velouté était prêt, onctueux et riche en saveurs. Mais d'Ethan, toujours pas le moindre signe. Elle avait dîné et lu la moitié de son roman. Un silence presque lugubre régnait dans l'appartement. La neige qui virevoltait à flocons serrés de l'autre côté des fenêtres lui donnait l'impression qu'ils étaient coupés du reste du monde.

C'était un peu comme se retrouver sur une île déserte en compagnie d'Ethan Black.

La pensée à elle seule accéléra le rythme de sa respiration. Une réaction d'autant plus absurde qu'Ethan ne semblait plus vouloir émerger de son sommeil comateux.

Elle jeta un coup d'œil à Madi.

— C'est bizarre, non, qu'il se soit endormi comme ça ?

La chienne frappa le sol de sa queue.

Harriet se décida à remonter voir dans la chambre d'Ethan et le trouva toujours affalé dans la même position.

Ce n'était pas normal qu'il n'ait pas bougé depuis quelques heures, si ?

Inquiète, elle entra dans la chambre et risqua une main hésitante sur son front.

Il était brûlant.

Elle retira sa main en sursaut.

— Ethan ! Tu ne peux pas rester comme ça. Tu es dévoré par la fièvre !

Horrifiée, elle resta un instant paralysée par l'indécision avant de se secouer et de passer à l'action. Toute timidité oubliée, elle prit la situation en main. Elle ne connaissait peut-être rien à la séduction, mais elle savait ce qu'il fallait faire dans un cas comme celui-ci.

— Tu es malade et il faut que je te retire ton manteau. Ethan ? Ethan !

Elle lui secoua l'épaule et il ouvrit lentement les yeux, comme s'il avait du plomb dans les paupières. Son regard était flou et luisant de fièvre.

Pas brillant, tout ça.

— Il faut que je te débarrasse de tes vêtements. Tu as une forte fièvre. C'est pour ça que tu es rentré plus tôt que d'habitude ? Pourquoi tu ne m'as rien dit ?

Il protesta en grognant quand elle essaya de repousser son manteau de ses épaules. Comme il résistait à ses soins, elle prit la vraie mesure de la force d'Ethan. Et de son poids. Il était mince mais tout en muscles.

Le déshabiller s'il n'y mettait pas du sien promettait d'être épique.

— Tu es médecin, Ethan.

Elle finit par le débarrasser de son pardessus. Ce ne fut pas une mince victoire. Il était plus grand qu'elle et nettement plus lourd.

— Ce n'est pas à toi que je devrais avoir à expliquer qu'il est déconseillé de se couvrir en cas d'élévation de température. Il faut absolument qu'on te refroidisse.

— Harriet… Sors d'ici, s'il te plaît.

Il claquait des dents.

— Je ne sais pas quelle saleté j'ai attrapé, mais je te conseille d'éviter la contagion.

Elle ignora sa mise en garde.

— Aide-moi à enlever ton pull. Essaie juste de te soulever un peu. *S'il te plaît*, Ethan.

Donner des ordres, il savait faire, mais obéir n'était visiblement pas sa spécialité, car il ne bougea pas d'un millimètre. Elle glissa les mains sous ses manches et découvrit la solidité d'acier de ses muscles. La pratique du karaté lui avait sculpté un corps d'athlète. Elle tira sur son pull, le remonta dans son dos, et essaya de le faire passer par-dessus sa tête.

Il grommela une protestation.

— Quand je t'imaginais en train de me déshabiller, ça ne se passait pas du tout de cette façon.

Parce qu'il l'avait imaginée en train de le déshabiller ? Le cœur d'Harriet palpita brièvement, puis elle se souvint qu'il avait une fièvre carabinée. Il ne devait plus très bien savoir ce qu'il racontait, à ce stade.

Génial. Pour qu'un beau mec sexy lui fasse un compliment, il fallait qu'il soit en état de délire pyrétique.

— Tu feras de l'humour plus tard, OK ? Tu veux que j'appelle quelqu'un ? C'est qui, ton médecin traitant ?

— C'est moi, le médecin traitant, ici…

Il s'interrompit pour tousser — une toux sèche et spasmodique.

— Sors d'ici, Harriet, ou tu vas attraper cette merde.

— Penses-tu. Je ne tombe jamais malade.

Elle continua de s'escrimer sur son pull, mais Ethan restait inerte et ne faisait rien pour lui faciliter la tâche. Lorsque, enfin, elle eut son chandail entre les mains, elle était à bout de souffle.

— Oui, bon, je sais… Il suffit que je dise que je ne tombe jamais malade pour me réveiller lundi matin en plein accès de peste bubonique. Mais je m'inquiéterai de ça plus tard. Avec un peu de chance, tu iras mieux d'ici là et tu seras en état de me sauver la vie. Mais pour le moment, il faut que je t'enlève ton jean.

— C'est une invitation au sexe ?

Il toussa de nouveau — une toux tellement déchirante qu'elle fit la grimace.

— Arrête de parler. Chaque fois que je t'entends tousser, j'ai l'impression que tu vas cracher tes poumons. Pourquoi tu ne m'as pas dit que tu étais malade ?

— Je pensais qu'il suffirait que je m'allonge cinq minutes pour retrouver une forme olympique. Et voilà le résultat.

— Pour un médecin spécialiste, tu n'es pas très pointu dans tes autodiagnostics.

La respiration d'Ethan était rauque, sa voix râpeuse.

— Je pense que j'ai dû choper quelque chose.

— Non, sans rire ? Tu t'es formé toutes ces années pour m'annoncer ça ?

— Sérieux, Harriet. Tu ne devrais pas rester dans cette chambre.

Il parlait comme si chaque syllabe lui coûtait un effort.

— Désolée, mais je reste. Si tu mourais cette nuit, j'aurais un sacré poids sur la conscience. Je trimballe déjà assez de cicatrices du passé comme ça. Porter une charge supplémentaire de remords me donnerait des problèmes de dos.

— Tu es bien autoritaire et sûre de toi, tout à coup. Où est passée la timide Harriet ?

— Disparue. Comme tu es faible et que tu ne peux plus te défendre, je prends du poil de la bête.

Il ferma les yeux.

— Je reconnais que je ne suis pas fringant.

— Évidemment ! Tu craches du feu comme un lanceur de fusée. D'un instant à l'autre, tu pourrais décoller et te retrouver propulsé dans l'espace. L'avantage, c'est que ça nous mettrait à l'abri de la contagion. Ça n'a pas l'air très tentant, le truc que tu as attrapé. Si je te déshabille, tu vas encore y voir une manœuvre suspecte comme lorsque je t'ai fait à manger ?

— J'étais con de réagir comme ça.

— Ce n'est pas moi qui te dirais le contraire. La seule chose qui m'a empêchée de claquer la porte en te laissant te démerder avec Madi, c'est que j'ai beaucoup d'affection pour cette chienne.

— Harriet... Je crève de froid.

Il claquait des dents et son corps était parcouru de frissons.

— Tu n'as pas froid, non. Je pourrais cuire des travers de porc en barbecue sur ton front. Il faut que tu te découvres. Et que tu boives.

— Boire, oui. Ça au moins, ça ressemble à une bonne idée.

Il toussa de nouveau et se redressa péniblement en position assise. Puis ploya aussitôt vers l'avant, sous le regard consterné d'Harriet. Elle percevait son intense frustration, sa difficulté à admettre que son corps le trahissait aussi radicalement.

L'inquiétude la prit soudain à la gorge.

Elle n'avait encore jamais vu quelqu'un passer aussi rapidement de la grande forme à la maladie.

Et si c'était autre chose qu'une mauvaise grippe ? S'il était en train de succomber sous ses yeux à une pathologie fulgurante quelconque ? Elle pria pour que sa peur panique ne se lise pas sur son visage. Comment faisait-il pour traiter les urgences vitales en restant calme ? À sa place, elle se serait rongé les ongles d'angoisse à chaque patient, en se demandant à côté de quel symptôme fatal elle risquait de passer sans le voir.

— Tu penses que tu pourrais te lever et aller jusqu'à la douche ? Il faut qu'on fasse tomber ta fièvre.

Sans répondre, il tira le couvre-lit sur lui.

Harriet le lui retira aussi sec.

— Je suppose que ça veut dire non. Mais il faut quand même qu'on t'extirpe de ce pantalon.

— C'est très excitant, comme proposition. Une autre fois, peut-être ?

Son trait d'humour la rassura. S'il était en train de

mourir d'un truc foudroyant, il n'aurait ni la force ni l'envie de la faire rire, si ?

Elle jeta un coup d'œil sur son jean moulant et sentit ses joues s'embraser.

— Tu ne pourrais pas au moins le défaire ?

Il leva lentement les mains puis les laissa retomber.

— Non.

Levant les yeux au ciel, Harriet prit le relais.

Après deux tentatives infructueuses, elle parvint laborieusement à déboutonner son pantalon. Ses doigts tâtonnaient, malhabiles, pendant qu'elle essayait de mater son imagination vagabonde qui s'obstinait à l'emmener là où elle ne voulait pas aller.

Par chance, Ethan avait l'air trop sonné pour avoir une idée claire de ce qu'elle trafiquait.

Serrant les dents, elle tira sur le jean, chaque à-coup révélant une part supplémentaire d'anatomie masculine. Plus masculine que masculine, même. Abdos marqués, ventre plat, discrète pilosité du torse et des cuisses. Elle détourna les yeux, refusant de s'appesantir sur ce que cachait son caleçon noir.

C'était la première fois qu'Harriet avait l'occasion de contempler un corps d'homme aussi magnifique. Son expérience en matière d'humains mâles dénudés n'était pas d'une grande richesse, cela dit. Sa vie amoureuse avait été tout aussi limitée et prudente que le reste de ses activités.

Une petite vie ennuyeuse, auraient commenté certains. Et elle n'aurait pas cherché à les contredire.

Harriet se détourna pour plier le jean.

Voilà qu'elle fantasmait sur un mec dans un semi-coma, maintenant. Qu'est-ce qui ne tournait pas rond chez elle ? Elle connaissait la réponse à cette question, bien sûr. Tel qu'il se présentait maintenant, Ethan était plus vulnérable qu'intimidant. Ajouté à cela, même K-O, il restait mortellement et furieusement excitant.

— Bon, ne bouge pas, surtout. Je vais aller te chercher quelque chose à boire.

— Tu m'apportes un whisky ?

— Sûrement pas, non. Il faut qu'on te rafraîchisse pour faire baisser ta température. Je vais monter l'air conditionné. Tu as du paracétamol ? De l'aspirine ?

Elle poussa une exclamation incrédule lorsqu'il secoua la tête.

— Quel genre de médecin es-tu, pour ne même pas avoir d'antalgiques de base chez toi ?

— Le genre de médecin qui passe sa vie dans un hosto.

Il toussa de nouveau, si âprement qu'elle fit la grimace.

— Je n'arrive pas à croire que tu n'aies même pas un flacon d'aspirine dans ton armoire à pharmacie.

Elle passa dans la salle de bains attenante et mouilla une serviette à l'eau froide.

— On va au moins essayer ça.

Il frissonna lorsqu'elle lui passa la serviette humide sur le front.

— Arrête. Je suis ge-gelé…

— Hep, là. C'est *moi* qui suis censée bégayer. C'est quoi ce renversement des rôles, tout à coup ?

— Tu sais que tu es intimidante quand tu prends les commandes ?

Elle ignora sa remarque.

— Reste là. Et si tu essaies de sortir de ce lit en mon absence, je vais te donner de bonnes raisons de bégayer.

Il ne souleva même pas une paupière.

— Avoue que c'est parce que je suis trop faible pour résister que tu fais assaut d'autorité, tout à coup, Harriet Knight.

C'était la stricte vérité et elle se passait de commentaire.

Harriet commença par explorer ses bagages et trouva du paracétamol dans un recoin de sa valise.

Il ne lui restait plus qu'à descendre pour prendre une carafe d'eau et un verre.

Elle ajouta de la glace en songeant que — ironie du sort — la soirée se déroulait de façon moins stressante que s'ils étaient sortis comme prévu. Au restaurant en tête à tête, Ethan aurait eu le *leadership* dans son rôle de coach en séduction. Alors que ce soir, pour une fois, elle avait la haute main sur le déroulement des opérations.

Ethan était devenu beaucoup plus abordable depuis qu'il était malade. Il avait perdu cet air de froide autorité qui le rendait parfois inatteignable.

Ce qui, d'un autre côté, n'était pas très bon signe.

Et si elle faisait une rapide recherche Internet avec les mots-clés : « survenue violente de symptômes grippaux » ? Ou mieux encore, si elle appelait un médecin pour avoir un vrai diagnostic ?

Elle était sur le point de remonter avec un plateau lorsqu'on sonna à la porte. Il devait s'agir d'une personne de l'immeuble, sinon le concierge aurait appelé. Pendant l'entière durée de son séjour ici, elle n'avait eu qu'une seule visite et c'était celle de Judy, pour se plaindre du vacarme.

Elle jeta un coup d'œil à Madi.

— Si c'est un voisin qui vient me dire que tu as fait du raffut, tu vas en prendre pour ton grade, fillette.

La petite chienne épagneule agita joyeusement la queue.

Harriet ouvrit la porte.

La femme qui se tenait sur le seuil avait les cheveux scintillants de neige.

— Salut, je…

En découvrant qui lui ouvrait la porte, l'arrivante s'interrompit net et ouvrit de grands yeux.

— Je me suis trompée d'étage, peut-être ? Je venais voir Ethan.

Le cœur d'Harriet s'effondra.

De ce qu'Ethan lui avait confié de lui, elle avait plutôt cru comprendre qu'il n'avait personne en ce moment.

Mais il ne me l'a jamais dit expressément non plus, pour autant que je sache !

La vie amoureuse d'Ethan ne la regardant en aucun cas, elle se ressaisit et sourit.

— Vous êtes bien au bon étage. Entrez.

— Non, non. Je ne veux surtout pas interrompre votre…

La visiteuse du soir paraissait plus intriguée qu'offusquée par sa présence. Harriet s'étonna de sa décontraction.

— Vous n'interrompez rien du tout. Je suis Harriet, la *dog-sitter.*

Elle se sentait tenue de clarifier les raisons de sa présence. Quelle que soit la nature de la relation d'Ethan avec cette femme, elle ne voulait pas créer de malaise.

— Moi, c'est Susan. Ethan a un chien, maintenant ?

La femme paraissait perplexe.

— On parle bien du même Ethan, au moins ? Un type assez grand. Plutôt beau gosse. Avec une pointe d'arrogance mais un cœur en or.

Excellente description. Elle aurait employé les mêmes termes si elle avait eu à brosser son portrait.

— Je vous rassure : c'est bien lui. Et la chienne appartient à sa sœur.

— Ah, d'accord. Je comprends mieux. Même si je suis étonnée qu'il ait accepté de garder un animal chez lui. Ethan apprécie d'avoir la paix et tolère mal le dérangement.

Harriet songea à tous les coups de fil qu'il avait passés pour prendre des nouvelles de sa nièce.

— Il n'aime peut-être pas être bousculé, mais il aime sa sœur.

— C'est son côté généreux, acquiesça Susan. J'avoue que je suis déçue. Quand je vous aie vue, j'ai d'abord cru que vous étiez la raison pour laquelle il lui arrive de sourire au boulot en ce moment.

Ethan, souriant ?

— Si je m'occupe de la chienne, c'est parce que, comme vous venez de le faire remarquer, il n'aime pas être dérangé. Vous n'avez aucune inquiétude à avoir.

— Et pourquoi voudriez-vous que je m'inquiète ?

Une lueur de compréhension éclaira le regard de Susan.

— Ce n'est pas ce que vous croyez, Harriet. Ethan est un confrère — on bosse ensemble aux urgences. Je l'ai trouvé assez zombie aujourd'hui et, comme il ne répond pas sur son portable depuis qu'il est parti de l'hosto, je voulais m'assurer qu'il était encore dans le monde des vivants.

Harriet se demanda pourquoi ces explications la mettaient d'humeur aussi légère.

— Si je comprends bien, vous êtes médecin aussi ?

— Pour le meilleur et pour le pire, oui. Pourquoi ? Vous êtes malade ?

— Moi non, mais Ethan oui.

Harriet ouvrit la porte en grand.

— Il s'est effondré tout habillé sur son lit en rentrant et il est brûlant de fièvre. Ça ressemble à une grippe, mais ça m'inquiète un peu, car les symptômes se sont déclarés vraiment d'un coup. Vous croyez que vous pourriez l'examiner ?

Susan entra et se débarrassa de son gros manteau d'hiver.

— C'est parti. Montrez-moi le patient. Il est irritable et il vous traite de tous les noms d'oiseau ?

— Non. Il est assez accommodant. Voire docile.

— Ce n'est pas bon signe.

— Mince. Vous croyez ?

— Ethan est quelqu'un qui aime que les choses se passent comme il l'entend. Se sentir en état de faiblesse le rend imbuvable. S'il n'est pas irritable, c'est qu'il doit être vraiment K-O.

Susan négocia l'escalier quatre à quatre. Harriet suivit plus lentement en se disant qu'Ethan et sa collègue ensemble aux urgences devaient former un duo percutant.

— C'est la première porte à gauche, indiqua-t-elle en la voyant hésiter sur le palier.

— OK.

Susan entra dans la chambre et s'immobilisa un instant.

— Eh bien, mon coco… Dans quel état tu t'es mis, mon pauvre Black ?

Ethan ne réagit pas et Susan s'avança jusqu'au lit.

— Ethan ?

Elle lui toucha le front et haussa les sourcils.

— Tu es chaud-bouillant, mon gars. Et je ne te parle pas de ton sex-appeal, pour une fois.

— Je lui ai retiré ses vêtements.

Harriet se demanda pourquoi l'idée la faisait rougir.

— Très bien, approuva Susan en posant sa mallette près du lit.

Ethan ouvrit un œil.

— Qu'est-ce que tu fais là, toi ?

Sa voix était faible et râpeuse. Et les quelques mots prononcés provoquèrent une quinte de toux qui dura une bonne minute.

Susan secoua la tête.

— Je ne sais pas quel patient t'a fourgué ça, mais il n'a pas loupé son coup, en tout cas.

Elle se pencha pour tirer Ethan en position assise.

— Harriet ? Vous pouvez me le tenir, s'il vous plaît ? Je vais l'ausculter.

Ethan poussa un grognement de protestation.

— Je n'ai pas besoin de…

— C'est moi qui décide de tes besoins, OK ? Et maintenant, tais-toi, parce que parler te fait tousser. Et si tu as le malheur de me fourguer ta cochonnerie, je te tuerai de mes propres mains.

Susan tira un stéthoscope de son sac.

— Harriet ? Vous pouvez passer à l'action, s'il vous plaît ?

Harriet s'avança, mal à l'aise, en se demandant comment le retenir pour qu'il ne tombe pas. Prenant place sur le bord du lit, elle lui saisit les épaules en essayant de le stabiliser, mais Ethan s'affaissa en arrière et elle se trouva entraînée par son poids. Il ne lui restait plus d'autre solution que de passer les bras autour de lui et de l'attirer contre elle.

Son souffle se bloqua. Pas parce qu'elle avait peur de la contagion, mais parce que soudain elle ne savait plus très bien comment prendre de l'air dans ses poumons. Le torse d'Ethan était pressé contre sa poitrine et elle sentait la largeur de ses épaules sous ses paumes — la ligne dure de ses muscles.

Son visage était tout contre le sien. Elle essaya de maintenir son regard fixé au mur mais il était si près qu'elle avait du mal à détacher les yeux de lui. Elle voyait l'épaisseur de ses cils, le début de barbe qui lui obscurcissait les joues. Sa peau était d'une pâleur alarmante, mais elle n'en avait pas moins envie d'enfouir le visage dans son cou et de respirer longuement son odeur.

L'idée lui traversa l'esprit qu'elle n'aurait plus jamais l'occasion de voir Ethan Black d'aussi près.

Susan finit de l'ausculter et cala des oreillers dans son dos.

— Quand vous l'avez déshabillé, vous n'avez pas remarqué de rougeurs ? D'éruption ?

— Non. Mais je n'ai pas regardé de très près.

Elle s'était interdit de l'observer avec trop d'insistance.

Son imagination était déjà assez survoltée comme cela en présence d'Ethan. Mieux valait éviter d'ajouter des éléments de réalité à ses fantasmes.

— Je vais te donner des cachets, Ethan.

Il fronça les sourcils.

— Je n'ai pas besoin de...

— Je t'ai demandé ton avis ? C'est toi, le patient ; moi, le médecin. Tu fais ce que je te dis.

Harriet s'attendait à voir Ethan se braquer, mais il était visiblement trop épuisé pour mener le combat plus loin. Il resta allongé, les yeux clos, comme si l'effort qu'il avait dû consentir pour rester assis l'avait privé de son maigre reste d'énergie.

Susan ouvrit de nouveau son sac et plaça une boîte de médicaments sur la table de chevet.

— Prends-en deux tout de suite.

— J'ai du paracétamol, dit Harriet. Je suppose qu'il faut qu'il en prenne aussi ?

— Oui. Et je vais vous laisser de l'ibuprofène, que vous lui donnerez en alternance. Ça fera baisser sa fièvre. Vous passez la nuit ici ? Il faudrait jeter un œil sur lui toutes les deux heures et surveiller sa température.

Ethan entrouvrit les yeux.

— Je peux être mon propre garde-malade.

Susan referma son sac et se leva.

— Ouais, ouais. Je sais que c'est comme ça que tu préfères vivre ta vie : en te passant des autres. Sauf que là, désolée mon pote, mais tu as besoin de quelqu'un. Donc, tu n'as qu'une chose à dire et c'est « merci ». Et tu as intérêt à être gentil avec Harriet, parce que si elle part en claquant la porte, c'est moi qui viendrai à ton chevet et là, ça risque d'être nettement moins drôle.

Ethan commença par protester mais fut pris d'une quinte de toux si violente que même Susan fit la moue.

— Je ne quitterai pas le navire, promit Harriet. Il faut que je reste pour Madi, de toute façon.

En vérité, elle serait restée même s'il n'y avait pas eu la chienne. Parce qu'elle n'aurait laissé personne dans l'état où se trouvait Ethan en ce moment, tenta-t-elle de se persuader. Mais elle savait que ce n'était pas la seule raison.

Susan posa la main sur l'épaule d'Ethan.

— Tu entends ça ? Tu passes tout de suite après le chien dans ses priorités. Dès que tu iras mieux, je te propose de méditer sur ce qui a fait qu'elle en soit arrivée là.

En guise de réponse, Ethan grommela quelques jurons si musclés qu'Harriet se surprit à écarquiller les yeux.

Susan sourit.

— Ce qui est vraiment sympa dans un service des urgences, c'est qu'on y enrichit quotidiennement son vocabulaire.

Elle se dirigea vers la porte.

— Si vous avez la moindre inquiétude, Harriet, appelez-moi. Je n'habite pas très loin.

Elle lui fourra sa carte de visite dans la main.

— Tenez, comme ça vous aurez mon numéro.

Harriet la remercia et la suivit dans l'escalier.

— Vous pensez que c'est la grippe, alors ?

— On l'espère. A priori, ça devrait se régler avec une cure d'antalgiques et quelques jours au lit. Ne vous laissez pas tyranniser, surtout.

— Je peux vous offrir un verre ou quelque chose comme ça avant que vous repartiez ?

— Un verre, style un verre d'alcool, par exemple ? Parce que là, je ne dirais pas non.

Harriet sortit une bouteille de vin blanc du réfrigérateur et prit deux verres à dégustation sur une étagère.

Le moins qu'Ethan pouvait faire pour elles deux, c'était de leur fournir quelque chose de sympa à boire.

— Vous le connaissez bien, alors ?

Susan prit le verre qu'elle venait de lui servir et hocha la tête.

— Oui. C'est le meilleur médecin avec qui j'ai eu l'occasion de bosser. Il a un excellent diagnostic et garde toujours la tête froide. Et son cerveau fonctionne à une vitesse impressionnante. Mais ces mêmes qualités qui font de lui un médecin d'exception peuvent donner envie de l'étrangler dès qu'on sort de la sphère pro.

Harriet cligna les paupières.

— Je ne comprends pas.

— Il est habitué à être en position de commandement. À force de donner des ordres, il a parfois du mal à oublier qu'il n'est plus au boulot.

Harriet songea à leur première rencontre et se mit à rire.

— Je crois que je vois ce que vous voulez dire.

Susan but la moitié de son verre de vin presque d'un trait.

— Mais il ne s'est pas endurci pour autant. Ils sont nombreux dans notre profession à devenir cyniques, au fil des ans. Mais de nous tous, Ethan est toujours le premier à se souvenir que sous les symptômes il y a un être humain.

Harriet éprouva un besoin presque compulsif de l'entendre parler d'Ethan plus longuement.

— Vous avez faim ? J'ai fait de la soupe.

Susan lui jeta un regard incrédule.

— Faite maison ? Sérieux ? Vous voulez dire qu'elle ne sort ni d'une boîte ni d'une brique ?

— Rien que des légumes frais mixés.

— Ouah. Ça ne se refuse pas, ce genre d'occasion.

Susan lâcha sa mallette et se dirigea vers la cuisine, son verre toujours à la main.

— Je ne vous dirai pas à quand remonte la dernière fois où je me suis attablée devant de la cuisine *home made.*

— Si vous avez le même mode de vie qu'Ethan, j'imagine que ça fait des lustres.

Harriet se demanda ce qui faisait que les médecins trouvaient si difficile de se cuisiner quelque chose en rentrant chez eux.

Susan souleva le couvercle et jeta un coup d'œil dans la casserole.

— Mm... Ça sent le fait maison, en effet. Je vais m'acheter un chien et comme ça vous viendrez habiter chez moi.

Harriet se mit à rire.

— Normalement, je ne pratique pas le *dog-sitting.*

— Ah bon ? C'est pourtant bien ce que vous faites ici, non ?

Susan versa une grosse louche de soupe dans un bol et se pencha pour humer le contenu.

— Quelle merveille.

— Je le fais pour rendre service à ma cliente.

— Et qui est votre cliente, au juste ? La chienne ou sa propriétaire ?

Susan plaça son bol de soupe sur l'îlot de cuisine et prit une chaise.

— Les deux. Mais en général, je fais passer les intérêts du chien avant ceux de son maître.

Harriet posa une miche de pain frais devant Susan et s'assit à côté d'elle.

— Au départ, je devais juste promener Madi, mais la chienne a paniqué en se retrouvant seule ici et elle a mis un bazar pas possible. Alors Ethan m'a demandé si je pouvais m'installer ici quelques jours.

Elle raconta à Susan comment les choses s'étaient passées.

— Donc ça fait une semaine que vous vivez chez lui. Ça explique beaucoup de choses.

Susan termina sa soupe à grandes cuillerées, comme si elle n'avait pas mangé depuis une semaine. Harriet se leva pour la resservir. Le pain qu'elle avait fait cuire dans l'après-midi n'était déjà presque plus qu'un souvenir. Elle aurait peut-être dû s'équiper d'un food-truck et s'installer à proximité de l'hôpital pour nourrir les médecins sous-alimentés ?

— Ma présence ici explique quoi, alors ?

Ce fut tout juste si Susan ne lui arracha pas le second bol de soupe des mains.

— Ne faites pas attention à ce que je te raconte. Debra rentre quand, alors ?

— En début de semaine prochaine.

Madi retrouverait sa petite famille et elle reprendrait le chemin de son propre appartement. En sachant qu'elle ne reverrait plus jamais Ethan. Une perspective qui bizarrement la démoralisait.

— Vous mangez à une vitesse..., commenta-t-elle, effarée, en reportant son attention sur Susan.

— C'est le métier qui veut ça. Vous savez que votre repas peut être interrompu à tout moment, donc vous ingurgitez tant que vous pouvez, aussi vite que vous pouvez et dès que vous pouvez.

Susan termina son second bol de soupe et se renversa contre son dossier.

— C'était délicieux. Sérieux. Si jamais l'idée vous traverse l'esprit de m'inviter à dîner, considérez que la réponse est oui. J'appellerai l'hôpital pour leur dire qu'Ethan n'est pas en état de travailler ce week-end. Avec un peu de chance, d'ici lundi, il sera suffisamment remis pour leur donner lui-même de ses nouvelles. Vous êtes sûre que vous vous sentez de rester là toute seule avec votre malade ?

— Oui, ça va aller. Je suis rassurée maintenant qu'il est passé entre vos mains médicales compétentes. J'étais inquiète tout à l'heure, avant d'avoir le diagnostic.

— Il devrait commencer à aller mieux sous quarante-huit heures. Ne le laissez pas abuser de votre gentillesse.

Susan partit une demi-heure plus tard, laissant Harriet seule dans l'appartement avec Ethan.

Madi dormait.

Et son propre lit lui tendait les bras après une journée éreintante.

Elle bâilla longuement et entra sur la pointe des pieds dans la chambre d'Ethan.

Il reposait, les yeux clos. Le son légèrement rauque de sa respiration s'élevait dans le profond silence. Elle lui effleura le front et le trouva toujours aussi brûlant.

Passant dans la salle de bains, elle humidifia un gant et regarda autour d'elle avec curiosité. Le design était minimaliste, très masculin : carrelage métro gris sombre aux murs, lignes épurées, sol en béton ciré et une robinetterie sobre, luxueuse et contemporaine.

Rien ne traînait. Harriet eut une pensée pour sa propre salle de bains telle qu'elle avait été du temps de Fliss, lorsque sa sœur semait ses affaires partout.

Elle plaça le gant de toilette froid sur le front d'Ethan mais cette fois il ne réagit même pas.

Bon. Pas de panique. Il fallait toujours un peu de temps avant que les médicaments agissent.

Résolue à surveiller son évolution de près, elle s'assit sur une chaise près de son lit.

Il ne mourrait pas tant qu'elle monterait la garde.

Chapitre 16

À plusieurs reprises durant la nuit, Ethan fut réveillé par de violentes quintes de toux. À chaque fois, Harriet l'aidait à s'asseoir, le forçait à boire et déployait toutes les stratégies à sa portée pour essayer de juguler la fièvre. De sa vie, elle n'avait vu de malade aussi mal en point que lui. Même si Susan s'était montrée plutôt rassurante, elle ne se sentait pas tranquille dès qu'elle le laissait seul.

Vers 1 heure du matin, elle fit une tentative pour aller s'allonger un moment dans sa propre chambre en laissant sa porte ouverte, de manière à l'entendre s'il l'appelait. Mais elle resta tellement tendue, sur le qui-vive, à se demander s'il respirait encore, qu'elle renonça à rester dans son lit et finit par s'installer dans la chambre d'Ethan pour le reste de la nuit.

Le fauteuil qu'elle tira à son chevet était profond et confortable et elle dormit par à-coups, flottant pendant une bonne partie de la nuit entre veille et sommeil, consciente de la présence d'Ethan, si proche qu'elle aurait pu le toucher. C'était très particulier, cette intimité née de la nuit et de la maladie entre deux personnes qui se connaissaient si peu.

Sa veille de garde-malade fut longue.

À chaque quinte de toux, elle lui préparait une boisson chaude avec du miel et l'aidait à s'asseoir. Lorsque, apaisé, il dormait, elle essayait de dormir aussi.

Puis vint le matin et les premiers rayons d'un pâle soleil d'hiver se glissèrent dans la chambre.

Ethan ne broncha pas et Harriet se pencha sur lui pour s'assurer qu'il respirait encore avant de descendre préparer le petit déjeuner.

Après une nuit presque blanche, elle avait la tête lourde et cotonneuse, avec l'impression d'avoir été frappée à coups de marteau sur le crâne.

Madi l'attendait de pied ferme en remuant la queue.

Ce n'était même pas la peine d'espérer différer l'heure de la promenade. Résignée à laisser Ethan seul un moment, elle griffonna quelques lignes sur un bout de papier qu'elle posa sur sa table de chevet à côté de son téléphone.

Au premier pas qu'elle fit hors de l'immeuble, le froid glacial lui fouetta le visage, chassant brutalement les brumes du sommeil.

Elle s'enveloppa dans sa grosse écharpe de laine, tira son bonnet sur ses oreilles et se blottit dans sa doudoune. Un silence étrange régnait sur la ville dont le vacarme habituel avait été avalé par l'épaisse couche de neige supplémentaire tombée durant la nuit.

Inquiète pour Ethan, elle opta pour l'itinéraire minimum compatible avec les besoins de Madi. Lorsqu'elle regagna l'appartement, Ethan n'avait toujours pas bougé.

Harriet lui toucha le front et estima que la fièvre avait enfin diminué.

C'était plutôt bon signe, non ? Le fait qu'il dormait paisiblement acheva de la rassurer. La barbe qui lui noircissait les joues était plus prononcée ce matin, accentuant encore la pâleur de sa peau.

En milieu d'après-midi, alors qu'elle faisait la cuisine, elle entendit un grand fracas en provenance de la chambre.

Le cœur battant, elle s'élança dans l'escalier et trouva Ethan agrippé au pied du lit, les yeux rivés sur la salle de bains, comme un explorateur se préparant à larguer les amarres pour se lancer dans un dangereux périple en mer.

Elle lui prit le bras et il s'appuya lourdement sur elle, ses jambes se dérobant presque sous lui lorsqu'il atteignit enfin la porte de la salle de bains.

— Il faut que je me passe sous la douche.

— Tu es sûr que c'est une bonne idée ? Tu n'as pas l'air de tenir debout. Si tu tiens absolument à te doucher, laisse au moins la porte ouverte. Je t'attends ici au cas où.

Il plongea ses yeux bleus dans les siens.

— Tu peux aussi venir avec moi, si tu veux. Comme ça je poserai mes mains de guérisseur sur toi.

Il avait donc bel et bien entendu.

Elle décida d'ignorer l'allusion. A priori, Ethan devait déjà être sous l'empire de la fièvre lorsqu'il avait surpris sa conversation avec Fliss. Et la fièvre, comme chacun sait, embrumait le cerveau.

— Ne fais pas de propositions que tu ne serais pas en état de mettre en œuvre. En ce moment, c'est toi qui as besoin d'un guérisseur et non l'inverse. Je pourrais te mettre par terre rien qu'en levant le petit doigt.

— Pour l'instant, peut-être. Mais je ne resterai pas malade toute ma vie. Quand j'aurai repris des forces, il faudra qu'on parle, toi et moi, Harriet.

Il se mit à tousser et elle leva les yeux au plafond.

— Pour l'instant, tu es faible et malade, et c'est tout ce qui nous intéresse.

Quand il commencerait à aller mieux, elle serait déjà loin.

— Tu sais que tu es une très belle femme ?

Son cœur faillit cesser de battre.

— Je… Qu'est-ce que tu viens de dire ?

— Je viens de te dire que tu es très belle.

Le regard d'Ethan glissa sur ses lèvres et s'y attarda.

La peau d'Harriet était en feu, soudain. Elle avait l'impression d'avoir été électrocutée.

— Belle ? Alors que je n'ai pas dormi de la nuit ? Je ne me suis même pas brossé les cheveux ce matin.

L'ébauche d'un sourire glissa sur le visage d'Ethan.

— Ah, ça doit être ça, alors. Ce petit air échevelé sexy, comme si tu sortais d'une nuit haletante de sexe effréné...

Elle fut tentée de lui répondre qu'elle était à peu près aussi susceptible de passer une nuit de sexe effréné que de traverser l'Atlantique à la nage. Mais elle se contenta de le pousser vers la salle de bains.

— Tu délires. Ce qui n'est pas inhabituel en cas de forte fièvre. Prends ta douche, Ethan. Et je te suggère de n'ouvrir que le robinet d'eau froide.

Elle attendit qu'il ait atteint la cabine de douche — car s'il tombait et se cognait la tête, ce serait encore une fois à elle de se débrouiller pour le remettre en état — puis elle ressortit en hâte de la chambre et se renversa contre la cloison, les yeux clos, en se forçant à inspirer et expirer.

Belle ? Il avait dit belle ? En croisant le miroir ce matin, elle avait cru se trouver nez à nez avec un spectre. La fièvre devait vraiment procurer des hallucinations à Ethan.

Pendant ses journées de travail, elle ne prêtait que peu d'attention à son apparence physique. La compagnie quotidienne des chiens l'obligeait à se plier aux contraintes pratiques du moment. Des tenues chaudes en hiver et légères en été, des chaussures de marche ou de course, plus adaptées pour arpenter les allées de Central Park que les tapis rouges des palaces.

Harriet se ressaisit et regagna la chambre d'Ethan, profitant de son passage dans la salle de bains pour changer la literie. Puis elle se retira dans ses propres quartiers pour passer quelques coups de fil à ses clients ainsi qu'à ses promeneurs afin de reprogrammer quelques rendez-vous.

Tout en parlant, elle gardait l'oreille tendue, guettant le moment où la douche cesserait de couler. Elle essaya de ne pas penser à la caresse de l'eau sur le ventre nu d'Ethan. Essaya d'effacer de sa mémoire la vision de ses épaules, du relief de ses abdos. Mais plus encore que son physique, c'était le sens de l'humour, le charme désarmant sous les dehors rudes, le...

Arrête, Harriet !

Il ne lui restait plus qu'à prier pour qu'il ne tombe pas dans les pommes, car elle ne voulait pas être celle qui aurait à extirper son corps nu et inanimé de là.

Elle lui accorda encore dix minutes, puis retourna voir où il en était. Ethan avait enfilé un grand T-shirt noir et un pantalon de jogging. Ses cheveux formaient des pics humides sur sa tête et il avait encore des gouttes d'eau dans le cou. Il se tenait dans l'encadrement de la porte de la salle de bains, comme s'il jaugeait son niveau d'énergie pour s'assurer qu'il pourrait atteindre le lit. À en juger par sa mine, il venait d'épuiser ses dernières forces en se lavant et s'habillant.

Il la regarda arranger ses oreillers.

— Merci de prendre soin de moi comme ça.

— Je le fais pour Madi.

Il haussa un sourcil.

— Ah oui ? Parce que la chienne se soucie de mon état de santé, maintenant ?

— Si tu meurs, elle recommencera à paniquer. Elle a besoin de stabilité.

— Enfin une vraie bonne raison pour me raccrocher à la vie.

Même s'il tenait à peine debout, il avait retrouvé du répondant. Et son état semblait déjà beaucoup moins préoccupant.

Elle adressa un petit remerciement muet à Susan.

— Tu as pris tes médocs ?

— Pas encore, non. Bientôt.

Il se dirigea à pas prudents vers le lit. S'il ne lui avait pas fait cette remarque sur sa « beauté », elle se serait précipitée pour le soutenir. Mais il lui parut prudent de réinstaurer une solide distance physique entre eux. Elle ne savait plus du tout sur quel pied danser avec Ethan Black, tout à coup.

Elle secoua la tête.

— Tu n'as pas l'air brillant. Tu veux dormir encore un peu ? Regarder la télévision ?

— Je n'ai pas de téléviseur dans ma chambre.

Il s'affala dans le lit fraîchement refait.

— Une chambre à coucher, ça ne sert qu'à deux choses. Dormir et…

— Oui, OK, c'est bon. J'ai compris, l'interrompit-elle en hâte en arrangeant ses couvertures.

Elle n'avait pas envie d'entendre trop de détails sur les scènes sexuelles probablement mémorables qui s'étaient déroulées dans son lit king size. Tout bien pesé, elle regrettait presque la phase silencieuse où il avait à peine eu la force de soulever une paupière.

— Pour une femme de presque trente ans…

— Comment connais-tu mon âge ?

— J'ai vu ton dossier aux urgences. Je m'apprêtais à dire que pour une femme de trente printemps, tu n'étais pas très à l'aise sur les questions de sexe. Parle-moi de tes copains précédents.

Elle tressaillit.

— Tu délires ?

— Non. Mais je me sens vidé et j'ai besoin d'être distrait de ma piteuse condition physique.

— Si c'est un récit palpitant que tu veux, on va éviter de parler de mes ex. Je n'ai rien de croustillant à mentionner.

— Il n'y en a pas eu beaucoup ?

— Je n'ai jamais vu l'utilité de faire du *dating* pour faire du *dating*.

— Donc j'avais vu juste.

— À quel sujet ?

— Tu n'es pas du style « coup d'un soir ». Les aventures sans lendemain, ce n'est pas pour toi.

Avant de le connaître, elle aurait acquiescé. Mais elle n'était plus tout à fait aussi sûre maintenant.

Car depuis qu'Ethan était entré dans sa vie, elle pensait au sexe du matin au soir. Jusqu'à l'obsession. Alors que ce soit du sérieux ou du léger, du ponctuel ou du régulier, elle prendrait ce qui se présenterait.

Sentir le regard d'Ethan sur son corps, alors qu'elle allait et venait dans la chambre, était torturant et vaguement exquis à la fois.

— A priori, je suis plutôt axée sur les relations durables, oui.

— J'avais senti ça chez toi. Parle-moi du dernier mec avec qui tu as fait l'amour.

— *Pardon ?*

Ses joues étaient en feu. Elle était peut-être mûre, à la rigueur, pour une aventure d'un soir, mais pour parler sexe ? *Non.* Elle n'abordait jamais ces sujets. Pas même avec sa sœur. Pourquoi lui posait-il des questions pareilles ? Et en plein jour, en plus ! Alors que le soleil jetait un éclairage impitoyable sur son visage trop expressif.

— Je rétablis le score. Tu m'as déshabillé hier et tu m'as vu presque à poil. Cela me donne certains droits en retour.

— Certainement pas, non. C'était du déshabillage thérapeutique !

— Alors je te demande un peu de déshabillage mental en échange. Parle-moi du dernier mec avec qui tu es sortie.

Elle se baissa pour rassembler les vêtements qu'il avait

laissés épars sur le sol. Pas parce qu'elle ressentait le besoin de mettre de l'ordre, mais parce que parler devenait plus facile quand elle ne le regardait pas en face.

— Il s'appelait Charlton Morris.

— Tu l'as rencontré où ? Combien de temps ça a duré et pourquoi as-tu rompu ?

Ethan se tut, saisi par une quinte de toux. Cette fois, elle darda sur lui un regard dépourvu de compassion.

— Bien fait pour toi ! Ça ne serait pas arrivé si tu ne posais pas autant de questions idiotes.

— N'oublie pas que je suis censé t'entraîner au *dating*. Si tu veux que je fasse mon boulot correctement, il faut me fournir des éléments biographiques pertinents.

— Je n'en veux pas, de tes cours de *dating* personnalisés ! Je refuse de m'infliger une soirée avec quelqu'un dont la compagnie m'intimiderait au point de nécessiter des heures de coaching préalables. Si je dois passer du temps avec un homme, je veux que ce soit quelqu'un avec qui je me sente bien. C'est si énorme que ça, comme exigence ?

Elle jeta les vêtements sales dans le panier à linge, comme s'ils avaient été personnellement responsables de ses failles en matière relationnelle.

— Eh bien oui, c'est compliqué. Rencontrer quelqu'un, ce n'est déjà pas simple en soi. Si en plus il faut que je sois relaxée face au mec…

Il essaya de prendre son verre d'eau sur la table de chevet. Un vrai combat pour lui, à l'évidence. Le voyant batailler, elle eut pitié de lui et s'approcha pour le lui tendre.

— Assieds-toi. Je crois que c'est l'heure de reprendre tes cachets. J'aime beaucoup ta collègue Susan, entre parenthèses. Tu devrais tenter l'expérience du couple avec elle. Vous formeriez un tandem de choc, tous les deux.

Il s'étrangla avec sa gorgée d'eau.

— Il est hors de question que je me remarie avec qui que ce soit. Et avec Susan moins encore que quiconque.

— Pourquoi « moins encore que quiconque » ? Elle est venue ici dans la neige et dans le froid après une grosse journée de boulot, juste pour s'assurer que tu étais encore en vie. Elle tient à toi, c'est clair.

— Et je tiens à elle. Mais on se bouffe déjà le nez en permanence au boulot. Si notre amitié débouchait sur autre chose, on s'entre-tuerait dans les vingt-quatre heures.

— Tu pourrais essayer d'être un peu moins sûr de toi tout le temps, non ? Ça te rendrait peut-être un minimum plus sympathique.

Il reposa le verre en renversant une partie de son eau.

— Donc la prochaine fois que je me trouve face à un patient en train de se vider de son sang, je lui annonce tel quel que « je ne suis pas très sûr de moi » ? Je vais te dire une chose, Harriet : lorsque la vie des gens est en danger, ils ont besoin de se sentir pris en main. C'est de certitudes et d'assurance qu'ils ont besoin.

— Il n'y a pas que les rapports médecin/patients dans la vie. Mais parle-moi de ton mariage, plutôt. Qu'est-ce qui n'a pas marché entre vous ?

— C'est très personnel, comme question.

— Pas plus personnel que ce que tu me demandes.

— Eh bien, justement : tu n'as pas répondu.

Elle arrangea ses oreillers pour améliorer sa position.

— Je t'ai parlé de Charlton.

— Tu ne m'as rien dit du tout sur Charlton. Il était bon au lit ?

Oreiller en main, elle s'immobilisa un instant en se demandant si elle n'allait pas l'étouffer avec.

— Je ne sais pas. Je n'ai pas couché avec lui.

— Pourquoi pas ?

— Parce qu'avec lui, j'étais tendue comme un ressort

tout le temps. Et je ne vois pas ce que ça pourrait donner de bon dans un lit si le type me crispe déjà *avant* de passer entre les draps. Comment ça pourrait fonctionner, sérieux ? Ah, non, ne réponds pas à la question, surtout, se hâta-t-elle d'ordonner en plaçant l'oreiller dans son dos. Elle était purement rhétorique.

Elle lui couvrit les jambes avec le jeté de lit.

— Maintenant que ta fièvre a baissé, on va éviter que tu te refroidisses.

— Je ne savais que tu avais des connaissances aussi pointues en matière de lutte antipyrétique.

— Susan m'a laissé une liste d'instructions. Elle a d'ailleurs téléphoné tout à l'heure pour prendre de tes nouvelles.

Mais au lieu de rebondir sur Susan, Ethan revint à la charge en dégainant une nouvelle question intrusive.

— Si tu n'as pas couché avec Charlton, qui était le dernier mec avec qui tu as eu des relations sexuelles ?

Harriet soupira.

— Je commence à regretter que Susan ne t'ait pas fait avaler une dose massive de somnifères. Tu ne devrais pas plutôt te reposer ?

— Je me reposerai quand tu auras répondu à ma question.

— Il s'appelait Éric. C'est un véto qui travaille dans le cabinet où je viens souvent faire soigner mes animaux. C'est bon ? Tu sais tout ce que tu veux savoir ?

— Non.

— Je t'appréciais beaucoup plus quand je te croyais mourant.

Il eut un discret mais indubitable sourire.

— Ça peut encore revenir. Là, je passe juste par une brève phase de répit due à un excès d'antalgiques et à l'effet des autres cachets.

— J'écrirai ton épitaphe, c'est promis. « Ci-gît Ethan, l'homme qui venait de poser la question de trop. »

— Donc tu as couché avec Éric. Et ça n'a pas été génial.

— Je n'ai jamais dit que cela n'avait pas été génial.

— Tu ne l'as pas dit, non, mais ça se voit à ta tête. C'est pour ça que tu as rompu ?

— Non !

Elle prit le verre à eau vide dans l'intention de le remplir. Comment avait-il réussi à l'embarquer dans une conversation pareille ?

— Il ne voulait pas construire une relation. Il voulait juste l'aspect sexe.

— Je peux me mettre à sa place.

— J'imagine, oui.

— Ce que je veux dire, c'est que je peux comprendre qu'il ait eu envie de toi. N'importe quel homme réagirait comme lui. Tu es excitante et désirable.

Elle faillit en laisser tomber le verre.

— Arrête de dire des trucs comme ça.

— Pourquoi ?

— Parce que ça me stresse.

— Ce n'est pas le but du Challenge Harriet, ça, justement ? Je te pousse hors de ta zone de confort. Inutile de me dire merci. C'est de bon cœur.

— Je suis censée être reconnaissante alors que tu me persécutes comme un sadique ?

— Non. Tu es censée répondre à mes questions jusqu'au moment où elles cesseront de te paraître embarrassantes. Parler de sexualité, c'est normal. Et il n'y a rien de mal pour une femme à aimer le sexe.

— Mais je n'aime *pas* le sexe, justement !

Les mots sortirent avant qu'elle puisse les arrêter et elle vit une ombre passer dans le regard d'Ethan.

Oh non. Et pas même moyen de faire un Ctrl + Z pour

effacer les paroles qui venaient de lui échapper. S'il y avait une discussion qu'elle ne voulait pas avoir avec lui, c'était pourtant celle-ci.

— Donc la terre n'a pas tremblé avec Éric ?

Pas même un frémissement. Magnitude nulle sur l'échelle de Richter. Mais elle n'était pas prête à le reconnaître.

Cela dit, qu'elle l'admette ou non ne changeait pas grand-chose, car il hocha la tête comme si l'affaire était entendue.

— Intéressant. Et avec qui ça a tremblé, alors ?

— Hé, mais c'est quoi cette soudaine fascination pour l'activité sexuelle sismique ? Sérieux, Ethan. Je n'ai pas envie d'en parler.

— Tu es timide. Donc ton partenaire devra s'y prendre avec la patience, le doigté et la douceur nécessaires pour te laisser le temps de te sentir en confiance. Je parie qu'Éric et Charlton t'ont sauté dessus comme deux chiens en rut.

C'était plus ou moins ce qui s'était passé, en effet.

— Qu'est-ce qui a fait que tu t'es séparé de ta femme ? Pourquoi ça a mal tourné entre vous ?

Puisqu'il lui posait des questions intrusives, elle pouvait riposter sur le même registre, non ?

— Ça a mal tourné parce qu'on s'est mariés, justement.

Il retomba contre ses oreillers et ferma les yeux d'un air épuisé. Harriet se croisa les bras sur la poitrine.

— Ah non, tu ne t'en sortiras pas en te réfugiant dans le sommeil. Moi aussi, j'ai le droit de te poser des questions qui font rougir.

— Je ne rougis pas. Je n'aime pas parler de cette phase de ma vie, c'est tout. Personne n'aime se confronter à ses échecs.

— Si échec il y a, elle a dû y contribuer, elle aussi. Une relation n'est jamais à sens unique, qu'elle soit réussie ou ratée.

Et question relations ratées, elle en connaissait un rayon.

— Bon, d'accord, parlons de mon ex-femme. J'admets que je l'ai cherché. Que veux-tu savoir à son sujet ?

— Vous vous êtes rencontrés comment ?

— Alison est reporter. Elle avait le projet de tourner une série documentaire sur ce qui se passe vraiment au quotidien dans un service d'urgences. Elle m'a interviewé et en a conclu que je passais bien à l'antenne. Du coup, elle a décidé de centrer la série sur moi.

— Donc tu es une célébrité télévisuelle ?

— Je n'irais pas jusque-là, non.

— Je parie que tu as eu du courrier de fans.

Il ouvrit un œil.

— Qu'est-ce qui te fait penser ça ?

— Parce que les médecins exercent une attirance magnétique sur le grand public. Les gens pensent qu'un médecin, c'est forcément généreux et dévoué par nature — mais ça, c'est pour ceux qui ne te connaissent pas encore, bien sûr.

— Vas-y. Frappe un homme à terre.

— Je n'aurai aucun scrupule avec toi.

Il lui jeta un regard sardonique.

— Tu n'as pas l'air très attirée par les médecins.

— Je pourrais l'être, si. C'est presque un réflexe élémentaire, même. On associe toujours le médecin à un personnage positif. Je te le dis : un soignant désintéressé au grand cœur. Capable de te sauver la vie si tu sautes par une fenêtre et que tu atterris dans une benne à ordures.

— Alors qu'est-ce qui t'empêche d'être attirée par moi ?

Elle *était* attirée par lui. Et sérieusement, même. Sans que sa profession y soit d'ailleurs pour grand-chose.

— Parce que tu es irritable, et gueuleur, et que tu crois que tu sais tout.

— « Gueuleur » ? C'est un mot qui existe, ça ?

— Dans mon monde, il existe, oui.
— J'ai crié une seule fois.
— Oui, mais fort.
— Et tu considères que c'est une faute irrémédiable ? Il n'y a pas de pardon possible ?
— Il y a longtemps que je t'ai pardonné, Ethan. Mais on parlait *attirance*. Je ne pourrais pas sortir avec quelqu'un qui me fait bégayer.
— C'est arrivé pendant les cinq premières minutes où nous nous sommes vus ici chez moi. Je devrais être exonéré de ma peine. Tu n'as pas bégayé une seule fois depuis. Même maintenant, alors que je viens de te pousser dans tes retranchements.
— C'est parce que tu es faible et malade, et que tu ne constitues plus une menace.
— Et que se passera-t-il une fois que je serai remis ?
— Cela coïncidera avec le retour de Debra et nos chemins se sépareront.
Il fronça vaguement les sourcils, comme s'il n'avait pas encore réfléchi à cette lointaine échéance.
— Donc, tu soutiens que, toi et moi, on est au degré zéro de l'attirance, là ? Je ne te fais aucun effet ?
— Aucun, mentit-elle allègrement. Tu me parlais de ta femme, souviens-toi.
— Pendant dix-huit mois, on est sortis ensemble. Le mariage, lui, n'en a tenu que six. Un matin, on s'est réveillés, tous les deux, et on a reconnu l'un et l'autre que ça ne marchait pas. À ce stade, on était déjà plus comme deux colocataires qu'autre chose. Elle vivait pour son boulot et moi pour le mien. Ni pour elle ni pour moi il n'y avait de place pour autre chose.
Harriet eut un petit pincement au cœur.
— Elle n'est pas très joyeuse, votre histoire.
— Ai-je l'air malheureux ?

— Non. Et c'est d'autant plus triste.

— Tout le monde n'aspire pas à construire des relations sur le long terme, Harriet.

— Il y a plein de relations à long terme dans ta vie. Tu aimes ta sœur. Et tu adores ta nièce, à l'évidence. Tu es proche de tes parents. Avec les trois frères Je-ne-sais-plus-qui, vous êtes unis par une amitié qui dure depuis l'enfance. Tout cela, ce sont des relations au long cours.

Elle ne précisa pas qu'il y avait plus de relations durables dans la vie d'Ethan qu'il n'y en avait dans la sienne. Même si son petit cercle comportait deux éléments stables de plus à présent que Molly et Seth rejoignaient la famille.

Elle aussi, elle voulait trouver son quelqu'un-pour-la-vie. Un homme qui aurait d'elle une connaissance profonde et durable, et qui l'aimerait telle qu'elle était, sans attendre qu'elle joue un rôle ou fasse mine d'être une autre. Était-ce une exigence à ce point déraisonnable ?

Ethan lui jeta un drôle de regard.

— Ce que je veux dire, c'est que je n'éprouve pas le besoin d'avoir une femme en permanence dans ma vie.

— À t'entendre, on a l'impression que ce serait comme un boulet, pour toi. Ou un accessoire. Genre : « Je n'ai pas besoin d'un nouveau manteau, celui que j'ai déjà me convient tout à fait. »

— Un boulet ou un accessoire, non. Mais une complication, oui. Je m'en suis voulu pendant tout le temps où j'ai été marié.

Elle avait du mal à imaginer Ethan s'en vouloir de quoi que ce soit.

— Pour quelle raison ?

— Parce que j'étais orienté boulot à fond et que je me sentais coupable d'être obsédé à ce point. Et pour elle, c'était la même chose. Notre relation nous mettait la pression plus qu'elle ne nous apportait de satisfactions.

Harriet devait reconnaître que ce qu'il décrivait ne ressemblait pas à ce qu'elle espérait connaître un jour.

— Tu l'aimais ?

Il resta silencieux un moment. Le fait qu'il avait besoin de réfléchir lui disait déjà tout ce qu'elle avait besoin de savoir.

— Je ne suis pas sûr, finit-il par répondre. Je pensais que oui, sinon je ne me serais pas marié, à l'évidence. Ce qui nous a rapprochés, c'est qu'on était semblables sur pas mal de plans. Mais être similaires, dans un couple, n'est peut-être pas forcément la meilleure formule. Et toi ? Tu étais amoureuse d'Éric ? Tu déplorais le fait qu'il ne voulait que du sexe. J'en conclus que tu avais des sentiments pour lui.

Elle se demanda comment il se débrouillait pour lui poser à chaque fois *la* question à laquelle elle n'avait pas envie de répondre.

— Je crois que j'étais amoureuse de l'idée de l'amour plus que d'Éric lui-même. Avec le passé que je traîne, je sais que je dois me méfier de moi-même. L'enfance que j'ai eue m'a laissée sur ma faim, question tendresse et sécurité affective. Et j'aurais tendance à m'engouffrer dans la première relation venue parce que je vois ce que j'ai envie de voir, et non pas les choses telles qu'elles sont. Donc je reste prudente et j'essaie de ne pas courir de mirage en mirage.

— C'est très sage de ta part. Mais un peu clinique quand même, non ? Tu procèdes toujours à des analyses aussi poussées avant de tomber dans les bras d'un mec ? Il ne t'arrive jamais de plonger tête la première dans quelque chose d'irréfléchi et de passionné ?

— Jamais.

Les yeux d'Ethan se refermèrent, comme si du plomb pesait sur ses paupières.

— Si je ne me sentais pas comme après dix rounds de boxe sur le ring, je passerais à l'action pour t'aider à remédier à ça. Une dose de sexe irréfléchi serait un bon Challenge Harriet, qu'est-ce que tu en dis ?

Elle rougit.

— Lance-toi plutôt le défi de dormir, Ethan. C'est le seul que tu es en état de relever en ce moment.

Fallait-il s'en réjouir ou le déplorer ? Elle était trop troublée pour en décider.

Chapitre 17

Il fallut pas moins de quarante-huit heures avant que la fièvre ne commence enfin à céder du terrain. Deux jours entiers qu'Ethan passa presque exclusivement à dormir. Chaque fois qu'il ouvrait les yeux, entre deux phases de somnolence hébétée, Harriet était là. Elle posait la main sur son front, lui apportait de l'eau fraîche, jonglait avec ses comprimés, lui massait le dos lorsqu'une quinte de toux lui déchirait la poitrine. Et lui restait brisé, courbatu, perclus de douleurs diverses. Et faible, surtout. S'extraire de son lit pour un aller-retour titubant vers la salle de bains attenante devenait un parcours d'aventure à haut risque.

Vu qu'il passait son temps à dormir, il était surpris de retirer un tel plaisir de ces heures passées en compagnie d'Harriet. Il n'était pourtant pas habitué à partager son espace, et encore moins à voir un visage de femme penché sur lui au réveil ou à suivre des yeux une fine silhouette féminine allant et venant dans sa chambre. En temps normal, il était viscéralement attaché à sa solitude, pourtant. Mais il savait qu'il n'aurait pas pris la peine de s'hydrater si Harriet n'avait pas veillé au grain. Et il trouvait une douceur inattendue dans le discret fond sonore lié à sa présence. Entendre Harriet vaquer auprès de lui était étonnamment réconfortant alors qu'il flottait dans le no man's land de la maladie.

Par moments, elle quittait la chambre et, à travers les

brumes mouvantes d'un demi-sommeil, il l'entendait s'activer en bas, parler à Madi ou remuer des casseroles en cuisine. La chienne l'adorait et la suivait partout. Il n'avait aucun mal à comprendre pourquoi.

La présence d'Harriet irradiait le calme. N'importe qui se serait senti apaisé en sa compagnie. Au cours des dernières quarante-huit heures, malgré le ralentissement psychique dû à la fièvre, il avait appris pas mal de choses à son sujet.

Il savait qu'elle chantait en cuisinant et que quand elle téléphonait à ses clients, elle ne s'inquiétait pas seulement des chiens, mais prenait aussi des nouvelles de leurs maîtres. Elle les connaissait tous. Savait ce qu'ils faisaient et quels étaient leurs problèmes du moment. Ethan avait noté que lorsqu'elle discutait sur son portable avec sa sœur, elle passait beaucoup de temps à éluder des questions auxquelles elle ne voulait manifestement pas répondre. Si Harriet semblait réfractaire au mensonge, elle était parfaitement capable de rester évasive lorsqu'elle le voulait.

Elle lâchait des « mmm », des « peut-être » et à l'occasion un « On est vraiment trop différentes pour être jumelles, toi et moi ! ». Pas une fois, il ne l'avait entendue prononcer son nom depuis le vendredi soir où, déjà fauché par le virus de la grippe, il avait été trop sonné pour la questionner sur ce qu'elle disait de lui.

Le fait d'être malade lui avait appris encore autre chose au sujet d'Harriet : elle était la générosité incarnée.

Ethan glissa de nouveau dans le sommeil et lorsqu'il rouvrit les yeux, le soir était tombé. Deux journées complètes s'étaient écoulées depuis qu'il était tombé dans son lit comme une masse, le vendredi soir. De la cuisine montaient des fumets qui lui mirent l'eau à la bouche. Il faisait nuit noire dehors et il vit par la fenêtre que la neige tombait toujours. Il pensa avec une pointe de culpabilité à son service qui devait être noir de monde à cause des intempéries. Et à ses confrères, encore un peu plus surmenés qu'à l'ordinaire, qui compensaient comme ils le pouvaient le vide créé par son absence.

— Tu es réveillé.

Harriet apparut dans l'encadrement de la porte, comme elle l'avait fait une centaine de fois ces derniers jours. Elle sortait de la douche et portait un jean, avec un pull clair qui paraissait si doux au toucher qu'on avait envie d'y passer la main.

Ethan dut lutter contre une envie irraisonnée de l'attirer sous les draps avec lui.

— C'est quoi cette odeur qui met l'eau à la bouche ?

— Le dîner de Madi.

Elle lui versa un verre d'eau et dut lire la déception sur ses traits car un demi-sourire glissa sur ses lèvres.

— Je plaisante. C'est une soupe de poulet — une vraie. La recette vient de ma grand-mère. C'est le plat idéal pour réveiller l'appétit de ceux qui l'ont perdu. L'été, quand on était chez elle, je rêvais de tomber malade rien que pour avoir droit à cette soupe. Et avant que tu ne te livres à des interprétations spécieuses, je précise tout de suite que c'est ma soupe préférée et que je l'ai faite essentiellement pour moi.

Il savait qu'elle ne lui disait pas la vérité.

Cuisiner pour autrui, avait-il découvert, était sa façon à elle d'apporter aide et affection. Cela dit, s'il voulait manger de la soupe ce soir, il avait tout intérêt à ne pas la contredire.

— Dois-je comprendre que tu n'as pas l'intention de partager ?

— On verra... Commence par boire ton verre d'eau. Tu es déshydraté.

Elle lui tendit son verre. Tout était calme, apaisant et

harmonieux chez elle. La façon dont elle se mouvait dans la pièce, ses gestes lorsqu'elle s'occupait de lui.

Sa générosité le soufflait. Il prenait conscience, par contraste, de sa propre mesquinerie émotionnelle. Ses ressentis, ses élans, il les gardait pour lui, soigneusement cachés. Cela faisait partie des mécanismes qu'il avait mis en place lorsqu'il avait débuté comme urgentiste. Il avait appris à contrôler ses émotions et à remplir ses fonctions sans états d'âme apparents. Mais il y avait des moments où il se demandait si le personnage du médecin-héros n'avait pas effacé l'être humain censé se cacher dessous. Pour rester concentré et efficace, il se retranchait derrière son savoir et ses responsabilités professionnelles qui lui offraient depuis longtemps une solide carapace. Plus jeune, avant que l'expérience et les conseils de médecins plus âgés ne lui aient apporté les outils mentaux pour se protéger, il avait failli flancher et tout abandonner. Secoué, malmené par la pression implacable régnant aux urgences, il avait envisagé quelque temps de réorienter sa carrière. Mais avant de prendre sa décision, il était allé passer un week-end dans sa famille et avait pris le temps de débattre de la question avec ses parents et son grand-père.

Il était reparti retapé par la solidarité familiale. Et mieux encore, muni de stratégies utiles pour affronter le stress inhérent à sa profession.

Il se souvenait de week-ends entiers lorsqu'il était enfant, où son père ouvrait à peine la bouche. Sa mère ne lui demandait jamais ce qui n'allait pas. Elle lui offrait juste le réconfort et le soutien d'une présence pendant que son père faisait face à ce qui le hantait. Elle ne l'avait jamais exhorté à se montrer plus gai, à sortir de sa coquille ou à lui parler de ce qui le tourmentait. Juste en étant là, elle lui montrait qu'elle était disponible pour lui si le besoin s'en faisait sentir.

Harriet possédait, elle aussi, ces mêmes qualités de douceur et de réceptivité — une façon calme et attentive d'affirmer une présence.

La pensée lui traversa l'esprit qu'il pourrait être facile d'abuser d'une telle générosité et il se demanda avec un soupçon de malaise s'il n'avait pas lui-même abusé de sa gentillesse. Déjà, pour commencer, en lui mettant la pression pour qu'elle vienne chez lui s'occuper de Madi. Et maintenant en acceptant qu'elle prenne soin du malade qu'il était.

Un peu trop bien, d'ailleurs.

Elle avait à peine quitté son chevet pendant les dernières quarante-huit heures. Et maintenant, elle lui cuisinait un repas.

— De la soupe de poulet, tu dis ? Faite maison à partir d'un vrai bouillon de vraie poule ?

Il prit le verre qu'elle lui tendait et nota que ses ongles étaient coupés courts et parfaitement nets.

— Avec quoi voudrais-tu que je fasse une soupe de poulet sinon ?

— Quand as-tu trouvé le temps de sortir faire les courses ?

— Tout à l'heure, pendant que tu dormais. De toute façon, il fallait que je promène Madi.

Elle balaya le sujet d'un petit geste de la main, comme pour dire que ce n'était rien du tout. Conscient que c'était à cause de son attitude soupçonneuse le premier soir qu'elle éprouvait le besoin de minimiser ce qu'elle faisait, il sentit sa culpabilité flamber de nouveau.

— Madi va bien ?

— Elle est en meilleure forme que toi. Tu as encore de la fièvre ?

Il nota qu'elle lui posait la question, cette fois, au lieu de lui appliquer la main sur le front comme elle l'avait fait jusque-là. Elle ne le regardait pas beaucoup non plus. Quelque chose avait changé et il n'était pas sûr de savoir quoi.

— Je commence à me sentir mieux. Grâce à toi.

— Ça n'a rien à voir avec moi. Tu as survécu grâce à l'action combinée du traitement, du sommeil, et du temps.

C'était vrai aussi, en partie. Mais il était conscient que tout ce qu'elle avait entrepris pour faire baisser sa fièvre et veiller à son confort avait joué un rôle majeur dans son début de rétablissement. Elle avait été exemplaire de patience et de gentillesse. Il prit note mentalement de se montrer plus compréhensif la prochaine fois qu'un patient grippé viendrait se traîner jusqu'aux urgences pour lui demander de l'aide.

Il essaya de se lever, frustré de découvrir que ses jambes étaient encore en béton. Il se laissa retomber sur le bord du matelas en jurant.

— Quel est l'imbécile qui a inventé la grippe ?

— Quelqu'un qui a décidé que même pour un homme très sûr de lui, il est bon de se retrouver sur le carreau de temps en temps. Ça aide à se souvenir que l'on n'est pas tout-puissant.

Tout-puissant ?

S'il en avait eu l'énergie, il aurait éclaté de rire. Elle hésita une fraction de seconde puis s'avança vers lui.

— Tu as besoin d'aide ?

Il aurait probablement pu s'en sortir seul, mais il garda cette information pour lui, préférant lui passer un bras autour des épaules pour s'appuyer sur elle. Elle sentait le soleil et les fraises fraîches. Incapable de se retenir, il se pencha plus près, son attention captée par les reflets d'or dans sa chevelure.

Elle tourna la tête vers lui et il sentit la caresse de ses cheveux sur sa joue. Respirer devint soudain difficile.

Elle riva son regard au sien en une communion silencieuse.

Un frisson de désir lui courut le long des reins. La tension se resserra sur eux, comme s'ils étaient enclos dans un champ magnétique commun. La chambre, le monde extérieur s'étaient évanouis dans un arrière-fond indistinct. Il n'y avait plus qu'elle. Il n'y avait plus que lui.

Il savait qu'il devait la laisser tranquille et qu'il se livrait à un jeu dangereux, mais il ne pouvait se résoudre à prendre l'initiative d'interrompre leur contact visuel. Il dut faire appel au souvenir de tout ce qu'elle lui avait confié dans l'obscurité. Qu'elle avait attendu de ce fameux Éric quelque chose que le véto en question n'avait pas été en mesure de lui donner.

Harriet méritait ce qu'il y avait de mieux. Et il savait avec certitude qu'il n'appartenait pas à l'heureuse catégorie des mecs mariables.

— Qu'est-ce que tu fais ? chuchota-t-elle.

Son visage était si proche qu'il ne voyait plus que le bleu de ses yeux.

— Je m'appuie sur toi. Comme tu viens de me le proposer.

Sa bouche était juste à portée.

Mais les lèvres d'Harriet n'étaient pas à prendre. Rien en elle ne l'était. Pas pour quelqu'un comme lui, en tout cas.

— Tu es sûr que tu n'es pas capable de marcher seul ?

— Je ne me sens pas au top.

Il vacilla un peu pour prouver à quel point il ne tenait pas debout, conscient qu'il abusait sciemment du bon cœur d'Harriet. Mais une fois arrivé à la salle de bains, il se sentit à bout de forces pour de bon, avec une envie de s'enfouir dans son lit et de ne plus en ressortir pendant un mois. *Ça, mon vieux, tu l'as bien cherché.* Il était puni d'avoir simulé une faiblesse qui lui tombait à présent dessus comme un coup de batte de base-ball sur le crâne.

Il s'adossa un instant contre l'encadrement de la porte, exaspéré par le virus qui fauchait son énergie.

— Je ne suis pas sûr de pouvoir descendre pour le dîner.

— Ne t'inquiète pas pour ça. Je te monterai un plateau.

Elle appliqua la paume fraîche de sa main sur son visage, le regard radouci.

— Tu te sens très mal ?

— Je ne tiens pas une forme olympique.

Et c'était probablement mieux ainsi. Sinon il aurait été capable de se lancer dans quelque chose avec elle qu'il aurait regretté par la suite.

Dès l'instant où Harriet percevait de la faiblesse quelque part, elle laissait tomber toutes ses défenses.

C'était le seul aspect positif de cette saleté de grippe.

Il passa sous la douche et lorsqu'il regagna la chambre, elle était déjà là, plateau fumant en mains.

— Dans le fauteuil ou dans le lit ?

Ce fut plus fort que lui. Il lui adressa un sourire suggestif.

— Tu as une préférence ?

Elle le gratifia d'un regard qui lui fit se demander un instant si elle n'avait pas été une institutrice sévère dans une autre vie.

— Continue comme ça et je sors. En remportant la soupe.

— Bon, OK. Le lit.

Il se glissa de nouveau sous la couette et elle posa le plateau sur ses jambes. Il sentit le poids sur ses cuisses à travers la literie.

— Reste avec moi et on discute. Je te promets de me tenir.

— Je dois faire mes comptes.

— Si tu aimes mieux faire ta compta que passer du temps en ma compagnie, c'est que je suis tombé vraiment très bas dans ton estime.

— Je ne dis pas que j'ai envie de faire mes comptes. Juste qu'il faut que je m'y colle. Et cela me bouffe un temps fou. C'est Fliss, l'amie des chiffres, pas moi.

Il prit une cuillère et huma les arômes de la soupe.

— Pourquoi ne pas laisser faire ta sœur, si elle aime ça ?

— Parce que c'est simple pour elle et compliqué pour moi.

Il était donc devenu évident pour elle qu'il fallait qu'elle s'astreigne à faire tout ce qu'elle détestait ?

— À quoi ça rime de t'infliger une corvée pour laquelle tu n'as pas de facilités, alors que c'est un des points forts de ta jumelle ?

— Tu oublies mon Challenge Harriet ?

— Te forcer à affronter tes peurs, OK. Ça présente un intérêt indéniable. Mais je n'en vois aucun à te coltiner une tâche rébarbative qui n'entre pas dans tes compétences.

Il prit une cuillerée de soupe parfumée à la citronnelle et au gingembre frais, et ferma les yeux.

— Quelle merveille.

— Je transmettrai le compliment à ma grand-mère.

— Parle-moi d'elle.

— Elle vit dans une petite maison pleine de charme, en bord de mer dans les Hamptons.

Elle prit place dans le fauteuil, mais sur le bord, comme si elle ne savait pas encore très bien si elle voulait partir ou rester.

— Pendant toute mon enfance, on passait systématiquement nos vacances d'été chez elle. C'était le moment de l'année que je préférais.

— Parce que tu adores la plage ?

— Parce que mon père n'était pas là.

Il songea à tous les étés heureux qu'il avait passés avec le sien. À la rassurante stabilité de son cadre familial qu'il avait toujours considérée comme allant de soi.

— Ton enfance a été difficile. Ce n'est pas étonnant que tu aies envie d'une vie de famille harmonieuse maintenant.

— « Harmonieuse » est le maître mot. Je préfère être seule qu'avec la mauvaise personne. Ou avec quelqu'un qui ne m'aimerait pas. C'est encore pire, je pense. Mes parents étaient dans cette situation-là.

Une mèche de cheveu glissa le long de sa mâchoire et s'incurva sur sa joue.

— Je regrette de ne pas avoir été mieux informée sur ce qui se passait entre eux. Cela m'aurait peut-être aidée à comprendre.

— Tu crois que ça excuse l'attitude de ton père ?

— Non. Mais ça l'explique, au moins en partie. Je pensais que le problème venait de moi. Maintenant, je sais qu'il était surtout blessé et aigri.

À en juger par son expression désolée, cette révélation ne lui apportait pas grand réconfort.

— Parle-moi des étés avec ta grand-mère.

— C'était la saison du bonheur, chez elle. Grams, ça ne la dérangeait jamais quand les mots me restaient coincés dans la gorge. Ce n'était pas un problème pour elle si j'avais des problèmes d'élocution. Elle attendait tranquillement que je lui dise, à ma façon, ce que j'avais à dire. Avec elle, je me sentais juste comme quelqu'un de normal. *Tout* devenait normal là-bas, en fait... Sans mon père, on était comme une vraie famille. On riait, on débattait de tout et de rien, personne ne hurlait. Et puis avec ma grand-mère, je n'avais pas ce sentiment lancinant d'être l'élément décevant de la fratrie.

— C'est comme ça que tu te sentais ?

Elle haussa les épaules.

— Daniel et Fliss étaient brillants l'un et l'autre. Ils avaient toujours des super-notes partout. Fliss griffonnait ses devoirs à la dernière minute, le matin dans le bus, et elle se ramassait des A à chaque fois. Moi, je planchais des heures, souvent avec de l'aide, pour obtenir péniblement un B. Il a toujours fallu que j'en fasse beaucoup plus que les autres pour arriver à un résultat souvent inférieur.

— Mais avec ta grand-mère, c'était différent ?

— Elle trouvait toujours du temps pour moi. C'est elle qui m'a appris à cuisiner. Comme elle me prenait sous son aile, je me sentais unique — ou différenciée, en tout cas. Quand tu es jumelle, on considère souvent que tu fais un tout avec ta sœur. C'était toujours « les filles » ou « vous deux ». C'est difficile de trouver son identité quand tu as été mise au monde en version dupliquée.

Il sourit.

— Vous n'avez jamais essayé de vous faire passer l'une pour l'autre, Fliss et toi ?

— Une fois ou deux, si. Mais je suis une piètre menteuse. Donc je ne feintais pas grand monde.

Il nota la façon dont elle se servait de ses mains pour souligner ses paroles. Remarqua que son visage s'éclairait dès qu'elle parlait de sa grand-mère.

Il y avait une profondeur, une richesse intérieure chez Harriet Knight qu'on ne percevait pas au premier abord.

Et il avait envie d'en savoir plus sur elle.

— J'imagine que tu ne faisais pas que cuisiner dans les Hamptons. Et quand tu rentrais chez toi à New York, ça se passait comment ?

— Je restais planquée dans ma chambre autant que je le pouvais.

Cette affirmation révélatrice lui disait tout ce qu'il avait besoin de savoir sur son enfance.

Et lui donnait envie de la prendre dans ses bras pour éradiquer ces souvenirs.

Il termina le bouillon avec un soupir approbateur.

— Ta grand-mère a trouvé en toi une élève digne de son art.

— Je peux te demander quelque chose ?

Harriet, songea-t-il, était la seule femme de son entourage qui sollicitait sa permission avant de poser une question qui promettait d'être inconfortable.

— Vas-y. Grâce à ta soupe, je me sens dans des dispositions généreuses.

Et aussi grâce à l'éclat dans ses yeux bleus. Grâce à la façon dont elle le regardait.

— Tu voudras bien être le Père Noël pour les enfants malades ?

S'il y avait une requête qu'il n'avait pas vue venir, c'était bien celle-là.

— Qu'est-ce que ça change pour toi que j'accepte ou non ?

— Je pense que ce serait vraiment bien que tu le fasses.

— Tu es prête à te déguiser en lutin pour seconder le gros bonhomme vêtu de rouge ?

— Sans problème.

— Le jour de Noël ? Tu n'auras rien de plus urgent à faire ? J'imagine que tu seras avec ta sœur et ton frère ?

— Pas cette année, non. Daniel et Molly partent en voyage et Fliss sera dans la famille de Seth. Je serai juste en compagnie de moi-même.

Elle lui annonçait ça avec un sourire jusqu'aux oreilles, comme si elle n'imaginait rien de plus excitant au monde que de passer les fêtes toute seule.

Il ressentit une poussée de colère.

— Ils ne t'ont pas invitée ?

— Mais si, bien sûr. Mais je n'ai encore jamais passé

Noël sans eux et j'ai pensé que ce serait une bonne idée d'essayer.

Elle avait *choisi* de passer Noël en solo ? Il tentait de comprendre comment quelqu'un comme Harriet avait pu opter de son plein gré pour une solution aussi sinistre, lorsque la réponse s'imposa d'elle-même.

— Challenge Harriet ?

— Eh oui…

Il ne voyait pas ce choix comme un défi à caractère thérapeutique. Plus comme une sanction brutale frisant l'automutilation.

— Harriet, ce n'est pas…

Il s'interrompit, chercha une meilleure formulation.

— Pourquoi te priver des tiens alors que ta famille est si importante pour toi ?

— C'est justement la raison, trancha-t-elle en se levant. J'ai besoin de savoir que je peux survivre par moi-même.

Survivre ? Encore plus sévère, comme objectif.

Mais ses choix ne le regardaient pas, alors il changea de cap.

— Ma sœur rentre demain et compte récupérer Madi au passage. A priori, j'aurai repris le boulot.

— Ethan, tu n'es même pas en état de te traîner jusqu'à ta salle de bains !

— Je prendrai un taxi pour l'hôpital.

— Je ne suis pas une spécialiste des urgences. Mais j'imagine que les médecins ne sont pas censés être plus affaiblis que leurs malades.

— La fièvre a baissé et ma toux diminue. Demain matin, je devrais être en état de marche.

Elle ouvrit la bouche comme si elle avait l'intention de protester, puis se ravisa sur un haussement d'épaules.

— OK. Dis-moi à quelle heure et je m'arrangerai pour être là pour l'arrivée de Debra. Ensuite, je plierai bagage.

Il aurait été incapable d'expliquer pourquoi l'idée de son départ imminent lui fichait un coup.

— Rien ne presse.

Les mains sur le plateau, elle s'immobilisa, une mèche de cheveux lui glissant sur le visage.

— Si Madi s'en va, quelle raison aurais-je de rester ?

Bonne question.

Parce que son appartement était beaucoup plus accueillant lorsqu'elle le remplissait de sa présence ?

Parce que sa compagnie égayait son humeur ?

Parce qu'elle était belle ?

Exprimer n'importe laquelle de ces trois réponses à voix haute lui aurait valu un de ses longs regards interrogateurs en retour. Il les garda donc pour lui.

— Je voulais juste te dire de prendre ton temps. Il n'y a aucune pression. Merci encore pour tout ce que tu as fait ici. Tu pars quand ça t'arrange.

Elle se redressa et reprit son plateau sans le regarder.

— OK. Ça roule. On fait comme ça.

Le lundi matin arriva trop vite à son goût.

Harriet fit sa valise avec le même manque d'enthousiasme que lorsqu'elle avait préparé ses affaires en partant de chez elle. C'était absurde d'avoir autant de mal à quitter cet appartement. Elle s'était installée chez Ethan pour Madi. Dans la mesure où ses services n'étaient plus requis, rien ne justifiait plus sa présence ici.

Même si ça pouvait paraître bizarre, elle avait passé un excellent week-end. Une façon sans doute très égocentrique de voir les choses, car le pauvre Ethan, lui, avait été rétamé par sa grippe. Mais elle avait aimé ce cocon à deux dans la chambre de malade, avec une neige légère tombant sans relâche qui les isolait du reste du monde. C'était comme si, le temps d'un week-end, ils étaient sortis l'un et l'autre de leurs existences habituelles pour une brève parenthèse à deux dans un monde parallèle.

Et elle était déçue que cette pause hors-réalité prenne fin. Elle avait apprécié l'atmosphère presque rêveuse, le côté cosy de cette cohabitation hivernale entre bouillons, tisanes et somnolences partagées.

Oh et puis pourquoi essayer de se le cacher ?

Elle avait pris plaisir à passer tout ce temps auprès — tout près — d'Ethan.

Pris plaisir à leurs conversations, aux regards échangés, à la façon dont ses doigts avaient effleuré les siens. Tout comme elle avait aimé sentir son regard sur elle alors qu'elle allait et venait dans sa chambre à coucher.

Et puis il y avait eu le moment où il s'était appuyé un peu trop lourdement sur son épaule. Là, dans cette bulle de temps suspendu, elle avait cru qu'il allait l'embrasser. Mais il n'en avait rien fait.

Pourquoi ?

Elle tira si fort sur la fermeture Éclair de sa valise qu'elle faillit la casser.

Un homme comme Ethan Black n'était pas du genre à attendre une permission écrite pour embrasser une femme qu'il tenait pour ainsi dire dans ses bras et qui le regardait droit dans les yeux. S'il avait voulu l'embrasser, il l'aurait fait.

Elle n'avait attendu que ça.

Exaspérée contre elle-même, Harriet charria sa valise dans l'escalier et la tira jusqu'à la porte.

Elle était venue chez Ethan pour des raisons professionnelles et elle s'était acquittée de sa tâche.

Il était temps maintenant de rentrer chez elle.

Temps de renouer avec sa vie normale et d'oublier.

Madi lui manquerait. La petite chienne était attachante. Drôle, pleine de vie et débordante d'affection canine.

Mais plus encore que Madi, Ethan laisserait un vide dans sa vie.

Chapitre 18

— Il se passe quoi, au juste ?

Susan cala une hanche contre le bureau alors qu'Ethan analysait des résultats de scanner.

— Je vois une lésion hémorragique à ce niveau…

Ethan pointa avec son stylo la zone atteinte qu'il venait de localiser, mais elle secoua la tête.

— Je te parle de toi.

— De moi ?

Arrachant son regard de l'écran, il se tourna vers Susan.

— Pourquoi cette question ?

— Je te trouve différent.

Ethan se renversa contre son dossier.

— Différent comment ? J'ai dû perdre quelques kilos pendant ma grippe.

— Oh ! mon pauvre bébé qui a dépéri ! Non, ce n'est pas ça. Tu es plus cool. Plus détendu. Plus comme le Ethan d'avant.

— Parce qu'il y a eu un « Ethan d'avant » ?

C'était nouveau pour lui.

— Au début, quand je t'ai connu, tu étais fun, comme gars. À l'occasion, tu te débrouillais même pour me faire rire. Mais tu étais devenu plus sérieux, ces derniers mois. Plus tendu aussi.

— Tu ne t'en es peut-être pas encore aperçue, mais ce

n'est pas un boulot de comiques qu'on fait ici. Côtoyer la mort, lutter pour la vie... tout ça, tout ça...

— Raison de plus pour se réfugier dans l'humour. Allez, raconte-moi, espèce de bourrique, au lieu de faire des mystères comme ça.

Elle lui allongea une bourrade tellement énergique qu'il se demanda s'il ne devrait pas passer une radio pour constater les dommages internes.

— Que je te raconte quoi ?

— La vérité. C'est à cause d'Harriet, non ?

— À cause d'Harriet que quoi ?

— Que tu t'es radouci. Elle a gommé les aspérités de ton caractère. Ça te réussit de vivre avec elle.

— Je ne vis pas avec Harriet !

— Tu es sûr ? Parce que la dernière fois que je suis passée chez toi, elle avait ses affaires dans la chambre à côté de la tienne. Elle tamponnait ton front fiévreux, comme si elle en avait quelque chose à foutre que tu survives ou non à ta grippe.

— Elle faisait du *dog-sitting.*

Susan croisa les bras sur sa poitrine.

— Du *dog-sitting*, oui. Maintenant que tu le dis, je me souviens d'avoir entrevu quelque chose de canin chez toi. Une petite épagneule sympa. Mais c'était *toi* qui bénéficiais de toute son attention. Et pas le toutou.

— J'étais malade.

— Oui, bon, je ne vais pas te soutenir le contraire.

— Elle est partie il y a une semaine.

— C'est drôlement regrettable, ça.

Susan brandit un index.

— Écoute-moi bien, docteur Beau-gosse, car je vais te filer à l'œil un conseil qui vaut de l'or : une femme qui passe trois jours de suite avec un mec malade sans avoir envie de l'assassiner, on ne la laisse pas filer comme ça.

— Qui te dit qu'elle n'avait pas envie de m'assassiner, d'abord ? On pourrait peut-être parler d'autre…

— *Non.* On reste sur ce sujet. Pourquoi est-elle partie ?

— Parce que ma sœur est venue et qu'elle a récupéré Madi.

Susan fronça les sourcils.

— Madi ? C'est qui ça, encore ? Ah, le chien, c'est ça ?

— Ne t'avise pas de l'appeler « le chien » devant Harriet, marmonna Ethan.

Susan sourit.

— Je vois qu'elle t'a mis au pas. Donc Madi est partie et Harriet avec. C'est un peu ballot, non ?

— Puisque je te dis qu'elle était là pour gérer la chienne. Je ne vois pas ce qu'elle aurait pu continuer à faire chez moi en l'absence de tout canidé.

— Et tu ne pouvais pas lui en trouver une, de raison ? Tes neurones ont été décimés par la grippe ?

— Mes neurones vont bien, merci. Elle a son appart. Sa vie.

Susan secoua la tête.

— C'est déprimant de manquer d'imagination à ce point. Tu l'as rappelée depuis qu'elle est partie de chez toi ?

— Pourquoi voudrais-tu que je la rappelle ?

Il lui avait proposé un *date* pour le vendredi soir, mais la grippe avait frappé juste avant. Et cela n'aurait pas été un vrai *date*, de toute façon. Il avait juste voulu lui rendre service. L'aider à prendre de l'assurance en échange de tout ce qu'elle avait fait pour lui.

Une voix s'éleva en lui, le taxant d'hypocrisie. Pourquoi ne pas le reconnaître ? Ce dîner avec Harriet aurait été tout sauf une corvée pour lui. Il le savait d'autant mieux qu'ils avaient partagé d'autres repas ensemble. Presque tous les soirs, en fait. En version casual, perchés sur leurs tabourets devant l'îlot de cuisine, à discuter de leurs journées respectives. Sans éclairage romantique. Sans tenues vestimentaires étudiées. Mais il avait pris plaisir à sa compagnie. En fait, il l'avait appréciée plus que n'importe quelle autre compagnie depuis des lustres.

Il y avait quelque chose chez Harriet qui le réconciliait avec lui-même.

— Tu pourrais la rappeler pour la remercier, pour lui demander de ses nouvelles ou l'inviter à dîner — je ne sais pas, moi. C'est toi l'homme qui a la réputation de savoir t'y prendre avec les femmes. Même si, à l'évidence, cette réputation est usurpée puisque tu as laissé la belle Harriet te filer entre les doigts.

— Je te demande pardon ?

— Une fille superbe, installée chez toi, qui t'essuie le front, et toi tu ne trouves même pas le moyen d'agir ?

— *D'agir ?* Au cas où tu ne l'aurais pas remarqué, j'étais à peine en état de soulever une paupière. Pas vraiment en position de faire des étincelles où que ce soit. Et au lit encore moins qu'ailleurs.

Mais il y avait pensé très fort quand même.

Susan secoua la tête, visiblement découragée par sa personne.

— Ce n'est pas un argument, ça, mon pote. Je l'ai trouvée bien, cette fille, Ethan. Vraiment bien. Alison, je l'appréciais aussi, mais vous n'étiez tellement *pas* faits l'un pour l'autre que ça faisait mal de vous voir ensemble. Je ne suis pas experte dans le domaine amoureux, mais si une peste noire décimait la planète et qu'Alison et toi restiez seuls au monde, je vous conseillerais de choisir chacun un continent différent. Je vous voyais tout le temps avec vos agendas, tous les deux, à essayer de synchroniser vos emplois du temps. Cela brisait mon cœur pourtant peu romantique de vous voir vous noyer dans cette relation impossible.

Susan lui jeta un regard en coin.

— Avec *Harriet*, en revanche, ce serait différent. Ce n'est pas du tout la même personnalité. Comme je n'ai de temps pour rien, je n'ai pas beaucoup d'amis hors de l'hôpital. Mais si je devais me faire une copine, je choisirais une fille comme Harriet. Elle est drôle, loyale, sympa, elle cuisine divinement. Alors, il y a un truc que je ne capte pas dans cette histoire : cette fille s'installe chez toi, s'occupe du toutou, améliore ta qualité de vie sur à peu près tous les plans. Et toi tu la laisses s'en aller sans même lui faire du bouche-à-bouche ?

— Elle a quitté mon appartement sur ses deux pieds. Le bouche-à-bouche ne paraissait pas s'imposer.

— Pour un type intelligent, je te trouve assez stupide dans ta façon de t'y prendre avec les femmes.

Il soupira.

— Avoir conscience que je ne suis pas le mec qu'il faut à Harriet, ce n'est pas forcément être « stupide », Susan.

Mais qui d'autre aurait été le bon ? Pas cet Éric, clairement. Ni le dénommé Charlton. Comment allait-elle le rencontrer, son mec idéal ? Vu qu'elle avait renoncé au *dating* en ligne, l'objectif devenait encore plus complexe à atteindre. Espérait-elle sérieusement croiser l'homme de ses rêves en arpentant les allées de Central Park ? La stratégie ne lui paraissait pas très efficace, surtout pour une fille qui souffrait de timidité avec les inconnus.

Il songea au premier soir chez lui, lorsqu'elle avait bégayé à plusieurs reprises. Puis à toutes les soirées qui avaient suivi où elle n'avait plus eu le moindre problème d'élocution.

La solution pour elle, au fond, c'était de réussir à franchir l'obstacle de la première prise de contact. Une fois qu'elle se sentait à l'aise avec quelqu'un, la séduction d'Harriet fonctionnait à plein. Et il avait vraiment envie de l'aider à passer ce cap. Il était le maître lorsqu'il s'agissait de maintenir les choses sur un plan superficiel. Il pouvait glisser en surface à la manière d'un hovercraft, sans jamais plonger plus bas. Une façon de surfer dans les relations qui lui convenait tout à fait.

Susan l'examinait d'un œil sévère.

— Qu'est-ce qui te fait penser que tu n'es pas le mec qu'il lui faut ?

— Harriet mérite mieux.

Susan poussa une exclamation excédée.

— Arrête ton cinéma, Black. C'est du grand n'importe quoi, ce que tu te racontes.

— Comment ça ?

— Quand tu dis « qu'elle mérite mieux », j'entends clairement : « Elle et moi ensemble, ça pourrait donner quelque chose de pas mal, mais ça me fait peur, donc je me comporte comme n'importe quel mec qui a les foies et je fais l'autruche en attendant que ça passe. »

— Ce n'est pas ça.

— Si ce n'est pas ça, alors rien ne t'empêche de lui passer un coup de fil.

— Et au nom de quoi voudrais-tu que je l'appelle ?

— Parce que ce serait la chose intelligente à faire. Et que tu es censé être brillant. Sauf si j'ai vu juste et qu'effectivement, tu crèves de peur. Peur de tomber amoureux, plus précisément. Ce qui te compliquerait méchamment la vie, c'est ça ?

— Non, ce n'est pas ça.

— Alors où est le problème ?

Il fronça les sourcils.

— Peut-être que je n'ai pas envie de la faire souffrir. Harriet passe sa vie à prendre soin de créatures vulnérables.

— Pff... Et alors ? Ça ne la rend pas vulnérable elle-même pour autant. A-t-elle l'air d'une petite fleur délicate ?

Je ne crois pas. Elle pourra juger par elle-même, comme une grande, si tu es un redoutable danger pour elle ou non. Peut-être estimera-t-elle que tu es un risque qui vaut la peine d'être couru.

Ethan songea à ce qu'il savait de l'enfance d'Harriet. Non, elle n'était pas une petite fleur délicate. Mais elle avait ramassé des coups, sinon au physique, du moins au moral. Et il n'était pas d'accord avec Susan sur sa prétendue absence de fragilité. Il la soupçonnait d'être d'une extrême vulnérabilité, au contraire.

— Il y a une grande douceur, chez Harriet. Doublée d'une profonde gentillesse.

— Sûrement, oui. Mais gentillesse n'est pas synonyme de faiblesse. Et de mollesse encore moins. Tu préférerais une femme dure, désagréable et méchante ?

Ethan mit la question à profit pour dévier le sujet.

— Tout bien réfléchi, ça ne paraît que moyennement tentant.

Il mit fin à la conversation en voyant une infirmière se hâter dans sa direction.

— Docteur Black ? On vous demande en salle d'examen numéro 1.

Ethan se leva, soulagé de pouvoir mettre fin aux déchaînements de l'Inquisition. La voix de Susan le poursuivit alors qu'il sprintait déjà dans le couloir.

— Appelle-la, Black. Ou je prends contact avec elle moi-même et je vous arrange un rencard.

— Je n'ai aucune raison de l'appeler.

Il s'immobilisa à mi-foulée.

Ou peut-être qu'il en avait une, si...

Les mains dans les poches, Harriet marchait d'un pas vif dans les étendues neigeuses de Central Park, accompagnant de la voix Brutus et Valentin qui couraient autour d'elle. Les deux chiens s'adoraient et c'était toujours un plaisir pour elle de les promener ensemble chaque fois que Daniel et Molly avaient recours à ses services. Brutus, un berger allemand exubérant et parfois abrupt, faisait honneur à son nom. Alors que Valentin était un dalmatien très cool, avec des manières délicates. Il ne tirait jamais sur sa laisse et, de temps en temps, il lui jetait un regard pour s'assurer que tout allait bien. C'était un chien magnifique qui attirait l'attention partout où il passait, et pas seulement à cause de sa truffe en forme de cœur. Molly disait toujours qu'elle avait choisi le nom de son dalmatien à cause de son nez, mais Harriet ne la croyait qu'à moitié. Avant de changer d'avis en rencontrant Daniel, Molly avait décidé de tracer un trait définitif sur les hommes. Et son chien qu'elle adorait avait occupé une place majeure dans sa vie affective.

Pour Harriet, c'était différent. Elle ne s'était jamais juré de renoncer ni aux hommes ni à l'amour… mais elle se demandait par quel miracle on était censé tomber sur LA personne avec qui passer le reste de sa vie. Tenir bon une soirée complète avec les trois derniers mecs qu'elle avait rencontrés lui avait déjà paru interminable. Son dernier rendez-vous « amoureux » en date n'avait pas excédé quarante minutes. Espérer atteindre quarante ans paraissait follement ambitieux.

Cela dit, pour Molly, tout avait changé du jour au lendemain. Peut-être qu'une même occasion favorable finirait par se produire pour elle ?

Elle se demanda ce que faisait Ethan à cette heure-ci. Il devait être à l'hôpital, a priori. À sauver des vies à la chaîne.

Alors qu'elle se baladait avec des chiens.

Elle n'avait même pas eu l'occasion de lui faire ses adieux dans les formes.

Épuisée par le week-end qu'elle avait passé à le soigner, elle s'était rendormie sur son lit après avoir bouclé sa valise. Et lorsqu'elle s'était réveillée, Ethan était déjà parti pour l'hôpital.

Il lui avait laissé un message. Juste un seul mot griffonné à l'encre noire. En bon médecin qu'il était, il avait une écriture illisible et il avait fallu un moment à Harriet pour déchiffrer son simple « merci ».

Merci pour quoi ? D'avoir pris soin de Madi ou de lui ?

Elle était surprise qu'il ait trouvé l'énergie de retourner travailler alors qu'il ne tenait pas debout la veille. Mais Ethan Black n'était pas le genre d'homme à traîner dans un lit très longtemps.

Elle avait fini de rassembler ses dernières affaires et Debra était arrivée peu après avec Karen. Les retrouvailles entre Madi et sa famille avaient été riches en émotions et la petite chienne épagneule avait momentanément oublié toutes les bonnes manières inculquées durant la semaine. Extatique, Madi était repartie dans son foyer. Et Harriet, moins enthousiaste, avait regagné le sien par la même occasion.

Fin de l'épisode dog-sitting.

Madi était heureuse, Debra était heureuse. Et Ethan n'était probablement ni plus heureux ni plus malheureux qu'avant.

La seule personne dans l'histoire qui aurait aimé prolonger la situation à l'infini, c'était elle.

Elle regarda Brutus et Valentin se rouler dans la neige, apparemment indifférents au froid.

Après une bonne promenade, elle les ramena à Molly, qui avait emménagé dans l'appartement de Daniel sur la Cinquième Avenue.

Molly l'embrassa avec affection.

— Merci, tu es un ange. Ça m'a laissé le temps de terminer un article que je devais envoyer ce matin. Tu entres un instant ? Je viens de faire du thé.

En bonne Anglaise, Molly considérait qu'une bonne tasse de thé brûlant était la solution à tous les maux, petits et grands. Harriet se demandait souvent comment Daniel s'accommodait de cette philosophie, lui qui préférait puiser son réconfort dans un whisky de marque ou un verre de bon vin.

— Ce serait sympa, mais il faut que je file. Je n'ai même pas encore eu le temps de défaire ma valise.

La perspective de rentrer chez elle ne l'enchantait pas, cela dit. Son appartement lui avait paru vide, silencieux et un soupçon lugubre. Un lieu sans âme, sans Madi. Et sans Ethan.

Il était grand temps qu'elle se décide à faire quelque chose de sa vie.

Et pour commencer, qu'elle adopte un chien.

— Rien ne presse, pour ta valise. Allez, juste une tasse.

Ce fut tout juste si Molly ne la tira pas de force à l'intérieur.

— Il y a une éternité qu'on n'a pas eu le temps de causer un peu sérieusement entre filles. Tu crois vraiment que je vais te laisser filer avant que tu me racontes tout ce qu'il y a à savoir sur le beau médecin avec qui tu as cohabité une semaine ?

— Tu as eu Fliss au téléphone, je parie ?

Dans sa famille, rien de ce qu'on pouvait dire ne restait secret très longtemps, apparemment. Et Molly faisait déjà partie intégrante de leur cercle familial.

Les yeux de Molly pétillèrent.

— On a juste échangé quelques nouvelles, avec ta jumelle.

— Je faisais du *dog-sitting* chez lui. C'est tout.

Elle regarda autour d'elle dans l'appartement et ressentit une pointe d'envie en découvrant l'immense sapin devant la baie vitrée.

— Il est magnifique, ton arbre de Noël. Comment as-tu réussi à convaincre Daniel de cohabiter avec ce Nordmann d'envergure ?

Molly posa une tasse de thé devant elle.

— Je n'ai même pas essayé de mettre la question sur le tapis. Je me suis contentée de le faire livrer ici. C'est plus dur de contester un sapin de Noël une fois qu'il est en place et décoré.

Harriet rit doucement.

— Daniel ne tolérait pas l'ombre d'une guirlande chez lui avant.

— Maintenant, si. Enfin, disons qu'il me laisse faire et qu'il se contente de hausser un sourcil sceptique. Mais il ne dit rien. J'adore me livrer à une débauche de décoration à Noël.

Molly prit un livre sur une pile et le lui fourra dans les mains.

— Ce serait le moment que tu lises ça.

Harriet jeta un coup d'œil sur le titre.

— *Ensemble pour le long terme*. Je l'avais déjà avant de te connaître, ton livre. Je l'ai lu au moins trois fois, du début jusqu'à la fin. Je pourrais te réciter la liste des chapitres par cœur. Telle que tu me vois en ce moment, je me contenterais d'*Ensemble pour cinq minutes*. Le long terme me paraît exagérément ambitieux pour un cas désespéré comme le mien.

— C'est quoi, cet accès de pessimisme ? Ethan Black me paraît idéal pour toi, justement. Si tu appliques les critères que je définis dans mon livre, tu comprendras ce que je veux dire. C'est un homme responsable, profondément humain — un soignant dans l'âme avec des talents de leader en prime.

— Comment sais-tu tout ça ? Tu ne le connais même pas !

Harriet se débarrassa de ses boots et se laissa tomber sur le canapé, incapable de résister à une occasion d'aborder le sujet « Ethan Black ». Molly était psychologue et spécialisée dans le relationnel amoureux. Elle pourrait peut-être l'aider à lui remettre les idées en place.

— Tu as passé beaucoup de temps à comploter avec Fliss dans mon dos, je parie.

Molly sourit jusqu'aux oreilles.

— Pas seulement. Il se trouve que j'ai passé une matinée complète à regarder la série documentaire qui a été tournée dans le service des urgences dirigé par un certain Dr Black...

— Carrément une matinée complète ?

— Au départ, je voulais juste jeter un coup d'œil pour voir à quoi ressemblait ton Dr Mystère. Mais il se laisse regarder avec plaisir, ton Ethan.

Harriet était bien placée pour savoir à quel point il se laissait regarder avec plaisir, en effet. Pendant une semaine entière, elle n'avait eu d'yeux que pour lui.

— Je ne l'ai même pas vue, cette série.

— Tu as tort. Si jamais je dois avoir un accident de santé, c'est entre ses mains que je veux voir arriver mon brancard. De fort belles mains, au demeurant.

Molly fit mine de s'éventer. Mais avant qu'Harriet ait pu lui répondre, la porte s'ouvrit et son frère entra. Brutus lui bondit dessus en se livrant à de grandes manifestations d'affection et il retint le chien d'une main en se débarrassant de sa grosse veste en cuir de l'autre.

Harriet n'était pas encore tout à fait habituée à voir son frère sur un tel pied d'intimité avec un chien. Cela lui était presque aussi étranger que de le voir amoureux d'une femme.

— Bonsoir, *my love*.

Daniel attira Molly dans ses bras et un baiser s'ensuivit, assez long et passionné pour faire crépiter des ondes sexuelles d'un bout à l'autre de la pièce. Harriet roula des yeux et renfila ses chaussures. Elle était enchantée qu'ils soient heureux ensemble, mais s'il y avait un spectacle qu'elle n'était pas d'humeur à contempler, c'était bien celui d'une mégadose d'intimité de couple.

— Bon, je vous laisse, tous les deux. Ensemble pour le long terme et loin des regards voyeurs.

Daniel lâcha Molly pour venir lui poser une bise sur la joue.

— Alors, ma sœur ? Comment va la vie ?

— Ma vie est au top, mentit Harriet en ignorant la question muette dans le regard de Molly. Mais voir votre appartement en mode « magie de Noël » me rappelle que je n'ai encore rien fait chez moi. Je vais rentrer pour commencer ma déco.

Sur ce second point, elle ne mentait pas.

La première chose à faire pour ne pas mourir de solitude entourée de chiens d'accueil, c'était de prendre soin d'elle-même. Et prendre soin de soi incluait les petites choses du quotidien.

Ou peut-être pas si petites que cela, au fond, songea-t-elle une demi-heure plus tard alors qu'elle examinait le grand sapin posé contre un mur, dans une des rues qui coupaient la Cinquième Avenue.

— Monsieur, s'il vous plaît ? Vous n'auriez pas un sapin plus petit, par hasard ?

— Il y a une semaine, j'avais encore toutes les tailles et tous les formats. Mais j'ai vendu le stock complet en six jours. Il ne me reste que celui-là. C'est à prendre ou à laisser.

Le marchand de sapins avait l'air de méchante humeur, ce qui retirait à la transaction une partie de son caractère magique. Cela n'aurait pourtant pas dû être si déprimant de vendre des arbres de Noël, si ?

Elle souffla sur ses doigts engourdis par le froid et battit la semelle pour ne pas laisser ses pieds se refroidir. Peut-être aurait-elle dû planifier ses achats avec soin au lieu de procéder à l'impro.

Harriet-la-pragmatique aurait passé son chemin. Le sapin était trop grand pour son petit chez-elle. Elle vivait seule. Quel besoin avait-elle d'un arbre aussi immense alors qu'elle aurait pu opter pour pas d'arbre du tout ?

Eh bien justement, parce qu'elle en avait marre d'être raisonnable, elle achèterait ce sapin démesuré.

Elle serait Harriet-l'impulsive. Harriet-l'irréfléchie.

— Je le prends, déclara-t-elle d'une voix énergique.

Comme si le fait de le dire avec force donnait du poids à sa décision.

Elle faillit changer d'avis lorsque le marchand lui annonça le prix. Mais elle garda son cap et lui tendit ce qui lui parut être un nombre exorbitant de dollars pour un simple sapin.

Elle était à présent propriétaire d'un arbre qui ne rentrerait probablement même pas chez elle. Sans compter qu'elle n'avait aucune idée de la façon dont elle allait pouvoir le transporter jusque dans son appartement.

La seule solution serait de le tirer derrière elle, ce qui ne manquerait pas de lui donner un look comique.

— J'espère que tu as le cœur bien accroché, marmonna-t-elle.

Elle passa la main entre les branches piquantes et essaya d'attraper le tronc.

— Toi, il vaut mieux que tu sois costaud pour habiter chez moi.

Une lueur alarmée passa dans le regard du marchand.

— Hé ! J'ai jamais dit que je voulais habiter chez vous, moi.

— Je parlais au sapin.

Son expression disait clairement tout le bien qu'il pensait des femmes qui parlaient aux arbres…

Puisqu'elle passait déjà ses journées à s'adresser à des chiens, elle pouvait bien poursuivre le dialogue avec des résineux, non ?

Mais il était quand même temps de sortir de là avant que l'humeur aigre de ce monsieur finisse par gâcher tout le plaisir de son achat. Elle essaya de soulever le sapin mais il lui bloquait la vue et elle ne verrait plus où elle mettrait les pieds. Il ne restait vraiment pas d'autre solution que de le tirer derrière elle dans la rue.

Super. Avec une telle méthode, le sapin arriverait chez elle déjà décoré par toutes les immondices ignobles ramassées sur le trottoir au passage.

— Tu as peut-être besoin d'aide ?

La voix qui s'élevait derrière elle était grave et profonde. Familière.

Elle se retourna d'un bloc et se trouva face à Ethan Black. Son col était relevé contre le froid et son long manteau en cachemire mettait sa carrure en valeur. Mais ce fut son sourire surtout qui attira son attention. Il lui fendait le visage et lui éclairait le regard. Elle en eut chaud partout à l'intérieur. À côté de lui, Madi remuait la queue.

— Ethan ? *Madi ?*

Un sursaut d'inquiétude balaya sa joie. Elle en lâcha son malheureux sapin dont les branches lui griffèrent les jambes de dépit.

— Qu'est-il arrivé ? Karen n'a pas eu un autre problème au moins ? Elle n'a pas supporté le voyage ?

— Pas de panique. Tout le monde va bien.

Harriet s'accroupit pour câliner la petite épagneule.

— Alors comment ça se fait que tu aies Madi avec toi ?

— Tu me croirais si je te dis qu'elle me manquait ?

Il la faisait marcher, non ? C'était tout juste s'il n'avait pas fait une attaque de panique lorsqu'il avait vu Madi le premier soir dans son appartement !

— Madi te manquait ?

Elle s'éclaircit la voix et se redressa.

— Sérieux ?

— Tu n'imagines même pas comme mon appart me paraît vide.

Elle imaginait très bien que son appartement puisse paraître dépeuplé car le sien lui faisait le même effet. La différence, c'est qu'elle n'avait jamais aimé vivre seule alors qu'Ethan adorait ça.

— Vide ? Ou en ordre, plutôt ? Et calme parce que les voisins ne viennent plus se plaindre.

Le sourire d'Ethan s'élargit.

— Il y a de ça en partie.

Mais pas que ? se demanda-t-elle.

— Donc tu as emprunté Madi par... nostalgie ?

— Karen et Debra sont allées en voiture à l'aéroport chercher mon beau-frère qui revient d'un voyage d'affaires. J'ai dit que je leur prendrais Madi dans l'intervalle et que je la ramènerais plus tard.

Parce que les familles unies fonctionnaient ainsi. Ils se soutenaient entre eux, même ceux qui, comme Ethan, étaient dévorés par une vie professionnelle harassante.

Elle nota l'éclat de ses cheveux, la largeur réconfortante de ses épaules. Le cœur d'Harriet se mit à battre plus vite.

— Tu n'es pas un peu loin de chez toi, là ?

— Je voulais passer te voir. M'assurer que tout allait bien.

Il s'agissait donc d'une visite à caractère charitable.

Son rythme cardiaque revint doucement à la normale.

— C'est gentil, merci. Mais ce n'était pas la peine de te déplacer pour ça. Pourquoi voudrais-tu que ça n'aille pas ?

— Plus de périlleuses évasions par les fenêtres des toilettes ?

— C'est un sport auquel j'ai renoncé.

Elle se pencha pour ramasser son sapin, intriguée. Pourquoi Ethan avait-il pris la peine de faire ce long trajet à pied ? Juste pour prendre de ses nouvelles ?

— Si tu veux bien te charger de Madi, je pourrai monter le sapin chez toi.

Harriet hésita lorsqu'il lui tendit la laisse.

Elle n'était pas certaine de vouloir d'Ethan dans son appartement. Pour l'instant, c'était un espace intouché par sa présence. Les seules traces qu'elle gardait de lui, c'était les souvenirs localisés dans sa tête qu'elle s'efforçait d'effacer petit à petit. Elle n'avait pas envie de voir son empreinte gagner du terrain et s'étaler sur le reste de son environnement.

D'un autre côté, s'il l'aidait, cela résoudrait le problème très concret du sapin. Elle prit la laisse de Madi et chercha ses clés dans ses poches.

— Volontiers, oui. Merci.

— Tu n'aurais pas une vieille couverture ? Ou un drap ?

— J'en ai un que j'utilise pour les chiens.

— Va le chercher et on roulera le sapin dedans. Fais-moi confiance, ça marchera.

Elle lui fit confiance et cela marcha.

Vingt minutes plus tard, le sapin était dressé dans son appartement, avec presque toutes ses aiguilles encore intactes. Ethan, apparemment, était tout aussi compétent avec les arbres réfractaires qu'avec les humains blessés. Les mains sur la taille, elle contempla le résultat.

— Génial ! Il a de la gueule, non ?

Harriet ne cachait pas son soulagement. Elle avait bien cru un instant qu'elle avait dépensé une fortune pour un sapin intransportable. Au point d'avoir eu des visions d'un réveillon de Noël passé dehors dans la rue en tête à tête avec son arbre.

— Je vais pouvoir me lancer dans la déco, maintenant. Merci encore, Ethan.

Elle pensait qu'il partirait sur-le-champ, mais il retira son manteau et le posa avec soin sur le dos d'une chaise. Puis il s'accroupit et entreprit d'essuyer les pattes de Madi avec un bout de tissu qu'il avait sorti de sa poche.

Médusée, Harriet se demanda soudain dans un sursaut si elle ne le regardait pas bouche bée. Probablement, oui. Car elle n'aurait pas été plus surprise s'il lui avait annoncé qu'il ouvrait un refuge pour animaux maltraités.

Il leva les yeux vers elle.

— Qu'est-ce qui ne va pas ?

— Tu lui nettoies les pattes.

— Je croyais que c'était le truc à faire après une promenade dans la neige ?

— Oui mais...

Elle déglutit avec peine.

— ... tu te sers de quoi pour lui nettoyer les coussinets ?

Il se releva.

— Un vieux gant de toilette que j'ai récupéré avant de sortir. Je m'y prends comme un manche, c'est ça ?

Non. Il s'y prenait bien. C'était justement là le problème.

— Non, non, rien à dire. Madi a l'air contente.

Harriet songea qu'il aurait peut-être été plus facile d'oublier Ethan s'il avait traité la chienne avec plus de désinvolture.

— Elle est ravie d'être de retour chez Deb et ça se comprend. Il est bien, ton appart.

Il voulait rire ?

— En surface, il doit à peine faire le cinquième du tien.

— Ce qui n'enlève rien à son charme. Et il a quelque chose de très accueillant. On se sent bien, chez toi.

Il alla jeter un coup d'œil à ses étagères de livres et elle se pétrifia, priant pour n'avoir pas laissé son exemplaire d'*Ensemble pour le long terme* quelque part trop en vue.

Elle imaginait d'ici la conversation que pourrait faire naître cette découverte. *Sais-tu, docteur Hot, que mon imminente future belle-sœur trouve que tu es parfait pour moi ?*

— Je peux t'offrir quelque chose à boire ?

La question était si polie. Si formelle.

Elle essayait d'oublier qu'elle l'avait déshabillé intégralement ou presque. D'oublier qu'elle savait très précisément à quoi ressemblait le torse viril qui se cachait sous l'épais col roulé noir en laine qu'il portait sur un jean.

Lui, en revanche, n'avait dû conserver aucun souvenir de cet épisode. Elle ne savait pas très bien d'ailleurs ce qu'il avait mémorisé de ce week-end.

Ni lui ni elle n'avait fait allusion par la suite à ce moment suspendu au cœur de la nuit où il avait été à deux doigts de l'embrasser.

Il aurait été facile de se dire qu'elle avait rêvé ces instants, mais elle savait que la tentation avait été réelle, de part et d'autre. Mais Ethan s'en souvenait-il seulement ? Il n'était pas exclu qu'il ait été sous l'emprise d'un délire induit par la fièvre et que sa mémoire n'ait gardé aucune trace de l'événement.

Ethan finit d'inventorier le contenu de sa bibliothèque et se tourna vers elle.

— Je boirais bien quelque chose, oui. Qu'est-ce que tu as à me proposer ?

— Du jus de fruits. Du vin...

Elle se sentait de plus en plus troublée parce qu'elle avait du mal à décrypter le sens de sa visite. S'était-il senti obligé de prendre de ses nouvelles ? Ou passait-il comme ça, en « copain » ? Leur relation était d'un genre assez particulier, au fond. Il y avait eu de grands moments d'intimité entre eux, sans qu'ils soient intimes pour autant.

— Si tu préfères, je dois aussi avoir de la bière. J'en garde toujours en réserve pour Daniel.

— Va pour la bière, alors. Elles sont où, tes décorations de Noël ?

— Mes décorations ? Sous mon lit, pourquoi ?

— Je vais te donner un coup de main. Il est gigantesque, ton sapin. Je peux t'aider à décorer les branches hautes.

— Tu veux m'aider à accrocher mes petites guirlandes ? Toi, le cynique qui refuse d'enfiler un costume de Père Noël pendant quelques heures pour faire plaisir à des gamins malades ?

— Là, c'est autre chose.

Son regard retint le sien un instant et l'air entre eux s'épaissit, vibrant d'une tension dangereusement excitante.

— Va chercher tes décos.

Le cœur battant, elle alla récupérer le carton sous son lit et ils placèrent ensemble les délicates boules translucides en verre soufflé et les longues guirlandes aux lumières délicates comme autant de fragiles lucioles.

Chaque geste que faisait Ethan résonnait en elle comme s'il l'avait touchée. Sa présence dans son appartement avait quelque chose de torturant et de magique à la fois.

— Ça n'a pas été trop dur de retourner à l'hôpital lundi matin ? Tu es complètement rétabli maintenant ?

— Je suis encore un peu crevé, mais ça va. Grâce à

toi. Je pense que j'aurais récupéré beaucoup moins vite si tu ne m'avais pas veillé jour et nuit comme un ange à mon chevet.

Il lui prit une décoration en argent des mains et ses doigts effleurèrent les siens.

— Je te dois un dîner.

— Tu ne me dois rien du tout.

— Tu as repris le *dating* depuis que tu es partie de chez moi ? De nouveaux *targets* en vue ?

Elle accrocha la petite étoile à une branche.

— Cela ne remonte qu'à une semaine. Laisse-moi un peu de temps pour souffler.

— Autrement dit, la réponse est non. Je termine tôt demain. Je passe te prendre à 7 heures.

— Ethan…

— Inutile de discuter. Je veux t'inviter à dîner.

Sur le point de demander pourquoi, elle se ravisa, connaissant déjà la réponse. Il le lui avait promis et il était homme à tenir ses engagements. Sachant cela, elle décida que le plus simple était d'accepter sans discuter. Comme cela, au moins, ce serait fait. Puis ils pourraient continuer à vivre chacun leur vie, libres de toute dette.

— Très bien. Dînons. Où veux-tu que je te retrouve ?

— J'ai dit que je passerais te prendre.

Il finit de suspendre le dernier élément de décoration et recula d'un pas.

— C'est pas mal, non ? Il ne te manque plus que les cadeaux à placer dessous.

— J'en ai déjà toute une pile. Il ne me reste plus qu'à les emballer.

— Alors, tu es prête pour les fêtes. Tu as toujours l'intention de les passer seule ?

— Je n'ai pas dit que je serai seule. Juste que je ne célébrerais pas Noël en famille. Le 25, j'organise un repas ici pour Glenys. Et je passerai quelques heures au refuge pour animaux. Ils ont toujours beaucoup de mal à trouver des bénévoles à cette période de l'année.

— Et tu vas y faire quoi, dans ce refuge ?

— Je donne un peu de mon temps pour promener et socialiser quelques-uns de leurs pensionnaires à quatre pattes.

Ethan haussa les sourcils.

— On « socialise » les animaux, maintenant ?

— Certains de ces chiens ont eu des vies affreuses et ils peuvent être craintifs et repliés sur eux-mêmes. On essaie de faire en sorte qu'ils cumulent de nouvelles expériences positives. Cela augmente leur probabilité d'être adoptés dans une famille-pour-la-vie.

Le regard d'Ethan ne quittait pas le sien

— Et c'est ça, le but ? Se faire adopter « pour la vie » ?

Pourquoi gardait-il les yeux rivés sur elle comme ça ?

Et où était passée sa propre voix ? Quelques secondes auparavant encore, elle fonctionnait à la perfection.

— C'est le but, en effet. Nous essayons de trouver pour eux des foyers où ils seront aimés et désirés pour ce qu'ils sont — pour *qui* ils sont.

Et elle savait avec la plus grande certitude désormais qu'elle voulait exactement la même chose pour elle-même.

Chapitre 19

En entrant avec Ethan dans le restaurant, Harriet nota le décor à la fois intimiste et chaleureux, et l'atmosphère festive. Des bougies scintillaient sur les tables et de discrètes guirlandes de lumières étaient accrochées aux poutres basses.

Tendue comme un ressort, elle se glissa sur la banquette près de la fenêtre en se demandant si elle serait en état d'avaler une bouchée. Ce *date* « pour de faux » se révélait beaucoup plus stressant qu'un rencard officiel. Et cela pour la bonne raison que ce non-*date* était l'idée même qu'elle se faisait du *date* idéal.

Ethan Black était le premier homme, depuis longtemps, pour lequel elle s'était préparée dans un état d'effervescence où la surexcitation se mêlait à l'anxiété.

Elle avait passé un temps fou à se laver, s'habiller, arranger ses cheveux pour qu'ils n'aient pas l'air coiffés, se maquiller de façon à ne pas paraître maquillée.

Lorsque Ethan était passé la prendre, elle avait mis du gloss à lèvres transparent qu'elle avait mordillé et avalé au bout de cinq minutes. Mais elle n'osait pas en remettre devant lui au cas où il l'interpréterait comme un geste de séduction. S'il avait considéré son repas du premier soir comme une manœuvre romantique, une application de gloss devait plus ou moins équivaloir à ses yeux à une demande en mariage.

Et maintenant il était là, en face d'elle, et la regardait comme s'il attendait quelque chose, mais quoi ?

Des observations humoristiques ? De fascinantes anecdotes ? Des confidences d'*insider* sur le Tout-New York mondain ? Elle espérait de tout cœur que non, car sa tête s'était vidée dès l'instant où elle lui avait ouvert à 7 heures pétantes. Dressé dans l'encadrement de la porte, il avait rempli tout l'espace avec sa haute silhouette et son sourire magnifique. L'espace d'un instant, elle était restée le souffle coupé, comme si elle avait gravi l'escalier quatre à quatre en portant ses sacs de courses.

Même maintenant, elle se sentait encore un peu hors d'haleine, le cœur battant, et incapable d'ouvrir la bouche pour dire quoi que ce soit d'un peu intelligent.

Le jour même de son inscription sur un site de *dating*, elle avait pourtant compilé une liste complète de sujets de dépannage à dégainer en cas de temps mort dans la conversation : la météo, bien sûr. Les voyages. Les livres. Les objectifs de vie. Elle les appelait ses « bouche-trous conversationnels d'urgence ». Jusqu'à présent, elle n'avait pas eu l'occasion d'y recourir, car les trois hommes qu'elle avait rencontrés n'avaient laissé aucun espace de parole disponible. Ils l'avaient même tellement soûlée de mots qu'elle avait failli les supplier d'arrêter de lui en mettre plein les oreilles.

Ethan était différent.

Il se pencha vers elle et articula à voix basse :

— Ce soir, on n'applique qu'une seule règle.

Parce qu'il y avait des règles à observer, en plus ? Elle s'humecta les lèvres.

— C'est-à-dire ?

Une lueur d'humour scintilla dans ses yeux bleus.

— Tu ne te sauves pas par la fenêtre. Si quelque chose

que je te dis t'offense, tu protestes haut et fort. Pas de fuite précipitée dans des conditions plus qu'acrobatiques.

— Promis.

Il n'en fallut pas plus pour que son appréhension retombe. Tout ce qui suivit coula de source.

Ethan était cool, calme et distrayant. « Communiquer » pour lui ne consistait pas à débiter un monologue interminable. Lorsqu'il abordait un sujet, il lui demandait son opinion et écoutait attentivement sa réponse. Très vite, elle se surprit à lui parler d'elle-même avec une facilité déconcertante. Elle passa des matières qui lui avaient posé des problèmes au lycée à la chance inouïe qu'elle avait eue d'être née jumelle. Non sans fierté, elle raconta l'épisode où Fliss, pour la défendre, avait cassé la figure du capitaine de l'équipe de foot du lycée qui la harcelait sans répit du fait de son bégaiement. À la suite de cette bagarre mémorable, Fliss avait écopé de deux semaines de renvoi temporaire et gardait aujourd'hui encore une cicatrice sur la tête.

Elle parla du divorce de ses parents qui aurait dû survenir bien plus tôt dans leurs vies à tous. De Daniel dont elle avait pensé qu'il continuerait de don-juaniser toute sa vie, mais qui était tombé fou amoureux de Molly, une fille géniale qui savait tout — absolument tout — sur l'Art du Couple (même si elle avait évité toute relation avec un homme avant de connaître Daniel) et qui gagnait sa vie en publiant des livres bourrés de bons conseils.

Pendant qu'elle lui parlait, elle sentait Ethan très présent et à l'écoute. Il se montrait pertinent et drôle dans ses remarques, attentif à remplir son verre et à s'assurer qu'elle prenait plaisir à ce qu'elle mangeait.

Ils firent une orgie de gambas grillées avec des petits légumes marinés. Suivit un exquis soufflé aux truffes auquel elle prêta moins d'attention qu'il ne le méritait, tant leur conversation l'absorbait. Elle qui se passionnait tant pour la nourriture d'habitude en oubliait de s'intéresser au contenu de son assiette. L'homme assis en face d'elle monopolisait tout le champ de son attention.

Elle lui parla des étés qu'elle passait enfant dans les Hamptons. De l'année de ses neuf ans, lorsque sa grand-mère avait confié à sa garde exclusive pendant deux mois un chiot trouvé. Des supplications qu'elle avait adressées à sa mère pour pouvoir ramener le petit chien chez eux en septembre. Et du refus implacable qui était tombé: « Impossible. Ton père ne le tolérerait pas. » Il fut question aussi de crises plus récentes, comme le moment où elle s'était disputée pour la première fois de sa vie avec Fliss pour que sa jumelle accepte enfin d'être soutenue au lieu d'être celle qui soutenait.

Ethan, lui, parla de son enfance dans une famille de médecins. Des patients qui venaient frapper à leur porte le dimanche lorsqu'ils avaient un problème; du téléphone qui sonnait sans relâche à toute heure du jour et souvent de la nuit.

Pour Harriet, ce tête-à-tête confiant avec Ethan était une expérience inédite. Avec les trois mecs qu'elle avait rencontrés en ligne, elle n'avait eu qu'une hâte: que la soirée se termine. Avec Ethan, elle ne voulait plus que ça s'arrête. Elle aurait pu continuer à lui parler d'elle une vie entière.

La seule ombre au tableau, c'était qu'elle tombait dans le défaut inverse de celui qu'on lui reprochait d'habitude. Au lieu d'être mutique, elle le soûlait de paroles ! Mortifiée, elle s'interrompit net.

Ethan lui jeta un regard interrogateur.

— Qu'est-ce qui se passe ?

Il se passait qu'elle n'avait pas envie que ce *date* soit juste pour faire semblant. Elle le voulait réel. Elle le voulait vrai. Être assise face à Ethan, évoquer sa journée, l'entendre parler de la sienne.

Puis rentrer avec lui, lui arracher tous ses vêtements et se livrer à des débordements sexuels que la très sage Harriet Knight n'aurait même pas osé imaginer jusque-là.

Elle se revit en train de le déshabiller, le vendredi soir chez lui. Revécut son trouble en découvrant le corps d'Ethan. La solidité de ses muscles. L'équilibre des proportions et des lignes. Il était magnifique et elle ne pouvait plus s'arrêter de penser à chaque détail de son anatomie.

— Harriet ?

Elle tressaillit.

— Oui ? Quoi ? Pardon ?

Elle ne venait pas d'exprimer ses pensées à voix haute, au moins ?

— Excuse-moi. J'ai oublié ta question.

— Je te demandais ce qui t'arrivait.

Elle avait mélangé la réalité avec ses fantasmes, voilà ce qu'il lui arrivait.

— Je me suis aperçue que je tombais dans les travers que je reproche si souvent aux autres. J'ai causé non-stop sans même prendre une pause pour respirer.

— Tu n'as pas parlé sans discontinuer. J'ai pris la parole, moi aussi.

— Mais pas autant que moi.

Elle était consternée. Il avait probablement dû se morfondre comme elle s'était morfondue en subissant tous ces monologueurs incapables de laisser la place à l'autre.

— Pourquoi ne m'as-tu pas dit de m'arrêter ?

— Parce que ce que tu me racontes m'intéresse. Parce que *tu* m'intéresses. À aucun moment, je n'ai eu envie de t'interrompre.

— Tu dis ça, mais je n'ai pas arrêté de monopoliser la parole !

Elle sentait ses joues rosir. C'était la raison pour laquelle elle fuyait le blush. Ajoutée à sa tendance naturelle à s'empourprer pour un oui ou pour un non, la moindre touche de fard à joues menaçait de la faire rougir pire qu'une lanterne de bâbord.

— Ce n'était pas un monologue. Et cela m'a permis de voir les contours de ta personnalité s'ébaucher, se dessiner petit à petit. J'ai l'impression de te connaître un peu mieux, maintenant. Et c'est bien.

— Un peu ? Je t'ai raconté ma vie en long, en large et en travers. Tu sais absolument tout ce qu'il y a à savoir sur moi. À part peut-être que j'ai eu une appendicectomie à l'âge de huit ans.

Il sourit.

— C'est toujours bon de connaître tes antécédents médicaux. Pas d'allergies particulières à signaler ?

— À part celle au *dating* en ligne, tu veux dire ?

Pourquoi trouvait-il positif de mieux la connaître ? À quoi cela lui servait-il s'ils ne devaient jamais se revoir ?

Si elle accumulait les maladresses, il en conclurait peut-être qu'un second *date* d'entraînement s'imposait. Cela demanderait un certain doigté de sa part, bien sûr, mais si elle se débrouillait bien, sa relation avec Ethan pourrait battre des records de longévité. Peut-être y aurait-il moyen d'obtenir une prolongation de son statut d'apprentie-*dateuse* ?

Le dessert arriva — une panna cotta onctueuse fouettée avec du chocolat. Elle admira cette petite merveille en songeant qu'elle ressemblait à la vie telle qu'elle la voyait en cet instant : douce, suave, idéale. Mais on ne pouvait pas survivre en ne se nourrissant que de desserts. Et c'était la première fois et probablement la dernière qu'elle dînait dans un restaurant romantique face à Ethan Black.

La flamme fragile des bougies jetait des reflets changeants

sur le visage mince de ce dernier, soulignant l'élégance de ses traits et le bleu de ses yeux qui voyaient trop de choses. Un pli amusé lui marquait le coin des lèvres. Si seulement tous les *dates* pouvaient être aussi simples et détendus que celui-ci. En fait, elle aurait eu envie que sa vie entière ressemble à ce moment précis, comme si elle oscillait à l'entrée d'un monde nouveau et excitant.

Elle prenait tant de plaisir à cette soirée qu'elle ne voulait vraiment, *vraiment* plus jamais que cela s'arrête.

La tête lui tournait et elle savait que cela ne venait pas que du vin. La présence attentive d'Ethan était directement en cause.

Elle se demanda comment il serait au lit.

Confiant en lui. En elle. En eux.

Doué. Compétent.

Son visage s'embrasa.

— Debra t'adore. Elle me parle souvent de toi quand je passe prendre Madi. Son frère médecin par-ci, son frère médecin par-là. Elle est très fière. Tu as de la chance de faire partie d'une famille aussi unie.

— J'ai l'impression que vous êtes comme les doigts d'une seule main, Fliss, Daniel et toi.

— Oui, mais en ce moment…

Elle s'interrompit, se trouvant déloyale de paraître critiquer sa fratrie. Elle les adorait, tous les deux, mais ils semblaient ne pas vouloir comprendre qu'elle pouvait se passer d'eux pour régler son existence.

— Le problème, c'est qu'ils sont surprotecteurs, l'un et l'autre. Quand j'étais jeune, je ne demandais que ça. Mais maintenant, ça devient plus problématique. Dès que la moindre difficulté se présente pour moi, Fliss veut la résoudre manu militari et Daniel menace d'intenter un procès sur-le-champ. Ils ne comprennent pas que s'il y a quelque chose à régler, c'est à moi de trouver *ma* solution. Et s'il n'y a pas de solution disponible, il faut que je m'adapte à ma façon.

— D'où le Challenge Harriet ? C'est un message adressé à ta famille ?

— Non. Le Challenge Harriet, c'est pour moi.

Elle termina son vin en se demandant jusqu'où aller dans ses explications.

— En fait, l'année dernière, ils sont tombés amoureux l'un et l'autre. Bon, dans le cas de Fliss, ça fait peut-être dix ans que l'amour dure, mais peu importe. Le gros du problème, c'est qu'ils aiment et sont aimés, et qu'ils se sentent coupables vis-à-vis de moi. Ils ont l'impression de me laisser à la traîne, style : pauvre petite Harriet. Donc le remède le plus simple, à leurs yeux, c'est de trouver aussi quelqu'un pour moi. Comme ça, adieu culpabilité.

Il hocha la tête.

— Donc ils te cherchent une âme sœur — quelqu'un avec qui ça « matche ». C'est pour ça que tu t'es inscrite sur une appli de *dating* ?

— Molly m'a conseillé de faire un essai, oui. Mais j'avais déjà pensé que ce serait une bonne idée, simplement parce que c'est la dernière chose au monde que j'avais envie de faire... Pourquoi tu ris ?

— Parce que les gens *évitent* normalement de se colleter avec ce qu'ils détestent. Ils feront tout pour s'y soustraire. Alors que toi, tu fonces droit dans le tas. Quant à ce que tu me décris, cela me paraît être dans l'ordre naturel des choses. Ton frère et ta sœur veulent te voir aussi heureuse qu'ils le sont eux-mêmes. Et les parents exigent des petits-enfants.

Pas les siens. Sa mère — qui commençait enfin à prendre plaisir à la vie — voyageait désormais partout dans le monde. Et son père n'avait aucune affection pour ses enfants. Il semblait donc peu probable qu'il aspire à les voir mettre au monde une descendance.

— De ton côté, tu es tranquille. Debra leur a déjà donné une petite-fille.

Ethan ponctua cette affirmation d'un mouvement de cuillère fataliste.

— C'est exactement ce que je me tue à leur dire. Mais apparemment, je ne peux pas me réfugier derrière ma sœur. Debra a fait son devoir mais pas moi.

— Tu ne veux pas d'enfants ?

Oh non… Elle parlait d'avoir des enfants avec un homme qui n'était même pas son *date*.

Jolie boulette, Harriet.

Elle n'était peut-être pas spécialiste de ce qu'il fallait dire ou ne pas dire à l'occasion d'un premier *date*, mais s'il y avait une chose dont elle était certaine, c'était que le sujet des enfants était à éviter.

— Oublie ma question.

Elle reposa son verre.

— Alors comment tu te sens, maintenant ? Complètement rétabli ?

— Tu m'as déjà demandé la même chose tout à l'heure. Et pourquoi faut-il que « j'oublie ta question » ?

— Parce que le sujet n'est pas vraiment indiqué pour deux personnes réunies à l'occasion d'un pseudo-*date*.

Il se tut un instant, son regard plongé dans le sien.

— Un pseudo-*date*, c'est vrai.

Quelque chose dans le ton de sa voix amena Harriet à scruter ses traits avec attention.

— Si l'objectif, c'était de m'aider à trouver des sujets de conversation neutres et confortables, j'ai échoué lamentablement. Je t'avais prévenu. Je ne suis pas douée pour le *dating*.

— Mais comme tu ne cesses de me le rappeler, ce dîner n'est pas un *date* à proprement parler.

Très calme, il lui reversa du vin.

— On est juste là, en amis, à communiquer. Tu me demandais si je voulais des enfants. Et j'avoue que la question me surprend de ta part, car tu m'as déjà vu à l'œuvre avec Madi.

— Tu n'étais pas si nul que cela ! Je t'ai même trouvé très bien avec elle. Je ne parle pas du premier soir où tu étais fatigué et où tu ne t'attendais pas à trouver ton appart en vrac. Mais sinon, tu as été très patient et tolérant avec une petite chienne plutôt vivante et énergique.

— Tu vois toujours le bon côté chez tout le monde.

— Pas systématiquement, non. Je crains d'être peu douée pour les relations humaines, en fait. Et parfois, si je m'efforce de voir le positif, c'est uniquement parce que j'ai du mal à croire que les gens puissent être aussi cruels. Mais à force de fréquenter le refuge pour animaux, je dois me rendre à l'évidence : les êtres humains sont parfois des brutes épaisses.

— Ils te paient pour tout ce que tu fais là-bas ?

— Au refuge ? Non, je suis bénévole. Je ne fais pas tant d'heures que ça, d'ailleurs. Les Woof Rangers me prennent presque tout mon temps. Souvent, je fais juste un saut là-bas pour récupérer un chien ou un chat dont j'assume l'accueil temporaire.

— Donc tu les prends et ensuite tu les rends. Je ne me serais pas attendu à ça de ta part.

Il ne la connaissait clairement pas très bien.

— Si un animal a besoin d'un toit et d'un peu d'affection, je les lui offre dans la mesure de mes possibilités.

— Ce n'est pas le fait que tu les accueilles qui me surprend. Je trouve étonnant que tu acceptes de te séparer d'un chien une fois que tu l'as eu chez toi quelques jours.

— Je ne peux pas les garder tous.

— Mais si tu le pouvais, tu le ferais. Et je parie que c'est très dur pour toi de rendre tes pensionnaires.

— C'est vrai que j'ai du mal. Je n'ai jamais voulu avoir un chien à moi jusqu'à présent, parce que, entre ceux que je promène et ceux que j'accueille, ça exigerait une sacrée organisation. Mais je vais peut-être changer d'avis et franchir le pas quand même.

C'était la première fois qu'elle parlait à quelqu'un de ce projet qui prenait forme en elle. Qu'elle ait choisi Ethan pour s'en ouvrir pouvait paraître bizarre. Mais c'était venu très naturellement.

— J'ai envie d'un chien qui serait avec moi en permanence. Pas un que j'aurai à rendre à son maître après une heure de promenade. Ou que je devrais ramener au refuge après l'avoir nourri au biberon et éduqué à la propreté pour qu'il puisse être adopté par d'autres que moi.

— Donc ta décision est prise ?

— Pas encore tout à fait. Je commence tout juste à y penser. Mais je crois que ça en prend le chemin. Je me sens mûre pour avoir un chien à moi. Mais il faut encore que je réfléchisse à la façon dont je vais m'organiser. Aux compromis auxquels il faudra me résoudre.

— Les compromis seront sûrement nettement moins nombreux que ceux auxquels tu devrais consentir si tu vivais avec un mec. Tiens, en parlant de ça, pourquoi Fliss pense-t-elle que je serais un bon *match* pour toi ?

Elle faillit en lâcher sa cuillère.

— Pardon ?

— J'ai surpris une certaine conversation téléphonique avec ta sœur où il était question que je pose mes mains partout sur toi.

— Tu as entendu ça ? Oh non, c'est horrible.

Malade de honte, Harriet se couvrit le visage de ses paumes.

— Sors-moi d'ici, s'il te plaît. Le dîner est terminé et ma dignité est morte.

En l'entendant rire doucement, elle écarta les doigts.

— Tu te moques de moi, en plus ? C'est cruel. Je vais finir par penser que tu n'as vraiment aucune compassion pour tes frères humains.

— Je ne ris pas de toi.

— Ah non ? Ça y ressemblait, pourtant.

— Je pensais que tu savais que j'avais surpris votre conversation, vu ton air effaré lorsque tu t'es aperçue que j'étais juste à côté de toi.

— J'ai supposé que tu avais peut-être capté quelques bribes, en effet, mais j'espérais que la fièvre t'aurait suffisamment brouillé l'esprit pour que tu aies tout oublié. Comme tu n'as pas vraiment abordé le sujet par la suite…

— Tu me soignais et j'avais besoin de toi. Je me disais que si je faisais allusion à cette conversation, tu pourrais décider de m'abandonner à mon triste sort.

Harriet en oublia de terminer son dessert. Elle ne s'était jamais sentie aussi mortifiée de sa vie.

— Je ne t'aurais pas abandonné, de toute façon.

Il y eut un silence.

— Non, acquiesça-t-il lentement. Tu n'aurais pas fait cela. Cela aurait été contraire à ta nature.

Elle repoussa son assiette à dessert.

— Bon. OK. Tout cela est horriblement gênant.

— Gênant en quoi ?

— Ça me pétrifie que tu aies entendu la suggestion idiote de ma sœur. Je ne sais plus ni quoi dire ni quoi faire.

— Moi je sais : on va en rire ensemble. Et échanger des anecdotes au sujet de nos frères et sœurs qui tiennent à tout prix à organiser *nos* vies à *leur* façon. Tu crois que

Debra se prive d'exercer sa tyrannie sur moi ? C'est une appli de rencontre à elle toute seule, ma sœur.

Elle risqua un regard dans sa direction.

— C'est vrai ? Tu y as droit, toi aussi ?

— Debra ? Elle est intenable avec moi. J'ai perdu le compte du nombre de copines à elle qu'elle a essayé de me fourguer.

Il entreprit d'imiter — non sans talent — la voix et les accents de sa sœur.

— *Ethan, cette fois, je le sais, je le sens, j'en suis sûre ! C'est pile celle qu'il te faut.*

Harriet se mit à rire.

— Ah oui, voilà. Je crois entendre ma sœur. Et comment tu contrecarres ses plans ?

— Parfois, je fais mine de jouer le jeu le temps du coup de fil, parce que j'adore ma sœur. Mais si elle revient un peu trop à la charge, je l'envoie bouler.

— Et ça marche ?

— Jamais durablement, non. Parfois, je mets fin à l'appel. Si elle m'exaspère trop, je lui dis que j'ai une vie à sauver. Ne le répète pas à Deb ou je refuse d'examiner ta cheville la prochaine fois que tu sauteras dans une poubelle.

— Et c'était qui, la dernière fille en date que Debra a cherché à te coller dans les bras ?

Il y eut un bref silence.

— Toi.

Harriet écarquilla les yeux

— Moi ? Elle a fait ça ? Mais c'est horrible. Je suis mal, là.

— Pourquoi « horrible » ? Elle pense que tu es la personne tout indiquée pour me guérir de mes travers de vieux célibataire et pour panser mon cœur censément blessé. Des objectifs exigeants pour toute femme, même pour celles qui portent haut les couleurs du Challenge Harriet.

— Ton cœur est blessé ?

— Mon cœur ? Aucune idée. Mais je ne crois pas, non. Cela fait déjà un moment que je n'arrive plus à localiser ce noble organe chez moi.

Comment pouvait-il prétendre manquer de cœur alors qu'elle voyait partout des preuves de sa sollicitude et de son attention à autrui ?

— C'est pour ça qu'elle voulait que je vienne chez toi pour promener Madi ?

Une pensée atroce lui traversa l'esprit.

— Karen a bien eu un accident, au moins ? Ce n'était pas un vaste coup monté ?

— Ce n'était pas un coup monté, non. Ma sœur sait se saisir d'une occasion lorsqu'elle se présente. Mais elle n'a jamais été comploteuse. Et c'est une très bonne mère.

— Et je suppose qu'elle te laisse tranquille depuis que tu lui as dit que ça ne « matchait » pas pour toi ?

Il but sa dernière gorgée de vin et reposa son verre.

— Qui a dit que ça ne « matchait » pas pour moi ?

Le rythme des battements de cœur d'Harriet doubla soudain d'intensité et toutes ses forces la quittèrent.

— Tu m'as dit que tu ne voulais surtout pas d'une femme chez toi.

— Je t'ai peut-être dit que je ne comptais pas me remarier. Mais ça ne signifie pas que je ne m'intéresse pas aux femmes. Tu ne me prendrais tout de même pas pour un moine, Harriet ?

Il avait l'air amusé.

— J'ai des histoires avec des femmes. Mais pas du genre qui se terminent par un mariage. Alors que toi, c'est un scénario à long terme que tu recherches.

Là, tout de suite, elle était preneuse de n'importe quel type de scénario à condition qu'Ethan y tienne le rôle-titre.

La bouche sèche comme du carton, elle hésita à lui proposer une nuit de sexe-pour-le-sexe, sauvage, ardente et décomplexée.

Mais la proposition ne serait-elle pas un peu ambitieuse ? Était-elle seulement capable de faire passionnément l'amour en laissant ses complexes de côté ?

Avec Ethan, étrangement, il lui semblait possible d'envoyer valser ses inhibitions. Parce qu'il y avait chez lui une authentique gentillesse. Parce qu'il était solide, habile, et confiant en lui-même. Sous le regard d'Ethan, elle sentait éclore en elle quelque chose qui était resté en bouton jusque-là — et cette efflorescence intérieure lui plaisait. Face à lui, elle se sentait intéressante, féminine et drôle. Et vivante, surtout.

Son regard chercha le sien et le désir flamba en elle, une sensation étourdissante qui effaça toute autre pensée dans sa tête. La rumeur d'arrière-fond s'évanouit. Il n'y avait plus qu'Ethan et ce qui circulait d'elle à lui. Elle réalisa qu'elle avait sous-estimé sa vie durant la toute-puissance de la pulsion sexuelle. Ou peut-être, tout simplement, ne l'avait-elle jamais ressentie auparavant. Pas comme maintenant, en tout cas. Elle ne se souvenait pas d'avoir connu ces longs frissons, cette excitation paralysante. Ni la tension brûlante qui accompagnait l'anticipation de ce que ce que leurs regards aimantés se promettaient en silence.

Une chose était certaine — après ce soir, ce serait encore plus difficile d'aller à un rendez-vous amoureux raté, parce qu'elle savait désormais ce qu'était un *date* réussi.

— Sortons d'ici.

La voix rauque d'Ethan l'enveloppa, directement reliée à quelque chose qui vibrait tout au fond d'elle-même.

Elle n'avait aucune idée de ce qu'ils allaient faire en sortant du restaurant, mais elle était partante. La décision s'était formée en elle sans même qu'elle en ait eu conscience.

Si c'était l'unique *date* qu'elle devait avoir avec Ethan, elle avait la ferme intention d'en faire une soirée mémorable.

Chapitre 20

Ils prirent un taxi pour retourner à l'appartement d'Harriet.

Même s'il ne discernait que son profil dans le noir, il la sentait tendue. Elle était si immobile, si silencieuse, que c'était à peine s'il l'entendait respirer.

Il se demanda si elle était inquiète et lui prit la main, entrelaçant ses doigts gantés aux siens.

Elle tourna la tête vers lui et il constata qu'elle semblait calme et déterminée. Il s'était attendu à l'indécision et au doute mais n'en voyait aucun signe chez elle. Et ce qu'il lisait dans ses yeux ne servit qu'à exacerber son désir.

La soirée ne s'était pas déroulée tout à fait comme il l'avait prévu. Et pour ce qui allait se passer ensuite…

Il avait eu la ferme intention de la raccompagner jusqu'à sa porte puis de repartir. Telle aurait été la solution raisonnable et prudente. Mais lorsqu'ils arrivèrent en bas de son immeuble, elle se tourna vers lui.

Dans ses yeux scintillait une flamme inattendue qu'il identifia comme un challenge. Mais il n'aurait su dire si c'était elle-même ou si c'était lui qu'elle mettait ainsi au défi.

— Tu veux monter boire un verre ?

Elle semblait à bout de souffle, comme s'ils avaient sprinté sur toute la longueur de la Cinquième Avenue au lieu de se laisser transporter au chaud dans un taxi.

Voulait-il entrer chez elle ? La réponse était très distinctement oui. Mais le devait-il ? Là, c'était déjà nettement moins clair.

À quoi pensait-elle ?

Que se passait-il dans sa tête ?

Il avait recommencé à neiger et il tendit la main pour cueillir un flocon dans ses cheveux. Avait-il déjà été en proie à un désir aussi violent, éperdu et tyrannique, pour une femme ? Si c'était le cas, il n'en gardait aucun souvenir. « Égoïste et entêté », avait dit Alison. Et elle avait peut-être raison, car il se préparait à être égoïste une fois de plus.

— Ce n'est pas ton style d'inviter un homme à entrer chez toi dès le premier *date*.

— Peut-être que c'est mon style, si. Ou que j'ai envie que ça le soit.

— Ça entre dans le cadre du Challenge Harriet, alors ?

— Je ne sais pas. Tout ce que je sais, c'est que si tu veux monter boire un café, cela me fera plaisir.

Elle était tellement directe. Tellement sincère. C'était un des traits de caractère qu'il aimait chez elle. Qu'il *appréciait*, se hâta-t-il de rectifier. « Appréciait », pas « aimait ».

Il apaisa sa conscience en se rappelant qu'elle n'était plus une enfant. À presque trente ans, Harriet était pleinement femme, libre et adulte. Et la décision qu'elle avait prise lui appartenait. Qui était-il pour vouloir la faire changer d'avis sur quelque chose qu'ils désiraient l'un et l'autre ? Surtout dans la mesure où ils ne voulaient rien de compliqué.

La nature de son désir était simple.

Poussé par un besoin qu'il ne savait nommer, il posa ses mains en coupe autour du visage d'Harriet et prit son temps pour la regarder.

Pendant toute la semaine où elle avait habité chez lui, l'idée de l'embrasser l'avait taraudé. C'en était devenu si obsédant qu'à la fin, il avait quasiment renoncé à penser encore à autre chose qu'à ses lèvres.

Et son imagination n'avait pas fait justice à ce que la réalité avait à offrir.

Dès l'instant où leurs bouches se trouvèrent, il comprit qu'il n'y avait rien de simple dans le désir qu'il éprouvait pour elle. Rien de simple dans leur relation ni dans l'attirance brûlante qui les poussait l'un vers l'autre.

Rien de simple non plus dans les sentiments qu'elle éveillait en lui.

Les lèvres d'Harriet étaient fraîches et douces, et s'entrouvrirent aussitôt sous la pression des siennes. Il resta sur un registre léger, explorant sa bouche avec de petits baisers, lents et légers, destinés à la rassurer, la détendre. Mais de détente, entre eux, il n'y eut très vite plus la moindre trace. La tension sexuelle fut immédiate et impérieuse. Et du lent-langoureux ils passèrent presque sans transition au passionné-impétueux. Après avoir passé moins d'une minute à embrasser Harriet sous la neige, il était tellement excité qu'il en oublia un instant qu'ils étaient en plein milieu du trottoir et exposés à tous les regards.

Il n'y avait pas foule pour les observer, cela dit. En ce soir de décembre glacé à New York, les passants avaient déserté les trottoirs et presque tout le monde s'était réfugié au chaud.

Ethan lui aussi était au chaud, à sa manière, bénéficiant de la chaleur physique générée par les baisers d'Harriet. Avec un léger soupir, elle s'agrippa à ses épaules et se colla tout contre lui. Si elle avait des doutes sur la suite qu'elle voulait donner à leur histoire, elle n'en laissait en tout cas rien paraître.

Au-dessus d'eux, le ciel était d'un noir d'encre mais la rue baignait dans la lumière fantomatique des lampadaires. Autour d'eux, la neige tombait toujours, dansante, légère comme l'air. Il sentit Harriet vaciller puis nouer les bras plus étroitement autour de son cou, son corps comme soudé au sien. Elle semblait vouloir se fondre en lui, et ses baisers de plus en plus brûlants chassèrent les derniers doutes d'Ethan. À travers son manteau, il percevait les courbes accueillantes de son corps. Entre eux, il n'y avait plus que cela : tentation, promesses et frissons.

Ceux d'Harriet dissipèrent partiellement l'épais brouillard de désir qui l'aveuglait.

Il lui frotta les épaules et les bras, puis l'enveloppa dans son étreinte, la protégeant avec son corps de la morsure âpre du vent d'hiver.

Dans ses bras, il la sentait frêle et délicate, mais il savait qu'elle n'était pas fragile.

— Il fait un froid de loup, lui chuchota-t-il à l'oreille.

Un froid qu'il ne ressentait pas. Tout ce dont il avait encore conscience, c'était de la brûlure lancinante du désir.

Elle se pelotonna dans ses bras, le front appuyé à son épaule, et il ne vit plus d'elle que ses longs cheveux où les flocons blancs s'attardaient, légers comme des pétales.

Comme elle demeurait immobile contre lui, il la sentit partagée, comme si elle vacillait au bord de quelque chose, sans savoir si elle voulait faire un pas en avant ou non. De son côté, il aurait probablement dû faire un pas en arrière, mais il demeura où il était, en la serrant avec force dans ses bras.

Pendant un long moment, elle ne dit rien. Puis elle redressa lentement la tête et il vit ses yeux scintiller.

— Il fait froid, oui. On va se mettre au chaud ?

Elle réitérait son invitation. Et il était évident qu'elle lui offrait autre chose que du café et la chaleur de ses radiateurs.

Il aurait dû refuser. Prendre les intérêts d'Harriet à cœur et mettre le holà. Mais d'une façon ou d'une autre, il lui emboîta le pas et la suivit dans l'escalier. En entrant chez elle, il vit qu'elle avait ajouté quelques touches festives supplémentaires depuis la veille. Une coupe avec des pommes de pin argentées, des guirlandes lumineuses un peu partout qui contribuaient encore à faire de l'appartement d'Harriet une oasis de douceur au milieu de la ville hivernale.

À part ses livres, il n'avait aucun objet personnel chez lui. Son appartement était aménagé dans un style plus que minimaliste. Sa sœur lui disait parfois en riant que si un cambrioleur parvenait à s'introduire chez lui, il ressortirait les mains vides en pensant que le lieu était inoccupé. En regardant autour de lui chez Harriet, il forma vaguement le projet de se procurer quelques coussins. Et peut-être d'installer une plante en pot ou deux. Et pourquoi pas un tapis berbère comme le sien ?

Il n'y avait pas de plafonnier, juste des lampes sur pied et d'autres d'ambiance un peu partout, qui donnaient une lumière dorée et tamisée, soulignant les murs peints en jaune solaire et les canapés bleus. Deux bouquets de fleurs fraîches apportaient leur éclat alors que dehors, la ville se cachait sous le manteau blanc de l'hiver. C'était comme sortir de chez soi un jour d'été et de soleil. Passer le seuil de chez Harriet donnait une sensation immédiate de mieux-être.

— Je te sers quelque chose à boire ?

Il se demanda si elle prenait peur, au pied du mur.

— Seulement si tu en as envie toi.

Tout ce dont il avait envie, c'était d'elle. Timide ou pas, peu lui importait, à condition qu'elle soit nue et avec lui jusqu'au bout.

Ils échangèrent un seul regard et elle fut de nouveau dans ses bras. Il l'embrassa comme si c'était la dernière chose qui lui était encore donnée de faire sur terre. Sous le choc de ce baiser, ils retombèrent contre la porte, qu'ils refermèrent de leurs poids combinés. Il s'appuya d'une main contre le battant, maintenant Harriet prisonnière.

Elle murmura son nom contre ses lèvres, puis s'attaqua fiévreusement aux boutons de son manteau. Il prit la relève et se débarrassa de son pardessus tout en la plaquant contre la porte, sa bouche fouillant la sienne. Ils s'embrassèrent comme deux plongeurs en apnée cherchant de l'oxygène, aspirant le souffle dont leur vie dépendait. Ils s'embrassèrent sans s'interrompre ni se séparer tout en s'arrachant l'un l'autre leurs vêtements. Les cheveux d'Harriet s'accrochaient à la laine de son pull et il les repoussait pour lui dégager le visage, laissant ses doigts se perdre dans les longues mèches de soie parfumée alors que leurs bouches insatiables se dévoraient sans répit.

Son pull atterrit le premier sur le sol, puis le manteau d'Harriet, suivi de près du reste de leurs vêtements.

Il s'était juré que si jamais ils en arrivaient là, ils feraient l'amour comme dans un film tourné au ralenti, en étirant chaque seconde jusqu'à l'infini. Mais à présent qu'Harriet et lui s'embrassaient à corps perdu, il était mû par un sentiment d'urgence presque désespéré. Comme si, en ralentissant, il risquait de perdre la grâce de l'instant. Ou pire encore, de la perdre elle. Il entrevit la clarté de lait de sa peau, l'éclat doré de ses cheveux, la délicatesse d'une aréole rosée. Toucher. Regarder. Sentir. Il ne savait plus où mettre la priorité. Sa seule certitude, c'était qu'il ne voulait pas que ça s'arrête.

Il n'avait aucune idée de ce qui se passerait le lendemain mais aujourd'hui, maintenant, elle était tout ce qu'il désirait.

— Ta chambre ? murmura-t-il d'une voix que l'excitation rendait rauque.

Elle se dégagea de ses bras et indiqua la direction d'un geste vague de la main.

Oscillant dans la transe du désir, ils traversèrent l'appartement d'une démarche trébuchante avant de s'effondrer sur son lit. Elle la première et lui l'écrasant presque sous son poids. Explorateur assidu, il la cartographia de ses baisers, traçant du bout de la langue des chemins de découverte qui démultipliaient leur plaisir. Ses tétons étaient délicats et grenus comme de petits fruits sauvages. Avec Harriet, il retrouvait l'été au cœur de l'hiver. La chaleur généreuse du soleil. Sa respiration se fit tumultueuse. Son doux halètement se muait en gémissements discontinus, entrecoupés de toute une gamme de sons charmants à mesure qu'il testait ses zones sensibles sans délaisser aucune piste.

— Ethan, Ethan…

Elle murmurait son nom, se tordait sur les draps alors qu'il parcourait son corps, faisant basculer leur relation amicale vers les frontières les plus reculées de l'intime.

Il jura tout bas en se rappelant que son portefeuille avec ses préservatifs gisait dans la poche de son manteau, quelque part dans le salon.

Pendant une fraction de seconde, il comprit comment certaines personnes normalement pondérées pouvaient perdre soudain la tête et se comporter de façon irresponsable.

Il se fit violence pour s'arracher aux sirènes de la Tentation Harriet.

— Ne bouge pas, marmonna-t-il en jetant un dernier coup d'œil affamé sur son beau corps offert, comme une terre promise, entrevue puis soudain dérobée.

Il se mut avec toute la célérité et l'efficacité acquises au service des urgences et revint à elle avant même qu'elle ait eu le temps de soulever la tête.

Elle fixa sur lui un regard troublé.

— Ethan…

— Oui, je sais — je sais, ma belle. Je suis là maintenant.

Il lui déploya les cuisses, glissa une main sous son bassin. Elle l'accompagna dans ses gestes et se souleva à sa rencontre. Sur le point de soulager la tension tranchante du désir, il se souvint qu'elle lui avait dit ne pas beaucoup aimer le sexe. Et même si l'envie de se perdre en elle le torturait, il refusait de se jeter sur elle comme une brute, à l'égal des Charlton et des Éric avant lui.

Non seulement il voulait la réconcilier avec le sexe, mais il ferait tout ce qui serait en son pouvoir pour l'étourdir de plaisir. Il se força à faire machine arrière et, différant son propre assouvissement, descendit le long du corps d'Harriet jusqu'à l'ombre dorée entre ses cuisses et prolongea le festin. Il lécha, lapa, glissa sa langue entre les plis nacrés de sa chair, suçant, aspirant, titillant jusqu'à ce qu'elle crie son nom et qu'il soit obligé de la maintenir immobile pour calmer les mouvements désordonnés de son bassin. Seulement lorsqu'elle cria, gémit, supplia dans son égarement, il se positionna au-dessus d'elle et, la poitrine serrée par une émotion inconnue, prit son temps pour entrer en elle. Lentement, il amadoua sa chair au fil de ses poussées progressives, domptant les mouvements de ses reins. Il lui tira les bras au-dessus de la tête et entremêla ses doigts aux siens. Lui maintenant les poignets, le regard plongé dans le sien, il s'enfonça plus profondément en elle et sentit le fourreau étroit offrir une légère résistance à son invasion. Faisant appel encore une fois à sa volonté, il se força à s'immobiliser tout à fait.

— Ça va, Harriet ?

Sa voix était haletante. Elle fit oui de la tête, les joues empourprées, les yeux rivés sur lui comme s'il était le seul élément stable dans un monde emporté dans un mouvement de rotation accélérée.

Il reprit sa progression, bougeant lentement ses reins,

jusqu'à ce qu'il sente la fleur d'Harriet s'ouvrir pour l'accueillir, puis se refermer autour de lui dans une soyeuse intimité. Il ralentit, posa la tête sur l'épaule de celle-ci pour essayer de différer sa jouissance, mais Harriet continuait de se mouvoir sous lui, le stimulant de la voix, comme si elle voulait le prendre au plus profond d'elle-même. Il lâcha son maigre reste de contrôle. L'amour avec Harriet était fou, sauvage, dévorant, il effaçait tout ce qui n'était pas elle et lui — tout ce qui n'était pas la danse impétueuse de leurs corps mêlés.

Il l'entendit gémir de plaisir et sentit ses ongles s'enfoncer violemment dans ses épaules. Puis elle l'emprisonna dans son étreinte de manière à lui rendre impossible toute tentative de ralentir. Elle cria son nom au moment où elle jouit, l'entraînant avec elle, et il chavira, tombant en chute libre dans un orgasme étourdissant.

Elle se blottit en sécurité dans le cercle de ses bras, lasse, repue et ronronnante comme une chatte. Son cœur battait toujours très vite et sa peau était brûlante et moite contre celle d'Ethan. Avait-elle déjà connu cette absolue félicité auparavant ? Si c'était le cas, le souvenir lui en échappait. Comment croire qu'Ethan Black était là, en chair et en os, dans son lit, son corps puissant encore enchevêtré au sien ?

Terminer la soirée de cette façon ne figurait pas au programme initial, mais l'aboutissement s'était pour ainsi dire imposé de lui-même. Naturellement. À croire qu'elle était plus douée pour sortir de sa zone de confort qu'elle ne l'avait cru au départ.

Le statut de *bad girl* lui serait-il allé comme un gant, tout compte fait ?

Ou pas vraiment ?

Elle s'était promis de ne pas se lancer dans la moindre interprétation hasardeuse sur ce qui venait de se passer entre eux, mais c'était moins facile qu'elle ne l'avait imaginé.

Elle tenta de reprendre son souffle.

— Si c'était la leçon numéro un de ton master class de *dating*, que faut-il attendre de la numéro deux ?

Ethan avait les yeux fermés.

— Laisse-moi une minute pour souffler et je te ferai une démo. Il se pourrait que la seconde étape du coaching découle directement de la première.

Elle se blottit plus étroitement contre lui, bien décidée à tirer le meilleur parti de la présence d'Ethan dans son lit.

— Donc j'ai couché dès le premier soir. Tu crois que ça suffit à me faire accéder au statut de *bad girl* ?

— Peut-être... Mais si jamais cela ne suffisait pas, j'aurai quelques idées pour t'aider à obtenir ton badge. Je suis prêt à me sacrifier pour la cause.

— Ton grand cœur te perdra.

Il ouvrit les yeux.

— Sûrement pas.

— Tu crois vraiment que tu n'as pas de cœur ?

Elle se demandait encore comment il pouvait penser une chose pareille, compte tenu de tout ce qu'elle savait à son sujet.

Il avait plus de cœur à lui seul que tous les hommes qu'elle connaissait réunis.

Il lui effleura la joue d'une caresse.

— Disons que j'ai du mal à rester en phase avec mes émotions depuis quelques années. En début de carrière, j'étais super empathique et cela me rongeait littéralement. Chaque jour, je rentrais vidé, essoré, ravagé. J'ai appris à gérer, à me mettre en mode *off*. Mais le prix à payer, c'est que ça devient de plus en plus difficile de réenclencher le mode *on*.

— Tu devais y arriver, quand tu étais encore marié.

— Non, justement. Et c'était une partie du problème entre nous. D'autant plus qu'Alison était dans le même cas. Elle est reporter. Ce qu'elle voit dans son métier est souvent encore pire que ce que j'affronte au quotidien. Et ça finit par modifier ta personnalité. On apprend à se détacher — à mettre à distance. Il est impossible de faire autrement. Si on n'en passe pas par-là, on ne peut ni fonctionner ni assumer ses responsabilités. Mais le côté négatif, c'est qu'on ne retrouve pas toujours sa sensibilité sur commande. Il ne suffit pas d'appuyer sur un bouton pour redevenir un être humain doué d'émotions.

— À mes yeux, tu es quelqu'un de très humain. Et je suis admirative de ce que tu accomplis sur le plan professionnel. Ce que tu fais est immense. Je ne sais pas comment tu te débrouilles pour y arriver. J'en serais incapable.

Voir Ethan à l'œuvre dans son service avait été pour elle une leçon d'humilité. Elle était consciente qu'elle ne résisterait pas à la tension nerveuse à laquelle il était constamment soumis. Sans parler des autres aspects peu ragoûtants de son métier.

— Je ne pourrais pas faire non plus ce que tu fais toi.

Elle rit doucement.

— Je promène des chiens, Ethan. Ça n'a rien de vraiment sorcier.

— À mes yeux, si. Je trouve la responsabilité terrifiante. Je les ramènerais tous ou morts ou blessés.

— Entendre ça de la part de quelqu'un qui mène un combat quotidien pour la vie… Bon, tu aurais encore quelques progrès à faire en matière de maniement canin, mais ton cas me paraît loin d'être désespéré.

Elle posa la joue sur son torse et sourit lorsqu'elle

sentit la main d'Ethan glisser dans ses cheveux d'un geste caressant.

— Tu ne t'étais pas trompé, au fait. C'est mon premier coup d'un soir. Si j'avais su avant que ce serait aussi fun, je me serais peut-être lancée plus tôt.

Elle se demanda in petto ce qui faisait qu'une aventure d'un soir devait rester unique lorsque ça se passait aussi magnifiquement que ce qu'elle venait d'expérimenter avec Ethan.

Penser que cette nuit n'était pas appelée à se renouveler lui faisait l'effet d'un immense gâchis.

C'était ça que Fliss ressentait avec Seth ? Daniel avec Molly ?

Non. Eux, ils s'aimaient. C'était différent.

Ethan resta un instant silencieux.

— Désolé d'avoir à t'assener la nouvelle, mais ce n'était pas un *one shot*, ma belle.

— Ah non ?

— Pas pour moi en tout cas, non. Je suis en train de foutre en l'air ta réputation chèrement gagnée de *bad girl* ?

— Je ne sais pas. Pas sûr. Ça dépend de ce qui va se passer par la suite, je suppose.

Il tourna la tête et ses lèvres glissèrent le long de la mâchoire d'Harriet puis plus haut, hésitant un instant au coin de sa bouche. Avec un léger sourire, il prit son visage entre ses paumes et l'embrassa — d'abord de petits coups de becs enjôleurs, puis, très vite, des baisers plus exigeants, plus sauvages, qui lui mirent la tête à l'envers.

— Ethan...

Il décolla sa bouche de la sienne, juste le temps de lui murmurer :

— Je ne sais pas où on va, toi et moi. Je serais incapable de te dire ce que signifie cette histoire et où elle nous mène. Mais tel que je me sens, là, je ne suis pas sûr de te laisser ressortir de mon lit un jour.

Elle ne savait pas où ils allaient non plus et peu lui importait.

La tête lui tournait agréablement.

Elle aimait la forme de la bouche d'Ethan. Le tracé ferme de ses lèvres et la façon dont les coins se soulevaient quand il souriait.

— Je me permets quand même de te faire remarquer que nous ne sommes pas dans ton lit mais dans le mien.

— Dans ce cas, il va falloir que tu dépêches quelqu'un chez toi pour m'en extirper de force. Car je ne bouge plus d'ici. Lorsque je trouverai l'énergie de me mettre à la recherche de mon téléphone, j'appellerai l'hôpital pour leur annoncer que je démissionne. Et on se cantonnera entre les draps, toi et moi, jusqu'à ce que mort par inanition s'ensuive.

Sa main glissa sensuellement sur la hanche d'Harriet puis plus bas, s'attardant à la jonction de ses cuisses.

Le souffle coupé, elle ondula pour s'offrir à la caresse savante de ses doigts, le corps déjà alangui, à la fois dans l'effervescence d'un excès de sensations et liquéfiée par un désir aussi immédiat qu'éperdu. Jamais elle ne s'était enflammée ainsi au quart de tour dans un lit. Elle découvrait pour la première fois l'évidence d'une communion physique qui se passait de mots.

Le toucher d'Ethan était sûr, précis, généreux. Elle se demanda comment il pouvait sentir de façon infaillible ce que son corps réclamait sans qu'elle ait besoin de le lui dire. Les seuls sons qui sortaient de sa bouche étaient une suite de petits gémissements de plaisir qui allaient crescendo. Il se pencha pour les boire à ses lèvres, intensifiant ses sensations avec des baisers qui lui enfiévraient le corps et lui brouillait l'esprit.

Quelque part dans un recoin de sa tête — dans le seul endroit préservé où ses pensées tournaient encore à peu près rond —, une question commença à se former.

Si ce n'était pas une aventure d'un soir, qu'était-ce qui démarrait entre eux ainsi ?

Chapitre 21

Elle flottait sur un nuage, déambulait presque en lévitation, promenant un sourire tellement béat que les têtes se tournaient sur son passage lorsqu'elle fendait la foule avec ses chiens, intriguées par tant de bonheur.

Elle aurait pu leur répondre par un seul mot.

Ethan.

Ethan. Ethan. Ethan.

— À voir ta tête réjouie, on a l'impression que le Père Noël est passé te voir avec quelques semaines d'avance, commenta Glenys alors qu'elles faisaient leur petit tour sur la Cinquième Avenue. Les choses ont bien évolué avec ton bel urgentiste, donc ?

— Ah, parce que…

Harriet cligna les yeux. Ça se voyait donc à ce point ?

— Ethan passe beaucoup de temps à l'hôpital, mais on arrive à se voir quand même par-ci, par-là.

Et c'était de mieux en mieux à chaque fois. Elle n'aurait jamais cru que le *dating* pouvait être si *simple*.

— Dès l'instant où tu m'as parlé de lui, j'ai compris que c'était l'homme qu'il te fallait.

Le cœur d'Harriet tressaillit dans sa poitrine.

— Vous y croyez, vous, à cette histoire de trouver le Bon, le Seul, l'Unique ? Comment pourrait-il n'y avoir qu'une seule personne au monde qui nous corresponde ? Si le soi-disant « homme de ma vie » vit au Pérou et moi à New York, comment je fais pour le trouver ? Je ne pense pas que mon GPS interne soit assez fiable.

— Il ne doit pas être si mauvais que ça, ton GPS, puisque tu l'as trouvé, ton homme. La vie est bien faite. Elle a une façon bien à elle de nous placer au bon endroit au bon moment.

— Vous croyez que mon entorse fait partie d'un vaste et mystérieux plan d'ensemble de l'univers ? Parce que ça n'a pas vraiment commencé comme ça, en fait. Si le hasard n'avait pas voulu que je fasse du *dog-sitting* pour sa sœur, je ne l'aurais jamais revu.

— Peut-être que non. Peut-être que si, répondit Glenys, énigmatique.

Harriet contourna une plaque de verglas.

— Attention où vous posez les pieds. Comment va votre hanche, au fait ?

— Bien mieux grâce à toi. Mon médecin dit que la marche quotidienne m'a permis de progresser.

— Je suis heureuse de l'entendre.

— Tu vas le voir tout à l'heure ?

— Votre médecin ?

— Non. Le tien, ma chérie.

Glenys lui adressa un clin d'œil coquin et Harriet roula des yeux.

— Vous êtes pire que ma sœur.

Elle réalisa qu'elle n'avait pas encore informé Fliss du nouveau tour qu'avait pris sa relation avec Ethan. Mais comment le nommer, ce « nouveau tour », précisément ? Dans le doute, elle avait évité d'aborder le sujet au téléphone jusqu'à présent. Fliss en ferait aussitôt des montagnes. Et elle ne voulait pas que sa jumelle la bombarde de questions.

— C'est parce qu'on t'aime, c'est tout. On a envie que tu sois heureuse. Pour moi, c'est comme si tu étais ma petite-fille. Si tu n'avais pas déjà une grand-mère qui t'adore, je ferais une demande d'adoption officielle. À cause de tes cookies maison, bien sûr. Surtout n'y vois aucune autre raison.

Harriet s'arrêta au milieu du trottoir et serra Glenys dans ses bras.

— Je vous promets de vous approvisionner en cookies à vie.

— Tu as déjà cuisiné pour ton homme ? Sûrement pas, parce qu'il t'aurait épousée à l'heure qu'il est, si c'était le cas. Il aurait vite fait d'oublier toutes ses idées négatives sur le remariage s'il avait goûté à tes petits plats.

— J'ai cuisiné un peu pendant que j'étais chez lui. Mais jamais rien d'élaboré.

Après l'épisode mortifiant du premier soir, elle s'était cantonnée à une cuisine de base. Personne ne pourrait l'accuser de chercher à appâter un homme à des fins maritales si elle faisait des spaghettis à la sauce tomate.

— Qu'est-ce que tu attends, alors ? Vise ses papilles gustatives. Éblouis-le !

— C'est marrant que vous en parliez, parce que j'ai justement l'intention de l'impressionner, ce soir.

Elle avait passé la semaine entière à élaborer un menu ambitieux et riche en chausse-trapes. En optant pour des recettes complexes et même éminemment ratables. Mais elle avait envie de se dépasser pour leur ménager une soirée mémorable à deux.

Dans une semaine, Ethan partait skier. Et elle voulait qu'il ait des souvenirs positifs plein la tête avant de s'envoler pour le Vermont.

De retour à l'appartement, elle tria, éplucha, fit revenir une partie de ses ingrédients et assura tous les préparatifs.

Sous prétexte de tuer le temps en attendant l'arrivée d'Ethan, elle chercha sur YouTube un épisode de « La vraie vie aux urgences » où on le voyait filmé dans son propre rôle. Il suffisait de regarder le reportage cinq minutes pour comprendre pourquoi ils avaient décidé de créer cette série. Ethan avait tout le charisme d'un acteur de cinéma sans le côté inaccessible. Son humanité crevait l'écran. Il était authentique. Calme, efficace et disponible pour tous ceux qui passaient la porte du service. Des ivrognes. Des blessés par balle ou à l'arme blanche. Il accueillait ce qui se présentait et s'appliquait à soigner et à guérir. Elle ne fut par surprise de découvrir qu'il avait un fan-club féminin étendu. Le contraire aurait été surprenant.

Lorsque la caméra bascula pour filmer une plaie un peu trop ensanglantée, Harriet cliqua pour arrêter la vidéo. Sur une impulsion, elle entra le nom de l'ex-femme d'Ethan dans la barre de recherche.

Elle choisit un extrait vidéo où Alison effectuait un reportage en Afrique. Avec un pincement au cœur, elle la vit dans la poussière et la chaleur, affichant un look plutôt léché, en kaki et blanc immaculé, l'allure sportive et assurée, les cheveux coupés en un carré souple. Ni les tensions politiques locales ni la chaleur visiblement accablante n'affectaient son apparence.

Elle parlait en direct face à la caméra, évoquant les difficultés politiques du pays. Ses facultés oratoires étaient remarquables. Pas une hésitation. Pas un seul « hum » ni raclement de gorge.

Cette femme-là n'avait pas dû bafouiller une seule fois dans sa vie. Elle parlait clairement, sans jamais avoir besoin de se reprendre, et les mots coulaient de ses lèvres avec une fluidité presque musicale. À la fois atterrée et subjuguée, Harriet buvait des yeux la séquence d'actualité filmée. Elle ne voulait qu'une chose : arrêter. Et pourtant elle ne pouvait s'empêcher de regarder, encore et encore. Chez elle, certains mots, certaines lettres avaient tendance à rester bloqués, enfermés dans sa bouche. Il lui arrivait de s'exercer en parlant devant un miroir, mais parler pour elle-même ne représentait pas le même défi que de s'exprimer devant des inconnus. Elle avait vite appris que la plupart des gens aimaient mieux parler qu'écouter, donc elle restait souvent silencieuse, même si elle était consciente de passer pour une fille timide et peu expansive.

Tant de fois, Fliss et Daniel avaient dû intervenir en catastrophe et prendre la parole à sa place, faisant office de prête-voix parce que les sons refusaient soudain de sortir. Savoir qu'elle courait encore le risque de s'emmêler dans ses mots sapait sa confiance en elle. La capacité d'expression verbale était à ses yeux une partie importante de la personnalité de tout un chacun. Et même s'ils avaient tort de le faire, les gens avaient toujours tendance à juger.

Ayant réussi à se mettre le moral dans les chaussettes, Harriet referma son ordinateur et se leva.

Bon. Alison était belle et s'exprimait remarquablement bien, mais Ethan et elle avaient divorcé.

Ce serait tout de même idiot de se gâcher la vie à cause d'une relation qui n'en était plus une.

En fait, ce qui dominait en cet instant, c'était une certaine compassion pour lui. Tous sentiments personnels mis à part, c'était toujours triste de voir échouer un mariage.

Elle réussit à se changer les idées en cuisinant un super repas.

Ethan lui avait annoncé sa venue pour 7 heures, donc elle avait tablé sur 7 h 30 pour lui laisser le temps d'être en retard. Elle éclaira le sapin et alluma deux de ses bougies préférées parfumées à la cannelle et à l'orange. Puis elle mit des chansons de Noël et, tout en fredonnant avec la musique, glissa le canard dans le four.

À 7 h 30, tout était fin prêt.

Aucun signe de vie du côté d'Ethan.

Elle hésita, le regard rivé au téléphone. Devait-elle

l'appeler ? Non. S'il avait voulu téléphoner, il l'aurait fait. Ce n'était pas comme s'il fonctionnait avec des horaires de bureaux immuables. Avec un métier comme le sien, on n'était jamais maître de son temps.

Elle se versa un verre de vin rouge et alla se poster devant la fenêtre.

La neige avait enfin cessé de tomber, mais la ville noyée dans sa blancheur d'hiver baignait dans une lumière presque irréelle. Elle vit sur son téléphone qu'il était déjà 8 heures. Et toujours aucune nouvelle d'Ethan. Ni message ni texto. Rien.

Quelle idée elle avait eue de prévoir un soufflé !

Elle ferait peut-être mieux de le jeter et de servir du saumon fumé à la place.

Au bout d'une heure, elle se versa un second verre de vin.

Au bout de deux heures, elle commençait à se faire sérieusement du souci.

Peut-être qu'il avait changé d'avis, tout compte fait. Qui sait si le fait de lui préparer un dîner à la maison ne l'avait pas fait fuir à toutes jambes ?

Il y avait des jours où Ethan adorait son boulot. Aujourd'hui n'était pas de ceux-là.

— Tu peux me rappeler pour quelle raison je passe mes samedis soir dans cet enfer ? ronchonna Susan en se débarrassant de ses gants. Là, j'aurais pu être assise dans un bon fauteuil au théâtre. Ou en train de m'envoyer en l'air avec un mec renversant. Je pourrais *vivre,* au lieu d'être là à assister aux instants les plus sombres de la vie de mes contemporains.

Le patient qu'ils avaient tenté de sauver n'avait pas survécu et l'intervention harassante les avait tous terrassés, moralement comme physiquement.

Ethan était exténué. Et le reste de l'équipe était dans le même état que lui.

De retour chez soi, chacun appliquerait sa recette personnelle pour tenter de se débarrasser de la chape de plomb qui leur pesait tous sur le moral. Certains auraient recours à une psychothérapie, d'autres à la bouteille, d'autres se contenteraient d'évacuer le souvenir de ce qui s'était passé et de se jeter à corps perdu dans d'autres activités. Tous feraient redéfiler l'intervention dans leur tête. Ils analyseraient chaque étape de son déroulement, en cherchant les failles.

Dans ce cas précis, il n'y en avait eu aucune.

Ethan savait qu'ils n'avaient rien négligé, qu'ils s'étaient démenés sans compter, mais que leurs chances de tenir tête à la mort avaient été trop ténues.

Le patient avait été ivre mort lorsque la voiture qu'il conduisait avait heurté un mur de plein fouet. Le véhicule avait pris feu — quelque chose qui arrivait plus souvent dans les films que dans la vraie vie, mais dans ce cas précis, le conducteur avait joué de malchance. Lui *et* la femme qu'il avait renversée avant d'aller éclater son véhicule contre le mur. Son passager avait réussi à s'extirper de la carcasse quelques minutes avant l'explosion. Mais l'homme qui tenait le volant était arrivé avec des brûlures au dernier degré et une rupture traumatique de l'aorte thoracique. Alors que son ami s'en était miraculeusement tiré avec une simple coupure au doigt.

L'alcool et la conduite. Deux mots qui n'auraient jamais dû être associés dans une même phrase, songea Ethan en voyant Susan lutter pour ne pas craquer. Elle continuait comme d'habitude à débiter de l'humour noir au kilomètre, mais le cœur n'y était pas et il avait tout de suite compris pourquoi. Il savait ce que les autres de l'équipe ignoraient, que son mari avait perdu la vie dans un accident provoqué par un conducteur ivre et qu'un cas comme celui-ci n'était pas seulement professionnel pour elle. Qu'il ravivait une foule de souvenirs insoutenables.

Il la connaissait suffisamment pour savoir qu'il lui faudrait quelques jours avant de redevenir elle-même. Et en attendant, il s'efforçait de l'aider comme il le pouvait.

— Tu sais bien que tu ne supporterais pas de vivre comme les gens normaux, Susan.

— Parfois, je me pose la question, pourtant.

Elle avait l'air épuisée. Et pour une fois, il n'y avait plus trace dans son regard de l'habituelle ironie qui marquait si souvent leurs échanges.

— Bosser ici, ça veut dire quoi, honnêtement ? Avoir les pires aspects de l'être humain fourrés sous le nez en permanence ! Il faut être fou, non ? Fou, stupide et maso !

— Peut-être. On peut dire aussi que les urgences présentent l'avantage de te montrer l'humanité telle qu'elle est réellement.

— Arrête, Black, tu es plombant. Il te faut quelqu'un pour mettre un peu de couleur dans la noirceur de ton pessimisme. Va voir un film drôle. Fais quelque chose d'heureux. Tiens, en parlant de bonheur, comment va la belle Harriet ?

Il décida que ce serait bon pour le moral de Susan s'il la laissait mariner un peu.

— La belle *qui* ?

— Allez, sois sympa. Puisque je n'ai plus ni le temps ni l'énergie d'avoir une vie sexuelle, fais-moi au moins profiter de la tienne par procuration.

— Qu'est-ce qui te fait penser que j'en ai une ?

Il sentit qu'il avait déjà réussi à la tirer en partie hors de ses abîmes intérieurs. Même si elle n'était pas encore sortie du trou, elle approchait au moins du bord.

— Je le vois à ton sourire.

— Mon *sourire* ? Tu dois me confondre avec quelqu'un d'autre. Il n'y a rien ici qui fasse sourire, Parker.

— À qui le dis-tu ! Et c'est d'autant plus appréciable quand je te vois avec la banane.

Elle lui tapota la main.

— Ne crois pas que je n'ai pas remarqué ta manœuvre, Ethan.

— Ma manœuvre ?

Susan soupira.

— Tu es un ami, un vrai, et j'apprécie. Merci. Je suis soulagée de constater que tu as encore des côtés humains.

— Humain, moi ? Non, mais oh ! C'est une insulte ?

Ils passeraient le cap, songea-t-il. Ils trouveraient un moyen pour surmonter cette journée de merde, comme ils en avaient surmontées tant d'autres avant celle-ci.

Le service était plein de flics à la recherche d'explications. Pour Ethan, ils n'en trouveraient pas d'autres que celles qui sautaient aux yeux. Avec le degré d'alcool que ce mec avait eu dans le sang, c'était déjà surprenant qu'il ait trouvé ses clés de voiture et réussi à mettre le véhicule en marche. Malheureusement pour tout le monde, il avait pu rouler sur quelques kilomètres et le résultat était là. *Pourquoi* il avait jugé nécessaire d'ingurgiter des quantités d'alcool pareilles resterait à jamais un mystère.

Il était sur le point de proposer à Susan d'aller boire un café en vitesse quelque part lorsqu'un type apparut dans l'encadrement de la porte.

Ethan reconnut le passager de la voiture accidentée. Le gars était tout aussi alcoolisé que son ami l'avait été. Il le voyait à son regard. À sa démarche. Pour le reste, il s'en tirait avec une éraflure sur la joue et un pansement à la main gauche.

— C'est qui le chef, par ici ?

Sa voix était pâteuse.

— C'est toi, le doc ?

Ses années d'expérience aux urgences avaient appris à Ethan à flairer les problèmes de loin. Il perçut le danger sur-le-champ et réagit en conséquence.

— Je suis l'urgentiste de service, oui. Venez avec moi. Allons quelque part où nous pourrons parler tranquillement.

L'homme brandit un index accusateur dans sa direction.

— C'est toi qui as tué Nick, connard. Tu as tué mon *frère*, putain !

— Vous êtes sous le choc et je le comprends. Nous avons fait tout ce qui était humainement possible pour sauver votre frère. Malheureusement, les blessures de Nick étaient très graves et engageaient son pronostic vital.

Ethan parlait d'un ton apaisant pour essayer de calmer le jeu, mais il se doutait que la raison et la logique resteraient sans effet sur un cerveau aussi lourdement imbibé d'alcool. Le frère du patient décédé porta son attention sur Susan et la colère qui lui tordait le visage se mua en rage meurtrière.

— Ah, mais c'est toi la salope qui as posé les mains sur lui quand il est arrivé ! Je te reconnais !

Susan ouvrit la bouche pour répondre mais n'eut pas le temps d'émettre un son. Tout se passa si vite qu'il fut difficile par la suite de rétablir la chronologie exacte. Entre le moment où le type les avait insultés et celui où Ethan le vit sortir un cran d'arrêt, il se passa à peine une fraction de seconde. L'homme était rapide malgré son état d'ébriété, mais Ethan avait de longues années de karaté derrière lui. Par réflexe, il s'interposa devant Susan et sentit la morsure de la larme lui entailler la chair du bras. Il se ressaisit, crocheta la jambe de l'agresseur et le projeta au sol sans ménagement. Le type atterrit sur le lino avec fracas en agitant les bras et les jambes. Le bruit dut attirer le personnel de sécurité car la pièce se remplit aussitôt d'uniformes.

— Appelez l'équipe médicale. Vite ! cria un des flics.

Les mâchoires crispées, Ethan secoua la tête.

— Pas la peine, non. C'est juste une blessure superficielle.

Il comprit alors avec horreur que ce n'était pas sur *lui* que convergeaient les regards.

Susan gisait effondrée sur le sol et une tache rouge s'assombrissait à mesure qu'elle s'étalait sur sa blouse.

— Susan !

En deux pas, il fut à ses côtés, vaguement conscient qu'une des infirmières lui appliquait quelque chose sur le bras pour arrêter le saignement.

Susan cligna des paupières.

— Tu as encore joué les héros, Black. Tu saignes.

Pas autant qu'elle. Loin s'en fallait.

Il ne comprenait pas. Ne voyait pas comment elle pouvait être celle qui gisait au sol, à se vider de son sang. Seule possibilité : le type avait juste eu le temps de placer un second et ultime coup de couteau avant qu'il lui fasse une prise et ne le mette K-O.

— Qu'est-ce que tu ne ferais pas pour attirer l'attention sur toi, Parker.

Sa voix tremblait lorsqu'il écarta la blouse de Susan et vit la blessure au couteau dont le sang s'écoulait en abondance. Tout en faisant mentalement la liste de tous les organes vitaux que le type avait pu toucher dans son besoin de punir des innocents de la mort auto-infligée de son frère, Ethan aboya ses instructions :

— Posez une voie veineuse centrale. Je veux une écho de l'abdomen. Faites venir immédiatement les chirurgiens.

Les ordres fusaient par automatisme, comme pour n'importe quel patient — à part que ce n'était pas juste un patient parmi d'autres. C'était Susan. Susan aux côtés de qui il travaillait tous les jours. Susan à qui il aurait confié sa vie. Qui lui avait confié la sienne. L'angoisse lui laminait le cœur. Lui tordait le ventre.

L'équipe formait un essaim compact autour de Susan et pendant les minutes qui suivirent, ils furent uniquement requis par les premiers actes médicaux et examens à pratiquer en urgence.

Le foie ? La rate ? Ethan l'examina, observa son abdomen à l'écho, constata impuissant que la tension de Susan chutait et que son pouls s'affolait.

La boule au ventre, il scruta son visage. Sa peau était d'une pâleur de cire. Et son pouls faiblissait, s'amenuisait.

— On l'emmène quand en salle d'op ?

— Dans deux minutes.

Les deux minutes en question furent les plus longues qu'il avait endurées de sa vie. Ses mains étaient couvertes de sang.

Susan ouvrit de nouveau les yeux. Mais cette fois, il vit que soulever les paupières lui demandait un effort. Il réussit à sourire.

— Hello, toi. C'est un luxe, non, d'être en position de soignée, pour une fois ? On va te remettre sur pieds vite fait.

— Faudra apprendre à mentir un peu mieux que ça, Black.

Ses paupières retombèrent. Sa voix était très faible.

— Je vais crever là, bêtement, dans mon propre service. Et ta sale tête est la dernière chose que je verrai en ce bas monde. Il n'y a vraiment pas de justice.

— Tu ne vas pas mourir. Ce serait très mauvais pour ma réputation, alors fais-moi le plaisir de t'accrocher. Tiens, ça y est. Les chirurgiens prennent le relais. On va s'assurer qu'aucun organe important n'est touché.

Il commençait à se redresser mais elle le retint par le bras.

— Je voudrais que tu me promettes quelque chose, Ethan.

Son ton était grave, cette fois. Scrutant ses traits d'une pâleur spectrale, il sentit les griffes de la peur le lacérer de l'intérieur. C'était ce que d'autres personnes ressentaient tous les jours dans son service. Mais pas lui. Lui était toujours de *l'autre* côté de la barrière. En position neutre de soignant. Il faisait partie de ceux qui rassuraient, agissaient. La peur au ventre, ce n'était pas pour lui.

Jusqu'à maintenant.

— Tout ce que tu voudras, je promets.

— Si je vis, je veux être la marraine de tes enfants.

Si je vis.

— Je n'ai pas d'enfants.

— Mais tu en auras un jour. Deux gamins et un chien. Un jardin entouré d'une haie. Peut-être même un rosier grimpant.

Il émit un rire vacillant.

— Tu ne renonces jamais, toi, on dirait ?

— Promets-moi.

— Je promets. Si je dois avoir une tripotée d'enfants, tu seras marraine du lot. Parole d'honneur.

Plus tard seulement, lorsqu'il eut lavé le sang de Susan de ses mains pour aller s'asseoir lourdement sur une des chaises en plastique à côté de la salle d'opération, il s'aperçut qu'il avait oublié d'appeler Harriet. Il jeta un coup d'œil sur son téléphone. Quatre heures s'étaient écoulées depuis l'heure officielle de leur rendez-vous.

Alors qu'elle lui avait promis de lui concocter un super petit dîner maison, en plus. Lequel dîner devait avoir brûlé entretemps. Ou, s'il n'était pas brûlé, devait être sec et refroidi. Fichu, dans tous les cas de figure.

Ce genre d'incident lui était arrivé à plusieurs reprises au début, avec Alison. D'où l'habitude qu'ils avaient prise de ne jamais prendre leur repas chez eux. Dîner en solo dans un restaurant où ils avaient leurs habitudes était moins frustrant que de passer des heures à préparer un repas qui finissait à la poubelle.

C'était la première fois que cela lui arrivait avec Harriet.

Il hésita à téléphoner, constata qu'il n'était pas en état de parler à qui que ce soit, et se contenta de lui envoyer un texto. Bref. Factuel.

Il verrait plus tard s'il y avait encore moyen de réparer les dégâts.

L'art de foutre une relation en l'air avant qu'elle ait eu le temps de démarrer…

Quelques minutes plus tard, il sentit une main se poser sur son épaule et un infirmier de l'équipe lui tendit un gobelet de café. Pas le genre de café que l'on trouvait dans les coffee-shops, mais le breuvage atroce que fournissaient les hôpitaux afin d'éviter que les gens ne s'y attardent plus longtemps que nécessaire.

Ethan prit le café et remercia l'infirmier, même s'il appréciait l'intention plus que la boisson en elle-même. Il ne connaissait pas la composition chimique exacte du liquide brunâtre, mais doutait fort que le moindre grain de café figure dans les ingrédients de base.

Il savait que d'autres que lui attendaient des nouvelles de Susan, mais il était le seul à faire le planton devant la salle d'opération. La police vint lui poser quelques questions, des membres du personnel hospitalier allaient et venaient, lui adressaient un regard d'encouragement ou venaient lui dire quelques mots. Mais la plupart du temps, on le laissait livré à lui-même. Les chirurgiens l'auraient probablement autorisé à entrer en salle d'op s'il l'avait demandé, mais il n'aurait servi à rien qu'à apporter une dose de stress supplémentaire.

Il avait l'impression que les frontières entre les différents aspects de sa personnalité devenaient poreuses, floues. En ce moment, il était à la fois le médecin et l'ami paralysé par l'inquiétude. Le médecin en lui visualisait inlassablement les différents scénarios susceptibles de se dérouler dans la salle d'opération. L'ami ne cessait de revivre en pensée les quelques minutes qu'ils avaient passées à bavarder tranquillement juste avant que le frère du dénommé Nick fasse irruption dans la pièce, couteau en main.

De nouveau, il sentit une main sur son épaule. Féminine, cette fois. Il leva la tête, pensant qu'il s'agirait d'une infirmière. À sa profonde surprise, il trouva Harriet devant lui.

Son manteau était à moitié déboutonné et elle ne portait même pas de gants. Elle avait manifestement quitté son appartement en catastrophe.

— Je suis venue dès que j'ai eu ton texto.

Elle était accourue en personne ? L'idée qu'elle pourrait se déplacer jusqu'à l'hôpital ne lui avait même pas traversé l'esprit.

— Je suis désolé.

— Désolé pour quoi ?

— Le dîner gâché. J'aurais dû t'appeler plus tôt au lieu de t'envoyer un texto.

— Parce que tu crois que je m'inquiète pour mon dîner ? Vu les circonstances, je suis surprise que tu aies eu la présence d'esprit de m'envoyer un message. Comment va-t-elle ? Tu as eu d'autres nouvelles ?

Elle s'effondra à côté de lui sur une des chaises en plastique qui semblaient avoir été choisies pour leur inconfort maximal. C'était un endroit où personne n'aurait l'idée de s'attarder. Comme si l'horreur psychologique liée à l'attente impuissante s'était, d'une façon ou d'une autre, insinuée jusque dans le mobilier.

Il n'avait pas encore intégré le fait qu'Harriet était là,

prête à veiller à ses côtés, dans ce lieu lugubre et inhospitalier comme seul un hôpital pouvait l'être.

— Aucune nouvelle, non. Pourquoi es-tu venue ?

— C'est normal de faire ça pour un ami, non ? On est là pour se soutenir mutuellement.

Tête basse, il regarda ses mains en essayant de ne pas penser au sang de Susan qui les avait maculées.

— Ça va pour moi. Je n'ai pas besoin d'être soutenu.

— Je sais, docteur Dur-à-cuire. Tu es si grand, si costaud que tu ne ressens jamais rien. Tu m'as déjà expliqué tout ça. Alors on va dire que je ne suis pas venue pour toi, mais pour Susan. Je me suis prise d'affection pour elle. Direct. Et je veux être là quand elle se réveillera. Elle pourrait avoir besoin de ma super soupe de poulet.

Elle fronça les narines en découvrant le café qu'il tenait à la main.

— Je ne te conseille pas d'ingérer ce liquide toxique.

Il baissa les yeux sur le gobelet et réalisa que sa main tremblait. Docteur Dur-à-cuire ? Pas tant que ça. Finalement, il était peut-être moins insensible qu'il ne l'avait cru.

— Ce liquide toxique, comme tu dis, contient de la caféine. Il fera son boulot.

— T'empoisonner, tu veux dire ? Si c'est de la caféine qu'il te faut, j'ai mieux à t'offrir.

Elle se pencha pour sortir un thermos de son sac. Le liquide qu'elle versa dans la tasse était noir, onctueux, corsé, avec des arômes comme ses papilles n'en avaient encore jamais goûté.

— Tu as ajouté quoi, là-dedans, pour qu'il soit si bon ? C'est la première fois que je bois un petit noir aussi somptueux.

— Il n'y a rien que du café là-dedans. Mais en grains et moulu maison. J'ai pensé qu'un thermos plein pourrait être utile dans ton cas.

Ça l'était.

Il en but deux tasses et sentit le shot de caféine dans son sang. Peut-être qu'il s'y mettrait, au café moulu maison, lui aussi, s'il fallait en passer par là pour obtenir un produit fini qui offrait des satisfactions gustatives pareilles.

Le côté négatif, c'était qu'avec la remontée d'énergie, il émergeait de son état de prostration. Et que ses pensées recommençaient à tourner en accéléré en le ramenant en arrière, vers la scène de l'agression. Il aurait dû anticiper le truc. Dès l'instant où il avait vu le type bourré apparaître, avec ses yeux brillants comme des ampoules LED, il aurait dû se placer devant Susan. Faire sa prise de karaté plus tôt, avant que ce taré ait eu le temps de planter sa lame. Ou appeler directement le service de sécurité. Mais la scène avait duré — quoi ? Moins de trente secondes, si ses calculs étaient bons. Comment ce mec s'était débrouillé pour s'introduire dans le service armé d'un couteau malgré les contrôles de sécurité, il n'en avait aucune idée.

— C'est grave comment, pour Susan ?

— C'est trop tôt pour le dire. La plaie était profonde et la lame a pu toucher des organes vitaux.

S'il laissait partir ses pensées du côté de ce qui se passait en salle d'op en ce moment, il péterait un câble. Il ouvrait la bouche pour lui demander s'il restait du café dans le thermos lorsqu'elle lui prit la tasse des mains pour la remplir.

Comment se débrouillait-elle pour toujours savoir exactement ce dont il avait besoin et à quel moment ?

Harriet replaça le thermos vide dans son sac.

— Tu as mangé quand pour la dernière fois ?

— Je ne sais pas. Pour le déjeuner, je suppose.

Ses souvenirs du jour étaient confus, sa mémoire embrouillée. Les événements des deux heures écoulées avaient éclipsé tout le reste.

— Maintenant que j'y repense, je crois que j'ai fait l'impasse sur le déjeuner. Je me suis contenté d'absorber de la caféine, à un moment ou à un autre.

Un gobelet avalé à la hâte de l'immonde café d'hôpital qui lui avait brûlé la langue et l'avait amené à s'interroger sérieusement sur ses choix d'existence.

Harriet glissa de nouveau la main dans son sac et en sortit cette fois une boîte à sandwich qu'elle plaça sur ses genoux.

— Si tu dois passer la nuit ici, ce serait aussi bien que tu t'alimentes. Tu ne seras d'aucune aide à Susan si tu tombes d'inanition dans la salle d'attente.

Il songea au premier soir où elle avait cuisiné pour lui dans son appartement. Ne la connaissant pas, il avait vu dans son geste une manœuvre calculée à visée romantique. Mais il savait à présent qu'Harriet cuisinait pour se remonter le moral ou pour prendre ses marques quelque part. Le premier soir chez lui, elle avait évacué son stress en se mettant aux fourneaux. Mais ce réconfort, elle cherchait aussi à l'apporter aux autres. Comme le jour où elle lui avait préparé sa soupe de poulet reconstituante. Elle n'avait pas manqué de nourrir Susan lorsque cette dernière était passée à l'appartement. Et elle préparait régulièrement des petits plats pour son amie Glenys. Si elle lui avait apporté un sandwich ce soir, ce n'était pas pour souligner ironiquement le fait qu'il venait de gâcher leur dîner en tête à tête. Elle cherchait juste à lui faire du bien.

— Je n'ai pas faim. Tu m'en voudras si je ne le mange pas ?

— Non, pas du tout. Mais prends peut-être quand même au moins une bouchée ? C'est du canard. Le pain est au levain et je l'ai fait moi-même ce matin. Comme tu n'as pas pu venir au dîner, j'ai fait en sorte que le dîner vienne à toi, même si ce n'est pas tout à fait sous la forme prévue au départ.

Il mordit dans le sandwich pour lui faire plaisir, mais dès la première bouchée, il s'aperçut qu'il était affamé. Et il se sentit mieux une fois qu'il eut mangé. C'était le meilleur pain au levain qu'il ait jamais goûté à New York, avec une croûte parfaite et une mie dense et goûteuse.

Il jeta un coup d'œil dans le couloir, conscient qu'ils en avaient encore pour un bon moment à attendre avant d'avoir des nouvelles, bonnes ou mauvaises.

— Cette partie de l'hôpital est interdite au public. Je suis surpris que personne n'ait cherché à t'empêcher de passer.

— Ils ont essayé, si.

Ses joues rosirent.

— J'ai été obligée d'inventer un petit mensonge.

— Je croyais que tu ne savais pas mentir !

— Apparemment, j'ai plus de talent que je ne le pensais. Je leur ai dit que j'étais la cousine de Susan et que tu m'avais avertie en me demandant de venir ici au plus vite.

Il l'imaginait face aux agents de sécurité, mobilisant toute son énergie pour raconter sa petite histoire inventée de toutes pièces. Challenge Harriet.

— Cette fois, tu l'as, ton statut officiel de *bad girl*.

— Je crois, oui.

— Il y a juste un problème : Susan n'a plus de famille.

Harriet croisa les mains sur ses genoux, comme si elle se préparait à passer la nuit sur sa chaise en plastique.

— Elle en a une maintenant.

Quelque chose reprit vie au fond de lui. Une sensation chaude, vivante et humaine comme il n'en avait plus ressentie depuis longtemps.

— Tu es une chouette fille, Harriet Knight.

— Je suppose que ta langue a fourché. Tu voulais dire

que je suis une badass, une rebelle et une Lara Croft-bis tomb-raidant les couloirs d'hôpitaux, arme au poing.

Ce fut plus fort que lui. Il rit. Haut et fort. Ici dans ce recoin d'hôpital nu et froid, plombé par l'angoisse permanente qui tapissait l'atmosphère.

— C'est pas mal au niveau du vocabulaire, mais il va falloir faire encore un petit effort pour la Lara Croft attitude.

— Note quand même que je n'ai pas bégayé. Par chance pour moi, « badass » n'est pas un mot sur lequel je trébuche. Je pense que ça pourrait gâcher tout l'effet. Tu imagines ce que ça donnerait ? B-b-badass, ça ne le fait vraiment pas.

Il souriait toujours lorsqu'elle posa la main sur la sienne.

— On m'a dit que tu avais été blessé aussi. Tu as mal ?

Sa blessure au bras ? C'était à peine s'il y avait pensé. Il se souvenait vaguement que quelqu'un était venu désinfecter et panser la plaie.

— Juste une éraflure. Dans mon idée, je m'étais interposé devant Susan et j'avais réussi à dévier le coup. Je n'ai toujours pas compris comment ce malade a réussi à lui enfoncer sa lame dans le ventre quand même.

— Et tu t'en veux parce que tu n'as pas pu l'empêcher de le faire.

— Je me sens responsable.

Il se passa la main sur le visage.

— J'aurais dû le voir venir. Le type était éméché et visiblement bouffé par la haine. C'était à moi d'anticiper.

— Anticiper comment ? Tu es télépathe ? Les catastrophes et les coups durs, ça arrive, Ethan. Parfois on peut les prévenir et parfois non. C'est la vie.

La vie, il la connaissait. Il y avait affaire chaque jour dans son service. La violence était sa compagne quotidienne.

Il se demanda pourquoi Harriet était encore là ce soir,

pourquoi elle s'attardait dans ce lieu cruel où personne ne venait jamais à moins d'y être contraint.

Elle était aussi peu à sa place ici qu'une orchidée rare dans un tas d'ordures.

— Tu devrais rentrer chez toi, maintenant.

— Tu préfères que je m'en aille ? Si tu aimes mieux être seul, je m'en vais. Mais je pensais qu'un peu de compagnie pourrait t'aider à trouver le temps moins long.

Il devait reconnaître qu'il avait à peine vu passer la demi-heure qui s'était écoulée depuis son arrivée.

Il ouvrit la bouche pour lui dire de partir mais découvrit qu'il n'avait pas envie qu'elle s'en aille. Il y avait quelque chose chez elle, une douceur inhérente à sa présence, qui rendait l'attente un peu moins barbare.

— Si tu es prête à rester, j'apprécie ta compagnie. Mais la nuit promet d'être longue.

Elle croisa les jambes et se cala sur sa chaise.

— Aucun problème. Je ne bouge plus d'ici.

Chapitre 22

La nuit tint sa promesse : elle fut aussi longue qu'Ethan l'avait prédit.

Et pour lui plus encore que pour elle.

— D'habitude, quand je suis ici, je bouge, j'agis, j'ai le contrôle. Et là, je suis comme un con, bloqué sur une chaise à attendre.

Les yeux clos, il renversa la tête en arrière contre le mur. Harriet le savait exténué. Elle savait aussi qu'il serait inutile de lui suggérer de rentrer se reposer. La même détermination butée qui l'avait fait accepter de garder la chienne de sa sœur lui interdisait aujourd'hui de partir tant qu'il saurait Susan dans un état peut-être critique.

Les sandwichs qu'elle avait préparés avaient été avalés. Le café bu jusqu'à la dernière goutte. Si elle avait su, elle aurait prévu un second thermos.

Elle plongea la main dans son sac et en sortit un paquet soigneusement emballé.

— C'est quoi ? Ne me dis pas que tu as apporté aussi le dessert ?

— Pas tout à fait mais presque. Ceci est ma grande spécialité depuis toujours : les cookies. Mange-les vite car ils sont connus pour exciter de terribles convoitises. Des hommes sont allés jusqu'à se battre pour les obtenir.

— Carrément ? Raconte-moi ça.

— Il y a deux ans, à une kermesse, dans le village où

vit ma grand-mère. William Dubbart et Barney Townsend ont failli en venir aux mains pour avoir le dernier qui restait en vente. La tension est montée. William a déclaré qu'il était prêt à m'épouser si je m'engageais à le nourrir de cookies jusqu'à la fin de ses jours.

— Et quel âge a-t-il ?

— Quatre-vingt-six ans. Ce qui, à la réflexion, n'est pas si éloigné de l'âge de mon dernier rencard en date.

— À moins que tu aies des révélations à me faire sur la façon dont tu occupes tes journées, c'est *moi*, ton dernier rencard en date.

Il mordit dans un cookie.

— Mm... Ils sont excellents, en effet. Sérieusement délicieux, même. Je vois pourquoi ce William briguait le mariage. Il y a de quoi pousser n'importe qui à renoncer à l'heureux statut de célibataire.

N'importe qui... sauf lui.

Elle repoussa cette pensée.

— Il faut bien introduire un minimum de douceur dans cet endroit sinistre. Je ne sais pas comment tu fais pour travailler tous les jours dans un cadre aussi glauque.

— Normalement, je suis de l'autre côté de la barrière. C'est une forme de stress plus positive, quand tu es soignant.

Peut-être. Mais cela restait du stress quand même. Et elle n'était pas convaincue que cela rende ses conditions de vie plus roses pour autant.

— C'est un monde que je découvre, en fait. C'est rare que je mette les pieds dans un hôpital.

Il lui jeta un regard.

— J'imagine que la dernière fois, c'était pour ta cheville ? C'était quand, l'occasion précédente ?

— Mon père a eu un infarctus. Une première fois, il y a cinq ans, et un second, un an plus tard. Fliss et moi, on était à la maison quand l'annonce est tombée. Mon père refusait de voir Daniel car il considérait que c'était à cause de lui que maman avait fini par demander le divorce. Il ne voulait pas voir Fliss non plus.

— Mais toi, tu y es allée.

— Je sais, j'aurais mieux fait de m'abstenir. Mais je croyais dur comme fer qu'avec le choc de la maladie, mon père verrait enfin clair et qu'il comprendrait qu'il m'aimait. Inutile de préciser que la révélation ne s'est pas produite.

Elle se tut un instant, surprise de ce qu'elle venait de lui confier.

— Je ne sais pas pourquoi je te raconte ça.

— L'ambiance est propice, observa Ethan en désignant le décor nu d'un geste du menton. Rien de tel qu'un vieux couloir d'hôpital criblé de courants d'air pour porter à la rêverie et aux confidences.

— Ce doit être ça.

Ça, et surtout ce quelque chose chez lui qui faisait qu'on avait envie de tout lui dire.

— J'ai l'impression que tu as passé toute ton enfance à essayer de te reformater dans l'espoir de répondre aux attentes de ton père.

— C'est vrai. J'étais tout le temps en quête de son approbation. Sans me rendre compte que c'était joué d'avance et que mes chances étaient nulles. Je l'énervais et il ne se privait pas de me le faire savoir. Mon pire souvenir avec lui, c'est le jour où il a fallu que je récite un poème sur scène, à l'occasion d'un spectacle organisé par le collège. J'avais répété comme une dingue, dûment coachée par Fliss et Daniel. À force, je pouvais le réciter en entier sans trébucher, sans hésiter et sans l'ombre d'un problème d'élocution. J'étais fière comme un paon. À l'école, puis au collège, les autres me…

Elle se tut, mesurant ses mots.

— … les autres me faisaient des remarques à cause de mon bégaiement.

— Ils te harcelaient, autrement dit, rectifia-t-il calmement.

— Certains d'entre eux, oui. Je n'étais pas très confiante en moi. Et le fait d'être capable de réciter ce poème, c'était énorme pour moi. Je me préparais à leur montrer à tous que je maîtrisais désormais mon handicap. Je m'étais déjà imaginé les applaudissements, les sourires, les félicitations. Et ma vie transformée du jour au lendemain. Finis les moments où on me bousculait « par mégarde » au restaurant scolaire et où je me retrouvais avec le contenu de mon plateau au sol. Plus de grenouilles dans mon casier.

Deux infirmières passèrent à pas pressés, en discutant entre elles. Ethan attendit qu'elles se soient éloignées pour réagir.

— Des grenouilles dans ton casier ?

— Ce n'était pas un problème pour moi puisque j'adore les animaux. Mais je m'inquiétais pour les grenouilles.

— Les moqueries, le harcèlement ont souvent pour effet d'aggraver les difficultés d'élocution. C'est une spirale négative dont il n'est pas évident de sortir. Parle-moi du poème. J'imagine que les choses ne se sont pas déroulées comme tu l'avais escompté.

— Je suis montée sur scène, tout excitée, prête à impressionner mon public…

— Et ?

— Et la première chose que je vois, c'est mon père au premier rang, pile sous mon nez. Fliss et Daniel étaient à côté de lui, l'air furibond, et ma mère avait les yeux rouges de larmes. C'était ça le bonheur en famille chez moi.

— J'en déduis que ton père n'était pas venu dans le but de te soutenir ?

— Non. Il n'assistait jamais à aucune manifestation scolaire. S'il a décidé de se montrer ce soir-là, c'était uniquement parce que de tous ceux qui se moquaient de moi, c'était lui le plus cynique, le plus froidement sadique.

Elle relâcha lentement son souffle.

— Ses actes l'ont toujours confirmé tout au long de ces années, même si j'ai mis très longtemps à l'admettre. Il m'a fallu tout ce temps avant d'accepter de voir ce qu'il affichait sous mon nez depuis le début : son non-amour pour moi. Cela me paraissait tellement contre-nature que je niais la réalité, même si elle sautait aux yeux.

Les doigts d'Ethan se refermèrent sur les siens.

— Je ne suis pas vraiment sûr d'avoir envie d'entendre la fin de ton histoire.

— La fin est très prévisible. Je l'ai vu, je me suis pétrifiée et je n'ai plus pu bouger un muscle — et encore moins mes cordes vocales, bien sûr. Du coin de l'œil, je voyais Daniel qui essayait d'attirer mon attention, m'encourageant à le regarder lui plutôt que notre père. Mais je ne pouvais pas détacher mes yeux de son visage. Et là, au lieu de renoncer tout de suite, j'ai eu un dernier sursaut d'optimisme naïf. Je me suis dit que c'était le moment ou jamais de faire en sorte qu'il soit enfin fier de moi. Si seulement je parvenais à réciter ce poème en public, il m'aimerait, c'était certain…

— Mais à ce stade, tu avais déjà perdu une bonne partie de tes moyens, je suppose. Et tu n'as pas pu sortir un mot.

— Pas un mot entier, non. J'ai réussi à répéter la première lettre à quelques reprises et j'ai été tellement mortifiée d'entendre glousser dans le public et de voir des visages hilares que j'ai perdu tout désir de me battre. Je sais, c'est pathétique.

Elle avait horreur de parler de cet épisode. Même maintenant, après tant d'années, elle regrettait de ne pas pouvoir revenir en arrière pour reprendre la scène de zéro.

Elle serait restée plantée face au public et elle aurait tenu bon, en bredouillant ce satané poème jusqu'au bout.

— Non, ce n'était pas pathétique. Tu avais quel âge ?

— Je ne me souviens pas très bien. Onze ou douze ans... Et je me disais que ça venait de moi. Uniquement de moi. Son attitude dédaigneuse. Le fait qu'il ne m'aimait pas. Que tout cela était dû à je-ne-sais-quoi de détestable en moi qu'il fallait que je transforme. La vérité, c'est que j'aurais pu devenir quelqu'un d'autre, il aurait continué à me détester quand même. Le problème ne venait pas de qui j'étais, moi, mais de l'homme qu'il était *lui*.

Elle prit une courte inspiration tremblante.

— Il m'a fallu des années pour le comprendre.

Il y eut un court silence. Ethan allongea les jambes.

— Onze ans... Je n'ai pas de souvenirs précis liés à cet âge, mais je me souviens de mes treize ans, et j'imagine que ça ne devait pas être si différent. Tout ce qui compte, dans ces premiers stades de l'adolescence, c'est d'éviter de se ridiculiser aux yeux des autres. Tu as l'impression que le monde entier a les yeux rivés sur toi et guette chacun de tes faux pas. Ta grande peur, c'est qu'on découvre à quel point c'est le souk dans ta tête.

— Même toi, tu te sentais comme ça ?

Cela paraissait difficile à imaginer.

— Tous les ados en passent par-là. Certains le cachent juste mieux que d'autres. Il faut arriver à l'âge adulte pour s'apercevoir que les gens sont bien trop occupés à se regarder le nombril et à s'inquiéter de l'effet qu'ils produisent eux-mêmes pour avoir le temps de surveiller tes moindres défaillances.

— Je peux t'assurer que dans mon cas, les regards convergeaient bel et bien sur moi. Il faut dire qu'elles s'entendaient de loin, mes défaillances. Lorsqu'il te faut cinq minutes de plus que la moyenne pour dire un truc simple, ça ne passe pas inaperçu. Et les gens ne te font pas de cadeaux.

— Comment ça s'est terminé, alors ?

— J'ai bégayé un moment, puis la honte m'a écrabouillée pour de bon et je suis sortie de scène en courant. On est tous rentrés à la maison et Fliss était tellement furieuse qu'elle s'est jetée sur notre père, armée d'une poêle à frire. Je crois qu'elle l'aurait tué si Daniel n'était pas intervenu. Ça a donné lieu à une scène immonde.

— J'imagine, oui. Je suis content que tu aies eu ta jumelle et ton frère.

— C'est vrai. Cette scène mémorable nous a rapprochés. On a reformé une sorte de famille à trois, en fait. Et on est restés très soudés.

— Je commence à mieux comprendre ce que le départ de ta sœur dans les Hamptons a pu représenter pour toi.

— Le changement a été brutal, c'est sûr. Je pense que j'étais tombée dans une forme de paresse insidieuse. J'avais cessé de faire certaines choses — des trucs qui m'effrayaient un peu — parce que Fliss et Daniel s'en chargeaient à ma place et qu'ils le faisaient généralement mieux que moi. Chaque fois qu'on avait un client un peu difficile, c'était Fliss qui s'y collait, parce que ça ne la dérangeait pas. Et moi je vivais dans la crainte que mon bégaiement ne resurgisse face à une personne potentiellement agressive.

— Et c'est là que tu m'as rencontré et que ton pire cauchemar est devenu réalité.

La rencontre avec lui avait été plus de l'ordre du rêve que du cauchemar, mais elle ne le lui dit pas.

— Finalement, ça a été une bonne chose pour moi de bégayer. Le pire scénario possible à mes yeux est devenu réalité. Et j'ai survécu. Sans même avoir eu besoin de faire appel à ma jumelle.

De cela surtout, elle était très fière.

— Ne pas faire appel à Fliss a peut-être été le plus gros défi pour moi, dans l'histoire.

— Parce que tu avais l'habitude de te reposer sur elle.

— Voilà. Je lui parlais de mes angoisses, elle s'inquiétait pour moi et cherchait des solutions. Et c'était génial, à part que je veux apprendre à me protéger par moi-même — sans forcément avoir recours aux mêmes méthodes qu'elle…

— Ne pas t'acharner sur ton prochain à coups de poêle à frire, tu veux dire ?

Elle sourit.

— Fliss a des méthodes parfois très physiques, il est vrai.

Il renversa de nouveau la tête contre le mur.

— Ici aussi, on est confrontés tous les jours aux résultats des « méthodes très physiques ». Violences, harcèlement… Ce n'est pas toujours facile à repérer. Et encore plus difficile d'apporter une aide. Mais on essaie. Le soir où tu es venue aux urgences…

— Tu as cru que j'avais été victime de sévices ?

Il tourna la tête. Son regard était direct. Déstabilisant.

— Cela m'a traversé l'esprit, oui. Il y avait un je-ne-sais-quoi de blessé, de vulnérable, chez toi. C'est difficile à décrire.

Elle préféra opter pour l'humour.

— Vulnérable, c'est mon look de base dès que je me juche sur des stilettos. Quand on ne tient pas en équilibre sur ses deux pieds, c'est dur d'avoir l'air solide.

Un sourire effleura le coin des lèvres d'Ethan.

— Tu es une fille impressionnante, Harriet Knight.

Son cœur battit plus vite.

— Tu ne dirais pas ça si tu me voyais en train d'escalader une fenêtre.

Il allait répondre lorsqu'une femme en blouse stérile sortit de la salle d'opération.

En une seconde, Ethan fut debout.

— Alors ?

Harriet se leva aussi mais resta un peu en retrait, par crainte d'être intrusive. Quelques bribes médicales lui parvinrent — rupture partielle de la rate… Plaie pénétrante… Paramètres hématologiques… préservation de l'organe… Un vocabulaire hermétique pour elle et qui donnait plutôt froid dans le dos, mais Ethan était visiblement soulagé, donc l'état de Susan était peut-être moins dramatique qu'il ne l'avait redouté.

Il se passa la main sur le visage.

— Je peux la voir un instant ?

— Bien sûr. Mais ne t'attarde pas trop.

Harriet voulut se rasseoir pour l'attendre, mais il lui prit la main.

— Viens avec moi. Elle sera contente de te voir. Tu pourras lui promettre une dose de ta soupe miracle.

Susan était en salle de réveil. Pâle et groggy, mais les yeux ouverts. En voyant Ethan, elle grimaça un faible sourire.

— Non, je rêve… Tu es encore là, toi ? Quelle heure il est ?

— Le milieu de la nuit. Je suis resté à traîner par ici pour voir ce qu'ils allaient faire de ta carcasse.

— Charmante attention. Mais je vois que tu as trouvé de la compagnie.

Les paupières de Susan se refermèrent.

— Tu le lui as dit, Black ?

— Quoi ?

— Pour ta promesse.

— Je n'ai aucun souvenir d'avoir fait une promesse. L'anesthésie a dû te troubler le cerveau.

— Si tu trahis ton serment, je reviendrai te hanter jour et nuit.

— Il faudrait déjà que tu commences par mourir, et ta mort n'est pas prévue au programme. J'ai trop besoin de toi ici.

— Tu crois que ça va me motiver pour essayer de me sortir de là ? Une soupe d'Harriet, ça pourrait peut-être le faire, par contre.

Harriet s'avança vers le lit.

— Dès que vous serez transférée dans une chambre et que vous aurez le droit de manger, je serai là avec ma Thermos.

— Quel ange… Tu entends ça, Black ? murmura-t-elle en ouvrant de nouveau les yeux. C'est un ange.

— Il faut que tu te reposes, maintenant.

— Et toi, tu as besoin d'aller dormir. Merci, Ethan.

Elle leva faiblement la main et Ethan la prit entre les siennes.

— C'est la première fois que tu m'appelles par mon prénom.

— C'est aussi la première fois que tu me sauves la peau.

— Oui, enfin… Pas tant que ça. Sinon tu ne serais pas couchée là.

— Tu sais aussi bien que moi que sans toi, je ne serais plus là.

Ses paupières se refermèrent.

— Rentre chez toi et dors. Mais reviens demain. Avec Harriet. Et de la soupe. Et n'oublie pas ta promesse.

— C'est quoi, cette promesse dont elle n'arrêtait pas de parler ? demanda Harriet alors qu'ils quittaient l'hôpital pour sortir dans la nuit glaciale.

— Elle veut être la marraine de mes enfants.

— Mais tu n'as pas de… Ah…

La lumière se fit.

— Elle aimerait te voir père de famille. Elle est de mèche avec ta sœur ?

— A priori, elles ne se connaissent pas, mais elles ont l'air d'être sur la même longueur d'onde. Susan veut absolument me caser. Je ne sais pas pourquoi. Surtout venant de quelqu'un d'aussi solitaire qu'elle.

— C'est une célibataire pure et dure ?

Il hésita.

— Pas célibataire, non. Il y a huit ans, son mari est mort par la faute d'un chauffard ivre. Il était passé récupérer leur petit garçon à la maternelle, et père et fils rentraient à pied à la maison. La voiture est montée sur le trottoir et les a fauchés l'un et l'autre. Aucun des deux n'a survécu.

Le choc de la nouvelle lui fit l'effet d'un coup de poing dans la poitrine.

— C'est horrible.

— Tragique, oui. Tout comme il est tragique que des gens prennent le volant dans un état d'ébriété avancée.

— Je n'arrive pas à imaginer qu'on puisse se relever d'une perte pareille.

— On ne s'en relève pas. Certains trouvent la force de vivre avec. Ils s'inventent un dérivatif, un moyen de continuer. Pour Susan, ça a été le travail. Mon hypothèse, c'est que c'est une forme de consolation pour elle de lutter pour la vie, même si elle n'a pas pu sauver celle des siens.

— Elle vit seule, alors ?

— Elle a un appartement pas très loin du mien.

— Qu'est-ce qu'elle fait pour Noël ?

Il fronça les sourcils.

— Aucune idée. Pourquoi ?

— Je me posais la question, c'est tout.

Harriet s'immobilisa devant un feu piéton passé au rouge.

— Tu veux venir dormir chez moi ?

— Maintenant ? Il n'est pas loin de 4 heures du mat.

— Mon appart est plus près que le tien. Et je pourrais te faire un bon petit dèj avant que tu partes bosser.

— Si tu me prends par les sentiments…

Il passa les bras autour de sa taille.

— Merci d'avoir été là. Je suis content que tu sois venue.

— Te laisser seul n'était même pas imaginable.

La convalescence de Susan fut étonnamment rapide.

Trois jours après l'opération, elle était déjà habillée et faisait ses premiers pas dans sa chambre. Harriet la regardait aller et venir d'un œil sceptique.

— Tu es sûre que c'est bon pour toi de déployer déjà autant d'énergie ? Il ne faudrait pas que tu te reposes plutôt ?

Plus de « vous » entre elles.

— Je me reposerai quand je serai morte. Ce que j'étais déjà à moitié, donc on peut dire que j'ai eu le temps de me relaxer… Mm… Serait-ce ta célèbre soupe au poulet que je vois là ?

Susan examina d'un air d'espoir le conteneur isotherme qu'Harriet sortait avec précaution de son sac.

— C'en est, oui. J'ai ajouté un peu de crème pour qu'elle soit plus calorique. Je suppose que tu vas me reprocher d'attenter à la santé de tes artères.

— Mes artères sont tout à fait sereines, merci.

Harriet versa la soupe dans un bol et Susan s'assit à la table.

— Je n'avais encore jamais réalisé que manger pouvait être une activité aussi réjouissante. Si Ethan ne t'épouse pas, c'est moi qui te demanderai en mariage.

Harriet faillit en laisser tomber son thermos. Et se félicita qu'Ethan ne soit pas dans la pièce.

— Ethan ne se remariera jamais. Une fois lui a suffi.

— C'est ce qu'il dit.

— Et tu ne le crois pas ?

Elle n'aurait sans doute pas dû poser la question, mais difficile de résister à la tentation de parler d'Ethan avec quelqu'un qui le connaissait d'aussi près.

— Je crois qu'il a perdu toute notion de ce qui est bon pour lui. Passer nos journées dans un service d'urgences, ça finit par brouiller nos repères et notre capacité à mener des vies sociales et privées un tant soit peu normales. On en est tous là. Avec ça, Ethan a du mal à se pardonner son divorce. Ce garçon a un sens aigu des responsabilités. Tu as déjà dû avoir l'occasion de t'en rendre compte, toi qui as passé du temps chez lui. C'est pour ça qu'il a accepté de prendre la chienne de sa sœur dans son appart, même si c'est incompatible avec son mode de fonctionnement. C'est aussi la raison pour laquelle il s'interpose devant un fou armé d'un couteau pour protéger une consœur, et qu'il passe la moitié de sa nuit dans un couloir plein de courants d'air à faire le pied de grue à l'extérieur du bloc. Ethan a de hautes exigences vis-à-vis de lui-même. Prendre soin des autres, c'est dans son ADN. Il a d'ailleurs de qui tenir. Les Black forment une famille ultra-soudée. Ils ont tous le sens du collectif chevillé au corps et ils te fileraient leur chemise sans hésiter. Rappelle-toi d'où il vient et tu comprendras mieux pourquoi il se sent tellement en échec depuis son divorce. Il se considère comme fautif, même si Alison te dirait qu'elle porte largement sa part de responsabilité. J'ai d'ailleurs rarement vu deux personnes aussi peu assorties qu'Ethan et elle. Toi, en revanche, c'est une autre paire de manches.

Harriet était sur le point de lui demander comment elle connaissait Alison, lorsqu'elle se souvint que l'ex-femme d'Ethan avait tourné un documentaire en mode furtif dans leur service.

— Et pourquoi est-ce « une autre paire de manches » avec moi ?

— Il est différent depuis que tu es entrée dans sa vie.

Le cœur d'Harriet battit un peu plus fort. Mais elle s'interdit de tirer la moindre conclusion.

— En quoi est-il différent ?

— Il est plus accessible. Plus humain.

— Si Alison ne lui correspondait pas, pourquoi se sont-ils mariés, à ton avis ?

— Cela reste un mystère pour moi. Mais s'il faut à tout prix donner une explication, je dirais qu'il a pris cette décision sans réfléchir plus que ça. La super reporter débarque ici avec ses jolis cheveux blonds et sa personnalité affirmée et qu'est-ce qu'elle voit ? Ethan, tout en muscles et en carrure virile en train de sauver la vie d'un enfant. Ils ont flashé l'un sur l'autre. J'étais là, j'ai vu la fascination réciproque. Ce qu'ils auraient dû faire, c'est s'envoyer en l'air dans toutes les positions, et puis *bye bye*. Mais pour une raison que je ne m'explique toujours pas, ça s'est terminé par un échange d'alliances.

Susan jeta un regard nostalgique sur son bol vide.

— C'est dur à faire, cette soupe ? On peut y arriver quand on est archinulle en cuisine ? J'en ferais bien une cure en rentrant chez moi.

— Je remplirai ton congélo, promit Harriet en lui resservant le fond de soupe restant. Ils te lâchent quand ?

Susan vida son bol d'un trait et se renversa contre son dossier.

— Demain, si j'arrive à imposer mon autorité

— Tu aimes les cookies faits maison ?

— C'est quoi cette question idiote ? Qui n'aimerait pas les cookies faits maison ?

Avec un large sourire, Harriet lui tendit une petite boîte à gâteaux attachée avec un ruban.

— C'est ma spécialité.

Susan goûta un biscuit et ferma les yeux.

— Comment expliques-tu que tu sois restée célibataire avec un talent pareil ?

— Je me pose la question régulièrement, mais je n'ai toujours pas découvert la réponse.

— Je ne vois qu'une explication : tous les hommes de ta vie sont des manches. Cela t'arrive de faire ces cupcakes compliqués qu'on voit de nos jours ? Avec ces glaçages d'enfer de toutes les couleurs ? Des trucs pur sucre, pures calories, pur plaisir ?

— Je fais de très bons cupcakes aussi. J'en ajouterai une fournée quand j'irai t'approvisionner chez toi.

Susan reprit un cookie dans la boîte.

— J'ai une bien meilleure idée. Viens t'installer, comme ça tu pourras cuisiner sur place. Douée comme tu l'es pour la chose culinaire, tu ne peux pas vivre seule. C'est contre-nature.

Harriet replaça le récipient isotherme vide dans son sac. Un projet avait pris forme dans sa tête.

— Tu fais quoi à Noël ?

Susan s'affaissa contre ses oreillers.

— Je devais travailler, mais là, j'imagine que c'est cuit. Merde. Je tenais absolument à bosser, en plus. C'est génial, Noël aux urgences. On s'amuse comme des petits fous. Ça me déprime de louper ça.

Malgré le sarcasme dans sa voix, Harriet savait que Susan aurait réellement préféré être submergée de patients à l'hôpital que seule chez elle et livrée à ses souvenirs. Noël devait être une abomination pour elle.

— Tu veux venir chez moi ? J'invite juste une ou deux personnes, c'est tout.

— Merci, c'est gentil, mais les fêtes de fin d'année ne

sont pas la période la plus faste pour moi… Ethan t'a raconté ma sombre histoire, je suppose ?

— Oui, il m'a raconté. Je suis profondément désolée, Susan.

Les mots paraissaient faibles et tellement peu appropriés, face à l'horreur de ce que cette femme avait traversé. Mais qu'aurait-elle pu dire d'autre à quelqu'un qui avait tout perdu dans des circonstances aussi terribles ? Il n'y avait ni mots adéquats ni formule adaptée.

— J'apprécie l'invitation, mais je suis de très mauvaise compagnie à Noël.

— Il ne s'agit pas de chanter et de danser. Viens juste te poser sur mon canapé et je me charge de te servir des trucs sympas à grignoter.

Susan scruta son visage.

— Noël, c'est orienté famille. Tu devrais le fêter avec tes parents, plutôt.

— Ils sont divorcés depuis des années. Ma mère court le monde et mon père… On ne communique pas trop, lui et moi.

Elle fut surprise de pouvoir le dire avec autant de facilité.

— Il refuse de me parler, en fait. Je suis proche de mon frère et ma sœur, par contre. Mais cette année, j'ai décidé que je voulais passer Noël toute seule. Enfin… sans eux en tout cas.

Sur une impulsion, elle parla à Susan du Challenge Harriet, d'une traite, en commençant par le début et ne s'arrêtant qu'à la fin de son histoire.

— Donc, tu te forces tous les jours à faire quelque chose que tu appréhendes ? La vache, c'est…

Susan se tut, cherchant ses mots. Harriet haussa les épaules.

— Complètement idiot ?

— J'allais dire inspirant. Tout compte fait, je vais

peut-être venir chez toi. Ne pas rester au lit un 25 décembre pourrait être mon premier Challenge Susan.

— Si tu as d'autres amis chez qui tu préfères aller, ne t'inquiète pas pour moi, se hâta de préciser Harriet. Ne te sens pas obligée, surtout.

— La plupart de mes ex-amis ont renoncé à moi depuis longtemps. Le problème ne vient pas d'eux, hein. C'est entièrement ma faute. Me maintenir en immersion dans le boulot a été, sinon une thérapie, du moins un moyen de tenir debout et de fonctionner. Je ne voulais pas de regards de pitié, pas de compassion. À force de me voir indisponible, ils ont laissé tomber.

Comment pouvait-on tourner le dos à une amie qui avait essuyé un pareil cataclysme personnel ?

— Dans ce cas, je compte sur ta présence.

Susan la fixa un instant en silence puis un large sourire éclaira ses traits.

— Hé, pourquoi pas ? Je vais être la marraine de tes enfants, après tout. Puisque je fais quasiment partie de la famille, j'essaierai peut-être de traîner ma carcasse hors de chez moi.

Harriet tressaillit au souvenir de ce que lui avait dit Ethan.

— Marraine de mes enfants ?

— Ton homme m'a fait une promesse sur mon lit de mort.

— Ethan n'est pas « mon » homme. Et tu es vivante.

— À peine. Mais ça me fera plaisir de fêter Noël avec toi. Tu penseras juste à me donner ton adresse. Et je mettrai un pantalon large car, vu comme tu cuisines, je vais avoir besoin d'espace pour que mon ventre puisse doubler de volume en paix.

*
* *

Ethan était allongé de tout son long sur le canapé d'Harriet et la regardait nourrir une paire de chatons au biberon.

— Désolé d'avoir à te communiquer cette triste nouvelle, mais tu es en train de te déqualifier en tant que badass, ma petite chérie.

Elle serra le chaton contre elle.

— Ce n'est pas parce que je nourris deux bouts de chats au biberon que ça enlève quoi que ce soit à mon côté badass.

— Je ne suis pas convaincu. Tu ferais mieux de m'embarquer de nouveau dans ton lit et de le prouver par des actes.

Au lieu d'obtempérer, elle plaça avec soin un des chatons sur les genoux d'Ethan et lui tendit un biberon.

— Toi, arrête de parler et bosse.

À travers le tissu de son jean, Ethan sentit l'émouvante tiédeur qui émanait du minuscule animal tremblant.

— Je n'ai jamais été initié à ce genre de pratique.

— Tu ne connaissais rien aux chiens non plus, mais à la fin, Madi était plutôt contente de toi.

— Parce que tu étais là pour me superviser.

Il avança le biberon vers le chaton qui happa aussitôt la tétine. Harriet posa la main sur la sienne pour l'aider à modifier sa position.

— Incline-le un peu. Elle avale de l'air.

Elle retourna à l'autre mini-chaton, le souleva avec l'assurance née d'une longue expérience et l'installa avec soin sur ses genoux.

Elle était douce et bienveillante, jamais dans le jugement. Ethan ne parvenait pas à comprendre comment son père avait pu rester distant et froid avec elle.

Comment pouvait-on ne pas aimer quelqu'un comme Harriet ? Il n'y avait pas une once de méchanceté en elle. Qu'il ait été malheureux avec sa femme était une chose.

Mais rien ne justifiait qu'il ait pu défouler sa rancœur sur ses propres enfants.

Son enfance douloureuse aurait pu la rendre amère. Méfiante. Repliée sur elle-même.

Mais Harriet était devenue tout le contraire. C'était la personne la plus généreuse, la plus prodigue d'elle-même qu'il connaissait.

Elle était assise par terre dans une position qu'il aurait été incapable d'adopter à moins d'avoir recours ensuite à des secours en urgence.

— Tu fais du yoga ou un truc comme ça ?

— Depuis quinze ans, oui. Au début, je m'y suis mise pour essayer d'être moins tendue.

Parce que bégayer était source de stress. Parce que vivre avec un père comme le sien avait dû créer en elle un état de tension permanent.

Il n'aimait pas penser à ces aspects du passé d'Harriet. Compte tenu de ce qu'elle avait vécu, il ne pouvait que comprendre son attachement à l'idée de fonder une famille. Ce qui l'amenait immanquablement à se questionner sur ce qu'elle faisait avec un mec comme lui. Peut-être qu'elle avait une tendance marquée à ne choisir que des cas désespérés ?

— Donc tu es capable de prendre tout un tas de positions intéressantes ?

— Je suis assez souple, oui, si c'est à ça que tu penses.

Elle tourna la tête vers lui et il vit une lueur de défi briller dans ses yeux.

— Je sais faire la posture avec les deux jambes derrière la tête. Ça t'intéresse ?

Une vague de désir brûlant le traversa.

Il oublia qu'il n'était pas du tout l'homme qu'il fallait à Harriet Knight.

Il oublia qu'elle et lui n'avaient pas les mêmes attentes. Tout ce qu'il voulait en cet instant, c'était elle.

Assailli par une faim sexuelle impitoyable, Ethan sentit la sueur perler à son front.

— Je ne te crois pas.

— Je te le prouverais à l'instant, docteur Black, si je n'avais pas un chaton à nourrir.

— Je pense pouvoir me charger des deux pendant ta démonstration.

— Et si je commençais par quelque chose d'un peu moins provocant ?

Elle attendit que le chaton ait fini son biberon avant de le lui passer. Puis elle posa les mains à plat sur le sol. Elle prit quelques respirations profondes, puis s'élança d'un mouvement souple et fit le poirier, manquant de peu le sapin de Noël qui occupait la moitié du séjour.

Elle restait droite, parfaitement alignée, dans un équilibre impeccable, ses cheveux défaits effleurant le sol.

Il commençait à se demander comment il était humainement possible de maintenir cet équilibre aussi longtemps lorsqu'elle redescendit les jambes au sol, avec autant de grâce qu'elle avait mise à les monter.

Il fut surpris que le sapin n'en ait pas perdu ses aiguilles.

Et dut s'éclaircir la voix avant de commenter :

— OK. Je suis impressionné. Et maintenant tu peux passer à la partie provocante.

Elle arqua le dos et fit prendre à son corps une posture qui lui donna envie de lui arracher ses vêtements et de lui faire passionnément l'amour sur place. Il aurait cédé à ses pulsions s'il n'avait pas eu deux créatures aussi innocentes ancrées sur ses genoux.

— Bon, ça suffit.

Il changea de position sur le canapé et elle haussa un sourcil.

— Les chats te pèsent, peut-être ?

— Mon inconfort n'a rien à voir avec ces deux poids plume, ma chérie.

Les yeux d'Harriet pétillèrent et il comprit qu'elle avait saisi au premier regard la nature de son inconfort.

— Je retire ce que j'ai dit tout à l'heure : tu es cent pour cent badass. Ta jumelle pratique le yoga, elle aussi ?

— Non.

Elle se releva avec une maîtrise parfaite.

— Le yoga, c'est trop lent et trop calme pour Fliss. Elle préfère le kick-boxing et le karaté.

Lorsqu'elle se pencha pour lui reprendre les deux petits chats, ses cheveux glissèrent sur la joue d'Ethan en une lente caresse sensuelle.

Pendant un instant, il en oublia de respirer. Mais elle fit un pas en arrière et replaça ses protégés dans leur panier. Lorsqu'elle se redressa, elle avait les joues en feu.

— J'ai oublié de te dire... Susan vient passer Noël ici avec moi.

— Tu l'as invitée ? C'est sympa de ta part. C'est un vrai problème pour elle de ne pas pouvoir bosser pour les fêtes. Elle déteste cette période de l'année.

Le fait qu'elle ait pensé à Susan en la circonstance lui confirmait ce qu'il savait déjà : Harriet Knight avait un cœur en or comme on n'en faisait plus.

— Ce n'est pas par dévouement que je lui ai proposé de venir. J'ai tout de suite bien accroché avec Susan. Et j'ai envie d'avoir mes amis autour de moi.

Il en regrettait presque d'avoir à travailler le 25 décembre.

Plus que deux jours avant son départ en vacances. Deux petits jours. D'habitude, à ce stade, il se consumait d'impatience, prêt à quitter New York sans un regret ni un regard en arrière. Mais cette fois...

— Tu fais quoi, toi, la semaine prochaine ?

— Rien de particulier. C'est juste boulot-boulot. Pourquoi ?

Il ne la verrait pas pendant une semaine complète. Puis il y aurait Noël et il serait de garde. Quelque chose qui ressemblait à une sensation de manque s'éveilla en lui. Un sentiment peu familier qu'il préféra ne pas examiner de trop près.

— Viens avec moi dans le Vermont, si tu veux. Comme ça je t'apprendrai à skier.

Il savait qu'en lui proposant de passer une semaine avec lui là-bas, il franchissait une ligne invisible. Une frontière qui n'avait jamais été expressément tracée, mais dont ils avaient intégré l'existence l'un et l'autre. Passer de temps en temps une nuit ensemble à New York était une chose. L'inviter à partager ses vacances en famille en était une autre.

Il le savait. Elle le savait. Et il aurait eu du mal à dire qui d'elle ou de lui fut le plus surpris par sa proposition tombée du ciel.

Harriet écarquilla les yeux.

— Pardon ?

Peut-être même qu'elle était encore plus sidérée que lui, puisqu'elle lui demandait confirmation.

— Je te suggère de t'accorder une semaine de vacances à la neige. Ça fait combien de temps que tu n'as pas pris de congés ?

Comme si cela avait le moindre rapport avec la raison pour laquelle il voulait l'embarquer avec lui !

— Je ne sais pas. Un bon moment. Je suis partie quelques jours dans les Hamptons cet été.

— Pour aller voir ta grand-mère. Et parce que tu t'inquiétais pour ta sœur.

Elle lui avait raconté le combat qu'elle avait dû mener

pour obliger sa jumelle à lui confier ses angoisses et ses incertitudes.

— Quand as-tu eu pour la dernière fois du temps rien que pour toi ?

— Mais ta semaine dans le Vermont, c'est du temps rien que pour *toi* justement. Tu m'as expliqué ce que ce séjour en montagne représentait à tes yeux.

Elle soutint son regard.

— Toute l'année, tu les attends, ces vacances d'hiver. Tu retrouves tes amis d'enfance, ta famille. Et c'est le mariage de ta marraine ! Tu ne peux quand même pas débarquer avec moi au mariage de ta marraine !

— Je peux, si.

Il décida de passer sous silence le fait que tout le monde serait ravi de le voir arriver avec une fille comme elle.

— J'ai une invitation pour deux, donc je peux venir accompagné de qui je veux. Ça me ferait plaisir que tu viennes. Tu pourrais te faire remplacer pour quelques jours ? Déléguer tes promenades ?

— Je ne sors pas beaucoup de chiens moi-même en ce moment. Juste Harvey, parce que ça me permet de garder un œil sur Glenys… Judy s'en chargera si je le lui demande.

— Parfait. Tout est réglé, alors.

— Non, attends ! Tu es vraiment sûr, Ethan ?

Elle avait l'air d'avoir du mal à respirer.

— Il s'agit quand même de passer une semaine au ski ! Et je ne suis jamais montée là-dessus !

— Je t'apprendrai.

— Et si je suis trop nulle ?

Il l'attira dans ses bras.

— Même si le ski ne te plaît pas, tu ne t'ennuieras pas à Snow Crystal. Fais-moi confiance. Je te promets qu'une fois là-bas, tu ne voudras plus repartir. Imagine un chalet isolé au bord d'un grand lac gelé. Une vaste forêt enneigée. Une cheminée ouverte où les flammes crépitent. Des étagères couvertes de livres. Un lit king size...

— Stop ! Comment veux-tu que je trouve la force de refuser si tu me fais miroiter des perspectives pareilles ?

— Pourquoi voudrais-tu à tout prix refuser ?

— Parce que je ne suis encore jamais partie comme ça, à l'impro, du jour au lendemain !

— Et le Challenge Harriet, tu l'oublies ?

— OK. Tu marques un point. Et je suis censée porter quoi pour un mariage en hiver à la montagne ?

— Des vêtements chauds. Car connaissant les O'Neil, une partie au moins des festivités se déroulera en extérieur.

Il garda le silence, la laissant méditer sur la question. Il était surpris de découvrir à quel point il avait envie de passer ces moments à Snow Crystal avec elle.

— Alors ? Tu en dis quoi ?

Elle sourit.

— J'en dis que l'expédition se présente comme un gros challenge, donc c'est parfait pour moi. Il faudra juste me briefer sur ce que je dois emporter dans mes bagages.

Chapitre 23

Les généreuses chutes de neige de décembre avaient transformé le Vermont en un paysage de carte postale. Ils empruntèrent de vieux ponts couverts au-dessus de rivières nonchalantes, traversèrent des villages au charme suranné, avec des cheminées fumantes et des décorations festives omniprésentes. Partout on voyait des couronnes de branchages et de houx, des petites lumières scintillantes autour des fenêtres. Rural et poétique, le Vermont offrait aux regards de vieilles granges en bardeaux, de grandes fermes à vaches, des habitants chargés de paquets sur les trottoirs enneigés. Puis les montagnes apparurent avec leurs versants couverts de forêts et les villages blottis à leurs pieds.

Harriet était émerveillée.

— Je n'ai jamais cru à l'amour au premier regard, mais je change d'avis à l'instant même. C'est magique ! On se croirait dans un conte de Noël pour enfants heureux.

Les mots se coincèrent dans sa gorge. C'était le genre de paysage de Noël dont elle avait rêvé lorsqu'elle était petite fille — l'image qu'elle s'était faite du bonheur en famille chaque fois qu'elle s'échappait par l'imagination de la réalité quotidienne chez les Knight.

Car chez eux, Noël n'avait jamais ressemblé à ce qu'on racontait dans les livres pour enfants. Noël avait été une journée à endurer, semblable à toutes les autres. Ou peut-être même pire, à cause de la pression sociale qui voulait qu'ils « célèbrent » cette fête tous ensemble. En apparence, ils avaient observé les rites. Les cadeaux à déballer, le repas à partager : tout se passait dans les règles. Mais la hargne de son père, hélas, ne se mettait jamais en congé. Sa mauvaise humeur s'en trouvait aggravée, même, comme chaque fois qu'il se trouvait acculé à passer quelques heures en famille. Une femme qu'il aimait mais qui ne l'aimait pas en retour. Des enfants qui ne comprenaient rien à ce qui se passait entre leurs deux parents.

L'ambiance en famille aurait-elle été différente, s'ils avaient disposé de quelques clés pour élucider l'étrange comportement parental ?

Ethan était concentré sur sa conduite, les mains fermement posées sur le volant, affrontant des routes de plus en plus enneigées.

— C'est une chance pour la famille O'Neill, ces grosses chutes de neige. Les conditions sont idéales pour démarrer la saison d'hiver.

Il lui jeta un regard rapide.

— Tu as gardé ton bonnet. Tu as froid ?

— Non, non, je suis bien.

Si elle gardait son bonnet sur la tête, c'était pour une raison bien précise. Elle fronça les sourcils en découvrant un nouveau panneau.

— « Traversée d'orignaux » ?

— Ça veut dire que les élans ont l'obligation de traverser la route à la hauteur de ce panneau, sinon ils paient une amende, expliqua Ethan avec le plus grand sérieux.

Elle lui assena en riant une tape sur l'épaule.

— Je suis peut-être citadine mais pas idiote à ce point.

Il ralentit pour négocier un virage.

— C'est une mise en garde pour les conducteurs. S'il

y a bien un animal que tu n'as pas envie de trouver face à toi sur la chaussée, c'est un orignal.

— Je suis sûr que l'orignal partage cette appréhension. Ça ne doit pas être ce qui peut lui arriver de mieux non plus de rencontrer une voiture.

Il lui jeta un regard amusé et secoua la tête.

— Il n'y a que toi pour te mettre à la place d'un élan et penser à l'impact émotionnel sur lui.

— Et toi, tu pensais à quoi ?

— Aux blessures qui menacent les occupants du véhicule. J'imagine que tu n'as jamais vécu de collision avec ces grands cervidés. Ils sont hauts sur pattes et puissants. Si tu percutes un orignal de nuit, tu as toutes les chances pour qu'il passe par le pare-brise. Et ça fait une belle masse animale qui t'atterrit dessus. Le résultat est rarement beau à voir.

— Tu as déjà assisté à ce genre d'accident ?

— En tant qu'urgentiste, tu veux dire ? On se cogne rarement à un orignal sur Times Square.

Elle lui décocha une grimace.

— Très drôle. Tu as déjà travaillé dans des hôpitaux de campagne. Et tu viens ici tous les ans depuis des décennies. Tu as bien dû croiser le chemin d'un élan.

— Seulement en randonnée.

— Ils sont dangereux ?

— Ils ont probablement plus peur de nous que l'inverse.

Il bifurqua sur une route étroite et elle se dévissa le cou pour voir entre les arbres.

— Le lac est gelé ! Je vois des patineurs !

— S'il y a une chose qui manque rarement dans le Vermont en hiver, c'est la glace.

— Et la faune, ça donne quoi ? Je crois que je n'aimerais pas tomber nez à nez avec un ours dans les bois.

— Ils hibernent en ce moment. Avec un peu de chance,

tu verras des cerfs de Virginie, une famille de lièvres à raquettes, un coyote, un lynx ou éventuellement un porc-épic.

Il se gara devant un portail d'aspect rustique.

— À partir d'ici, il faut poursuivre à pied. C'est juste à deux pas.

Les arbres ployaient sous un épais manteau de neige. Le silence était profond, interrompu seulement lorsqu'un paquet de neige glissait soudain au sol en une brève avalanche de blancheur.

Harriet leva les yeux vers le ciel, avec l'impression d'être à des années-lumière de sa vie new-yorkaise.

Ses yeux picotaient. Elle essaya de se dire que c'était à cause du froid, mais elle savait bien que c'était autre chose.

Jamais encore, elle n'avait posé les pieds dans un lieu d'une beauté aussi pure et sauvage.

Derrière elle, un hayon claqua. Ethan avait sorti leurs valises de la voiture.

Le chemin qu'ils empruntèrent avait été déblayé récemment, mais à en juger par la couche qui s'était formée, il avait reneigé depuis. Le bruit de leurs pas était assourdi et leurs respirations formaient de petits nuages de vapeur dans l'air glacé. Le froid mordant passait à travers ses gants et lui piquait les extrémités des doigts. Mais le temps vif la galvanisait. Au détour du sentier, elle découvrit le chalet et poussa une exclamation de joie. Conçu dans un esprit qui misait à la fois sur le naturel, le charme et le design, le bungalow se fondait harmonieusement dans les bois qui l'englobaient sur trois de ses côtés. La façade donnait sur les rives du lac et ses étendues gelées.

Harriet était impressionnée.

— C'est fabuleux. Je comprends pourquoi tu reviens ici chaque année !

— Ces chalets sont relativement récents, en fait. Jackson

O'Neil a voulu apporter des prestations haut de gamme lorsqu'il a pris la direction de la station.

— Il a été bien inspiré. Le chalet est superbement conçu.

— Attends d'avoir vu l'intérieur.

Ils se débarrassèrent de la neige collée à leurs semelles et franchirent le seuil. Harriet leva les yeux vers le plafond cathédrale et les grandes fenêtres en hauteur. Dans le fond, un bel escalier tournant en métal conduisait à une mezzanine avec vue sur la forêt.

Des bûches fendues à la hache étaient empilées dans un grand panier à bois à côté du feu allumé. Et quelqu'un avait pris la peine d'accrocher de fines guirlandes de lumières aux poutres, ajoutant une touche de poésie féerique au grand séjour lumineux. Deux canapés profonds et confortables se faisaient face de chaque côté d'un épais tapis en laine. Harriet repéra du premier coup d'œil les étagères en bois de récupération ployant sous les livres.

La pensée lui traversa l'esprit que si elle ne s'était pas lancé le défi d'accepter de faire du *dog-sitting*, elle n'aurait jamais rencontré Ethan — ou ils ne se seraient jamais revus, en tout cas, car l'épisode à l'hôpital avec sa cheville foulée serait resté sans lendemain. Et si elle n'avait pas connu Ethan, elle n'aurait jamais mis les pieds à Snow Crystal. Ce qui prouvait, une fois de plus, que le Challenge Harriet portait ses fruits. Se forcer à faire des choses inhabituelles menait à de belles découvertes.

Harriet traversa la pièce et ses pieds s'enfoncèrent dans la douceur du tapis de laine.

— Ça me donne envie de poser mes valises ici et de ne plus jamais en bouger.

Ethan posa leurs valises près de la porte.

— C'est un peu la réaction générale chaque fois que quelqu'un découvre ces chalets. D'où le succès du lieu. Souvent les gens réservent d'une année sur l'autre. Jackson aurait pu caser plus de lodges sur son terrain, mais il a choisi de rester sur une prestation de prestige. Dans chacun des chalets, on a la même impression d'être isolé des autres occupants du domaine et en phase avec la nature. On peut choisir de ne voir personne et de rester comme Robinson sur son île. Ce qui est très commode lorsque tu as envie de te livrer à d'intenses ébats sexuels dans le jacuzzi en terrasse. À moins que cela ne fasse partie des activités prohibées par Harriet Knight ?

Elle tourna la tête et soutint son regard.

— Ce sont très clairement des activités *recommandées* par Harriet Knight.

Mais elle avait d'abord quelque chose à lui montrer.

Croisant les doigts pour ne pas avoir commis une erreur, elle retira son manteau et se décida enfin à ôter son bonnet. Le regard rivé sur le visage d'Ethan, elle guetta sa réaction.

Il écarquilla les yeux. Ses lèvres s'entrouvrirent mais aucun son n'en sortit.

C'était exactement l'effet qu'elle avait espéré obtenir.

Elle sourit.

— Je prends ton silence comme un compliment.

Il déglutit avec peine.

— Tu les as fait couper ?

— J'ai juste croisé le chemin d'un fou armé de ciseaux qui m'a attaquée chez Bloomingdale's... Non, je les ai mis entre les mains d'un coiffeur.

Encore vaguement embarrassée d'elle-même, elle effleura les pointes. La caresse d'un carré mi-long sur ses joues restait une sensation étrange et entièrement nouvelle.

— Tu les avais déjà portés aussi courts avant ?

— Jamais.

Et elle n'était pas encore habituée à cette nouvelle version d'elle-même. Toute sa vie, elle les avait eus longs, dans le dos. Et maintenant, ils lui arrivaient à peine au menton.

— J'avais un peu peur que ça ne te plaise pas.

— Je trouve ça très réussi au contraire.

Il s'approcha pour mieux la regarder.

— Cette nouvelle coupe te fait des yeux immenses. Et met la forme de ton visage en valeur… Tu es belle, Harriet.

— Continue de parler comme ça. Ne t'arrête pas, surtout.

— Je vais être obligé de m'arrêter. Je ne peux pas parler et t'embrasser en même temps. Et il semble que je sois obligé de t'embrasser.

Il glissa les doigts dans ses cheveux et posa ses lèvres sur les siennes. Leurs langues se mêlèrent de façon si intime, si érotique, qu'elle sut qu'elle ne s'était encore jamais donnée comme elle se donnait en cet instant. Une déflagration de désir se propagea en elle. Ethan l'enveloppa dans ses bras. Au contact de son corps, tout en elle ploya.

La pression du sexe en érection d'Ethan contre son ventre était une invite à laquelle elle n'aurait demandé qu'à répondre s'ils n'avaient pas soudain entendu quelqu'un toussoter dans leur dos.

Ethan la relâcha à contrecœur et ils se retournèrent.

Un homme en tenue de ski se tenait sur le seuil du chalet. Harriet n'avait encore jamais vu des yeux aussi bleus que les siens.

— Je venais jeter un œil pour m'assurer qu'il ne te manquait rien, mais apparemment, tu es comblé sur tous les plans, Ethan.

— Ty !

Avec un large sourire, Ethan s'avança pour saluer son ami.

— Comment va Jess ?

Les yeux de Tyler brillèrent de fierté.

— Elle est partie pour devenir la plus jeune championne

de slalom de l'histoire de tous les temps. Personne ne lui arrive à la cheville.

— Elle a de qui tenir.

— Il faut croire, oui.

— Et Brenna ?

— Enceinte.

Le sourire d'Ethan s'élargit.

— C'est une belle nouvelle. Vous avez été actifs, tous les deux. Et Jess ? Elle réagit comment ?

— Elle trépigne d'impatience. Je pense qu'elle mettra le bébé sur des skis avant même qu'il ou elle ne sache marcher... Mais tu nous amènes une invitée ? questionna-t-il en portant son attention sur elle.

Harriet avait reconnu l'homme en photo sur l'autobiographie de Tyler O'Neil qu'elle avait trouvée chez Ethan. En couverture, on voyait le skieur professionnel descendre de face une pente vertigineuse. Au dos du livre, il apparaissait avec une médaille d'or à la main, riant face à l'appareil.

— Harriet, se présenta-t-elle.

Elle lui tendit la main, mais Tyler n'eut pas le temps de la prendre. Deux huskies de Sibérie franchirent le seuil comme des boulets de canon, manquant renverser Tyler et Ethan au passage.

— Assis ! hurla Tyler.

Mais les chiens se ruèrent sur elle, royalement indifférents aux ordres de leur maître.

Tyler jura en abondance mais Harriet était ravie.

— Oh ! que vous êtes beaux, tous les deux ! De vrais concentrés d'énergie !

Tyler échangea un regard avec Ethan, qui haussa les épaules.

— Harriet a un amour immodéré pour les chiens, petits ou grands, beaux ou laids, calmes ou exubérants...

— Dans ce cas, elle n'aura aucun problème d'adaptation par ici. J'allais m'excuser pour leurs impardonnables manières, mais finalement, je vais économiser mon souffle.

— Ils ont une bonne nature, ces deux-là. Ça se voit dans leur regard.

Harriet tomba à genoux sur le tapis et enfouit les mains dans la fourrure du husky le plus proche d'elle.

— J'adore ce type de chien. Ils sont fabuleux. Comment s'appellent-ils ?

— Elle, c'est Luna. La plus réfléchie des deux. Elle ne jure que par ma fille. Chaque fois que Jess quitte la maison quelques jours, elle nous fait un petit accès de mélancolie. L'autre, c'est Ash. Un peu brute épaisse sur les bords. Il a l'air de t'apprécier. Je parie que tu as un chien aussi ?

— Pas encore, non. Pas un chien à moi, en tout cas. Mais j'y songe.

Elle se leva et Ash lui poussa aussitôt la jambe avec le museau, contrarié de ne plus bénéficier de sa pleine et entière attention.

— Il faut que je trouve un chien adapté à la vie en appartement. Un modèle un peu moins remuant et énergique que ces deux-là.

— C'est sûr que pour ces deux énergumènes, il faut bien une forêt entière comme terrain pour se défouler… Bon, si vous avez tout ce qu'il vous faut, je vous laisse vous installer. Le dîner est prévu à 7 heures. Et c'est soirée famille, aujourd'hui, donc il ne faut pas compter s'y soustraire. On aura tout le temps d'échanger les dernières nouvelles, comme ça.

Il disparut comme il était arrivé, avec les deux chiens bondissant à sa suite. Harriet suivit le trio des yeux.

— Soirée famille ?

— C'est une règle d'or chez les O'Neil : une fois par semaine, tout le monde se retrouve chez Elizabeth, dans la grande maison. Et cela, même si on a autre chose à faire. Ils viennent tous : les grands-parents, les enfants. Et même les chiens. Aucune exception n'est tolérée, sauf lorsqu'un membre de la famille se trouve à l'étranger.

Harriet sentit un début de tension lui nouer le ventre.

— Je ne fais pas partie de la famille, Ethan.

— Tu es avec moi. Ça aide.

Il prit leurs bagages.

— Je vais poser ça dans notre chambre.

Harriet leva un regard de regret vers la mezzanine.

— Je croyais qu'on irait là-haut ?

— La chambre à coucher principale est juste là.

— Mais on pourrait dormir sur la mezzanine si on voulait ?

— Quand je suis seul, c'est toujours là que je couche. Tu as envie qu'on se perche plutôt là-haut ?

— Ah oui, sans hésiter ! J'aurais l'impression de dormir au cœur de la forêt !

— Moi, ça me va. Mais je laisse nos affaires dans la chambre du bas, pour la salle de bains. Tu veux prendre une douche avant le dîner ?

— Il y aura qui, exactement, à ce repas ?

— La famille au grand complet ou presque, je pense. C'est un problème ?

Son regard d'abord surpris s'éclaira.

— Un nombre important d'inconnus… Un dîner… Une combinaison de facteurs négatifs pour toi. Mais les O'Neil sont très accueillants, tu verras. Ce sont des gens vraiment pas compliqués.

Chatouillée par un début d'angoisse, Harriet hocha la tête et examina son jean noir et son pull en cachemire *oversize*.

— Il faut que je mette quelque chose de plus habillé ?

— Surtout pas. J'adore te voir vêtue comme ça. Ce pull avec ta nouvelle coupe de cheveux, c'est magnifique.

Il la prit dans ses bras et chercha ses lèvres. Dès les premières secondes du baiser, elle regretta amèrement qu'ils aient à ressortir. Si elle avait eu le choix, elle serait restée repliée là, dans ce lieu magnifique et apaisant, à regarder la neige tomber.

Harriet tenta de se rassurer en se disant que les O'Neil avaient des chiens. Que pouvait-il arriver de négatif avec des gens qui aimaient les animaux ?

La tension n'en continua pas moins de monter alors qu'ils parcouraient à pied la courte distance qui les séparait de la maison principale du domaine.

Sans frapper, Ethan poussa la porte qui donnait directement sur la grande cuisine de ferme. En entrant, Harriet vit ce qui lui parut être une infinité de paires d'yeux convergeant tous dans sa direction.

Ethan referma derrière eux pour ne pas laisser la chaleur s'échapper.

— Salut, tout le monde. Je vous présente Harriet.

— Harriet !

Une femme d'une soixantaine d'années se leva, tout sourire.

— Je suis la marraine d'Ethan, Elizabeth O'Neil. Voici mes trois fils, Jackson, Sean et Tyler, leurs grands-parents, Walter et Alice...

Les présentations s'enchaînèrent, avec un défilé de noms et de visages qui, très vite, se mélangèrent dans sa tête. Combien de personnes se trouvaient dans la pièce ? Neuf ? Dix ? Kayla était-elle la femme de Jackson ou d'un autre frère ? Non, la fille d'allure sportive juste à côté d'elle était enceinte. Donc ce devait être Brenna, la femme de Tyler. Et la jolie brune piquante qui s'énervait à voix haute en français tout en remuant dans une grande casserole, c'était Élise, la femme de Sean. Jess, la fille adolescente de Tyler, était partie en classe de neige.

Si seulement ils pouvaient porter un badge avec leur prénom !

Et si seulement ils ne regardaient pas tous dans sa direction, surtout.

Il était grand temps pour elle de dire quelque chose.

— B-b-b...

Le mot refusa de sortir de sa bouche. Harriet se pétrifia. Non, non et non ! Pourquoi maintenant ? Elle sentit monter la vague familière de panique. Et le besoin tout aussi familier de fuir à toutes jambes. Mais Ethan se tenait juste derrière elle et son corps formait un solide mur de protection. Un ancrage.

Elle réalisa que deux options se présentaient à elle. Elle pouvait partir en courant comme elle l'avait fait le premier soir chez Ethan. Si elle marmonnait quelques mots d'excuse avant de tourner les talons, les O'Neil prendraient probablement sa défection avec beaucoup de politesse.

Mais elle pouvait aussi faire face et chercher une voie pour surmonter l'obstacle. Fuir, c'était la solution de facilité. Fuir, c'était refuser de relever le défi.

Revenir à l'obstacle et essayer encore : et si c'était *ça*, son challenge du jour ?

Elle se força à rester immobile. Se donna un peu de temps pour respirer. Quelle était la pire chose qui pourrait lui arriver ? Que son élocution manque de fluidité ? Serait-ce si fatal, si insurmontable, si catastrophique ?

Non, cette fois, elle ne partirait pas comme une voleuse. Elle n'irait pas pleurer dans l'oreille de sa sœur au téléphone en jurant que plus jamais elle ne remettrait les pieds dans une pièce bourrée d'inconnus.

Ce soir, elle affronterait le problème en essayant de faire au mieux. Ethan glissa un bras autour d'elle et la façon dont ses doigts se resserrèrent un instant sur son épaule lui donna un regain de force. Elle fit une nouvelle tentative, en formulant sa phrase autrement.

— Je suis très heureuse de faire votre connaissance à tous.

Dès l'instant où les mots glissèrent sans heurt sur ses lèvres, une bulle d'allégresse se forma dans sa poitrine. *Elle avait réussi.*

Cette fois, elle ne s'était pas dégonflée à la première difficulté. Et elle découvrait qu'un obstacle ressemblait déjà beaucoup moins à un obstacle une fois qu'on se savait capable d'atteindre l'autre côté.

Les deux huskies sibériens, Ash et Luna, se lancèrent à sa rencontre pour la saluer, suivis de près par un caniche miniature avec le plus adorable museau de chien qu'elle ait eu l'occasion d'admirer.

La petite chienne bondit sur elle, laissant des empreintes de pattes sur son jean noir.

— Maple ! cria Jackson. Un peu de discipline, veux-tu ?

Harriet se pencha en souriant pour soulever la petite chienne dans ses bras.

— C'est ton nom, Maple ? Et tu cohabites avec ces deux grandes brutes de huskies ? C'est vivable pour toi ?

Ses mots coulaient d'eux-mêmes, comme si son début de bégaiement n'avait jamais existé.

Tyler sourit.

— C'est d'autant plus vivable pour cette demoiselle miniature que c'est elle qui mène la danse. Il ne faut surtout pas se fier à sa taille. La chef, c'est elle.

Élise agita sa cuillère en bois.

— C'est pareil chez nous, d'ailleurs. Je suis plus petite que Sean, mais je suis l'élément dominant du couple.

Elle tourna la tête vers son mari, qui lui adressa un sourire faussement placide.

— J'ai pour principe de ne jamais te contredire quand tu cuisines, mon ange. Surtout quand tu as un couteau à la main.

Elizabeth secoua la tête d'un air préoccupé.

— Ces chiens ne devraient pas bondir sur nos hôtes comme ça. Ils…

Tyler la coupa d'un geste ample de la main.

— Aucune inquiétude à avoir pour Harriet, c'est une *dog-addict*. Elle est cool.

Il ne croyait pas si bien dire. Elle était cool, en effet. La reine du cool, même. Li-bé-rée.

Elle songea à tout ce qu'elle avait évité de faire, de vivre, d'expérimenter à cause de la crainte de bégayer. À tous les appels téléphoniques qu'elle n'avait pas osé passer. À sa phobie des inconnus. Presque toutes ses inhibitions avaient été liées à la menace d'un bégaiement potentiel, suspendue comme une épée de Damoclès au-dessus de sa tête.

Et tout ça par peur de ce que « les gens » penseraient d'elle. Mais franchement, qu'en avaient-ils à faire ?

Rien. Strictement rien ! Les O'Neil ne se seraient pas plus souciés de son bégaiement qu'ils ne s'offusquaient du fort accent français d'Élise.

Sans lâcher Maple qui gigotait gaiement dans ses bras, Harriet se joignit à la joyeuse tablée. Elle se sentait portée par une assurance toute neuve. *Un challenge ? Quel challenge ?*

— Je passe ma vie à m'occuper des chiens des autres, et je rêve depuis un moment d'en avoir un à moi. Je n'avais jamais pensé à un caniche nain, mais ça pourrait être une idée.

— Maple a été abandonnée toute petite. Jackson l'a trouvée à moitié morte, attachée à un arbre en forêt, expliqua Tyler.

Il tendit le bras pour attraper du pain dans la corbeille mais sa mère l'arrêta d'une tape sur la main.

— Tyler ! Un peu de patience ! Nous avons une invitée !

— Je sais que nous avons une invitée. Il y a des serviettes sur la table, ce qui n'arrive que lorsque nous sommes en compagnie choisie. Les serviettes de table, ça n'a jamais été mon truc mais si en plus elles deviennent synonymes d'interdiction de se servir, je vais les détester encore plus.

Il s'octroya d'autorité un petit pain rond et sa mère le regarda faire d'un œil découragé.

— Qu'est-ce qui te prend, franchement, Tyler ?

— Ce qui me prend ? C'est la *faim* qui me prend ! La faim physiologique saisissant n'importe quel individu qui passe ses journées en montagne à brûler des calories comme si sa vie en dépendait. Je suis juste affamé. Si je ne mange pas tout de suite, ma vie va effectivement en dépendre. Avec un minimum de nourriture dans le ventre, je pourrai être charmant avec notre invitée. Si je continue de jeûner, je tombe raide et Sean va être obligé de me réanimer.

Il rompit le pain en deux morceaux et entreprit de le tartiner d'une généreuse quantité de beurre.

— Qu'est-ce qui te fait penser que je perdrais mon temps à te réanimer ? demanda Sean en bâillant. Je pousserais juste ton corps sans vie de côté et je mangerais ta part. J'ai passé la journée entière au bloc, donc inutile d'espérer tirer une once de compassion de ma personne.

Tyler jeta un regard sombre à son frère.

— Personne ne serait assez maso pour chercher de la compassion auprès d'un mec comme toi. Tu es le chirurgien le moins empathique de la planète. Je plains tes patients.

— Qu'est-ce que tu veux qu'ils en fassent, de mon empathie, mes patients ? Ils sont généralement endormis quand j'ai affaire à eux.

— Ils ne se rendent pas compte à quel point ils ont de la chance de l'être.

— Ne les écoutez pas, Harriet, conseilla Elizabeth en tendant à Brenna une assiette creuse remplie d'un potage parfumé.

Pendant qu'Elizabeth distribuait les assiettes, et que Sean et Tyler continuaient de s'envoyer des piques, Harriet eut le loisir de regarder plus longuement autour d'elle. Elle eut un coup de cœur immédiat pour la vaste cuisine de ferme, accueillante et intemporelle, avec les bouquets d'herbes aromatiques qui séchaient au-dessus de la cuisinière à bois. Tout était étincelant de propreté, et des photos de famille encadrées trônaient sur toutes les surfaces disponibles.

Elle remarqua que la grand-mère — Alice — tricotait paisiblement à table, plus amusée qu'offusquée par le chahut autour d'elle. Tous paraissaient détendus, à leur place, heureux.

Soirée famille.

Harriet sentit ses derniers restes de tension se dissiper. La famille O'Neil était en train de conquérir son cœur. Amour et respect dominaient l'atmosphère, présents dans les taquineries, les rires, l'écoute.

C'était exactement ce dont elle rêvait : une grande table de cuisine dont le bois mille fois récuré portait les cicatrices du temps. Et trois générations de la famille autour. Elle voulait être enveloppée par tous ces rires. Par tout cet amour. Avec la possibilité pour chacun d'être en désaccord sans être pour autant dans la peur.

Elle voulait la « soirée famille ».

Sean et Ethan commencèrent à parler médecine et Kayla se couvrit les oreilles.

— Les histoires d'hôpital sont interdites à table, Sean. C'est la règle familiale.

— Hé ! Je dis juste que j'ai été appelé au service des urgences l'autre jour et que j'ai vu…

— La la la ! vocalisa bruyamment Kayla pour couvrir la voix de Sean. Je n'entends pas un mot de ce que tu dis.

Il roula des yeux et fit signe à Ethan qu'ils en reparleraient plus tard.

La porte donnant sur l'extérieur s'ouvrit et une bouffée d'air froid entra en même temps qu'un homme chargé d'une brassée de bûches. Le nouvel arrivant était plus âgé que les trois frères. Harriet lui donnait une soixantaine d'années. Il était encore beau, avec la rudesse assumée des montagnards habitués à la vie en extérieur. Sous la masse encore épaisse de cheveux gris, il avait un regard d'une incroyable gentillesse.

Elizabeth posa l'assiette qu'elle tenait à la main.

— Tom.

Le regard qu'ils échangèrent les isola un instant du reste de la pièce. Harriet avait conscience de se comporter en voyeuse mais elle ne pouvait s'empêcher de boire la scène des yeux. À quel moment ses deux parents avaient-ils communié du regard de cette manière ? Jamais. Strictement jamais.

Ce fut comme si un poing se resserrait sur son cœur. Sa gorge la piquait.

Tyler se couvrit les yeux.

— Stop, non. Pas de mélo à table. Épargnez-nous la grande scène romantique, s'il vous plaît.

Les fils d'Elizabeth voyaient-ils d'un mauvais œil le remariage de leur mère ? Harriet essayait d'imaginer ce que ce changement pouvait représenter pour eux.

Jackson tira la chaise à côté de la sienne.

— Viens t'asseoir là, Tom. Tu connais la maison. Il s'agit de se mettre rapidement quelque chose sous la dent avant que toutes les casseroles ne soient vides. On est entourés de morfales ici.

Sean fit signe à Harriet de commencer à manger.

— Il ne faut surtout pas être poli et attendre, par ici. C'est la seule façon d'éviter de mourir de faim dans cette famille.

Le sourire de Tom disait clairement qu'il était à l'aise avec le fonctionnement des O'Neil. Après les avoir salués rapidement, Ethan et elle, il se tourna vers Elizabeth.

— J'ai réparé la douche du Hayloft.

La conversation se fit générale, fusant de tous les côtés, bondissant d'un sujet à l'autre, occasionnellement ponctuée par quelques facéties canines. S'il y avait des tensions chez les O'Neil, elles étaient bien cachées.

Harriet nageait dans cette ambiance comme dans un bain de pure félicité. Elle savait à quel point ce à quoi elle assistait était précieux. L'amour était là sous toutes ses formes. De mère à enfant. Entre les deux grands-parents. D'homme à femme. Frère à frère. Entre époux. C'était comme si elle les voyait de ses yeux les fils innombrables de cette vaste toile d'amour patiemment tissée entre eux.

Certaines personnes convoitaient la possession de demeures luxueuses. Ils rêvaient de remplir leurs armoires de vêtements de marque. Ou de voyager dans des endroits prestigieux.

Tout ce que convoitait Harriet était juste là, sous ses yeux.

Les O'Neil l'incluaient dans leur conversation, la faisaient parler d'elle, des chiens qu'elle aimait, de sa vie à New York. Au bout d'une heure en leur compagnie, elle se sentait plus à l'aise avec eux qu'elle ne l'avait jamais été dans sa propre famille.

Pour ces gens, les repas partagés étaient un moment de fête, une occasion de se retrouver, d'échanger, de rire ensemble. Même si Tyler râlait ferme au sujet de la nourriture, des serviettes de table et des marques d'affection affichées, il était clairement très attaché à cette tradition des retrouvailles hebdomadaires. Rien à voir avec les obligations familiales d'Harriet, qui avaient toujours été subies et endurées.

À la fin du repas, lorsque Ethan et elle prirent congé pour regagner leur chalet, elle avait déjà l'impression de faire à moitié partie de la famille.

— Ils sont merveilleux, tous. Je les adore !

Elle dansait presque le long du chemin, ce qui était un exploit en soi compte tenu de la couche de verglas.

Ethan lui tenait fermement la main pour l'empêcher de glisser.

— Je ne sais pas ce qui t'arrive mais j'aime beaucoup cette nouvelle Harriet qui émerge.

— Ce qui m'arrive, c'est que j'ai remporté haut la main mon challenge du jour. J'ai bégayé et je ne me suis pas enfuie !

Ivre de sa victoire, elle frappa l'air de son poing levé. Du coin de l'œil, elle vit Ethan sourire.

— Tu as fait mordre la poussière à tes inhibitions, *badass girl.*

Ils avaient à peine franchi la porte qu'il l'attira dans ses bras pour l'embrasser.

— Je suis fier de toi. Tu es une fille incroyable, Harriet.

Elle lui rendit son baiser avec une exubérance, une liberté dont elle ne se serait jamais crue capable. Pour la première fois, elle se sentait forte, puissante et confiante en sa sexualité. Ce soir, Harriet Knight serait capable de tout. Absolument tout. Lorsqu'elle porta la main à la fermeture Eclair de son jean, Ethan haussa un sourcil.

— Miss Knight, auriez-vous par hasard des intentions ?

— J'ai des intentions, oui.

Elle referma doucement les doigts sur son sexe en érection et la respiration d'Ethan s'accéléra.

— La chambre à coucher est…

— Non.

Elle l'entraîna au sol avec elle et ils roulèrent ensemble sur le tapis devant le feu allumé. En moins d'une minute, ils étaient nus l'un et l'autre, à la lueur des flammes. Faire l'amour avec Ethan n'était pas une expérience neuve pour elle. Mais c'était la première fois qu'elle prenait les commandes.

Ralentissant le rythme, elle s'accorda une longue plage de temps pour marquer chaque centimètre de la peau d'Ethan de ses lèvres, en commençant par son visage pour descendre rêveusement le long de son corps. Elle musarda à loisir, s'attardant ici et là, s'autorisant quelques digressions improvisées. C'était la première fois qu'elle laissait ainsi libre cours à une faim d'exploration sensuelle dont elle ignorait être possédée. Et tout en découvrant Ethan, elle se découvrait aussi elle-même. Et se réinventait par la même occasion. Jusque-là, elle avait vécu sa vie sur la pointe des pieds, attentive à ne jamais attirer l'attention sur elle. Maintenant ses pieds étaient fermement ancrés au sol. Et elle bénéficiait sans broncher de la pleine attention d'Ethan. Elle allait là où elle voulait aller. Faisait ce qu'elle voulait faire. Et ce qu'elle faisait éveillait chez lui de petits grognements de plaisir qui sonnaient très agréablement à l'oreille.

Sous ses mains caressantes, elle sentait les battements accélérés de son cœur. Puis la tension dans ses muscles abdominaux lorsqu'elle descendit plus bas encore pour arrondir les lèvres et le prendre dans sa bouche. La respiration d'Ethan s'alourdit et elle prit conscience d'un pouvoir nouveau : celui de lui faire perdre tout contrôle de lui-même. Il semblait à court d'air, gémissait son nom, encore et encore. Et elle donna, donna, jusqu'à ce qu'il la relève pour l'amener à cheval sur lui.

La lumière intermittente des flammes éclairait les épaules luisantes de sueur d'Ethan et ses yeux noirs de désir rivés sur son visage. Elle savait qu'elle avait les joues en feu. Que ses cheveux étaient emmêlés tant il y avait plongé les mains. Mais peu lui importait son apparence. Et son côté échevelé ne semblait pas poser non plus le moindre problème à Ethan.

Tout en lui murmurant qu'elle était belle, incroyable, qu'elle le rendait fou de désir, il la saisit fermement par les hanches et elle le dirigea en elle, le prit au plus profond de sa chair. La pure intensité de l'instant lui coupa le souffle. Son corps s'ouvrait, se donnait, se dépliait pour s'ajuster au sien. Elle le voulait présent, là, au plus intime de son corps, et son cœur battait comme un tambour, son ventre n'était plus qu'accueil et fusion. Leurs corps s'imbriquaient, toutes frontières éteintes.

Elle ferma les yeux.

Faire l'amour avec Ethan, c'était entrer dans des sphères d'intimité encore inconnues pour elle.

Il se mut en elle, avec elle. Leurs mouvements étaient lents, comme suspendus. Infinis. Dans une sphère de lumière coupée du temps. L'avenir importait peu et le passé ne comptait plus. L'instant présent avait effacé tout le reste.

Ils se donnèrent le temps jusqu'à ce que les exigences de leur plaisir s'emballent et que tout aille fort et vite, et que leurs désirs exacerbés réclament un assouvissement dans une chevauchée finale échevelée. L'orgasme s'abattit sur elle avec une force inouïe. Elle hurla son nom et ses contractions rythmiques entraînèrent Ethan dans une jouissance quasi simultanée.

Beaucoup plus tard, toujours enlacés, ils grimpèrent jusqu'à la mezzanine et se blottirent l'un contre l'autre pour contempler la forêt baignant dans la clarté si particulière qu'allumait la lune, réfléchie par l'épais manteau neigeux.

Harriet se sentait agréablement, merveilleusement léthargique. Et heureuse comme elle ne l'avait encore jamais été.

Ethan lui caressa le bras.

— À un moment, j'ai vraiment eu peur que tu paniques, avec tous ces gens autour de toi. Je me disais que je t'avais fait un coup en traître avec ce dîner imposé en compagnie d'un maximum d'inconnus.

— J'ai passé une soirée géniale. Et je suis contente d'avoir bégayé. Quand tu te casses la figure et que tu t'aperçois que tu es capable de te relever toute seule, sans aucune aide, ça te donne un sacré coup de boost côté confiance en soi. Là, j'ai l'impression que plus rien ne pourra jamais me faire peur.

Il l'attira plus étroitement contre lui.

— Ça va devenir un jeu d'enfant de relever les défis du Challenge Harriet, alors ?

— Peut-être, qui sait ? En tout cas, j'ai décidé que j'en avais assez de m'interdire de faire les choses uniquement par peur d'échouer. J'avais vraiment envie de rencontrer tes amis. Ta marraine. Et ça a été un tel plaisir pour moi d'assister à une « soirée famille » façon O'Neil. Je les aime tous, en fait. Et je comprends que tu aies envie de venir ici aussi souvent que possible, murmura-t-elle en se blottissant contre Ethan sous la couette.

— Le lieu aussi est extraordinaire. Pendant un temps, j'ai même envisagé de chercher du boulot dans le coin.

— Dans l'hôpital où travaille Sean ?

Elle essaya de se représenter Ethan loin de la cohue et du stress new-yorkais.

— Et tu as renoncé ?

— Ce que je fais à New York a du sens pour moi. Ici, un service des urgences accueille un public assez différent.

— Comme les accidentés du ski, par exemple. Et les automobilistes qui ont croisé des orignaux hors des passages cloutés ?

— Voilà. Plutôt ce genre-là.

— Et tu préfères les cabossés de la vie. Je peux comprendre... Même si ça doit être tentant de vivre par ici, avec les O'Neil. C'est génial qu'ils fassent tourner cette station en famille.

— Tout n'est pas toujours aussi idyllique que l'on peut le penser. Il y a quelques années, Jackson a renoncé à une carrière personnelle brillante pour venir sauver la station promise à un dépôt de bilan imminent. Jackson connaît bien ce type de business et il savait à quels investissements ils devaient consentir pour rendre son attractivité à la station. Mais ses grands-parents refusaient tout changement. Jackson et son grand-père, Walter, se sont volé dans les plumes je ne sais combien de fois, pendant que Jackson s'efforçait de sortir les comptes du rouge. Comme Walter ne voulait rien entendre, Jackson a fini par faire venir Kayla, experte en communication, en pensant qu'un tiers pourrait apporter un point de vue objectif et régler le problème entre lui et son grand-père.

— Et Kayla a vu Snow Crystal, est tombée amoureuse au premier regard et n'a plus jamais voulu quitter le Vermont.

Ethan sourit.

— Je crois que ça n'a pas été aussi immédiat que ça. D'après ce que je sais par Tyler, Kayla a débarqué ici en citadine pure et dure, perchée sur des talons hauts et en tenue de designer. Pas tout à fait le style en vigueur ici, à Snow Crystal.

— Mais elle a fini par trouver ses marques quand

même. Et apparemment elle n'est pas tombée amoureuse que de la station.

L'histoire d'amour entre Kayla et Jackson lui paraissait tout à fait romantique.

— Et Tyler et Brenna, ils se sont connus comment ?

— Ils ont plus ou moins grandi ensemble. La famille de Brenna vit dans le village voisin.

— Et maintenant Brenna et Tyler gèrent à deux toutes les activités d'hiver de la station ?

— Voilà. Chacun y a mis du sien pour aider Snow Crystal à reprendre son essor. Mais il y a eu un temps où on a vraiment cru que la station allait devoir fermer ses portes.

— Donc, il y a eu des hauts et des bas, mais ils ont tous relevé les manches et ils ont réussi à s'en sortir.

Voilà ce qu'on pouvait attendre d'une *vraie* famille, songea Harriet. Elle n'était pas aussi naïve que tout le monde semblait le penser. Ce n'était pas d'une famille parfaite qu'elle rêvait, mais d'une famille solidaire, capable de se serrer les coudes ; une famille où on se soutenait quoi qu'il arrive. Être présent dans les moments heureux était à la portée de tout le monde. Mais ce qui comptait vraiment, ce qui mettait l'amour à l'épreuve, c'était les passages difficiles.

— C'est difficile pour eux, tu crois, que leur mère se remarie ?

— Ils veulent le bonheur d'Elizabeth, tous les trois. Et ils connaissent bien Tom, ça aide. Il a toujours vécu dans le coin et il partage les valeurs en vigueur chez les O'Neil.

— Et Alison ? Tu l'avais emmenée ici avec toi ?

Elle se dit qu'elle n'était pas jalouse. Qu'elle s'intéressait à lui, tout simplement. Elle avait envie de connaître cet homme en profondeur et elle savait au fond d'elle-même que la clé pour comprendre Ethan passait par l'élucidation du sentiment d'échec qu'il gardait vis-à-vis de son mariage.

— Je suis venu une fois ici avec elle, oui. Mais le Vermont, c'était un peu trop rural et tranquille pour Alison. C'est une New-Yorkaise pure et dure, citadine jusqu'au bout des ongles. Et comme elle n'aimait pas le ski, ça n'aidait pas.

— Tu ne me parles pas souvent d'elle.

— Peut-être parce qu'il n'y a pas grand-chose à en dire. C'est mon ex-femme. Nous avons tenté l'aventure. Nous avons échoué. Ça ne sert pas à grand-chose d'épiloguer sur un fiasco.

L'histoire d'un amour condensé en trois phrases. L'ancienne Harriet se serait probablement contentée de cette explication sommaire. Mais elle n'était plus la même personne que quelques semaines plus tôt.

— Pourquoi le vis-tu à ce point comme un échec ?

— On ne peut pas dire que j'ai remporté le prix du Meilleur Mari de l'Année, à l'époque.

Il lui passa la main dans les cheveux pour dégager son visage.

— Je t'ai dit que j'aimais beaucoup ta nouvelle coupe ?

Elle hocha la tête.

— Oui, je sais. Tu n'as pas très envie d'en parler, mais qu'est-ce que tu te reproches tant par rapport à Alison ?

— Quand je l'ai épousée, j'étais déjà marié à mon boulot. Je n'étais pas libre de lui donner ce qu'elle attendait de moi.

— Mais tu l'as connue parce qu'elle est venue tourner un documentaire dans ton service, non ?

— Ça a été le point de départ de l'aventure, oui.

Elle se souleva sur un coude afin de mieux distinguer ses traits dans la semi-obscurité.

— Et Alison est tombée amoureuse du beau héros sauveur de vies.

— Peut-être. À part que mon métier, c'est souvent tout le contraire de l'héroïsme. À la télé, ça peut paraître plus ou moins glamour, mais la réalité est plus frustrante, plus usante, plus banale.

Il se renversa contre les oreillers en l'entraînant avec lui. Serrés dans les bras l'un de l'autre, ils regardèrent les grands arbres immobiles qui se dressaient dans la nuit froide.

— Quand j'étais enfant, mon père était mon plus grand héros. C'était une figure importante, dans le quartier. Partout où on allait, les gens le reconnaissaient, venaient lui parler. Aller acheter du pain à la boulangerie prenait facilement une demi-heure pour un trajet d'à peine dix minutes. Il tombait toujours sur quelqu'un en chemin qui se plaignait d'une douleur quelque part. Jamais je n'ai vu mon père réagir avec impatience, jamais il n'envoyait balader un patient en lui disant qu'il n'avait qu'à se présenter à sa consultation s'il voulait un conseil ou un diagnostic. Si quelqu'un avait un pépin, il était là — de jour comme de nuit. La fois où un gamin est passé sous un camion pendant une fête foraine. Le jour où il y a eu des violences conjugales et où la police a réclamé la présence de mon père. Quand on avait besoin de lui, mon père répondait présent. Et je voulais marcher sur ses traces, me rendre utile comme lui.

— Tu as été tenté par la médecine de campagne, toi aussi ?

— Non. Parce que je voulais une démarcation nette entre ma vie privée et ma vie professionnelle. Je n'avais pas envie de tomber sur un patient chaque fois que je sortais dans la rue. Le couple de mes parents a tenu parce que ma mère savait comment mon père fonctionnait et qu'elle n'a jamais essayé de le changer. Même quand elle se retrouvait avec des dîners brûlés qui finissaient à la poubelle. Ou quand elle recevait leurs invités en solo parce que mon père s'absentait au dernier moment pour une urgence. Le fait que ma mère était également médecin simplifiait les choses, bien sûr.

— Pourquoi aurait-elle essayé de le changer ?

— Parce que c'est en général ce qui se passe dans une situation de ce type.

Harriet posa une question qui lui tournait dans la tête depuis un moment :

— Vous étiez ensemble depuis combien de temps, Alison et toi, lorsque vous avez décidé de passer à l'étape mariage ?

— Je te l'ai dit : un an et demi. Peut-être même un peu plus.

— Et pendant ce temps-là, tu as continué à travailler ?

Il fronça les sourcils.

— Évidemment. C'est quoi cette drôle de question ?

— Donc quand elle t'a épousé, elle savait exactement quelle place ton métier occupait dans ta vie ?

— Et alors ? Ça prouve quoi à tes yeux ?

— Ce n'est pas comme si tu avais changé d'emploi au cours de votre relation. Elle était tombée amoureuse du médecin. Et ta profession fait partie de ton identité. Elle pensait que tu renoncerais à ton poste ?

— Non. Mais je crois qu'elle avait sous-estimé mon implication professionnelle.

— Et tu t'en veux pour ça ?

— Je fais de grosses semaines. Avec des horaires pas toujours maîtrisables. Elle ne pouvait jamais compter sur moi, pour rien. Je manquais des repas entre amis, des rencontres entre journalistes auxquelles elle aurait aimé me voir assister. Pendant une de nos disputes, elle m'a dit qu'elle ne pouvait compter que sur une seule chose chez moi et c'était mon indisponibilité chronique.

— Peut-être qu'en effet tu n'étais pas très disponible pour assister aux événements de sa vie sociale. Mais si elle avait vraiment eu besoin de toi, tu aurais été là.

— Qu'est-ce qui te fait dire ça ?

— Je le sais. Pour tes amis et ta famille, tu es présent. J'ai pu le constater par moi-même. Dans les phases de crise, tu mets la priorité sur ceux que tu aimes. OK, c'est vrai, ton métier prend une grande place. Parce que tu es très investi dans ton rôle de soignant. Mais ça ne veut pas dire que l'échec de votre couple soit venu de ta façon de vivre. Ce qui ne marchait pas chez vous, c'était vos sentiments mutuels. Une relation, c'est un peu comme un puzzle, non ? Pour que ça donne une unité, il faut que les pièces s'ajustent, que les découpes correspondent.

Et la relation de ses parents n'avait jamais fonctionné. Parce que les pièces ne collaient pas ensemble. Elle le voyait clairement maintenant.

Les bras d'Ethan se resserrèrent autour d'elle.

— Tu es bien savante, pour une fille qui n'a jamais été amoureuse.

Jusqu'à maintenant. Les yeux rivés sur la forêt glacée, Harriet admit la vérité en silence.

Elle aimait Ethan.

C'était arrivé petit à petit, sans qu'elle l'ait senti venir. Même si elle était peut-être déjà tombée un peu amoureuse de lui le jour où elle l'avait vu pour la première fois aux urgences. Pas à cause de la façon douce et respectueuse avec laquelle il l'avait examinée, mais à cause des questions qu'il lui avait posées. Il avait été déterminé à ne pas la laisser repartir avant de s'être assuré qu'elle n'était pas en danger. Voilà le genre d'homme qu'était Ethan.

Un homme déterminé à garder la chienne de sa sœur chez lui, même si elle avait mis son appartement à sac. Un homme qui se battait tous les jours pour aider et soigner même les plus défavorisés; un homme qui s'était interposé devant une amie pour la protéger, sans hésiter à mettre sa vie en danger. Le genre d'homme dont les amitiés duraient toute une vie et qui savait aussi laisser le champ libre à ses pulsions les plus sauvages, et dévaler des pistes noires sans s'inquiéter pour l'avenir de ses os.

Bref, le type d'homme dont il aurait été contre-nature de ne *pas* tomber amoureuse.

Chaque fois qu'elle s'était imaginée amoureuse, avant — et elle se l'était imaginé souvent —, elle avait visualisé un état doux, paisible, enveloppant. Comme une immersion calme dans des eaux tièdes et profondes. Ou comme lorsqu'on se roule dans une couverture en angora. Son imagination vagabonde l'avait entraînée dans toutes sortes de directions, mais aucune ne ressemblait à la réalité de son état actuel. Pas un instant, elle n'avait conçu ce chamboulement intérieur, ces élans débridés d'optimisme, ce sentiment permanent d'être un peu ivre ou d'avoir avalé des substances illicites. Elle découvrait que son amour pour Ethan la faisait vaciller dans un état de vertige permanent. Qu'il lui donnait envie de sourire à des moments où le sourire n'avait pas lieu d'être. Quand elle préparait la nourriture des chiens, par exemple. Ou lorsqu'elle se livrait à une tâche aussi peu hilarante que d'éplucher des pommes de terre.

Ce qui lui tombait dessus avec Ethan était très différent de tout ce qu'elle avait anticipé. Elle s'était lancée dans le *dating* en pensant qu'elle pourrait rencontrer l'amour. Et elle avait fini par le trouver là où elle ne le cherchait pas. C'était presque à la dérobée qu'elle était tombée amoureuse d'Ethan — petit à petit, bribe par bribe. À chaque regard, chaque effleurement, chaque conversation, elle avait glissé un peu plus loin, s'était enfoncée un peu plus profondément en terre amoureuse. Et elle n'aurait su dire au juste si cela l'enchantait ou la terrifiait.

Mais elle savait comment *lui* réagirait.

Ethan se fermerait. Deviendrait distant. Inaccessible. Se protégerait lui-même en croyant la protéger elle.

Il mettrait fin à leur relation.

Et elle n'avait pas envie d'en arriver là. Pas envie de prendre le risque d'une séparation prématurée. Ce serait pour elle le challenge de trop.

Alors elle se blottit contre lui, ferma les yeux et garda le silence.

Seule avec son secret dans le noir, elle pensa à toutes les idées qu'elle avait pu se faire au sujet de l'amour. Et se demanda comment elle avait pu s'imaginer un jour que ce serait juste… simple.

Chapitre 24

Comme tous les bons moments de la vie, la semaine dans le Vermont passa trop vite pour Ethan.

À la grande surprise d'Harriet — comme à la sienne — elle se révéla naturellement douée pour le ski. Tyler observa que la pratique assidue du yoga et du Pilates avait dû améliorer son équilibre et fortifier ses muscles centraux. Mais Ethan pensait pour sa part que la détermination nouvelle avec laquelle Harriet prenait la vie à bras-le-corps devait jouer aussi un grand rôle.

Il ne la connaissait que depuis peu, mais en ce bref laps de temps, il avait assisté à d'impressionnants changements chez elle.

La confiance qui avait tant manqué à la jeune femme fragile qu'il avait examinée aux urgences était désormais au rendez-vous. La fille qui aux premiers signes de bégaiement s'était enfuie de son appartement s'était transformée en battante que rien n'effrayait plus.

Elle continuait de se lancer des défis quotidiens, mais au lieu de se forcer à les relever, elle semblait s'en amuser, au contraire. C'était tout juste si elle n'en redemandait pas. Comme si à force de challenges répétés, elle avait découvert que ses limites n'étaient pas du tout là où elle les situait mais bien au-delà. Elle était sortie de la prison intérieure où elle avait vécu cloîtrée et dévorait la vie avec un appétit insatiable.

Il l'avait constaté encore le matin même lorsque Tyler lui avait proposé de prendre le télésiège jusqu'en haut de la montagne et de s'essayer à une piste normalement adaptée à des skieurs déjà confirmés.

Pendant une minute ou deux, elle avait hésité. Puis elle avait accepté d'un signe de tête et s'était dirigée d'un pas ferme vers le départ du télésiège, s'enfonçant dans la neige avec ses chaussures rigides, ses skis à la main.

Il avait vu l'expression d'intense concentration sur ses traits, sa frustration à la première chute magistrale, sa détermination à se relever et à repartir. Comme si le mordant avec lequel elle affrontait la piste de ski était à l'image de la combativité avec laquelle elle voulait désormais conduire sa vie.

En la regardant batailler, Ethan se demanda quand pour la dernière fois il avait lui-même fait l'effort de sortir de sa zone de confort.

Probablement le jour où il s'était marié avec Alison.

Entretenir une relation sérieuse qui exigeait de lui un réel engagement : en voilà un défi pour lui !

Il songea aux quelques jours qu'il avait passés à Snow Crystal avec Alison. Novice en ski, elle lui avait demandé de rester avec elle au cas où elle tomberait. Mais au bout de quelques heures déjà, sa conclusion avait été formelle : skier n'était ni plus ni moins qu'une forme ruineuse de suicide. Et après cela, elle lui en avait voulu chaque fois qu'il s'était accordé quelques heures sur les pentes avec Jackson ou Tyler.

« Même pendant les vacances, tu n'as pas de temps à m'accorder. »

Harriet, elle, l'encourageait activement à lui fausser compagnie pour aller s'éclater sur les pistes noires avec son ami.

— Allez, file. Lâche-moi ! Quitte à m'étaler dans la

neige fraîche, j'aime autant que ça ne se passe pas devant témoins.

Elle accepta sa main tendue et se remit debout.

— Je continuerai sur cette piste toute la journée s'il le faut. Jusqu'à ce que je fasse une descente complète sans tomber.

À force d'insistance, elle le persuada de la laisser se débrouiller. Et Tyler et lui s'accordèrent une journée de ski mémorable. Ils se lancèrent sur la piste la plus casse-gueule de la station et il se fit vraiment plaisir, même s'il avait conscience de prendre des risques non négligeables, compte tenu de son manque d'entraînement. Soulever des haltères et courir sur un tapis entretenait ses muscles. Mais c'était autre chose que de se lancer du haut d'une piste, avec un degré de pente vertigineux qui vous soulevait l'estomac et faisait hurler les muscles de vos cuisses. Pendant les sept minutes de descente à faire dresser les cheveux sur la tête, il eut amplement l'occasion de s'aventurer loin, très loin hors de sa zone de confort.

Il atteignit le bas de la pente, essoufflé et le cœur battant, mais debout sur ses skis et en un seul morceau. Il estima qu'il avait eu de la chance.

Tyler lui assena un coup sur l'épaule.

— Hé, l'ami, tu as perdu la forme. Ça ramollit, la vie citadine.

En milieu de semaine, le reste de sa famille arriva. D'abord ses parents qui avaient loué un lodge pour eux, puis sa sœur venue en voiture de New York avec son mari. Sans oublier Karen, qui semblait déjà presque entièrement remise de son accident.

Pour la plus grande joie d'Harriet, ils avaient emmené Madi avec eux.

Ethan se sentit honoré lorsque la chienne le salua avec un enthousiasme qu'il avait conscience de ne pas mériter.

Peut-être qu'Harriet n'était pas la seule à avoir changé, songea-t-il en s'accroupissant pour jouer avec l'épagneule. Lui non plus n'était plus tout à fait le même homme qu'avant.

Ce soir-là, sa mère fit la cuisine et ils dînèrent entre eux, dans le chalet parental. Durant le repas, il surprit à plusieurs reprises le regard de sa sœur posé sur lui. Un regard lourd de questions muettes qu'elle ne manquerait pas de formuler de vive voix dès qu'elle réussirait à le coincer entre quatre yeux.

Le problème, c'est qu'il n'avait pas de réponses.

Sa décision d'inviter Harriet à Snow Crystal avait été impulsive, non calculée. Il ne regrettait rien, d'ailleurs. Les O'Neil au grand complet étaient sous le charme de sa nature calme et chaleureuse. Plus encore que les humains, elle charmait tous les chiens de la station, qui la suivaient à la queue leu leu comme les rats derrière le joueur de flûte d'Hamelin.

L'interrogatoire auquel il s'attendait tomba alors que sa sœur et lui faisaient la vaisselle après le repas.

Debra lui fourra une assiette mouillée dans les mains.

— Alors ?

— Alors quoi ?

— Tu n'as rien de particulier à me dire ?

— Pas spécialement, non.

Il sécha l'assiette et la posa sur la table.

— Si c'est une inquisition que tu prépares, économise ton souffle. Je ne parlerai qu'en présence de mon avocat.

— J'apprécie beaucoup Harriet. Non, que dis-je ? J'ai une profonde affection pour elle. C'est une belle personne, généreuse, sincère et d'une authentique gentillesse. Si tu lui fais la moindre misère, tu es un homme mort.

— Tu es toujours aussi protectrice avec tes promeneuses pour chiens ?

— Je n'en ai jamais eu qu'une et c'est Harriet.

Debra s'interrompit pour lui jeter un regard sévère.

— Je ne veux personne d'autre qu'elle, donc ne m'oblige pas à choisir entre elle et toi, parce que j'aime autant te dire tout de suite que si tu fais ça, tu n'existes plus.

— Carrément ? Super. C'est beau, la loyauté familiale.

Mais Debra ne se dérida pas. Elle avait l'air perturbé.

— Sérieux, Ethan, tu ne vas pas lui briser le cœur, au moins ?

— J'espère que non.

— C'est quoi, alors, votre relation ? Quelles sont tes intentions ? C'est juste pour le sexe et les repas cuisinés maison ? Ou ça va plus loin que ça ?

— Mais je n'en sais rien, moi ! Ce n'est pas un peu féminin comme truc de vouloir *d'avance* analyser, disséquer, cataloguer ? On ne peut pas laisser venir, tout simplement ? En tout cas, ça va plus loin que le sexe et les bons petits plats. Quant à mes intentions…

Ethan lui reprit une assiette des mains.

— Mes intentions consistent à faire en sorte qu'elle et moi, on passe une super semaine de vacances ici.

Ce qui, avec un peu de chance, se traduirait par un maximum de sexe.

— Et qu'arrivera-t-il une fois que vous serez de retour à New York ?

Ethan resta avec son assiette dégoulinante entre les mains.

Il n'avait pas encore réfléchi aussi loin.

Harriet estimait avoir une assez bonne condition physique, mais après une semaine de ski et de sexe, ses muscles protestaient à des endroits qu'elle ne sollicitait que rarement dans la vie courante. La semaine était passée dans un tourbillon continu d'activités. Ils avaient pris quelques repas avec la famille d'Ethan, d'autres avec les O'Neil et, un soir, s'étaient éclipsés pour rester en tête à tête dans leur propre chalet perdu. Ils en avaient profité pour passer la soirée dans le jacuzzi extérieur à regarder la neige tomber du ciel pour se poser comme un fin manteau de gaze sur la forêt alentour.

Le mariage d'Elizabeth serait célébré le lendemain et c'était leur dernière journée de liberté ensemble. Ethan lui avait promis une surprise et avait disparu après le petit déjeuner en lui enjoignant de s'habiller chaudement et de le rejoindre au bout du chemin.

Alors qu'elle glissait ses jambes courbatues dans son pantalon de ski, elle pria pour qu'il n'ait pas prévu quelque chose de trop sportif.

Harriet quitta le chalet en tirant juste la porte derrière elle — personne par ici ne fermait quoi que ce soit à clé, apparemment — et se dirigea vers la grille en pataugeant dans une couche de neige fraîche. En arrivant, elle trouva Ethan qui l'attendait déjà. Elle ouvrit de grands yeux en découvrant la surprise.

— Pour une *dog-addict* comme toi, j'ai pensé que ce serait l'activité idéale.

L'activité en question se présentait sous la forme d'un traîneau tiré par un attelage de huskies. Les huit chiens magnifiques piétinaient la neige en hurlant et aboyant, excités et impatients de passer à l'action.

Harriet n'était pas moins excitée qu'eux.

— C'est le plus beau cadeau que l'on m'ait jamais fait !

Et son émotion n'était pas liée qu'aux chiens.

Ethan avait organisé cette surprise pour elle. Elle savait que la station proposait une grande variété de distractions, mais il avait choisi celle dont il savait qu'elle lui ferait le plus grand plaisir.

Son cœur fit quelques bonds irréguliers dans sa poitrine.

Ce n'était pas seulement attentionné de sa part. C'était...

... *Quoi? Qu'est-ce que cela révélait des sentiments d'Ethan à son égard?*

Il lui présenta Dana, une cousine des O'Neil, musher de métier et passionnée par les huskies, qu'elle entraînait elle-même. Puis Harriet se glissa à côté de lui sous une grande couverture et les chiens purent s'élancer, leader en tête, ligne de trait tendue, stimulés par Dana qui les dirigeait à la voix.

Ils glissèrent le long de la piste principale qui menait à la station, puis la quittèrent rapidement pour emprunter un chemin plus étroit qui les amena très vite au cœur silencieux de la forêt. Les pins noirs, les hêtres et les bouleaux dressaient leurs hautes silhouettes enneigées, comme de blanches sentinelles protégeant leur route. La neige tombée durant la nuit ajoutait une fine couche de poudreuse immaculée qui étincelait sous le soleil du matin.

Ils glissaient dans un silence de cristal, à peine troublé par le halètement des chiens et le crissement des patins sur la neige tandis que le traîneau filait dans l'air glacé.

Blottie contre Ethan sous les couvertures, Harriet observait la course des chiens, impressionnée par leur énergie et le plaisir qu'ils prenaient à leur tâche. L'harmonie de leurs mouvements et la beauté sauvage du paysage suscitaient en elle une jubilation intense teintée de recueillement.

Lorsque Dana finit par immobiliser ses chiens, il fallut un moment à Harriet pour retrouver sa voix.

— Je crois que c'est la plus belle expérience que j'ai faite de toute ma vie.

Ethan sourit.

— Et ce n'est pas fini. Allez viens. C'est l'heure de la pause.

Le traîneau était arrêté dans une clairière où se dressait un bâtiment en bois qui évoquait un refuge de montagne.

— C'est quoi ?

— La Cabane au Chocolat. On y sert tout un tas de merveilles caloriques. Mais surtout les meilleurs chocolats chauds à la crème fouettée de tout le Vermont.

— Un chocolat chaud ? Maintenant ?

Harriet essaya d'oublier ses cuisses, ce qui n'était pas chose facile vu qu'elle avait passé la semaine à mettre la pression sur ses quadriceps en s'acharnant sur les pistes.

— Fais-moi confiance. Le plaisir gustatif compense largement l'excès calorique. Et c'est un lieu d'exception, tu verras. Avec Jackson et Tyler, on venait tout le temps ici.

Il n'était pas difficile de comprendre pourquoi.

Des volutes de fumée s'élevaient de la cheminée de la jolie maison en bois et quelques skieurs bien emmitouflés profitaient du soleil en terrasse. Leurs tenues bariolées formaient une joyeuse symphonie de couleurs se détachant sur le blanc alentour. Le ciel était d'un bleu caribéen, les températures d'un froid arctique.

Ce qui n'empêcha pas Ethan de choisir une table extérieure.

— Remonte bien ta fermeture Eclair et tu n'auras pas froid.

Harriet s'installa dos au bâtiment, le visage tendu vers la caresse du soleil. Ethan revint quelques minutes plus tard avec deux mugs remplis à ras bord de chocolat crémeux saupoudré de cacao et de cannelle.

Dana, elle, avait opté pour le silence et la compagnie de ses chiens, et Harriet était presque tentée d'aller la retrouver.

Ethan dut le sentir car il posa le mug devant elle.

— Il y a des gens ici qui sont prêts à faire un long détour

en ski pour venir goûter le chocolat belge de Brigitte. Goûte-le et tu comprendras pourquoi.

Il enfourcha la chaise à côté de la sienne.

Le soleil jouait dans ses cheveux et Harriet nota que la tablée de filles juste à côté n'avait d'yeux que pour lui.

Plus amusée qu'inquiète, elle prit une gorgée de sa boisson et sentit sur sa langue une caresse de pur velours, suivie par une décharge d'arômes de chocolat qui la fit gémir.

Le regard d'Ethan vacilla puis glissa sur ses lèvres.

Souffles coupés, ils communièrent un instant dans une intimité silencieuse où ni l'un ni l'autre n'avait le chocolat chaud en tête.

Il se pencha pour cueillir du bout du doigt une pointe de crème fouettée au creux de ses lèvres.

La flambée de désir entre eux aurait dû faire fondre toutes les neiges et glaces alentour.

De sa vie, Harriet n'avait éprouvé quelque chose d'aussi fort.

Si seulement elle avait pu appuyer sur la touche « pause », faire un arrêt sur image et étirer ce moment dans le temps : la neige, le ciel d'un bleu infini. Les huit huskies qui les attendaient à l'entrée de la forêt. La Cabane au Chocolat et son corps transi d'Ethan.

Ethan. Ethan. Ethan.

Un rire joyeux à la table de filles à côté fit éclater la bulle de pur désir entre eux. Ethan s'écarta doucement et prit son mug.

Elle nota que sa main tremblait légèrement.

Ses sourcils noirs se rapprochèrent et il plissa le front comme s'il réfléchissait à quelque chose. Harriet détourna la tête à la hâte en espérant que ses sentiments ne transparaissent pas trop dans ses yeux.

À la différence de sa jumelle, elle n'était pas douée pour dissimuler ce qu'elle ressentait.

Et en cet instant, son amour pour Ethan était si vif qu'elle avait l'impression qu'il éclatait sur son visage, transpirait dans ses regards comme dans ses gestes.

Savait-il ce qu'elle ressentait pour lui ? Avait-il deviné ?

Et que représentait-elle dans sa vie ?

Non seulement il lui avait proposé de passer ses vacances avec lui, mais il s'était mis en quatre pour lui faire plaisir. Personne, jamais, n'avait eu autant de délicates attentions pour elle.

Elle termina son chocolat, le visage baigné de soleil, savourant cet instant magique avec déjà le cœur froissé par une pointe de nostalgie. Si seulement ils avaient pu rester ici toujours et ne pas avoir à rentrer à New York où ils seraient de nouveau séparés.

Ethan vida son mug.

— Nous avons encore une heure de réservée avec Dana. Après ça, j'avais pensé qu'on pourrait retourner au chalet et faire relâche pour ce qui est des activités d'extérieur.

Pour sa part, elle était prête à aller n'importe où et à faire n'importe quoi à condition que ce soit avec lui.

— Auriez-vous par hasard des projets sexuels en tête, docteur Black ?

— Absolument.

Une lueur brilla dans son regard.

— Je fais tout mon possible pour contribuer à asseoir ta réputation de *badass girl*.

Son cœur s'emballa. Elle posa son mug et se releva.

— Alors qu'est-ce qu'on attend ?

La suite de la promenade en traîneau fut aussi superbe que la première partie. Dans un élan d'enthousiasme, Harriet envisagea de tout laisser tomber pour venir s'installer dans le Vermont à vie. Mais il convenait d'être réaliste : personne ici n'avait besoin d'une promeneuse pour chiens. Et puis Manhattan avait toujours été sa ville de cœur.

Autre argument décisif : c'était à New York aussi qu'Ethan avait sa vie.

En attendant le retour et ses inévitables complications, elle se fixa pour tâche de savourer chaque instant de leur dernière journée ensemble.

Lorsque Dana les déposa au portail, ils s'engagèrent sur le sentier, si étroitement enlacés qu'ils en vacillaient presque. À peine passé le seuil de leur chalet, ils se jetèrent dans les bras l'un de l'autre. Se débarrasser mutuellement de leurs tenues de ski ne fut pas chose facile. Pas mal d'éclats de rire et quelques jurons s'élevèrent avant que leurs harnachements respectifs atterrissent enfin sur le sol.

Il la coursa en riant dans l'escalier qui menait à la mezzanine.

— Il fait encore grand jour ! protesta-t-elle.

— Tant mieux. J'ai envie de te voir.

Il la rattrapa, lui arracha ses sous-vêtements et la renversa sur le lit.

— Tu es magnifique quand tu es nue. Je n'arrive pas à comprendre que tu puisses encore porter des vêtements. C'est un tel gâchis esthétique.

— J'essaie la tenue d'Ève pour le mariage demain ?

Le cœur d'Harriet battait fort à la perspective de faire l'amour à la claire lumière du jour. Pas parce qu'elle avait peur de se montrer à Ethan, mais parce qu'elle était de moins en moins sûre de parvenir à dissimuler ses sentiments.

Il enfouit ses lèvres dans son cou puis, bouche ouverte, traça de longs parcours érotiques sur sa peau, léchant, caressant, explorant la géographie secrète de son corps. Sous l'afflux de sensations, elle haletait, se tortillait sous lui, mais ses mains, sa bouche, sa langue la clouaient sur le matelas. Rien ne lui échappait. Il était attentif à chaque mouvement esquissé, chaque gémissement, chaque frisson — chaque trémulation, même. Il l'amena à de tremblants sommets de plaisir avant de s'unir à elle, sexe à sexe — de la combler de lui. Une main passée sous elle, il donnait et reprenait, enchantait son ventre de ses poussées, longues, lentes et possessives. Son front vint se poser sur le sien, puis il lui couvrit le visage de baisers, traçant son chemin vers ses lèvres. Sa respiration était saccadée, ses épaules mouillées de sueur. Elle aimait tout chez Ethan. Sa mâchoire comme une râpe contre la peau sensible de ses joues, la magie érotique de sa langue glissant sur ses lèvres, de sa bouche dévorant la sienne.

D'elle, il réclamait un don total, et tout ce qu'il lui demandait, elle le lui donnait. Pas par calcul, mais parce que son amour parlait plus fort qu'elle. Il était impossible de se livrer comme elle se livrait, d'entrer dans cette osmose, tout en gardant pour elle ses sentiments qui irradiaient vers lui.

— Je t'aime.

Les mots s'échappèrent de ses lèvres, sans arrière-pensée ni dessein. Elle les murmura contre son cou, les répéta dans sa bouche.

— Oh oui… Oui, je t'aime. Oh ! Ethan… Ethan.

Elle perçut le moment précis où une onde de tension se propagea en lui. Sentit la soudaine rigidité de ses épaules alors qu'il absorbait le sens de ses mots. Si elle lui avait crié son amour plus tôt, il se serait peut-être arrêté net, mais ils étaient déjà au bord extrême de la jouissance, sur le chemin sans retour. Alors il s'enfonça encore plus profondément en elle, la serra contre lui à la broyer, et noya ses mots sous ses baisers jusqu'à ce que la lame de fond de l'orgasme emporte paroles et pensées au loin.

Après l'amour, il l'attira contre lui et l'enveloppa étroitement dans le cercle de ses bras. Émergeant petit à petit des brumes post-orgasmiques, elle attendit que les mots viennent. Qu'il se livre à son tour.

Mais Ethan ne dit rien. Et son rêve caché, le fragile espoir un instant caressé qu'il puisse lui retourner ses sentiments, se dissipa et mourut.

Hanté par la culpabilité, Ethan se glissa hors du lit et descendit de la mezzanine en laissant Harriet endormie.

Plus que coupable, même, il se sentait lâche. Les mots qu'elle avait prononcés la veille méritaient une réponse. Elle avait pris un risque, mis son cœur à nu, s'était placée délibérément dans une position vulnérable vis-à-vis de lui. Il aurait été juste de lui donner quelque chose en retour. Mais quoi ? Il n'en avait aucune idée. Tout ce qu'il savait, c'est qu'il n'était pas en mesure de lui offrir ce dont elle avait besoin.

Ses bottes s'enfoncèrent lourdement dans la neige fraîche alors qu'il se dirigeait vers chez Elizabeth. Il poussa la porte de la cuisine et la bonne chaleur le saisit, repoussant le froid du dehors.

Toute la station dormait encore, mais déjà d'alléchantes odeurs de pâtisserie embaumaient la maison de sa marraine.

Il vit des fournées de pain frais et des plats avec des gâteaux. Des Pères Noël en pain d'épices étaient alignés sur une plaque, prêts à passer à l'étape glaçage. Un instant, il se sentit transporté en arrière, au temps où Tyler et lui déboulaient dans la cuisine de ferme, frigorifiés mais heureux après une journée sur les pistes, et qu'Elizabeth leur fournissait un de ces goûters substantiels et savoureux dont elle avait le secret.

La qualité de la nourriture et la chaleur de l'ambiance O'Neil occupaient une part aussi importante dans ses souvenirs de Snow Crystal que la neige et le ski.

À son entrée, il trouva Elizabeth occupée à sortir une

tarte du four. Elle plaça le moule sur une grille avant de tourner la tête.

— Ethan ! Tu es matinal !

— Moins que toi.

— J'ai un programme chargé aujourd'hui.

Elle retira son tablier et lui fit signe de s'asseoir.

— Installe-toi. Je vais nous faire un café.

De nouveau, la culpabilité le saisit. Vis-à-vis de sa marraine, cette fois. C'était le jour de son mariage et il venait l'ennuyer avec ses dilemmes.

— Je te dérange. Je n'aurais pas dû débarquer ici ce matin.

— Un vrai moment de discussion avec toi, c'est précieux. Le reste peut attendre.

Il se souvint qu'Elizabeth avait toujours eu cette qualité particulière : d'une façon ou d'une autre, elle s'arrangeait pour trouver le temps de vous écouter.

— Tu ne devrais pas avoir à faire de la pâtisserie le jour de ton mariage.

— Pourquoi pas ? J'adore ça. Je me fais plaisir. Et ce n'est pas comme si tout le repas reposait sur mes épaules. Élise et son équipe se chargent du gros du boulot. Alors qu'est-ce qui t'amène ici à l'aube ?

— Je n'arrivais pas à dormir.

Elizabeth plaça une tasse de café devant lui avant de se servir à son tour.

— Tu as envie de m'en parler ?

— De quoi ?

— De ce qui fait que tu erres sur les chemins verglacés alors que le soleil n'est même pas encore levé.

— J'ai juste… Une question me titille et je ne sais pas comment la résoudre. Je pensais qu'en marchant je réussirais à mettre de l'ordre dans mes idées.

— Et ça a été le cas ?

— Pas pour le moment, non.

Il prit une grande gorgée de café.

— Il est délicieux. Si seulement on trouvait le même à l'hôpital, ce serait un grand pas en avant pour le monde médical.

Elle attendit un moment puis, comme il ne disait plus rien, elle s'assit à côté de lui et prit un des Pères Noël en pain d'épices pour procéder au glaçage.

— Ça se passe comment à l'hôpital, ces temps-ci ?

— Comme d'habitude. Ni mieux ni pire.

— Tu es satisfait de ton choix de métier, au moins ?

— J'imagine que oui, sinon je ferais autre chose.

— Pas nécessairement. Il arrive que l'on continue de faire ce que l'on a toujours fait, sans plaisir mais sans penser non plus à remettre ses habitudes en question.

Elizabeth plaça son petit Père Noël sur une grille pour laisser sécher le glaçage et passa au suivant.

— J'aime beaucoup Harriet. Je suppose que tu dois l'apprécier aussi, sinon tu ne l'aurais pas emmenée ici. C'est elle, la raison de ton lever aux aurores ?

Ethan reposa sa tasse. Il se revit à neuf ans, assis dans cette même cuisine, en train d'expliquer à Elizabeth qu'il voulait être médecin quand il serait grand. Puis à seize ans, en train de lui parler d'une fille qui lui plaisait. Il s'entendait très bien avec ses parents, mais certains sujets avaient été plus faciles à aborder avec sa marraine qu'au sein de sa propre famille.

— Je n'aurais jamais dû venir ici avec elle. Ça n'a pas été très stratégique de ma part.

Elizabeth continuait à travailler au couteau son petit personnage en pain d'épices.

— Pourquoi « pas très stratégique » ?

Parce qu'elle est tombée amoureuse de moi.

— En lui proposant de m'accompagner ici, il se peut

que je lui aie donné de fausses impressions... Harriet, c'est quelqu'un qui attache beaucoup d'importance à la cuisine, aux animaux, à la famille et aux petites choses simples du quotidien. Avec sa sœur, elle a monté une activité qui marche du tonnerre, mais pas parce qu'elle a envie de conquérir le monde. Uniquement parce qu'elle aime les chiens et parce qu'elle a du talent pour s'occuper des animaux.

— C'est un peu surfait, non, cette idée qu'il faut à tout prix être pétri des plus hautes ambitions ?

Elizabeth plongea de nouveau la pointe de son couteau dans le fondant pâtissier dont elle se servait pour le glaçage.

— Il n'y a pas qu'une seule définition de la réussite, dit-elle, de même qu'il n'y a pas une formule unique du bonheur. Nous sommes tous différents. Le secret, c'est de savoir quel sens nous voulons donner à notre vie. De définir ce qui peut nous rendre heureux et d'aller dans cette direction. Et Harriet a cette capacité, visiblement. J'appelle ça « l'intelligence du vivre ».

— C'est vrai. Harriet a cette intelligence-là.

— Et toi ? demanda Elizabeth d'une voix calme. Tu sais ce qui te rend heureux ?

— A priori, je puise ma raison de vivre dans mon travail. Ce n'est peut-être pas idéal de fonctionner ainsi, mais c'est comme ça et j'assume. Voilà pourquoi, depuis Alison, je n'ai plus eu d'histoire sérieuse avec une femme.

— Quel rapport entre ton métier et ta vie amoureuse ?

Ethan la regarda un instant fixement.

— C'est évident, non ?

— Depuis quand est-on censé choisir entre une vie professionnelle et une vie privée ? Une nouvelle loi aurait-elle été votée dont je n'aurais pas entendu parler ? Ou Harriet t'a-t-elle posé un ultimatum ?

— Harriet ? Bien sûr que non.

Il fronça les sourcils.

— Elle ne ferait jamais cela. Il n'y a pas une once de tyrannie dans son caractère.

— Alors où est le problème ?

Il repensa à ce qui s'était passé la veille.

— Elle dit qu'elle m'aime.

Elizabeth reposa lentement son couteau.

— Juste pour être sûre d'avoir bien compris : la mauvaise nouvelle, c'est qu'une femme intelligente, chaleureuse et incroyablement jolie t'a déclaré sa flamme ?

Il soutint son regard avec la pénible impression, tout à coup, de faire figure d'idiot fini.

— Ce n'est pas aussi simple qu'on pourrait le croire. J'aime sa compagnie, je suis bien avec elle, c'est vrai. Mais…

Il prit un petit personnage en pain d'épices et la fixa sans la voir.

— Je n'aurais jamais dû me lancer dans cette histoire. Mais je ne pensais pas que les choses iraient aussi vite entre nous. Entre elle et moi, ça s'est emballé assez rapidement, et maintenant, je dois trouver un moyen pour revenir en arrière sans trop la blesser pour autant.

— Pourquoi voudrais-tu revenir en arrière ?

— Parce que je ne vois pas d'avenir pour elle et moi.

— Aucun, vraiment ? Tu ne partages pas les sentiments d'Harriet ? Tu ne l'aimes pas ?

Il hésita une fraction de seconde.

— Non.

— Tu en es sûr et certain ? Parce qu'à vous voir ensemble, tous les deux, j'ai vraiment cru que…

Elizabeth s'interrompit et replaça le bonhomme en pain d'épices sur la grille.

— Oublie ce que je viens de te dire. Je me mêle de ce qui ne me regarde pas.

— Tu penses que je suis amoureux d'elle, mais ce n'est

pas le cas. Tu veux que je t'explique le fond du problème ? Je crois que quelque chose ne tourne pas rond chez moi.

Il reposa son gâteau sans l'avoir touché.

— Je ne ressens plus rien en profondeur. J'ai appris à me déconnecter, à me détacher, à vivre les situations de façon purement extérieure. Et je me rends compte que je n'arrive plus à me rebrancher et à remettre ma sensibilité en marche. Harriet mérite mieux que ça.

— Résumons-nous : tu prends cette décision pour toi ou tu prends cette décision pour elle ? Pourquoi ne pas la laisser décider de ce qu'elle attend ou non de toi ?

— Je ne veux pas lui faire du mal. À aucun prix.

— Je te connais depuis que tu es né et tu n'as pas changé. Petit garçon déjà, tu étais sur les rangs chaque fois qu'il s'agissait de sauver, de réparer, de soigner.

Elizabeth posa la main sur la sienne.

— Je savais quand je t'ai offert ton premier costume de Superman que tu te démènerais pour sauver le monde.

Il sourit.

— Même pour Superman, ça n'a rien de simple de concilier sauvetage du monde et vie amoureuse. C'est compliqué, les relations.

— Tout ce qui est humain est compliqué. Mais cela ne veut pas dire qu'il faille renoncer à essayer. Tu en as parlé avec elle ?

— Non.

Il réalisa alors qu'Harriet se faisait violence en permanence pour affronter les défis que la vie lui jetait à la figure. Tandis que ses propres faits d'armes étaient nettement moins brillants.

De son côté, il s'était contenté de fuir.

Elizabeth sourit.

— Il me semble qu'une bonne conversation de fond serait un excellent début.

— Tu as raison.

Il se leva, l'embrassa et sortit de la cuisine.

Même si ça risquait d'être difficile à dire pour lui et difficile à entendre pour Harriet, il lui devait au moins cela : la franchise.

Challenge Ethan.

Harriet se réveilla épuisée. Elle avait passé la moitié de la nuit les yeux grands ouverts à penser à ce qu'elle avait dit à Ethan. Les premières lueurs blafardes du jour se dessinaient déjà entre les arbres lorsqu'elle avait fini par glisser enfin dans un sommeil agité.

À côté d'elle, le lit était vide et froid, signe qu'Ethan l'avait déjà quitté depuis un certain temps. L'espace d'un instant, elle se demanda s'il avait plié bagage et quitté la station sans elle. Mais en soulevant la tête, elle vit ses affaires encore éparpillées sur la mezzanine.

Elle retomba contre son oreiller, le regard rivé sur les bois enneigés.

Bien joué, Harriet. Comment chasser un homme dans le blizzard, en trois mots.

Ethan estimait que sa personnalité et son métier le rendaient structurellement incompatible avec l'amour et la vie de famille. Et il s'en voulait d'être ainsi. Se sentait responsable. Elle ne partageait pas son avis sur ces questions, mais le problème n'était pas là.

Le problème, c'est qu'on ne pouvait obliger personne à vous aimer. Aimer n'était pas une affaire de conviction ou de volonté. Et une relation entre un-qui-aime et un-qui-n'aime-pas ne pouvait que se solder par un désastre. L'amour non partagé devenait une ligne de faille qui finissait par craquer sous les tensions.

Toute sa vie, elle avait aspiré à l'amour. L'avoir enfin

trouvé sans qu'il soit payé de retour était une forme raffinée de torture.

Revivait-elle aujourd'hui ce que son père avait ressenti toutes ces années ? Avait-il ouvert les yeux chaque matin sur le constat répété que ses sentiments les plus profonds ne trouvaient aucune résonnance, aucun écho chez la femme qui partageait sa vie ? Fermant les yeux, elle comprit qu'il avait vécu un enfer.

Même si cela n'excusait en rien son comportement, c'était au moins une explication.

Il y avait des quantités de raisons possibles au fait que son père ne l'avait pas aimée. Peut-être qu'elle avait eu le malheur, étant le portrait craché de sa mère, de trop lui rappeler la femme qu'il aimait sans espoir de retour ? Il se pouvait aussi que son amour blessé l'ait rendu inapte à tout engagement affectif, même vis-à-vis d'une enfant. La raison exacte, elle ne la connaîtrait probablement jamais, mais elle savait désormais que ce n'était pas parce qu'elle avait été une petite fille décevante en soi. Si elle avait pu remonter le temps et parler à l'enfant qu'elle avait été, elle lui aurait dit d'arrêter de se démener autant pour essayer de se faire aimer. Elle lui aurait expliqué que la vie était déjà suffisamment compliquée sans qu'on s'épuise en plus à vouloir devenir quelqu'un d'autre que soi-même. Qu'on n'avait pas à se conformer à des normes absurdes pour tenter de plaire.

Harriet prit la ferme décision d'assister quand même au mariage d'Elizabeth, quitte à y aller seule s'il le fallait. Elle prit une douche et enfila la tenue qu'elle avait achetée pour l'occasion. C'était une robe en pure laine, avec un très joli col châle ton sur ton qui l'avait fait craquer sur-le-champ. Impeccablement coupée, elle lui avait plu lorsqu'elle l'avait essayée dans le magasin. Mais aujourd'hui, avec sa nouvelle coiffure, elle était carrément sublime.

Ethan réapparut alors qu'elle était en train d'emballer le cadeau de mariage qu'elle avait apporté.

À en juger par sa tenue, il avait dû passer la matinée sur les pistes.

— Désolé d'avoir disparu tôt ce matin.

Il se hâta de fermer la porte pour ne pas laisser entrer l'air glacé. Harriet lui sourit, se forçant à endiguer les émotions qui faisaient rage en elle. Ce qu'elle ressentait pour lui n'était pas le problème d'Ethan, mais le sien.

— Ce sont tes vacances, Ethan. Il ne manquerait plus que tu te prives des pentes, surtout le dernier jour. C'était beau là-haut ?

Il se débarrassa de sa veste de ski, les yeux rivés sur son visage comme s'il essayait de jauger son état d'esprit.

— Magnifique poudreuse. Et maintenant, il me reste huit minutes pour m'habiller pour le mariage.

Ils n'auraient pas une seconde pour discuter, autrement dit. Un calcul délibéré de sa part ?

Harriet voyait la neige encore accrochée dans ses cheveux noirs, sa mâchoire rude, le bleu incroyable de ses yeux. Elle l'aimait tellement que c'était une torture de ne pas pouvoir le lui redire.

Elle maintint son ton léger.

— C'est une journée idéale pour un mariage. Et le trajet ne nous prendra que quelques minutes.

La cérémonie se déroulait à Snow Crystal. Une noce en petit comité avec la famille et quelques amis, dans une des granges aménagées de la station.

Le trajet en voiture leur prit quand même cinq bonnes minutes mais ils réussirent à arriver juste à temps. Elizabeth et Tom se tenaient côte à côte, main dans la main, et échangèrent avec légèreté et tendresse des vœux qu'ils avaient écrits eux-mêmes.

En les voyant ensemble, Harriet pensa à tout le temps

qu'elle avait perdu à espérer un rapprochement entre ses parents. Jamais sa famille n'aurait pu être différente de ce qu'elle avait été. Pour construire quelque chose de durable, il fallait des bases solides. Et il n'y avait pas eu entre ses parents l'amour nécessaire pour créer des fondations familiales stables.

Aujourd'hui, l'histoire se répétait : elle pouvait bien aimer Ethan autant qu'elle le voulait, s'il ne lui retournait pas ses sentiments, leur relation devrait prendre fin. En aucun cas, elle ne voulait commettre la même erreur que son père. Elle ne construirait pas son avenir sentimental sur des sables mouvants.

De retour au chalet, elle fit sa valise en se jurant que quoi qu'il arrive, elle reviendrait dans ce lieu de calme et de beauté, même sans Ethan.

Elle emmènerait Fliss, et peut-être Daniel et Molly. S'ils louaient quelques chalets, ils pourraient inviter leurs amis Matilda et Chase. Et qui sait si Susan n'accepterait pas de venir aussi ?

Une chose était certaine : la sortie en traîneau figurerait au programme.

Son amour pour Ethan n'avait peut-être pas d'avenir mais sa vie, elle, ne s'arrêtait pas là.

Comme elle tirait sa valise dans le séjour, elle trouva Ethan debout devant une fenêtre.

— Tu m'attendais ? On peut partir quand tu veux. Je suis prête.

Son regard accrocha le sien.

— Nous n'avons pas eu trop l'occasion de parler, depuis hier.

— En tout cas, ça a été une très belle journée. Elizabeth et Tom faisaient plaisir à voir.

— J'aimerais qu'on parle de nous. Au sujet de ce que tu m'as dit hier…

Elle aurait pu faire mine de ne pas comprendre, mais à quoi bon ?

— Ça va, Ethan. On n'est pas obligés d'en débattre.

— Non, ça ne va pas. Je n'ai pas prononcé les mots que tu aurais aimé entendre et j'en suis conscient. Tu es une fille merveilleuse, Harriet, et...

Ah non ! Surtout pas ça !

Avec un frisson d'horreur, elle leva les mains pour demander grâce.

— S'il te plaît, arrête tout de suite. Épargne-nous le coup de la « fille merveilleuse », d'accord ? Il n'y a rien qui nous force à aborder ce sujet.

— Je crois que ce serait important qu'on en parle, si.

— En discuter ou non est un choix. Et je choisis l'option silence.

— Je ne suis pas l'homme parfait, Harriet. Je suis très loin du compte, même.

Déconcertée, elle resta un instant muette à le regarder en silence. C'était donc ça qu'il pensait ? Qu'elle était tombée amoureuse d'un *fake*, d'une image ? D'une version idéale mais fausse de sa personne ?

— Évidemment que tu n'es pas « l'homme parfait » ! Pourquoi le serais-tu ? Il n'y a pas d'être idéal, que je sache. En tant qu'êtres humains, nous avons tous nos forces et nos faiblesses, qui font partie de nous au même titre que les os, le sang, les muscles auxquels tu as affaire tous les jours. Et, grande nouvelle, je ne veux pas de « l'homme parfait », Ethan !

Oh et puis mince, elle pouvait aussi bien le lui dire encore une fois, au point où elle en était. Qu'avait-elle à perdre de plus que ce qu'elle avait perdu déjà ?

— Je ne suis pas tombée amoureuse de toi parce que je te vois comme quelqu'un « d'idéal ». Je suis tombée amoureuse de toi parce que tu es qui tu es, c'est tout.

Ethan avait les traits pâles et tirés. Il paraissait épuisé.

— J'ai beaucoup d'affection pour toi, Harriet. Je tiens à toi.

Elle était heureuse de l'apprendre. Mais ce n'était pas les mots qu'elle aurait voulu entendre.

— Je sais. Tu n'es pas obligé de te justifier.

— Tout s'est passé tellement vite…

— C'est vrai.

Elle était étonnée de se sentir aussi calme. Ethan lui prit la main.

— Quand on sera de retour à New York, on pourra essayer de passer plus de temps ensemble, toi et moi, et de…

— Non.

Son refus avait été plus tranchant qu'elle ne l'avait escompté. Peut-être sous l'effet de la panique. Passer plus de temps avec lui dans de pareilles conditions ? Jamais. Pas même pour un empire.

Elle dégagea sa main.

— On ne se reverra plus à Manhattan.

Ce fut au tour d'Ethan d'être déconcerté.

— Mais tu m'as dit que…

— Je t'ai dit que je t'aimais et c'est exact. Mais la réciproque n'est pas vraie et je n'ai pas l'intention d'entrer dans la catégorie des amoureux qui mendient et attendent et espèrent, tout en s'éloignant d'eux-mêmes un peu plus chaque jour. Je ne me battrai pas pour ton amour, Ethan. Je l'ai fait pendant des années, avec mon père. Et je n'ai pas l'intention de réitérer l'expérience. Si on ne peut pas m'aimer pour qui je suis, c'est non. Être une « fille merveilleuse » pour toi ne me suffit pas.

— Hé, mais attends…

Il avait l'air sous le choc.

— Si je comprends bien, tu es en train de rompre ?

Ce n'est pas du tout ce que je veux. J'ai envie qu'on fasse encore un bout de chemin ensemble, toi et…

— *Non*, Ethan. La formule ne fonctionnera pas pour moi. S'il y a une chose que j'ai apprise au contact de mon père, c'est que vouloir être aimé de l'autre sous prétexte qu'on l'aime est le plus sûr moyen de faire de sa vie un enfer. Il m'a fallu très longtemps pour accepter que mon père ne m'aimerait jamais. Longtemps aussi pour arrêter d'essayer de devenir quelqu'un d'autre dans l'espoir de cesser enfin de le décevoir. Ces dernières semaines, avec toi, j'ai été moi-même pour la première fois de ma vie. Et j'ai envie de poursuivre sur cette voie. Si on reste ensemble, toi et moi, je recommencerai à vouloir être quelqu'un d'autre dans l'espoir de me rendre enfin digne d'être aimée. Et comme ça ne marchera pas, tu t'en voudras, tu te sentiras coupable et malheureux. Et tout ce qu'on pourra construire sur de telles bases sera forcément miné de l'intérieur. Je ne peux pas nous faire ça. Ce ne serait bon ni pour toi ni pour moi.

— Harriet…

— C'est OK pour moi, je t'assure.

Elle réussit à sourire.

— Ça va aller. Vraiment. On ne peut pas aimer sur commande, mais on peut choisir d'être honnête sur ses sentiments. Tu l'as été avec moi et j'apprécie. Mais tu comprendras, je pense, que je préfère ne pas te revoir. Tôt ou tard, je finirais par vouloir plus. Espérer plus. Ce qui ne veut pas dire que je regrette ce qui s'est passé entre nous. Pas du tout. Au contraire. J'ai beaucoup appris au cours de ces quelques dernières semaines. Grâce à toi, je sais que je serai moins tendue avec les hommes. Notre relation a boosté ma confiance en moi. J'ai découvert, à travers toi, que j'ai bien plus de ressources que je ne le pensais.

— Parce que je t'ai fait bégayer, c'est ça ?

— Pendant des années, j'ai vécu dans la terreur d'une rechute en pensant que je ne m'en relèverais pas. Et finalement, j'ai bégayé et la terre continue de tourner quand même.

Et sa vie continuerait aussi. Il viendrait un moment où son cœur ne serait plus brisé en mille morceaux, avec le nom d'Ethan inscrit sur chaque fragment.

Sachant ce qu'il lui restait à faire, elle prit sa valise et se dirigea vers la porte, les jambes tremblantes et luttant vaillamment contre les larmes. Elle réalisa que de tous les challenges avec lesquels elle s'était colletée ces derniers mois, aucun n'égalait celui qu'elle se fixait maintenant.

Elle quittait Ethan. Tournait le dos à l'amour.

C'était le plus gros défi qu'elle se lançait à elle-même.

Chapitre 25

Harriet retourna à son appartement pour trouver la porte d'entrée entrouverte.

Top.

Elle n'avait eu qu'une hâte pendant tout le trajet : être enfin seule chez elle pour se vautrer dans son auto-apitoiement, avec larmes, sanglots et une énorme boîte de mouchoirs à la clé. Résultat : elle se retrouvait avec un intrus sur les bras.

Sa détresse se mua en colère. C'était chez elle, ici, purée. De quel droit s'introduisait-on dans *son* appartement en s'en prenant à *ses* affaires ?

Tirant une bouteille de parfum de son sac, elle entra en donnant un grand coup de pied dans le battant.

— Toi, si tu as l'intention de repartir avec du matos qui n'est pas à toi, tu n'as choisi ni le bon jour ni la bonne victime !

Sa jumelle fit un bond hors du canapé et Harriet s'immobilisa net, son parfum toujours à la main.

— Fliss ! Qu'est-ce que tu fais là ?

Il aurait été difficile de déterminer laquelle des deux était la plus surprise.

Sa sœur la regardait, bouche bée.

— Tes cheveux !

Harriet posa le parfum et elles volèrent dans les bras l'une de l'autre, riant et parlant en même temps. Fliss fut la première à se dégager, dans sa hâte à la regarder de plus près.

— Je n'aurais jamais osé les couper aussi court. Et ça te va super bien. On a l'air tellement différentes maintenant !

Mais nous sommes *différentes,* songea Harriet. *Et nous l'avons toujours été.* Mais aujourd'hui, pour la première fois, elle voyait leurs divergences sous un angle positif.

— J'ai arrêté d'essayer de devenir comme toi.

— Si tu t'apprêtais à m'assommer avec un objet contondant, nous sommes beaucoup plus semblables que tu ne sembles le penser.

Fliss prit la bouteille de parfum abandonnée.

— Tu comptais t'y prendre comment, avec ça ? Vaporiser ton intrus pour qu'il sente bon une fois trucidé ? Rien de tel pour casser une ambiance de Noël que des relents de cadavre en décomposition.

Harriet pouffa, ridiculement heureuse de voir sa jumelle.

— Qu'est-ce que tu fais ici ? Demain, c'est le réveillon. Tu devrais déjà être en route pour aller dans la famille de Seth.

— Je voulais te voir d'abord. Quand j'ai reçu ton texto « Je ne suis plus avec Ethan », je suis venue tout droit ici. Je ne peux pas te laisser seule à Noël dans ces conditions.

Harriet ressentit une bouffée d'affection et de gratitude. Le cercle familial d'Ethan était peut-être plus étendu que le sien, mais aucun, mais alors *aucun* lien de parenté au monde ne valait le privilège extraordinaire d'avoir une sœur jumelle.

— Je suis super contente de te voir, mais il ne faut pas t'inquiéter pour moi. Ça va aller.

Elle récupéra sa valise sur le palier et ferma la porte derrière elle.

— Tu es sûre que ça va aller ? Tu ne m'as pas confié grand-chose sur ce qui se passait entre vous — ce qui m'a frustrée à mort, entre parenthèses — mais j'avais vraiment l'impression que tu étais très amoureuse.

— Je *suis* très amoureuse.

Harriet tira la valise dans sa chambre en se demandant si elle pourrait un jour prononcer ces mots sans avoir envie de pleurer.

— Mais ce n'est pas réciproque. Il m'aime bien, c'est tout.

Elle tourna la tête vers sa sœur, restée plantée au beau milieu du séjour à observer ses allées et venues.

Ce fut de l'anxiété qu'elle lut dans le regard de Fliss.

— Il n'y a pas si longtemps que ça que vous êtes ensemble, avec Ethan. L'amour, ça ne se déclare pas forcément dans le quart d'heure. Peut-être que petit à petit, il en viendra à...

Harriet secoua fermement la tête.

— Non. Ne fais pas ça. Ne dis pas ça. Tu essaies de me remonter le moral, mais ça ne m'aidera pas si je me raconte des histoires. Je ne veux pas me bercer de l'illusion qu'un jour, qui sait... Je sais ce que je fais, Fliss.

— Ça y est, je comprends... Tu as peur que ça se passe comme pour papa avec maman...

En entendant le tremblement dans la voix de sa sœur, Harriet découvrit que celle-ci n'était peut-être pas tout à fait aussi solide qu'elle avait cru l'être.

— Ça t'ennuie si on parle d'autre chose ?

— D'habitude, tu aimes bien qu'on discute de tes problèmes à fond et qu'on essaie de trouver des solutions ensemble.

— J'apprends de mieux en mieux à les gérer toute seule. Où est Seth ?

— Parti acheter ses derniers cadeaux de Noël. C'est un peu à la dernière minute, mais mieux vaut tard que jamais.

Fliss se rapprocha, les yeux brillants de larmes contenues.

— Tu n'es pas obligée de tout gérer seule coûte que coûte, Harriet. Je n'habite peut-être plus ici mais je suis toujours ta sœur. Ta jumelle. Et ton associée qui plus est. Joignable au téléphone à toute heure.

— Je sais. Et bien sûr que j'appellerai en cas de besoin.

Harriet passa les bras autour de sa sœur.

— Mais j'ai besoin d'affronter les choses par moi-même. Cela m'apporte une sécurité intérieure de me rendre compte que je peux puiser une force en moi, que j'ai mes propres solutions en réserve. Tiens, en parlant d'associée et de boulot : si tu veux ajouter le *dog-sitting* à la liste des services que nous proposons, pour des clients déjà connus et en qui nous avons confiance, je suis partante.

Fliss se dégagea de ses bras.

— Sérieux ? Tu disais que c'était au-dessus de tes forces, que tu ne pourrais pas.

— C'était avant. Maintenant, je peux.

Fliss l'embrassa.

— Tu sais que tu m'épates ? Tu es forte, tu es débrouillarde, tu es magnifique. Je suis venue ici en m'attendant à te trouver en miettes. Il y avait si longtemps que tu espérais l'amour. Là, tu le trouves enfin et… Désolée. Je n'aurais pas dû. On a dit qu'on n'en parlait pas.

— Je suis bel et bien en miettes. Complètement. Je me sens complètement *destroy*.

— *Destroy ?* C'est toi qui dis ça ? Je ne t'ai encore jamais entendu utiliser ce genre de vocabulaire.

— Ces derniers temps, j'ai étendu mon registre. Je dis un tas de choses que je ne disais pas avant.

Comme « Je t'aime », par exemple.

— Là, je ne me sens ni forte ni débrouillarde et encore moins magnifique. Je suis triste, mais je sais que ce chagrin, je vais le traverser. C'est un obstacle et la vie, au fond, c'est juste ça : une série d'obstacles à négocier.

Elle s'écarta de Fliss pour allumer le sapin.

— Tu sais que j'avais décidé de me forcer à relever un défi par jour jusqu'à Noël.

— Donc tu vas arrêter demain ?

Harriet alluma les bougies qu'elle avait disposées partout

dans la pièce. Et songea une fois de plus qu'elle adorait son appartement.

Elle secoua la tête.

— Pendant des années, je me disais en permanence : « Ah si seulement je pouvais être un peu plus comme Fliss ! » Ou : « Si j'étais plus courageuse, la vie serait plus simple. » Mais chaque jour, chaque heure qui passe apporte son lot de défis à relever. Libre à chacun de les esquiver ou de les affronter. Pendant des années, j'ai choisi l'esquive et les itinéraires balisés. Impossible de passer tel ou tel coup de fil difficile, impossible de m'insurger si un client se montrait incorrect avec moi. Je m'écrasais, bien planquée derrière Daniel et toi. Grâce à vous deux, j'ai eu une vie confortable, sûre et protégée.

Fliss parut atterrée.

— Et on t'a abandonnée l'un et l'autre.

— Vous ne m'avez pas abandonnée. Vous vivez librement vos vies, ce qui est dans l'ordre des choses. Ton départ d'ici a été ce qui pouvait m'arriver de mieux.

L'anxiété s'évanouit dans le regard de Fliss.

— Dois-je me sentir offensée ?

— Non. Si tu étais restée, j'aurais probablement poursuivi sur mon petit chemin plat et timide. Celui où il n'y a pas d'obstacles. Mais une route sans obstacles, c'est un parking, et je n'ai pas envie de passer ma vie sur un parking. Ai-je le cœur brisé à cause d'Ethan ?

Elle se tut un instant, consciente de la douleur dans sa poitrine et de la pesante léthargie qui aurait pu l'envoyer au lit pendant un mois si elle s'était écoutée.

— Oui. J'ai mal, je suis triste. Et tout à l'heure, quand tu seras partie, je vais pleurer jusqu'à ce que mon visage ressemble à une tomate bien mûre. Puis je me ferai une fournée familiale de cookies que j'ingurgiterai probablement toute seule.

Fliss ne la quittait pas des yeux.

— Tu n'as pas l'air brisée du tout.

— Les dégâts sont internes.

— Tu souffres et ça me rend folle. J'ai envie de me ruer aux urgences et de rouer de coups ton Dr Hot jusqu'à ce qu'il devienne son propre patient.

— Ce n'est pas sa faute.

— Qu'est-ce que tu vas faire ?

C'était une question qu'elle n'avait pas encore osé se poser.

— Je ne sais pas. Comme d'habitude. Assurer mes sorties avec les chiens. Faire de la pâtisserie. Voir mes amis. Tenir bon et espérer qu'un jour je me réveillerai avec la banane, en me disant « Ça y est, c'est fini, je passe à autre chose ».

Fliss renifla.

— Donc ça va aller pour toi ? Tu es sûre ?

Harriet songea à Ethan.

— Je ne dis pas que je respire la joie. Mais je sais que la joie va revenir.

Elle avait déjà décidé qu'elle adopterait un chien. Un chien-pour-la-vie. C'était ridicule de les aimer à ce point et de ne pas en avoir un à soi. Elle trouverait le moyen de concilier la présence d'un compagnon à quatre pattes avec le reste de ses activités. Car il était clair que son cœur exigeait un compagnon canin. Un chien rien qu'à elle.

Et tant pis si cela devait compliquer sa vie professionnelle. Quand les problèmes se présenteraient, elle les résoudrait au fur et à mesure. Elle n'en était plus à un défi près.

Harriet réussit à traverser la soirée du réveillon tant bien que mal. Elle cuisina pour s'étourdir, cuisina pour ne plus penser, cuisina pour réconforter Glenys et Susan le lendemain. L'appartement se remplit peu à peu d'odeurs délicieuses et elle se coucha épuisée, le cœur lourd, mais satisfaite de la tâche accomplie.

Le plus dur fut de se réveiller pour la première fois de sa vie dans un appartement vide le matin de Noël.

Elle ouvrit les yeux, les referma et regretta amèrement de ne pas avoir accepté l'invitation de Fliss. En quoi était-ce si mature, si formidable de passer Noël sans sa famille ? À croire qu'elle cultivait le goût du martyre, tout à coup. À ce stade, ce n'était plus du challenge, c'était du masochisme pur et dur. Quelle folie l'avait saisie de vouloir être forte et indépendante ?

Le début de la matinée fut franchement atroce et elle en était à se demander si elle n'avait pas présumé de ses forces lorsque Susan débarqua, en pull rouge et jean noir, avec des paquets plein les bras.

— Oui, je sais. Je suis scandaleusement en avance mais j'ai pensé que je pourrais te donner un coup de main en cuisine… Bon, OK, c'est un piteux mensonge. Je n'en pouvais plus de ma propre compagnie. Je suis saturée de moi.

Harriet n'avait jamais été aussi heureuse de voir quelqu'un.

— Tu tombes bien ! Tu n'imagines pas à quel point. Entre ! Comment tu te sens ?

— Il n'est pas exclu que je continue de vivre. Essentiellement grâce à ta soupe.

Susan posa ses paquets sous le sapin et revint l'examiner de plus près.

— Hé, mais qu'est-ce qui t'arrive, la belle ? Ce mec est vraiment le dernier des imbéciles. Je vais lui faire passer une IRM du cerveau.

— Pardon ?

— Tu es toute seule chez toi, pâle comme un linge, avec une tête qui me dit que tu n'as pas dormi de la nuit. J'imagine que ce n'est pas l'excitation de Noël qui t'a tenue éveillée, donc j'en conclus que c'est Ethan qui te fait des misères. Où est-il encore passé, ce sinistre individu ?

— Je ne sais pas. À l'hôpital, j'imagine.

Susan se rembrunit.

— Vous avez eu une semaine entière dans un chalet en rondins en pleine forêt. Toutes les conditions requises étaient réunies pour atteindre les plus hauts sommets du romantisme. Qu'est-ce qui a bien pu merder dans l'histoire ?

Harriet retourna à ses préparatifs culinaires dans l'espoir de dévier la conversation sur un sujet moins pénible.

— Rien n'a merdé. Nous avons passé une excellente semaine. Je me suis même mise au ski. C'était top.

— Si tout avait été « top », tu ne serais pas là toute seule ce matin avec cette mine de déterrée.

Harriet secoua la tête.

— On pourrait changer de sujet ?

— Dans une minute. Quand on en aura fini avec celui-ci. Il sait que tu es amoureuse de lui ?

Harriet grimaça un sourire. Et ne gaspilla pas sa salive à demander comment Susan avait deviné.

— Je n'ai pas pour habitude de cacher ce que je ressens, donc je le lui ai dit, oui. Mais le verdict officiel est tombé : ce n'est pas mutuel.

— Si c'est vrai, Ethan n'a pas seulement besoin d'imagerie cérébrale. C'est une opération du cerveau qu'il lui faut. Je vais te le prendre en main, ce garçon.

— On ne peut pas forcer quelqu'un à aimer. Même en lui bidouillant les neurones.

Susan fronça les sourcils.

— Mm... Tu n'imagines même pas ce que je suis capable de faire, armée d'un scalpel.

Harriet frémit.

— Jure-moi que tu n'iras pas lui faire la leçon ou un truc comme ça !

— Je ne fais jamais de promesses que je ne saurais tenir.

Susan inspecta la cuisine.

— Tu n'aurais pas une goutte de ton délicieux café à m'offrir ?

Harriet en prépara et lui tendit une tasse.

— Tu veux un cookie pour aller avec ?

— Tu es sûre qu'il t'en restera assez pour tout à l'heure ?

Susan souleva le couvercle de la boîte et ouvrit de grands yeux.

— Hou là. Tu as invité combien de personnes aujourd'hui ? C'est journée portes ouvertes et tout Manhattan est convié ?

— Il y aura juste toi et Glenys.

Susan scruta le contenu de la boîte.

— À la louche, ça nous fera à peu près quatre cents cookies chacune. Tu as dérapé un peu dans les quantités ?

— J'ai été emportée par mon élan, hier. Faire de la pâtisserie me remonte le moral.

Susan sortit deux cookies de la boîte.

— Ne t'excuse pas, surtout. Je ne te ferai pas faux bond. Même si je dois manger mon poids en sucre, j'assume.

Harriet réussit à rire mais le cœur n'y était pas. Elle avait l'impression de peser une tonne. Sa plus grande *fake news* du moment avait été de prétendre qu'elle gérait crânement cette rupture. La vérité, c'est qu'elle se sentait horriblement mal. Plombée. Apathique. Déboussolée. Et cela ne faisait même pas encore quarante-huit heures.

— Parle-moi de toi, plutôt. Tu n'as pas trop souffert ?

— Ça va. Rien de trop terrible.

Les cernes marqués et les ombres dans le regard de Susan racontaient une tout autre histoire.

— Je suis impressionnée par ton courage. Je ne sais pas si j'aurais pu rentrer seule chez moi après une agression comme celle que tu as subie.

Susan haussa les épaules.

— Quand on a déjà tout perdu, on relativise… Aux dernières nouvelles, je devrais pouvoir reprendre le boulot à la mi-janvier. La semaine prochaine, j'attaque les séances de rééducation.

La conversation fut interrompue par le coup de sonnette de Glenys qui arrivait en taxi avec Harvey. Entre Glenys et Susan, la complicité fut immédiate. Et Harvey se sentait visiblement comme chez lui dans l'appartement *dog-friendly* d'Harriet.

L'échange de cadeaux se fit dans les rires et la bonne humeur, puis Harriet leur servit un repas de Noël d'anthologie qui lui valut des compliments émerveillés de ses deux invitées. Glenys et Susan étaient de bonne compagnie et leur présence amicale fit des miracles pour son moral.

— Allez, un dernier jeu de Scrabble, annonça-t-elle quelques heures plus tard. Un Scrabble festif, cette fois. Seuls les mots qui ont trait aux fêtes sont autorisés. Et je préfère vous prévenir que je suis impitoyable. Gare à mes instincts de tueuse.

— Des instincts de tueuse ? Toi ?

Glenys échangea un regard avec Susan qui secoua la tête.

— *Go*, Harriet, lâche-toi.

Elles avaient presque terminé leur partie lorsqu'on frappa à la porte. Glenys était en train de contester énergiquement le mot formé par Susan.

— A-L-C-O-O-L ? Ce n'est pas du vocabulaire de Noël, ça ! Il ne compte pas.

— Viens donc travailler aux urgences un 25 décembre. Tu verras que « alcool » est LE mot de Noël par excellence. À toi de jouer, Harriet !

Susan se leva.

— Je vais voir qui frappe, pendant ce temps.

Harriet la laissa y aller, trop excitée par le mot qu'elle

s'apprêtait à former pour s'inquiéter de savoir qui lui rendait visite.

— F-E-S-T-I-F ! annonça-t-elle, triomphante, en posant ses lettres sur la grille. Et le mot compte triple ! Prenez ça dans les dents, toutes les deux. Vous ne me rattraperez jamais. Autant vous avouer vaincues tout de suite.

Prenant soudain conscience que Susan ne réagissait pas à sa façon habituelle — qu'elle ne réagissait pas du tout, à vrai dire — Harriet jeta un coup d'œil vers la porte.

— C'est qui ?

— Le Père Noël, annonça Susan d'une voix faible.

— Très drôle.

— Il a un cadeau pour toi.

— Si c'est une ruse pour distraire mon attention et en profiter pour modifier mes lettres pendant que je ne regarde pas, il est déjà trop tard. J'ai gagné, de toute façon.

Harriet jeta un dernier regard sur le plateau de jeu puis se dirigea vers la porte.

— Je suppose que c'est de l'humanitaire ou un truc comme…

Elle contempla, interdite, le Père Noël à la haute stature qui se tenait sur le palier.

— Ethan ? Mais qu'est-ce que tu… ?

Elle déglutit avec peine.

— Et qu'est-ce que tu fais dans cette tenue ?

Lorsqu'elle comprit ce que signifiait son déguisement, son cœur gonfla dans sa poitrine.

— Tu l'as fait ! Tu es allé porter des cadeaux aux enfants hospitalisés dans le service de pédiatrie ! Pourquoi ? Qu'est-ce qui t'a fait changer d'avis ?

Il sourit.

— Il n'y a pas si longtemps, j'ai rencontré quelqu'un — *quelqu'une*, plus exactement — qui préconisait une philosophie bizarre : « Dans la vie, force-toi toujours à te diriger du côté où tu n'as pas envie d'aller. » J'ai pensé que je pouvais au moins essayer une fois.

— C'était ton Challenge Ethan, alors ?

— Peut-être. Et j'ai gardé le costume, car personne, jamais, ne ferme sa porte au nez du Père Noël, si je ne m'abuse…

— Quel manipulateur, ce mec, marmonna Susan.

Ethan glissa la main dans sa hotte et lui tendit un paquet.

— Je crois qu'il y a ton nom sur celui-ci.

— Après la manipulation, les pots-de-vin. Mais ça ne marche pas avec moi.

Susan lui prit le cadeau des mains.

— Ouais, bon. Peut-être que ça marchera quand même. On verra.

Harriet écoutait d'une oreille, trop occupée à réfléchir à ce que signifiait ce nouveau rebondissement. Ethan, malgré tous ses refus, avait accepté in extremis d'endosser la tenue du Père Noël. La partie de lui qui se considérait comme trop cynique pour le rôle, il l'avait mise de côté. Enterrée.

— Et comment ont réagi les enfants ? Ils ont dû être contents. Ou étaient-ils trop malades pour bien se rendre compte de ce qui se passait ?

Penser à des enfants hospitalisés un jour pareil la rendait toute triste. Mais ils auraient au moins eu la consolation de voir le Père Noël arriver jusqu'à eux.

— Ils étaient tous assez surexcités, tu avais raison sur ce point. Apparemment, j'ai pu faire illusion dans le rôle. Aucun n'a tiré sur ma barbe en me traitant d'imposteur.

— Tu veux entrer un moment ?

Des milliers de questions se pressaient dans sa tête. *Pourquoi es-tu venu ? Comment as-tu vécu ces deux jours de séparation ? Est-ce que je te manque au moins un peu ?*

Ethan s'avança dans le séjour et décolla sa barbe blanche en faisant la grimace.

— Aïe.

Susan se couvrit les yeux.

— Continue comme ça et je vais finir par croire que le Père Noël est une invention.

— Pas du tout. Il est plus vrai que vrai. Mais il a un peu trop chaud en ce moment.

Il sourit à Glenys.

— Je vois que je vous dérange au beau milieu d'une partie. Désolé de débarquer ici à l'improviste.

Harriet les rejoignit, le cœur battant. Sans la barbe, le visage d'Ethan accusait la fatigue. Comme s'il n'avait pas dormi depuis deux jours.

— Ne vous excusez pas. Harriet vient de nous battre à plate couture et on était justement sur le point de partir, Susan et moi. Pas vrai, Susan ?

Glenys était déjà debout et sifflait Harvey. Susan tendit la main vers son manteau.

— Vu la pâtée qu'Harriet nous a mise, j'étais sur le point de lever le camp, en effet. Mais maintenant que tu es là, je pense que ça pourrait être beaucoup plus distrayant de rester encore un moment.

Susan jeta à Ethan un regard sévère.

— J'espère pour toi que tu sais ce que tu vas lui dire.

— Je ne prononcerai pas un mot tant que tu seras là, en tout cas.

Susan grommela quelque chose en enfilant son manteau.

— Gare à tes fesses si elle verse ne serait-ce qu'une larme. Je te pourchasserai et je te découperai en morceaux.

— Tu sais que tu me manques au boulot ? Personne là-bas ne me maltraite aussi bien que toi. Reviens vite, s'il te plaît.

Susan hésita puis se dressa sur la pointe des pieds et l'embrassa sur la joue.

— J'y compte bien.

Glenys prit le bras de Susan.

— On partage un taxi, docteur ?

— Avec le plus grand plaisir, madame.

— Hé, attendez... Ne me dites pas que vous partez l'une et l'autre ?

Une bouffée d'angoisse saisit Harriet à la gorge. Elle n'avait aucune idée de ce qui amenait Ethan chez elle. Et n'était pas certaine du tout d'avoir envie de rester seule avec lui.

— Merci pour cette très belle journée de Noël, ma chérie.

Glenys l'embrassa avec effusion et Susan fit de même.

— Mon meilleur Noël depuis très longtemps. Même si je ne te pardonnerai probablement jamais ton F-E-S-T-I-F qui compte triple.

Elles partirent sur un signe joyeux de la main et Harriet se retrouva seule face à Ethan.

Après tous les moments d'intimité poussée qu'elle avait connus avec cet homme, allez comprendre pourquoi elle se sentait pétrifiée comme une statue devant lui !

— Tu as mangé ? J'ai des tonnes de restes.

La question qui lui brûlait les lèvres, c'était pourquoi il avait l'air aussi épuisé, mais il aurait été imprudent d'entrer dans des considérations trop personnelles.

— On verra pour les restes de ton festin de Noël plus tard. J'ai d'abord à te parler.

Il lui prit les mains et l'attira à lui.

— Lorsque tu m'as dit que tu m'aimais, au chalet, tu m'as fait très peur.

— Je sais. Et tu t'es senti une sorte de responsabilité morale, comme si tu étais tenu de me retourner mes sentiments. Mais...

— Je te les retourne, tes sentiments. Je t'aime aussi, Harriet. Et ça n'a rien à voir avec la responsabilité ni la morale.

Elle le regarda fixement, en se demandant si elle avait bien entendu.

— Mais tu m'as dit...

— Je me souviens de ce que je t'ai dit, et au moment où je te l'ai dit, je le pensais. En ce qui concerne tes attentes par rapport à une relation amoureuse, tu as placé la barre très haut. J'avais peur de ne pas être l'homme que tu aurais souhaité que je sois.

— Oh ! Ethan...

Ses yeux se remplirent de larmes.

— Je n'ai jamais voulu que tu sois autre que qui tu es. Je ne veux pas une version corrigée et rectifiée de ta personne. Je t'aime parce que tu es toi. C'est tout.

— Je sais. J'ai eu le temps d'y réfléchir. Ainsi qu'à d'autres choses. Comme au fait que je t'aime comme un dingue, par exemple.

Elle le regarda, incrédule et encore un peu tremblante.

— Tu es sûr ? Je croyais que tu ne ressentais rien. Qu'est-ce qui te fait penser que tu m'aimes ? Comment peux-tu le savoir avec certitude ?

— Je vais te dire comment je le sais. Au fil des années, j'ai appris à mettre mes émotions et mes sentiments à distance. C'est devenu presque facile pour moi. Je pensais que c'était pour ça que mon couple n'avait pas fonctionné, avec Alison. Que c'était la raison pour laquelle j'étais inapte à m'investir sur le long terme, n'étant pas en mesure de donner suffisamment de moi-même. Quand tu m'as annoncé que c'était fini entre nous, je me suis dit que j'allais *switcher* sur *off* comme d'habitude et reprendre tranquillement ma vie d'avant. Mais la déconnexion n'a pas fonctionné du tout. C'est à ce moment-là que j'ai compris que notre relation n'avait rien à voir avec tout ce que j'avais pu connaître avant. Ce que j'éprouve pour toi, c'est du nouveau, de l'inédit, et ça ne se refoule pas sur commande.

— Ethan...

— Mes sentiments pour toi sont trop puissants pour que je puisse appuyer sur l'interrupteur et les mettre horscircuit. Trop puissants pour être ignorés, autrement dit. Et ce n'est pas faute d'avoir essayé… C'est comme ça que je sais que je t'aime, Harriet.

Elle lui effleura la joue.

— Et c'est cette prise de conscience qui t'a valu cette mine de déterré ?

— Il s'avère que je ne dors pas formidablement bien lorsque tu es absente de ma vie.

Il prit son visage entre ses mains.

— Rassure-moi, Harriet : tu ne fais pas partie de ces gens bizarres qui se connectent et se déconnectent de leurs sentiments à volonté ? Je peux espérer que tu m'aimes toujours ?

Elle ne voyait plus que ses yeux. Bleus, si bleus. Et elle y lut assez d'amour pour commencer à croire qu'elle ne rêvait pas.

— Je suis très solidement connectée à mes sentiments, oui. Et je t'aime plus que jamais.

Il l'attira plus étroitement contre lui.

— J'en suis au même point. Et j'ambitionne d'être ta famille-pour-la-vie. C'est bien comme ça que tu dis, quand tu trouves à placer tes animaux d'accueil pour une adoption définitive ?

Une famille pour la vie.

Joyeux Noël, Harriet.

Sa gorge se serra et elle appuya la tête contre sa poitrine.

— Moi aussi, je veux être ta famille-pour-la-vie. Ce sera une adoption mutuelle.

— Tu es certaine de bien réaliser où tu vas avec moi, Harriet Knight ? Tu as dit que tu connaissais mes forces et mes faiblesses. Mais je veux être sûr que c'est vraiment le cas, parce que je ne suis pas toujours un cadeau dans la vie commune. Il y aura des jours où je serai tellement focalisé sur mon boulot que j'oublierai de t'appeler.

Elle leva la tête pour lui sourire.

— Je le sais déjà. Je te connais *toi*. Mais puisque nous en sommes aux confessions et aux aveux de faiblesse, il serait peut-être bon que je t'avertisse que j'ai l'intention d'adopter aussi un chien. Ce ne sera pas un problème pour toi ?

Il lui effleura le bout du nez.

— C'est marrant que tu dises ça, parce que mon cadeau de Noël pour toi, c'est un chiot. Enfin… *sera* un chiot pour être exact. J'ai pensé que tu préférerais le choisir toi-même, en tant qu'experte canine.

Elle glissa les bras autour de son cou.

— On le choisira ensemble. Au refuge, nous trouverons un chien qui aura besoin de nous.

Ethan l'embrassa et cinq minutes au moins s'écoulèrent avant qu'Harriet soit de nouveau en état de prononcer un mot.

Elle recula d'un pas pour le regarder.

— Ce costume rouge te va à ravir. Je suis heureuse que tu aies décidé d'être le Père Noël, aujourd'hui.

— Tous les jours, tu t'obliges à tenter une expérience que tu ne ferais pas spontanément. Je me suis dit que je pouvais essayer au moins une fois de m'y mettre aussi. Et ça a marché, je crois.

Il avait l'air content de lui.

— J'ai eu du succès avec les gamins.

— Je n'en ai jamais douté.

— Et je me rends compte que j'ai eu un cadeau à offrir à chacun d'entre eux mais que j'arrive ici le jour de Noël et que je n'ai rien pour toi.

Il glissa la main dans ses cheveux. Lui embrassa les lèvres.

— Je me suis précipité chez toi parce que je ne pensais plus qu'à une chose : te dire que je t'aime. Du coup, je n'ai pas de bague. Pas de bijou. Rien. Tout ce que je t'apporte dans ma hotte, c'est une promesse de chiot. Ce n'est pas du tout la déclaration romantique que tu mérites.

— Tu veux rire ?

Elle faillit s'étrangler sur les mots.

— Tu viens m'offrir ton amour. Comment voudrais-tu surpasser un cadeau pareil ? Le reste, je m'en fous.

— Tu es sûre ?

— Si tu me connais aussi bien que tu le crois, alors tu sais que je suis sincère.

Son cœur réparé débordait d'amour.

— Ethan, tu es venu t'apporter toi-même. La seule chose qui compte pour moi, c'est que tu sois là. Que tu sois venu ici. Qu'on s'aime.

Il l'enveloppa dans ses bras et la serra très fort.

— Alors, c'est quoi notre prochain challenge ?

Elle posa la joue contre sa poitrine, respira son odeur et vit l'avenir s'ouvrir, comme un chemin étincelant qui se dessinait devant eux. Les obstacles surviendraient à un moment ou à un autre, c'était couru d'avance. Mais elle savait aussi qu'elle les prendrait par les cornes et qu'elle trouverait le moyen de leur faire un sort.

— Le prochain défi ? C'est nous ! Faire quelque chose de beau de notre famille-pour-toujours. Ce sera le Challenge Ethan et Harriet.

Ils seraient deux à le relever, ce défi-là. Une belle, très belle perspective.

Elle l'embrassa en riant.

— Cela dit, soyons réalistes : quand on est deux et qu'on s'aime, la vie apparaît déjà beaucoup moins comme un challenge permanent.

Remerciements

Un grand merci à ma talentueuse relectrice, Flo Nicoll, qui travaille avec moi depuis quatre ans et demi, me pousse toujours à me dépasser et exige que je donne le meilleur de moi-même. C'est notre douzième roman ensemble et j'aime à penser que nous formons un duo parfait.

Avant qu'un livre ne parvienne sur les étagères d'un libraire, une foule de personnes sont mises à contribution. Cela m'inquiète de remercier individuellement chacun et chacune car on n'est jamais à l'abri d'un oubli. Mais j'exprime toute ma gratitude à l'équipe HQ au Royaume-Uni et celle de HQN aux USA. Je suis terriblement reconnaissante à chacun d'entre eux pour tous les efforts réalisés afin que mes livres trouvent leurs lecteurs. C'est un travail exigeant et ils le font de manière remarquable.

Mon agente, Susan Ginsburg, est tout simplement la meilleure. Je ne sais pas où je serais sans ses contributions et ses avis inestimables.

Après deux romans avec un casting étendu de chiens en personnages secondaires, je commençais à avoir du mal à leur trouver un nom. Donc je remercie mes patientes et enthousiastes lectrices sur Facebook qui m'ont fait bénéficier de leurs suggestions.

Je voudrais mentionner tout spécialement Natalie Smith, qui a lancé des enchères pour nommer un personnage de ce livre afin de lever des fonds pour une merveilleuse association humanitaire qui vient en aide à des enfants et des jeunes adultes atteints de cancer. Natalie, j'ai beaucoup apprécié votre générosité et j'espère que vous aimez Nat, la nouvelle amie d'Harriet.

Ma famille et mes amis sont d'un infaillible soutien. Merci à Joe, Ben et Kim pour avoir vaillamment goûté, fournée après fournée, mes cookies pendant que je m'appliquais à perfectionner la recette d'Harriet. Votre dévouement à la cause a été dûment apprécié. Et maintenant, retournez vite à la salle de sports !

Ma plus grande gratitude va à mes lecteurs qui, en continuant à acquérir mes livres, me permettent de poursuivre le métier de mes rêves qui consiste à les écrire. Merci. Vous êtes les meilleurs.

Sarah
xxx

Vous avez aimé

Clair de lune à Manhattan ?

Découvrez les autres tomes de la trilogie

From New York with love

de **SARAH MORGAN**

Découvrez les autres romans de

Sarah Morgan

SÉRIE *Coup de foudre à Manhattan*

enfin en poche !

Découvrez les autres romans de

Sarah Morgan

SÉRIE *Snow Crystal*